D1729476

d

Anthony McCarten

funny girl

Roman
Aus dem Englischen von
Manfred Allié und
Gabriele Kempf-Allié

Diogenes

Originaltitel: ›funny girl‹
Copyright © by Anthony McCarten
Umschlagillustration von René Gruau
Copyright © René Gruau /
www.renegruau.com

Für Eva

Copyright © Diogenes Verlag AG Zürich
www.diogenes.ch
200/14/44/1
ISBN 978 3 257 06892 4

Im Gedenken an Zainab Shafia
(1990–2009)

Verwende Scherze wie das Salz für deine Suppe.

Sprichwort

Wer zu viel lacht oder zu viel scherzt,
der verliert an Achtung, und wer beharrlich etwas tut,
wird genau dafür bekanntwerden.

Umar ibn al-Khattab

›funny girl‹ ist ein Roman. Alle Personen und Ereignisse sind frei erfunden. Jede Ähnlichkeit mit realen Personen wäre rein zufällig und unbeabsichtigt. Der Roman wurde jedoch inspiriert durch das Leben mutiger Menschen, die auf unterschiedlichste Weise sehr viel riskiert haben, um der Welt ihr wahres Wesen zu offenbaren.

Anthony McCarten

bracht. Aber mit seinem ersten Schlag hat er mich k.o. gehauen. Danach war Selbstverteidigung irgendwie kein Thema mehr für mich.

(Verhaltenes Gelächter.)

Egal. Wie gesagt, eigentlich dürfte ich heute Abend gar nicht hier stehen. Es ist gegen meine Religion. Aber das gilt ja eigentlich für alles, oder?

Ich weiß, was Sie jetzt denken – ohne Sex, Schinken und Weihnachten –, wofür lebt man da eigentlich?

Manchmal bin ich so was von deprimiert – und ich weiß, was Sie jetzt denken: ›Super, das ist genau, was die Welt jetzt braucht. Noch so eine selbstmordgefährdete Muslimin.‹

(Verhaltenes Gelächter.)

Aber bevor Sie mich jetzt in eine Schublade stecken, möchte ich von meiner Familie erzählen … Die wären echt sauer, wenn ich sie nicht erwähnen würde. Tatsächlich würde mein Vater einen Herzanfall kriegen, wenn er wüsste, dass ich jetzt hier bin und was ich gerade mache. Mein Vater, Eliah – natürlich habe ich den Namen geändert, ich will das hier ja überleben –, der verkauft Möbel. Nur dumm, dass es Sachen aus unserem Haushalt sind.

(Gelächter.)

Wie gesagt, meine Mum und mein Dad stammen aus Türkisch-Kurdistan, deswegen verbringen wir den größten Teil unserer Urlaubsreisen beim Zoll.

(Gelächter.)

Green Lanes, Nordlondon. Heute wimmelt es da von Ausländern. Meine Haltung gegenüber Ausländern ist ambivalent. »Ambivalent«, das ist doch ein cooles Wort, oder?

(Gelächter.)

Also, ich bin ambivalent gegenüber Ausländern, diesen wunderbar nützlichen Blutsaugern und Parasiten.

(Verhaltenes Gelächter.)

Ehrlich, ich finde schon, die können wertvolle Mitglieder unserer Gesellschaft sein – ich will sie bloß nicht zu Gesicht kriegen. Außer wenn ich in eins ihrer Restaurants gehe – dann will ich einen von ihnen sehen, aber sofort. Verstehen Sie, was ich meine?

(Gelächter.)

Oder bin ich die Einzige, die so denkt? Die sehen alle so komisch aus und sind blöd und uncool und machen verrückte Sachen, und dann sind sie auch so gewalttätig. Wie die einen ansehen, nur weil man mit dem Finger auf sie zeigt und sie auslacht. Und die Kinder von denen, die sind wirklich hässlich, finden Sie nicht auch? Kinder, um die sich keiner kümmert, und wenn sie dann größer werden, brechen sie in Ihre Wohnung ein und stehlen Ihr Smartphone. Verstehen Sie, was ich meine? »Was haben Ausländer und Spermien gemeinsam? Millionen kommen rein, aber nur einer von ihnen tut was.«

(Schallendes Gelächter. Ein paar Männer grölen, ein paar Frauen kreischen.)

Also. Ich heiße Azime. Einfach nur Azime. Ein Wort. Wie Madonna. Adele. Herpes – ein Wort sagt alles. Und ich weiß, was Sie jetzt denken: ›Was macht ein nettes... ein nettes, womöglich gutaussehendes... ein nettes, womöglich gutaussehendes Muslimmädchen... mit ein wenig traurigen Augen... – was macht die hier, steht vor uns Ungläubigen, Menschen ohne Moral, wo sie doch auch zu Hause bleiben und ein schweigendes Opfer häuslicher Gewalt sein könnte?‹

Also, ich habe eine Mission. Ich will Vorurteile bekämpfen.

(Deutet auf einen Mann in der ersten Reihe.)

Schauen Sie sich diesen Kerl in der ersten Reihe an, verrenkt sich den Hals, um zu sehen, ob ich einen Rucksack habe. Deshalb habe ich eine Mission, Leute. Ich will euch bigotten Typen helfen, alles zu vergessen, was ihr über weibliche türkisch-kurdische Comedians zu wissen glaubt. Das habe ich mir vorgenommen. Den Leuten die Augen und die Herzen und die Taschen zu öffnen. Das ist mein Kreuzzug. Ich will euch zeigen, dass sogar Fatwa und Terrorismus und religiöser Extremismus ihre lustigen Seiten haben.

1

Nach ihrem Tod sprach man wochenlang in jedem türkischen Restaurant über sie, an der Bushaltestelle, in den Waschsalons, Wettbüros und verrauchten Cafés von Green Lanes, aber keiner wollte sie gekannt haben, keiner fragte nach den Einzelheiten. *»Die Täter müssen sie schwer misshandelt haben. Nicht alle Verletzungen ließen sich durch den Sturz erklären, als man sie tot vor einem sechzehnstöckigen Hochhaus fand.«* Die großen Zeitungen griffen den Fall auf, nannten sie *»ein allseits beliebtes Mädchen, eine gehorsame Tochter und fromme Muslimin«*, und bei so viel Anteilnahme hätte man gedacht, dass es rasch Antworten auf alle offenen Fragen geben würde: Wer hatte das Mädchen umgebracht, wer hatte sie vom Balkon im achten Stock gestoßen, wenn sie tatsächlich gestoßen worden war? Und warum war sie umgebracht worden, wenn sie denn umgebracht worden war?

Der Islamische Rat Großbritanniens wollte sich nicht äußern und erklärte lediglich, es sei *»Aufgabe der Polizei«*; allerdings werde man die Angelegenheit aufmerksam verfolgen. Amnesty International, zu einer Stellungnahme gedrängt, schrieb, entscheidend sei, dass diese *»grausame Bluttat«* nicht ungesühnt bleibe.

Aber was das kleine Grüppchen ihrer Freunde am meisten quälte, war, dass niemand, kein Einziger – nicht ihre Familie, nicht die Polizei, nicht die Behörden, die wegen laufender Ermittlungen ihr Begräbnis sechs Wochen lang hinausgezögert hatten, oder die Honoratioren der geschäftigen türkisch-kurdischen Gemeinde –, dass niemand etwas unternommen hatte, um die Sache aufzuklären und die Verantwortlichen vor Gericht zu bringen. *»Wieder ein Todesfall mit ethnischem Hintergrund«* war das Fazit der Zeitungen, und mit diesem Schlusswort senkte sich der unvermeidliche Staub des Vergessens auf die Angelegenheit.

»Mörder!«

Als er diesen Schrei über die gebeugten Häupter der Trauernden schallen hörte, fuhr der Vater des toten Mädchens, an den er gerichtet war, herum und suchte mit weit aufgerissenen Augen nach dem Ankläger. »Wer hat das gerufen? Wer hat das gerufen?«

Er riss sich vom Grab seiner Tochter los, wo er sich mehrfach verneigt und leise Klagelaute ausgestoßen hatte, bahnte sich einen Weg durch die dichtgedrängten Angehörigen, Freunde und anderen Trauergäste, bis er ganz hinten auf ein paar Fremde stieß. »Wer war das? Sagt mir, wer das war! Wer hat das gerufen? Sie war *meine Tochter*!«

Die Anklage war aus dieser kleinen Gruppe gekommen, den Schulfreunden des toten Mädchens, und keiner von den Jungs hatte vor, sich zu melden – schon gar nicht gegenüber diesem Mann, von dem sie überzeugt waren, dass er, auch wenn er die Tat vielleicht nicht mit eigenen Händen begangen hatte, der Schuldige war.

Willkürlich griff sich der Vater einen jungen Mann von gerade mal fünfzehn heraus, packte ihn am Revers seiner billigen Lederjacke: »Warst du das? Das warst du, oder? Gib's zu!«

»Er hat nichts gesagt!«, rief einer von seinen Freunden.

»Er war's nicht!«, ein anderer.

»Lassen Sie ihn in Ruhe.«

Und dann: »Haben Sie nicht schon genug angerichtet? Schämen Sie sich nicht?«

Der Vater ließ den ersten jungen Mann los, als er das Wort »schämen« hörte, und stürzte sich auf einen anderen, gleichaltrigen, einen Jungen mit einem ersten Anflug von Bartwuchs, aus dessen Mund das Wort gekommen war. »Wer spricht hier von Schämen – dass ich mich beim Begräbnis meiner Tochter schämen soll? Wer wagt es, so was zu sagen? Für wen hältst du dich, dass du so was sagst? Meine *Tochter*! Sie war meine *Tochter*!« Plötzlich standen Tränen in den wütenden Augen des Vaters.

Aber die jungen Freunde des toten Mädchens blieben ungerührt, und aus einer ganzen Reihe von Kehlen kam leise und wie im Chor das Wort »Dreckskerl«.

Der Vater stürzte sich mitten in das Grüppchen, und ohne einen Gedanken daran, wie es auf Außenstehende wirken würde, begann er auf sie einzuschlagen, verteilte rechts und links Ohrfeigen an die jungen Gesichter, schlug ihnen um die flaumigen Wangen, als wollte er wegschlagen, was gesagt worden war, obwohl es doch, einmal ausgesprochen, auf ewig in der Welt sein würde.

Die Schlägerei war nicht mehr zu vermeiden. Andere Männer aus der Trauergesellschaft kamen gelaufen, entweder um dem alten Mann beizustehen oder den jungen Freunden des toten Mädchens, und mit der Feier – deren Stimmung von

Anfang an so fragil gewesen war wie ein Schmetterlingsflügel – war es vorbei.

Zwei junge Frauen, die ganz hinten in der Menge gestanden hatten, hielten es nicht mehr aus. Fast im Laufschritt verließen sie den muslimischen Teil des Friedhofs und hielten erst wieder inne, als sie an einige englische Eichen kamen; von da blickten sie mit tränenverschmierten Augen auf die Szene zurück, betrachteten voller Verachtung die Männer (die sich immer noch hin und her schubsten und in einem kurdischen Dialekt einfältige Drohungen und Beschimpfungen ausstießen) und voller Verzweiflung die Frauen, die, ganz wie man es erwartete, mit bereiften Armen fuchtelten und nach Mäßigung riefen (sie aber nicht erwarteten).

»Der Dreckskerl hat sie umgebracht«, zischte Banu. »Und jetzt spielt er den Unschuldigen.«

»Ich weiß.«

»Ihr eigener *Vater*. Hat sie vom Balkon geworfen.«

»Ich weiß, ich weiß. Der Dreckskerl.«

»Und ihr eigener Bruder hat ihm dabei geholfen. Hat geholfen, sie runterzuwerfen. Einer hat sie an den Armen gepackt, einer an den Füßen, und dann ab übers Geländer.«

»Habe ich auch gehört.«

»Eins, zwei drei ... und schwuppdiwupp.«

»Ich weiß, ich weiß. Ich weiß. Aber keiner hat es gesehen, oder?«

»Keiner, aber alle wissen, was passiert ist. Dreckskerle.«

»Dreckskerle.«

Azime (oder Azi, wie die meisten sie nannten) und Banu waren Schulfreundinnen des toten Mädchens gewesen, das

16

heißt, bis die Eltern das Mädchen von einem Tag auf den anderen von der Schule genommen hatten, um sie »zu Hause zu erziehen«, was sich für ein Mädchen in Green Lanes im Londoner Stadtteil Harringay in der Regel mit »unbezahlte Arbeit im Familiengeschäft, bis ein Ehemann gefunden ist« übersetzen lässt. In diesem Falle war es aber die Strafe dafür, dass sie mit einem Jungen ausgegangen war, einem, der kein Kurde war, nicht einmal Muslim. Ein ganzes Jahr Strafe, wie sich herausstellte, ein Tagesgefängnis, achteinhalbtausend Stunden, die sie fast ganz auf ihrem Zimmer verbringen musste, das sie nur zu den Mahlzeiten verließ. Und nach diesem Jahr, das ihr letztes sein sollte, durfte sie als Belohnung wieder zurück auf die Schule.

Und nun war sie tot.

Banu und Azime zupften ihre Kopftücher zurecht und verließen den Friedhof mit seiner Moschee und der langen himmelwärts weisenden Fahnenstange, an der die Flagge mit dem kurzen Dolch und dem Stern darüber wehte; ließen die Trauergesellschaft zurück, die in ihrer Wut, ihrem Gebrüll und ihrer Gewalttätigkeit anscheinend vergessen hatte, dass es jemanden zu betrauern gab.

Sie gingen zu Azimes Haus, durch abstoßend hässliche Straßen. Die Häuser dieser Gegend verloren Jahr für Jahr weiter an Wert und dienten jetzt nur noch Einwanderern als notdürftige Unterkunft. Die Arbeitslosigkeit im Viertel lag bei siebzig Prozent, die anderen dreißig Prozent arbeiteten für den Mindestlohn (oder weniger), weshalb die Gegend ziemlich heruntergekommen wirkte. Schwarze Müllsäcke lagen vor den Geschäften, in denen man auf jede der 193 Sprachen des Viertels gefasst sein konnte. Azime und Banu kamen

an vertrauten Restaurants vorbei, an Waschsalons, Schnaps-
läden, Internetcafés, am häufigsten aber sahen sie in den
Schaufenstern von Green Lanes das Schild: »Zu vermieten«.

Als sie an einem Jobcenter vorbeikamen, gestand Azime,
dass sie sich auf die Suche nach einem richtigen Job gemacht
hatte, einem außerhalb des Familienbetriebs. Sie sei für alles
offen, trotzdem sei es unmöglich, eine freie Stelle zu finden.
Die Mädchen machten halt an einer Falafelbude. Sie sahen
zu, wie die würzigen Bällchen frittiert und dann, zusammen
mit Salat, Knoblauchmayonnaise und Chilisoße und jeweils einer Peperonischote, in Fladenbrot gesteckt wurden.

»Was macht deine Mutter?«, fragte Banu.

»Total von der Rolle. Wie üblich.«

»Wie viele Heiratskandidaten hat sie diesmal für dich?«

»Diese Woche nur drei. Alles Männer so alt wie mein
Vater oder noch älter. Die passenden Jungs in meinem Alter
hat sie alle durch. Jetzt sucht sie in den Altersheimen.«

»Aber du hast alle abgelehnt, stimmt's?«

»Ich bin zwanzig. Ich lasse mich mit niemandem verheiraten.«

Banu machte eine beleidigte Miene. »Na danke. *Herzlichen
Dank.*«

Azime merkte, dass sie ihre Freundin, die schon vor über
einem Jahr geheiratet hatte, gekränkt hatte. Sie wollte es
wiedergutmachen. »He, warum haben Inder diesen roten
Fleck auf der Stirn?«

»Halt die Klappe!«

»Weil«, und dabei tippte Azime ihr bei jedem Wort mit
dem Zeigefinger auf die Stirn, »DU... NICHT... HIER...
HER... GEHÖRST!«

Banu unterdrückte ein Grinsen.

Also versuchte Azime es noch einmal: »Ein Mann kommt in ein Wäschegeschäft und will ein durchsichtiges Négligé, Größe vierundvierzig. Der Verkäufer sieht ihn an und fragt: ›Warum zum Teufel wollen Sie denn *da* durchschauen?‹«

Banus Mundwinkel zuckten ganz leicht, aber sie spielte weiterhin die Entrüstete. »Wie kannst du an so einem Tag lustig sein?«

»Man muss lustig sein, um so einen Tag zu überstehen.«

»Hör auf!«

»Kann ich nicht.«

»Natürlich kannst du das.«

»Ich hab's versucht. Es geht nicht.«

»Azi, wir kommen gerade von einer *Beerdigung*.«

»Ich weiß, ich weiß.« Azime nickte und schien endlich den Ernst des Augenblicks zu erfassen. Aber dann fragte sie doch: »Wie nennt man einen Schwarzen, der ein Flugzeug steuert?«

»Hör auf! Hör bloß auf. Ich mein's ernst.«

»Ein Schwarzer, der ein Flugzeug steuert. Na los, wie nennt man den?«

Jetzt zuckte Banu nur noch mit den Schultern. Sie gab auf. Was sollte man mit einem Mädchen wie Azime machen? Sie war unverbesserlich. Nicht zu retten. Hoffnungslos übergeschnappt. »Keine Ahnung. Weiß ich nicht. Sag's mir – wie nennt man einen Schwarzen, der ein Flugzeug steuert?«

»Einen Piloten, du rassistische Kuh!«

Banu schlug die Hand vor den Mund, aber ihr Lachen konnte sie trotzdem nicht verbergen. Dieses verfluchte Lachen, das verräterische Zucken. Sie wünschte sich so sehr, *nicht* zu lachen, aber sie war einfach nicht stark genug. Und kaum ließ ihr Kichern nach, da fing es von neuem an, als sie den Witz in Gedanken Revue passieren ließ, als die Bilder stärker, lustiger wurden, je mehr sie über diesen Witz nachdachte und ihr klarwurde, wie der Witz sie in die Falle gelockt und ihr gezeigt hatte, dass sie tatsächlich von einer rassistischen Vorstellung ausgegangen war. Sie merkte auch, wie das Lachen ihr Gesicht, ihren Hals von der Starre der Anspannung befreite, all den aufgestauten Druck eines ganzen Ehejahres herauskommen ließ, so dass sie vorübergehend wieder die Banu wurde, die Azime als Dreizehnjährige in der Schule kennengelernt hatte und die genauso frech und respektlos gewesen war wie sie und der womöglich noch öfter Bemerkungen entschlüpften, die sie sich besser verkniffen hätte. Von allen Zwängen befreit, stimmte Banu in Azimes Gelächter ein, bis sie sich schließlich wieder so weit gefasst hatte, dass sie hinzuzufügen konnte: »Jetzt hör endlich auf zu sagen, ich hätte zu früh geheiratet.«

»Hab ich das? Wirklich? Habe ich das je gesagt?«

»Nein, aber du denkst es. Du denkst es die ganze Zeit.«

Worauf Azime mit einem Schulterzucken zurückgab: »Na, wenn's dich glücklich macht …«

»Lass gut sein, ja?«

»Dann ist also alles in Ordnung?«

»Es *ist* alles in Ordnung. Ich bin glücklich. Er ist ein guter Ehemann.«

»Schön. Und fünfzehn Jahre älter.«

»Hör auf. Sonst sind wir die längste Zeit Freundinnen gewesen. Ich meine das ernst!«

»Schön. Ich sag doch, es ist schön.«

»Verdammt noch mal, sag nicht dauernd *schön*!«, brüllte Banu. »Du treibst mich noch in den Wahnsinn, weißt du das?« Azime seufzte: »Machen wir, dass wir hier rauskommen. – Du treibst *mich* in den Wahnsinn.«

An der nächsten Abzweigung trennten sie sich; Banu ging nach links, in eine Geschäftsstraße voller Frauen im Hidschab und Männern im weißen Kaftan mit Kappen auf dem Kopf unterwegs zur Moschee in der Wightman Road, in ihrem ganz eigenen Tempo; Azime hingegen wandte sich nach rechts und ging hinter sechs jungen britischen Frauen her, sechs identischen Teenagern, alle mit fast nichts an, unterwegs zum Alkoholrausch in einem der Nachtclubs in der City, zu dessen fernem, noch unhörbarem Puls die auf hohen Absätzen vorwärtsstakenden, kaugummikauenden Mädchen sich schon im Discobeat wiegten. ›Wie anders als diese Mädchen ich bin!‹, dachte Azime, von der Parfümwolke umweht, die die Mädchen hinter sich herzogen. ›Fast schon eine andere Spezies. Schaut mich an, eine zwanzigjährige Jungfrau, unberührt, ungeküsst! Während die da vor mir – klemm ihnen die Eileiter ab, und sie würden immer noch schwanger von Jungs, von denen sie nicht mal den Nachnamen kennen.‹

Zwölf Minuten später kam Azime zu Hause an, in einer ruhigeren Sackgasse mit der Bahnstrecke am Ende, und sah gerade noch, wie ihr Vater Aristot ihre kleine Schwester Döndü aus dem Wagen der Familie zerrte und vor sich her zur Haustür scheuchte. Dort stand bereits ihr Bruder Zeki, wie ein Gefängniswärter, der einen wieder eingefangenen entflohenen Sträfling in Empfang nimmt, und begrüßte seine kleine Schwester mit einer Extraohrfeige.

Im Wohnzimmer wollte Azime ihrer Schwester zu Hilfe

kommen, doch ihre Mutter Sabite fiel ihr ins Wort. Sie und Döndü könnten unter einer Brücke in Hackney schlafen, sagte sie, wenn sie sich nicht endlich zu benehmen lernten. Sabite hatte hohen Blutdruck, und wenn sie sagte, ihre Familie bringe sie noch um, meinte sie das wörtlich.

»Was habe *ich* denn getan?«, fragte Azime entrüstet.

»Genug!«, keifte Sabite und hielt sich beide Ohren zu, als brüllte jemand anderes und nicht sie selbst. »Sie sind besessen! Aristot! Alle beide! *Cinli!* Ein Fluch! Ein Fluch, mit dem jemand sie belegt hat. Vielleicht der schmutzige alte Mann, der auf den Stufen vor der Moschee sitzt.«

Döndü hatte mit ihren acht Jahren soeben ein Verbrechen begangen: Sie hatte mit der Schulklasse eine christliche Kathedrale besucht.

»Schluss jetzt mit den Flüchen!« Aristot hielt sich nun seinerseits die Ohren zu, und das aus einem besseren Grund als die Frau, mit der er seit fünfundzwanzig Jahren verheiratet war. Dann zog er sich ins Fernsehzimmer zurück und rief ein wenig spöttisch: »Frieden jetzt hier im Haus! *Aramî!* Ich will das scheiß Fernsehen sehen. *Aramî!*«

»Aber wir sind hier in einem christlichen Land«, protestierte Azime, obwohl sie wusste, dass sie mit diesem Einwand in diesem Haus so viel erreichte wie mit einem Schreiben an den Buckingham-Palast. »Und es war ein Schulausflug. Zu einer langweiligen alten Kathedrale.«

»Es ist *kein* christliches Land«, stellte Sabite klar.

»Natürlich ist es das«, widersprach Azime.

»Ist es nicht!«

»Was denn dann?«

»Es ist *keins*!«

»Es heißt *Church of England.*«

»Hat etwa Jesus Christus die Kirche von England begründet? Nein. Nein, nein, nein. Das war Heinrich der Wievielte. Ein Mann mit – *Schlafzimmerkrankheiten!*«

»Ich hasse dieses Haus!«, heulte Döndü.

»Fünf Tage!« Sabite wies zur Decke, in die Richtung, in der sich das Zimmer der Kleinen befand.

»Nein!«

»Dann eben sechs!«

Mit ihren zwanzig Jahren wohnte Azime noch immer bei ihren Eltern, die zwar aus der Türkei stammten, sich aber für waschechte Briten hielten. Der spärliche Lohn, den Azime für ihre Arbeit im väterlichen Möbelladen erhielt, erlaubte es ihr nicht, auszuziehen und vor der Heirat ein eigenes Leben anzufangen. Außerdem zog man, so eng wie die kurdischen Familien zusammenhielten, auch niemals richtig aus. Azime saß in diesem kleinen Winkel von London fest, und der Klammergriff von Familie und Gemeinschaft war zu stark, zu elastisch, zu selbstverständlich, zu umfassend, zu vielschichtig, zu verlockend. Einmal die Tochter von Aristot und Sabite Gevaş, immer die Tochter. Einmal eine Kurdin aus Green Lanes, immer eine …

Die Familie Gevaş.

Sabite: klein, abergläubisch, traditionsverbunden, furchteinflößend, misstrauisch gegenüber Humor, Lieblingssatz »Fünf Tage!«, begleitet von einer Bewegung ihres rechten Zeigefingers in Richtung des Zimmers, in dem das betreffende Kind diese Verbannungszeit verbringen würde.

Azimes Vater Aristot: groß, rundlich, Stirnglatze, stolz, geizig, ein Mann, der gern einmal lachte, aber genauso zu mittelalterlichen Gedanken und zu Taten, die sich jeder Vernunft entzogen, fähig war wie seine Frau. Seine Lieblingsausdrücke: »widerlich« und »Blödes Arschloch«, beide gern gebraucht, der Erstere für die Sucht seiner Frau nach Schokolade, der Zweite für seine Kinder. (In puncto Schokolade war er allerdings nicht unnachgiebig, und es verging keine Woche, in der Sabite nicht eine Kommodenschublade aufzog und ein kleines süßes Geschenk für sich fand.)

Die Ehe von Sabite und Aristot war eine arrangierte Ehe und widerlegte das Vorurteil, dass solche Verbindungen zwangsläufig eine Katastrophe sein mussten.

Der Nächste in der Reihe, nach Azime, war Zeki: sechzehn, groß, dürr, launisch, unglücklich, aber nicht ungeliebt. Verstand sich als Gehilfe seines Vaters und als dessen rechte Hand (wenn auch niemals als solche gebraucht) und fand nichts dabei, die eigene rechte Hand gegen seine Schwestern zu erheben.

Und dann war da noch Döndü, die Jüngste, schelmisch, unberechenbar, acht Jahre alt, starrköpfig, und der Name (der so viel bedeutete wie »eisig«) passte genau. Jeden Tag riskierte sie neu den elterlichen Zorn, um zu beweisen, dass sie »unabhängig« war, was oft genug bedeutete, dass es ihr Zimmer war, auf das der mütterliche Zeigefinger deutete, wenn es »Fünf Tage!« hieß. Aber so lange noch keine unmittelbaren Entscheidungen anstanden – eines Tages gedachte sie Hirnchirurgin, Patentanwältin und Topmodel zu werden –, arbeitete sie erst einmal an einer Liste der Dinge, die sie auf gar keinen Fall werden wollte, wenn sie erwachsen war, und dazu gehörten Hausfrau, junge Mutter und verarmte, unterwürfige Sklavin.

Das war die Familie Gevaş, und in einer seltenen Geste der Assimilation, weil die Kinder in England geboren waren und auf englische Schulen gingen, war Englisch nach und nach zur Umgangssprache im Haushalt geworden – selbst für Sabite, die am wenigsten Kontakt mit der umgebenden Kultur hatte.

»Sechs Tage? Das ist *so* was von unfair!«, schrie Döndü und stürmte aus dem Zimmer.

»Dann eben drei Wochen, wenn du nicht *na rawa*! Auf dein Zimmer! Nirgendwohin außer in die Schule, sechs Tage lang!«

Im Wohnzimmer nahm Aristot die Spitzendecke ab, die den an die Wand montierten Flachbildfernseher verhüllte. (Es gab kaum eine Fläche im Haus, die nicht mit einer Spitzendecke verhüllt war.) Sabite breitete stets dieses Tuch über das Gerät, manchmal sogar, wenn es eingeschaltet war, sah sich das Programm durch dieses Muster an und fand es angenehm, wie das Bild dadurch weicher wurde. Nach eigener Aussage tat sie das, weil ihr die Auswirkungen des Fernsehens auf das Familienleben zuwider waren, und mehr als alles andere verabscheute sie jene sexuell gefärbten Anzüglichkeiten, für die Briten mit ihrer schmutzigen Phantasie eine ganz besondere Vorliebe hatten. Immer ging es um Hintern. Immer Geschlechtsteile. Immer Zoten, die abstoßende glatzköpfige Männer erzählten, oft auch noch als Frauen verkleidet. Immer das Gelächter von Publikum, das man nie sah, weil es gar nicht da war. Lachen als Lüge. Und immer ging es um Sex, Sex, Sex – alles nur Blödsinn.

Aristot hingegen hatte überhaupt nichts gegen britischen Humor. Im Gegenteil, er genoss ihn, und wenn er sich abends vor den Fernseher setzte und Entspannung meist bitter nötig hatte, dann zappte er sich durch die Kanäle, bis er genau den Blödsinn fand, den seine Frau so verabscheute. An diesem Abend setzte sich Azime neben ihn auf die Couch. Sie bemerkte ein Goldfischglas auf dem Bord über dem geliebten Fernseher ihres Vaters – und in dem Glas schwamm in trägen Kreisen ein Fisch.

»Was macht der denn hier?«, fragte sie. »Baba? Der Goldfisch? Wo kommt der her?«

Das Konservengelächter der Comedyshow war sehr laut. Aristot hob die Stimme, aber den Bildschirm ließ er nicht aus den Augen. »Deine Mutter. Sie sagt, ich sehe zu viel fern – ich sollte mir … sollte mir ein Hobby zulegen. Und das habe ich getan.«

»Einen Goldfisch?«

»Mein neues Hobby. Gerade jetzt sehe ich ihm zu.«

Ihr Vater konnte sehr lustig sein, meist unabsichtlich. »Das Schlimme an Statistiken ist, dass sie zu fünfzig Prozent von Idioten gemacht werden.« Oder: »Solange du nicht klügerer bist als ich, tust du, was ich dir sage!« Oder: »Geh sofort nach oben und zieh dich unverändert an!« Nicht unverzüglich, *unverändert*. Ein wahres Wort, wahrer als Aristot bewusst war. Aristot wollte, dass alles blieb, wie es schon immer gewesen war. Unverändert die Familie, unverändert die Gemeinschaft und die Rollen, die jeder spielte, unverändert die Liebe, die man nur in einem Dorf empfinden konnte, in dem sich nichts veränderte. Ein Leben in seliger gemeinschaftlicher Nostalgie. Alles Neue war eine Bedrohung, wie ein Terrorist mit einer Stange Dynamit. Das Neue nahm nur, es brachte keinen Gewinn. Und jedes blöde Arschloch, das glaubte, es müsse sich mit der Welt von heute verheiraten, würde schon noch merken, dass es in der Welt von morgen Witwer war. An die Worte von Aristot Gevaş werdet ihr noch denken!

Ironisch war nur, dass er, um dem Neuen aus dem Weg zu gehen, das Alte hergegeben – seine Heimat verlassen und sein ganzes Leben geändert hatte. In London, fernab von Krieg und Krankheit, von ethnischen Säuberungen, erdrückender Armut, von all diesen gewalttätigen Veränderern, war es weitaus leichter, die alten Sitten zu bewahren. Das hatte er inzwischen begriffen: Manchmal musste man fast alles ändern, wenn man derselbe bleiben wollte.

Jetzt saß Azime neben ihrem Vater auf dem Sofa und sah ihm zu, wie er fernsah, wie er gehorsam mitlachte, wenn die Sendung Lachkonserven einspielte, und sein schwerer Kopf auf dem dicken Hals wackelte dazu; wie auf Kommando grölte er zu jeder Albernheit, die das Fernsehen brachte. Je hanebüchener die Gags, desto lauter sein Gelächter, und bald konnte auch Azime sich nicht mehr beherrschen und musste mitlachen; Vater und Tochter fanden alles dermaßen komisch, dass Sabite in der Küche anfing, Topfdeckel aneinanderzuschlagen, protestierende Beckenschläge, die ihnen zu verstehen gaben, dass sie mit ihren Nerven am Ende war. Aber nichts, was Sabite tat, konnte verhindern, dass ihr Mann und ihre Tochter es zum Schreien komisch fanden, dass der bescheuerte Besitzer eines bescheuerten Hotels in einem englischen Seebadeort von seiner Frau im Schrank eines Zimmers entdeckt (und für einen Perversling gehalten) wurde, das ein gewisser junger Herr gemietet hatte, wo doch der Hotelier nur hatte beweisen wollen, dass dieser Herr entgegen den Regeln des Hauses eine Dame aufs Zimmer geschmuggelt hatte – Gäste waren nur erlaubt, wenn für sie extra gezahlt wurde, und das war nicht der Fall. Der Sketch hatte alles, was man für eine komische Szene brauchte: ein Missverständnis, eine peinliche Situation, etwas befreiend Absurdes und einen Ruch von unerlaubtem Geschlechtsverkehr.

»Ha! ha! ha! ha!«, donnerte Aristot. »Schau dir den Blödmann an! Schau dir das an! Ein totaler Blödmann, der Mann! So ein dummes Arschloch!«

»Ha! ha! ha!«, lachte auch Azime, als der Vater mit dem Finger auf den Fernsehschirm zeigte, auf ein Geschehen, das Millionen von Meilen vom Leben der Familie Gevaş aus Green Lanes entfernt war.

Während all dessen rüttelte oben in ihrem Zimmer eine in Tränen aufgelöste Döndü an der Tür, die Zeki von außen abgeschlossen hatte. Alle Kinderzimmer hatten Türen, die man nur von außen abschließen konnte.

»Ich hasse dieses Leben! Ich hasse dieses Haus!«, brüllte Döndü die teilnahmslosen Wände an. »Ich hasse, hasse, hasse es!« Und sie wünschte sich, dass sie sich in ein Insekt verwandelte, das aus dem Fenster krabbeln und für immer in der Nacht verschwinden könnte.

Im Zimmer nebenan kümmerte sich Zeki nicht um die Schreie seiner eingesperrten kleinen Schwester, sondern perfektionierte mit Hilfe eines Boxspiels auf seiner Wii-Konsole und eines alten Fernsehers seinen Aufwärtshaken, seinen Roundhouse-Kick, den Jab links und den Cross rechts – *pschh! waaah! boooo! wummm!* –, ein Schattenboxer mit Controllern in beiden Fäusten, sprang und duckte sich Zeki in der Realität. Er tänzelte, wechselte die Schlaghand, wich mit seinem Avatar den Attacken des anderen aus, schlug die Gegner einen nach dem anderen k.o., todsichere Treffer auf Kopf und Körper, und stieg Schlag für Schlag höher in der imaginären Liste der Anwärter auf den Mittelgewichtstitel.

In der Küche machte Sabite derweil das Essen. Von Zeit zu Zeit hielt sie im Hacken und Rühren und Stampfen inne, griff sich zwei Topfdeckel und schlug sie wie ein Orchestermusiker zusammen, und dazu rief sie mit lauter Stimme: »Immer nur lachen, immer vergnügt! Es wird zu viel gelacht in diesem Haus!«

2

An ihrem Schreibtisch im väterlichen Möbelgeschäft schrieb Azime auf die Rückseite einer Rechnung (für einen Diwan, zwei Fernsehsessel und eine Ottomane zur sofortigen Auslieferung an ein Rentnerehepaar in Finsbury Park, dessen Kinder ausgeflogen waren und das deswegen jetzt die Chance hatte, Möbel aus anderen als aus praktischen Gründen zu kaufen) einen alten Witz, den sie später zu der Liste hinzufügen würde, die sie insgeheim in einem Ordner auf dem Bürocomputer mit der Bezeichnung »Couchgarnituren« führte: »Harte Arbeit mag sich langfristig auszahlen, aber Faulheit zahlt sich sofort aus.«

In diesem improvisierten Büro, nicht größer als ein Fahrkartenschalter und von den Möbeln selbst und den männlichen Angestellten durch eine Trennwand mit einem kleinen Plexiglasfenster separiert, sollte sie fleißig, fleißig, fleißig sein und freudestrahlend die Rechnungsbücher ihrer Familie führen. Aber wie konnte sie vor Freude strahlen? Fleißig sein? Tatsächlich fand Azime ihre Arbeit öde, öde, öde. Und so ließ sie jedes Mal ihre Pflichten ruhen und wechselte zu dem Ordner »Couchgarnituren«, wenn ihr eine neue Idee kam, und hier, wo sie die tollen Witze anderer Leute sammelte, trug sie auch ihre eigenen Einfälle und Beobachtungen ein.

Bei Azimes eigenen Einfällen ging es meistens um alltägliche Dinge, Kleinigkeiten zu großen Fragen wie etwa Einkaufen, Schönheitspflege, ihr Gewicht, ihre Freunde, ihre Familie, oder einfach nur, wie es sich anfühlte, wenn man Azime Gevaş war, in diesem Augenblick, eine junge Frau, die für ihren Vater arbeitete, im Hinterzimmer eines hässlichen Möbelladens in Nordlondon an einem langweiligen Tag. Alberne Einfälle meistens, Bekenntnisse, kleine Beobachtungen, Dinge, die sie bedauerte oder die sie ärgerten – Sachen, die vermutlich nie wieder gelesen würden, weder von ihr selbst noch von sonst einer lebenden Seele: ein unsichtbares Logbuch, so nutzlos wie ein Strichcode auf einer Erdnuss, ein uneheliches Kind am Vatertag, eine Fliegentür an einem U-Boot, ein Schweineschnitzel in der Synagoge, Selbstbedienung im Bordell, ein Transvestit bei den Taliban.

Warum machte sie das überhaupt? Wenn ihre Gedanken so wertlos waren, warum hielt sie sie dann fest? Warum machte sie sich die Mühe und tippte den Schwachsinn überhaupt ein?

Insgeheim war sie seit zehn Jahren Comedy-Fan und versteckte in »Couchgarnituren«, neben ihren eigenen Ideen, eine Liste von Links zu bestimmten YouTube-Clips. Diese ultrageheimen Clips waren eine Art persönliche Hall of Fame ihrer Lieblingscomedians mit ihren besten Nummern. Oft hatte sie sie Döndü vorgeführt, die sie inzwischen auch auswendig kannte, so dass sie den Schwestern als eine Art geheimes Handbuch des Widerstands dienten, ein Ratgeber, wie man als Gevaş-Tochter überleben konnte. Inspiriert von Komikern wie Bill Hicks, Robin Williams, Woody Allen, Eddie Izzard, George Carlin und Eddie Murphy hatte

Azime begonnen, eigene lustige Ideen zu sammeln, obwohl ihr klar war, dass sie nie auch nur annähernd so klug, witzig oder radikal sein würde wie diese Giganten, selbst wenn sie bis an ihr Lebensende fleißig Einfälle in den »Couchgarnituren« notierte. Aber eins konnten ihre Einfälle immerhin beweisen: dass Azime Gevaş einen eigenen Kopf hatte, einen hoffentlich interessanten Kopf, der zumindest hin und wieder fähig war, denkwürdige, originelle und manchmal lustige Ideen hervorzubringen, die gut genug waren, *irgendwo* aufgezeichnet zu werden.

Ihr war bewusst, wie gefährlich es war, so einen Ordner auf dem Computer ihres Vaters zu haben, und achtete sorgfältig darauf, jeden Abend die Verlaufsliste ihrer Internetbesuche so sorgfältig zu säubern, wie ihr Vater das polierte Mahagoni seiner kitschigen Möbel.

Azime Gevaş. Gerade zwanzig geworden. Eins siebzig. Fünfzig Kilogramm, etwas weniger als ein sorgfältig zusammengelegtes Familienzelt, etwas mehr als eine Schubkarre mit schmutziger Wäsche. Hübsches Gesicht. Besonderes Kennzeichen: große neugierige, mit Kholstift umrandete Augen, denen nichts entging, Augen, mit denen sie eine Welt betrachtete, die sie nicht ändern konnte. Und über diesen Augen dichte Augenbrauen, schwarz wie Lakritze. Eine Zahnlücke, die, anders als bei anderen Teenagern, nicht von Spangen korrigiert war. Unglücklich zu Hause, unglücklich bei der Arbeit, ruhelos am Tag, ruhelos nachts im Bett, frustriert über ihre Vergangenheit, frustriert beim Gedanken an ihre Zukunft – ein richtungsloses Leben, das nirgendwo hinführte. Angesichts dieser grausamen Symmetrien fragte sie oft Allah, was sie tun sollte. Er antwortete nie.

Möbel, das war ihr Metier. Möbel. Bevorzugter Stil ihres Vater? Azime nannte es Bagdader Barock. Die Art von überreich verzierten Möbeln, die Türken bevorzugten. Traditionelle Formen. Möbel, die nach Azimes Meinung besser aussahen, wenn man die Plastikhülle drumließ. Aber ihr Geschmack entsprach nicht dem der Kundschaft ihres Vaters. Ihr Vater Aristot: der größte Händler für Bagdader Barock in ganz Nordlondon. Seine Kundschaft bestand aus anderen Türken, Kurden, Zyprioten, Arabern aller Art – fast alles Muslime, die Familien, knapp bei Kasse, die aber doch Sessel und Sofas für einen Thronsaal wollten. Sessel, von denen aus man nicht einfach seinen Kindern sagte, was sie zu tun hatten, sondern von denen aus man Dekrete verlas; von denen aus man nicht einfach die Kinder aufforderte, zu Bett zu gehen, sondern Sperrstunden festsetzte; von denen aus man Leuten nicht sagte, sie sollten den Mund halten, sondern Redefreiheit schlicht und einfach zum Verbrechen erklärte und stattdessen Kriegsrecht verhängte. Das waren Wohnzimmermöbel für Möchtegerndespoten. Und die Preise waren niedrig. Aristot verkaufte Möbel, die man sich leisten konnte: Er wusste, dass niemand sehnsüchtiger davon träumte, König zu sein, als ein Sklave.

Und auch wenn *Gevaş' Orientmöbel – einfach spitze! Gegründet 1986* all diese Träume zu erfüllen versprach, ging es der Firma schlecht. Die Träumer, die Lehnstuhlpotentaten, kamen nicht mehr, sie hielten ihre Pennys beisammen. Nicht einmal seinen Mitarbeitern, die in der Mittagspause Backgammon spielten, verriet Aristot, dass er bestenfalls noch ein halbes Jahr vom Konkurs entfernt war.

Nach der Arbeit ging Azime zu Deniz, ihrem einzigen

männlichen Freund, einem jungen Mann, der Komiker werden wollte und drei Straßen weiter in der Souterrainwohnung eines viktorianischen Backstein-Mietshauses wohnte. Deniz war Azimes bestgehütetes Geheimnis. Sie fürchtete, dass alle (außer Döndü vielleicht) etwas gegen ihn haben und ihn dafür hassen würden, dass er mit seiner eigenen traditionalistischen Familie gebrochen hatte, weshalb sich ihre Freundschaft im Verborgenen entwickelt hatte. Azimes Eltern und Freundinnen wussten noch nicht einmal, dass es ihn gab. Deniz war großartig. Ein komischer Kauz, aber großartig. Er konnte sie immer aufmuntern, und es waren eigentlich gar nicht mal seine Witze – er kannte nicht viele, und die meisten waren schlecht –, sondern das unglaublich freie, mutige, unbekümmerte, übermütige, vollkommen hemmungslose Leben, das er führte. Sein Leben war das Amüsante an ihm. Wenn man Deniz besuchte, kam man in eine Parallelwelt.

Sie klopfte mehrere Male. Sah, wie sich drinnen kaum merklich die Vorhänge bewegten: Deniz war also da. Die Tür öffnete sich, aber nur so weit wie die kurze Sicherungskette zuließ. Zwei Augen starrten durch den Spalt: »Ich musste mich erst vergewissern, dass du das bist.«

»Was ist los? Warum gehst du nicht an dein Handy?«, fragte sie.

Deniz' Augen huschten nach rechts und links und suchten die Straße ab. »Lange Geschichte. Bist du allein?«

»Wieso gehst du nicht ans Handy?«

»Wieso? Weil ich meinen Tod vortäusche. Komm rein. Schnell!«

Er meinte es ernst. Deniz. Immer der Exzentriker. Immer

ein paar hundert Schritt hinter der Parade. Aber auch großartig, jedenfalls in Azimes bewundernden Augen. Bei aller Neigung zur Niedergeschlagenheit blieb er lässig, optimistisch, unbekümmert und einfallsreich. Und sie mochte seinen Kampfgeist, der angesichts seiner Lebensumstände nur umso bemerkenswerter war: als Kind liebloser Eltern in Green Lanes zur Welt gekommen; ein Einzelkind, das sich schon früh für witzig hielt, auch wenn kein anderer das so sah; schon früh schweres Asthma, was ihn zum Einzelgänger machte; mit acht zum ersten Mal mit einer Kindershow auf der Bühne, absurde Zaubertricks zur Musik aus dem *Rosaroten Panther*. Er zeigte dem Publikum, dass er nichts im Ärmel hatte, und tat dann so, als könne er einen seiner Finger verschwinden lassen: Er hielt die Hand hinter den Rücken, klappte einen Finger um und holte die Hand dann mit dem »fehlenden« Finger wieder hervor. Einfältiges Abrakadabra, für das er die Buhrufe, die er erntete, mehr als verdient hatte; selbst die anderen Kinder fanden, er sollte allmählich mal erwachsen werden. Mit fünfzehn war ihm klar, dass er sein Leben auf eigene Weise in die Hand nehmen musste. Und dass Erfolg, wenn überhaupt, erst im Erwachsenenalter kommen würde, wo Konformität und die richtigen Eltern und Sportlichkeit und Beliebtheit und gutes Aussehen und ethnische Herkunft nicht mehr alles waren; wo man gemein zu anderen sein konnte, selbstsüchtig, depressiv, korrupt, wo man als Fußgänger nicht mehr als vier km/h schnell sein musste und immer noch ein Siegertyp sein konnte, wenn man nur die richtige Idee hatte. Eine, die besser war als die der anderen. Anders ausgedrückt, beim Verschwinden würden ihm seine Kindheitsneurosen noch einen Nutzen bringen, den sie bei ihrer Entstehung nicht gehabt hatten.

Mit fünfzehn war er zwei Meter groß, mit 22 zwei Meter fünf. Eine schockierende Größe für jemanden, der so exzentrisch war und eine so übergroße Persönlichkeit hatte. Er konnte es gar nicht abwarten, einen Beruf zu ergreifen, und dachte zunächst an eine Karriere beim Film; er fand, dass er genau das richtige Aussehen für einen jugendlichen Liebhaber und dazu außerordentliches Einfühlungsvermögen besaß. Niemand teilte diese Meinung. Aber das hinderte ihn nicht, es zu versuchen. Es war praktisch unmöglich, einen Mann wie Deniz aufzuhalten. Er klopfte an Türen, von denen jeder vernünftige Mensch gewusst hätte, dass sie sich nie öffnen würden.

Die Niederlagen kamen Schlag auf Schlag. Er nannte das Unterhaltungsgeschäft »eine Kultur der Zurückweisung«, schloss aber aus diesen Zurückweisungen nur, dass er etwas Unorthodoxes und folglich doppelt Lohnendes tat. Schließlich gab er die Schauspielerei auf, erklärte sie zum Tummelplatz für zweitrangige Talente und verschrieb sich einer extremeren Idee: der des schrägen Komikers. Er wollte eher interessant sein als einfach nur lustig – es sollte eine absurde, eigentümliche, ja unverständliche Komik werden, die dem Humor ganz neue Bereiche eröffnete, und das war im wahrsten Sinne des Wortes kein Witz.

»Wieso willst du deinen Tod vortäuschen?«

»Damit ich aus meinem T-Mobile-Vertrag rauskomme. Ich habe festgestellt, dass ich aus dem Vertrag nur rauskann, wenn ich tot bin. Steht alles im Kleingedruckten. Lies mal deinen eigenen Vertrag. Wenn du beweisen kannst, dass du tot bist, bist du raus. Aber die Arschlöcher sind gar nicht so leicht zu überzeugen. Komm rein.«

Deniz' Wohnung war dunkel, und das war gut so. Er bekannte sich zum Leben im Chaos, als sei häusliche Ordnung eine Form der Lüge, als gebe sie eine falsche Vorstellung davon, wer er war. Alte Kaffeetassen setzten Schimmel an. Kleidungsstücke lagen zwischen den Überresten von Mahlzeiten aus Take-aways. Aber diese schäbige Einzimmerwohnung war der Ort, wo dieser junge Mann kurdischer Herkunft, dessen Grinsen zu breit für sein schmales Gesicht war, seine Erfolgsrezepte sammelte, Pläne für die Zukunft schmiedete – die eigene Garderobe, die zwei Flaschen Mineralwasser neben dem glühbirnengefassten Spiegel; den Hinweis »Mr Ali Bin Ramezanzadeh, fünf Minuten bis zum Auftritt, Sir« überbrachte der Inspizient persönlich; oder in einem anderen Tagtraum schrie Deniz von einem geöffneten Fenster seines prachtvollen Hauses am Holland Park die Paparazzi an: »Lasst mich in Ruhe! Lasst mich endlich in Ruhe!« Das war der Ort, wo er solche Dinge träumte, während Feuchtigkeit sich an der Decke sammelte und die Rohre dermaßen verkalkten, dass man drei Minuten für ein Glas Wasser brauchte oder neunzig, um sich ein Bad einzulassen. In einem abgewetzten Lehnstuhl, dessen Armlehnen von Ellbogen blank poliert waren, noch um halb sechs Uhr abends im Schlafanzug, zündete er sich theatralisch eine Zigarette an, der Fürst der Erwerbslosen – so etwas wie Hartz der Vierte persönlich.

»Womöglich steht das Haus unter Beobachtung«, mutmaßte Deniz. »Die sind gnadenlos.«

»Du bist zum Schreien.«

»Für dich ist das lustig. Für mich ein Alptraum.«

Azime küsste ihn auf die stopplige Wange und setzte sich aufs Sofa. Sie liebte ihn. Wenn Deniz da war, konnte sie einfach nicht lange unglücklich sein, egal, wie schlecht es ihr den Tag über gegangen war. Sie erinnerte sich an den Tag vor drei Jahren, an dem sie ihn zum ersten Mal gesehen hatte. Er war in einem County-and-Western-Outfit den Stanford Hill herunter auf sie zugekommen, wie einer, der seine eigene Welt fest im Griff hat. Sie hatte ihn nach dem Weg gefragt, in der Annahme, dass er sich in der Gegend bestens auskannte. Er hatte sie sechs Häuserblocks weit begleitet – so kurz war ihr ein Weg noch nie vorgekommen. Sechs Monate später hatte sie ihn in einem Waschsalon wiederge- sehen – und auch hier war ihr ein Waschgang noch nie so kurz vorgekommen.

»Die können alles nachverfolgen«, sagte Deniz, »deshalb kann ich mein Mobiltelefon jetzt natürlich nicht mehr ver- wenden. Sämtliche Anrufe werden protokolliert. Ich habe jetzt das Telefon von einem Freund.«

Azime musste lächeln. »Und wie überzeugst du sie von deinem Tod?«

»Ich habe einen Totenschein gebastelt, mit gefälschter Unterschrift, und den habe ich an die Telefongesellschaft gefaxt. Hast du dir schon mal deinen Handyvertrag ange- sehen? Wenn du kündigst, bevor die Laufzeit um ist, holen sie sich ihr Geld auf jede nur erdenkliche Art zurück, und dann verlangen sie noch eine Riesensumme wegen vorzei- tiger Kündigung. Ich wehr' mich einfach nur, Mann.«

»Wie viel schuldest du ihnen?«

»Darum geht es doch nicht.«

»Wie viel?«

»Fünfundzwanzig Pfund.«

»Mehr nicht? Und dafür bist du *gestorben*? Deniz, bezahl doch einfach die Rechnung!«

»Ich wehre mich im Namen des kleinen Mannes. Biete Big Brother die Stirn.«

»Und das im Schlafanzug?«

»Jawohl, im Schlafanzug. Ist doch egal. Aber ich seh's ja ein. Ich ziehe mich an. Geh nicht weg. Wir machen einen Ausflug in meinem nagelneuen Auto.«

Er stand auf und ging ans andere Ende des Zimmers. Deniz hatte ein Auto? Mit seinen zwei Metern und fünf bewegte er sich mit der trägen Anmut eines Mannes, der keine träge Anmut hatte. Alles an ihm – sein Fernseher, sein Toaster, sein Liebesleben (so hoffte wenigstens Azime) – war in Auflösung, und keiner wusste, ob es je repariert würde. Aber sie hatte kein Mitleid mit ihm, nicht solange er sich so hartnäckig weigerte, Selbstmitleid zu haben.

Angezogen tauchte er wieder auf, und sie fuhren spazieren. Ein miserabler Autofahrer. Behinderte andere, fuhr dicht auf. Azime machte das nichts aus. Mit Deniz am Steuer zog die vertraute, dann die weniger vertraute Umgebung am Wagenfenster vorüber wie eine Art Festzug, sie lachten und redeten über den großen Erfolg, der ihm binnen kurzem sicher war, beide überzeugt, dass er ein Glückskind war, und atmeten die Abgase, die durch den rostzerfressenen Boden seines frischerworbenen, aber schrottreifen hornissengelben Renault Clio kamen. Typisch Deniz, dass er, selbst als der Schalthebel sich weigerte, in den dritten Gang zu gehen, und der Motor an der Ampel ausging, noch tat, als säßen sie in einem Rolls-Royce. Aber als er sich erst einmal an das Kupplungspedal erinnerte, lief der Wagen wieder, von neuem zog wie magisch die Landschaft vorüber, wechselte in rascher Folge von hässlich zu schmuck und wieder zurück zu hässlich, Arm und Reich Seite an Seite, typisch London eben. Und für Azime reichte es, dass sie mit ihm in dieser fahrenden Polstergarnitur saß, sie wünschte sich nichts anderes, als was sie in diesem Augenblick hatte, sie wollte nichts anderes *sein*, als sie in seiner Gesellschaft war.

Und wie nannte man einen solchen Zustand? Liebe? War es Liebe, was sie für Deniz empfand? *Romantische* Liebe? Tja, wer wusste so etwas schon? Er war süß, wahnsinnig lustig, aber vollkommen verrückt, zu durchgeknallt, um zurechnungsfähig zu sein. Eins stand fest: Solange die Räder seines Autos sich drehten und Deniz darüber redete, wie schwer es war zu beweisen, dass man tot war, wenn man in Wirklichkeit noch lebte, war Azime glücklich.

Auf der Rückfahrt legte Deniz im Einzelnen dar, wie er nicht einfach nur Erfolg haben, sondern ein Star werden wollte. »Comedy-Shows«, erklärte er, »sind für jemand wie mich der wahrscheinlichste Weg zum Ruhm. Aber ich will kein Comedian im herkömmlichen Sinne sein. Ich will Comedy ohne Gags, und, wenn ich das hinkriege, sogar ohne Lacher.«

»Comedy ohne Lacher?«

Azime kicherte. Für sie, die Lachen so liebte, war die Vorstellung von Comedy ohne Lachen mehr als nur lächerlich.

Doch Deniz war es vollkommen ernst. »Ich hab mit einem Comedy-Kurs angefangen«, sagte er.

»Einem Comedy-Kurs?«

Azime drehte sich zu Deniz um: »Wer macht so was? Hey, das ist toll!«

»Ja, ist cool. Sie bringen dir die Grundlagen bei, wie man Menschen zum Lachen bringt.«

»Wie lange machst du das schon?«

»Ungefähr drei Unterrichtsstunden bisher. Und am Anfang hab ich versucht, Witze zu erzählen, wie alle anderen. Aber es hat nicht funktioniert.«

Azime lächelte. »Warum nicht?«

»Weil ich dank der Lehrerin gemerkt habe, dass ich keine Witze schreiben kann. Mir fallen keine ein, und außerdem gab es jede Menge negatives Feedback zu meinen Nummern.«

»Kein Wunder.«

»Aber dann ist mir klargeworden, dass das nicht das Ende sein muss … es kann auch ein Anfang sein.«

»Wovon?«

»Von einer neuen Art von Comedy.«

»Ohne Witze?«

»Warum ist etwas lustig?«, fragte Deniz.

»Warum?«

»Ja.«

»Es ist einfach lustig. Oder eben nicht.«

»Du solltest Philosophin werden, Mädel.« Er lachte. »Ich fing an, mich zu fragen, was am Lachen überhaupt so toll ist. Hast du je eine Schlange lachen sehen? Einen Hund? Wenigstens, solange du nüchtern bist?«

»Ich weiß nicht.«

»Komiker haben aus dem Lachen geradezu eine Religion gemacht, und heute, wenn man sich da nicht an die Regeln dieser Fundamentalisten hält und tatsächlich Leute zum *La-*

chen bringt, dann heißt es, man sei eben kein Komiker. Aber das werde ich in Frage stellen.«

Azime widersprach ihm nicht, sondern lachte nur noch lauter. Es war so ein Spaß, wenn man in seiner Gesellschaft war. Leidenschaftlich erklärte er ihr, dass all die alten Komikerregeln – »Überraschung, Übertreibung, die plötzliche Verbindung zwischen Dingen, die üblicherweise nicht zusammengehören, oder der geschärfte Blick auf die meist unbeachteten alltäglichen Details« –, dass all diese Dinge, bei denen Menschen ganz von selbst lachten, ein alter Hut seien, ein Spiel, das keinen Schwung mehr habe. »Ich wette, da muss es einen Markt für etwas Neues geben«, sagte er. »Und es ist an der Zeit, eine vollkommen neue Form von Comedy zu erfinden, die Form von Comedy, die auf keine Lacher mehr aus ist. Überhaupt keine. Man spürt den Humor innerlich. Nach meinen Vorstellungen wird man sich glücklich fühlen, hat aber keine Ahnung, warum. Und wenn ich derzeit noch nicht in der Lage bin, diese neue Art von Comedy in Begriffe zu fassen, habe ich immerhin schon mit ihrer Erforschung begonnen. Ich bin ein Kolumbus der Comedy und gerade dabei, den Anker zu lichten, um zu meiner Suche aufzubrechen.«

Azime war beeindruckt, fasziniert, ja sogar ein wenig neidisch auf seine enthusiastisch vorgetragenen Zukunftspläne – wer sonst, wenn nicht er, könnte zu einer solchen Expedition aufbrechen als ein Mann, der etwas im herkömmlichen Sinne Komisches gar nicht zustande brachte? Deniz Ali Bin Ramezanzadeh hatte die Vision eines neuen Kontinents und würde ihn finden, kein Witz.

»Glaub mir, das klappt«, versprach Deniz. »Und weißt du,

warum? Ich verrate es dir. Weil die meisten Leute Angst davor haben, dass sie blöd dastehen – 'stehst du? Und da komme ich ins Spiel. Die Zeit ist einfach reif für einen absurden muslimischen Komiker aus Kurdistan—«

»Du kommst doch gar nicht aus Kurdistan. Du kommst aus der Rycroft Street.«

»Dann eben einen kurdischen Londoner, dem das überhaupt nichts ausmacht, wenn er blöd dasteht. Und dazu kommt noch, dazu kommt…«

Aber die Ampel sprang auf Grün, und nachdem allem Anschein nach sämtliche Alten und Kranken und Arbeitslosen von ganz Nordlondon vor seiner zerbröselten Stoßstange vorübergekrochen waren, ließ er die Kupplung los, der Wagen machte einen Satz und blieb dann stehen. Deniz versuchte es noch einmal und sprach erst weiter, als sie (nach dreimaligem Knirschen) wieder im vierten Gang fuhren.

»Dazu kommt, dass es im Showgeschäft keine kurdischen Stars gibt. Nenn einen einzigen. Verstehst du? Null. Der erste absurde kurdische Komiker in Großbritannien, das wird ein Riesen-, ein *Riesen*erfolg. Das ist der sicherste Weg zum Erfolg – dass man von irgendwas der Erste ist. Wenn man als ›der Erste‹ angekündigt wird, dann hat man die Leute in der Tasche. 'stehst du? Die Kritiker zum Beispiel. Presse. Öffentlichkeit. Man kriegt überall eine Freifahrkarte, wenn man der Erste ist, der irgendwas macht. Wer ist der Mann, der als *erster* kurdisch-muslimischer absurder Komiker auftritt? Über Nacht, über *Nacht* ist der Name in aller Munde… die Antwort bei tausend Fragespielen im Pub. ›Fünf Punkte für den, der den ersten kurdischen Komiker in Großbritannien nennt. Korrekte Antwort drüben an Tisch drei, Deniz Ali Bin Ramezanzadeh!‹«

Der Bursche konnte einen Hund überreden, vom Fleischtransporter wegzugehen. Bewundernswert. Vielleicht war sie ja wirklich in ihn verliebt. Soviel sie wusste, war er Single. Es war nie von einer Freundin die Rede gewesen; er sprach von sich als KRS – *keiner Romanze schuldig.* Und was sie selbst anging, mehr Single als eine Jungfrau konnte man ja wohl nicht sein. Gefiel sie ihm? Sie wusste nicht einmal, wie sie hinter ihre eigenen Gefühle kommen sollte, geschweige denn seine. Sie würde sich jedenfalls bestimmt nicht anmerken lassen, dass sie interessiert war, wenn er nicht den Anfang machte. Aber hallo! So was musste auf Gegenseitigkeit beruhen: ein Fifty-fifty-Deal, sonst vergiss es. Und die Wahrscheinlichkeit, dass Deniz sagen würde, dass er auf Azime stand, war mäßig bis saumäßig, kalkulierte sie. Wenn da jemals etwas laufen sollte, musste sie den ersten Schritt tun.

Erst jetzt sah Deniz zu ihr herüber und wechselte sofort das Thema.

»Wie geht's dir? Was ist los?«

»Ach, ich weiß nicht. Ich hasse meinen Job. Oder besser gesagt, streiche Job, ersetze durch Leben.«

»Ist das alles?«

»Seit einer Weile geht wirklich alles nur noch bergab. Aber es hat ja schon schlecht *an*gefangen, und da…«

Deniz sagte zunächst nichts. Er musste den Wagen wieder anlassen, nachdem der Motor an der Kreuzung ausgegangen war. Andere Fahrer hupten hinter ihm, aber er ließ sich Zeit, seinen Clio wieder in Gang zu bekommen und hupte selbst ein paarmal.

»Willst du mal bei was Lustigem dabei sein?«
»An was denkst du da?«
»Dienstagabend.«
»Was passiert dann?«
»Du kommst zu mir.«
»Am Dienstag?«
»Bist du taub?«
»Was passiert da?«
»Stell keine Fragen, red keinen Blödsinn. Dienstagabend.«

3

AZIME: Oft fragen mich Leute – na ja, eigentlich fragen sie nicht, aber mir ist keine bessere Überleitung eingefallen – »Wie kommt es, dass jemand wie du Comedian geworden ist, Azime? Erzähl es uns – enthülle uns (ha!) deine Lebensgeschichte.« Nun, das ist ganz einfach. Man erzählt seinen Eltern, dass man zur Schule geht, und – Achtung, jetzt kommt es – man geht wirklich zur Schule. Aber in Wirklichkeit ist es eine Schule für Komiker. Und wenn man, so wie ich, die Schule schon immer für einen Witz gehalten hat, dann ist die Vorstellung von einer Schule, die sich tatsächlich dazu bekennt, gar nicht mal so abwegig.

Azime saß in der hintersten Reihe von Deniz' Kurs für Amateurcomedians und dachte nur: ›Was für eine Ansammlung von Spinnern, Exzentrikern, Außenseitern, angehenden Egozentrikern, Versagern, Ichsuchern und ausgemachten Vollidioten.‹

Eine Hausfrau aus dem Viertel betrat die Bühne, dann ein Student, dann ein Klempner, danach ein IT-Berater mit einem unglaublichen Unterbiss, mit dem er aussah wie der unglückselige Sprössling einer Frau und eines Barrakudas; dann ein junger Mann, der offenbar mehr Hühnchen zu rupfen hatte als jede Hühnerfarm, zuletzt ein unglaublich alter Mann im Rollstuhl, der von Rechts wegen hätte tot sein sollen.

Alle sechs genossen ihren Auftritt, das Gewicht des Mikrophons in der Hand. Sie erzählten Sachen, die nicht witzig waren, meist mit nervöser Stimme, dann traten – oder rollten – sie wieder ab. Die Kursleiterin klatschte in die Hände. Jetzt war Deniz an der Reihe. Azime biss sich auf die Unterlippe. Sie wünschte sich, dass er komisch, wirklich komisch sein würde – so zum Brüllen komisch, wie er, das wusste sie, sein konnte.

Aber sein Vortrag war krank. Fast schon irre. Manche hätten ihn wahrscheinlich für einen Fall für die Klapsmühle gehalten. Wäre er betrunken gewesen, hätte man ihm seinen Auftritt verzeihen können, aber er war nüchtern. Er stand mitten auf der Bühne, breitete die Arme aus und rief: »Das Minimum, das ist *das allermindeste*, was ich verdiene!« Dann stellte er den CD-Player an und begann zu Edward Elgars *Land of Hope and Glory* eine unglaublich schlechte Pantomime, versuchte Dinge darzustellen – Türen, Türknäufe, Fenster –, die aus den Angeln gingen und an seinen Händen kleben blieben. Es war ein Musterbeispiel dafür, wie man eine Pantomime nicht machen soll. Danach las er zur Begleitung von *It's a Wonderful World* aus dem örtlichen Telefonbuch vor.

Bei »Aardman« gebot die Kursleiterin, Kirsten Kole, ihm Einhalt.

Kirsten. 42. Hatte Englisch in Edinburgh studiert. Geheiratet. Familie gegründet. Ihr Viertes war letzten Januar zur Welt gekommen. Burschikoser Typ. Keine, mit der man sich anlegte. Die weite Latzhose war ihre Uniform. Notizbuch und Bleistift in der Brusttasche. Die Brille baumelte an einer Perlenkette. Kirsten machte keine Kompromisse. Bevor die Kinder kamen, war sie in Comedy-Clubs aufgetreten, aber jetzt tat sie das kaum noch. Schrieb aber nach wie vor humoristische Sketche, Drehbücher und Pointen, hauptsächlich fürs Radio.

Sie dankte Deniz mit dem Hinweis, dass sein Auftritt immerhin sehr originell gewesen sei und man ihn am ehesten als »Anti-Comedy« beschreiben könne. Das gefiel Deniz. Er verließ zufrieden die Bühne und setzte sich zu Azime in die hinterste Reihe, wo sie sich nun noch die letzten Auftritte ansahen. Er machte im Verborgenen eine triumphierende Geste. Was für andere ein Rückschlag gewesen wäre, war für ihn ein großer Schritt vorwärts.

Im Flüsterton fragte er: »Wie war ich?«

»Unbeschreiblich.«

»Das Wort ›genial‹ kommt dir wohl nicht über die Lippen?«

Als die letzten der zehn Teilnehmer ihre Auftritte absolviert hatten, war Azime sicher, dass höchstens vier von ihnen je ihr Brot als Comedians verdienen würden. Sollte ihnen das nicht jemand sagen? Wenn eine komische Nummer nicht funktionierte, dann war das grässlich, trauriger als jede Tragödie.

Aber wieso machte es Azime dann so viel Spaß, bei diesen Auftritten zuzuschauen? Die stille Beobachterin in der hintersten Reihe eines Gemeindesaals am Rand des Londoner Stadtbezirks Hackney sah zu ihrer Freude, dass auch der himmelschreiendste Mangel an Talent die Leute nicht davon abhielt, es zu versuchen – von dem Wunsch, sie selbst zu sein und etwas zu bewegen. Selbst die schlechtesten sagten das eine oder andere, was die meisten Leute nie sagen würden, sich nicht zu sagen trauten, und sie plapperten nichts nach, sie sagten Sachen, die sie sich selbst ausgedacht hatten. Immerhin waren das mutige Menschen, anderen Leuten, die nichts zu sagen hatten, weit überlegen. Diese Leute wagten etwas, riskierten, dass sie dumm aussahen, wollten kreativ sein, lustig, sagen, was sie auf dem Herzen hatten – und zwar auf ihrem ganz persönlichen Herzen. Sie gaben Dinge über sich preis, intime, peinliche Dinge, bei denen die meisten Leute sogar Geld dafür bezahlen würden, dass sie verborgen blieben. Zehn Leute, die beteuerten, versicherten, es herausschrien: Hier bin ich, ich lebe, ich habe etwas zu sagen! Kurz, es waren Menschen, die versuchten, etwas Ungewöhnliches aus der Gewöhnlichkeit ihres gewöhnlichen Lebens zu machen.

Bevor Kirsten den Abend für beendet erklärte, wollte die Frau, die sich als Hausfrau bezeichnete, von ihr wissen, was genau uns denn nun eigentlich zum Lachen bringe.

Kirsten trat auf die Bühne, verschränkte die Arme, atmete tief durch und blickte forschend in die Augen ihrer Schüler, während sie sich eine Antwort überlegte.

»Eine ausgezeichnete Frage. Und verdammt schwer zu beantworten. Und eine sehr alte, verdammt schwer zu beantwortende, ausgezeichnete Frage.« Lange Pause. »Warum lachen wir überhaupt? Und woran liegt es, dass uns etwas zum Lachen bringt? Früher habe ich meinen Schülern immer gesagt: Das ist ganz einfach – das Lachen kommt daher, dass man etwas sagt oder tut oder denkt, das lustig ist. Was uns zu der Frage bringt: Was ist lustig? Auch darauf gibt es eine ganz einfache Antwort. Lustig ist das, was uns zum Lachen bringt. Womit wir wieder am Anfang wären! Wieder bei null.« Gelächter aus dem Kurs. »Versuchen wir es mal damit: Witze. Witze bringen uns zum Lachen. Oder sollten es zumindest. Witze beruhen auf…? Worauf? Weiß das jemand?«

Deniz: »Sie ber–«

»Auf Überraschung!«, unterbrach sie ihn, und alle lachten. »Ganz genau. Sie beruhen auf Überraschung. Entweder verdrehen sie die Logik – Ein Grashüpfer kommt in eine Bar. Der Barkeeper sagt: ›Wir haben einen Drink, der nach dir benannt ist.‹ Der Grashüpfer: ›Wirklich, ihr habt einen Drink, der Richard heißt?‹ – oder nutzen echte oder klanglich ähnliche Mehrdeutigkeiten in der Sprache – ›Was liegt am Strand und spricht undeutlich? Eine Nuschel.‹ Oder sie stellen eine allgemein bekannte Weisheit auf den Kopf – ›Das Leben ist eine viel zu ernste Sache, um ernsthaft darüber zu reden.‹ Oder es ist einfach etwas wirklich Schockierendes… da könnt ihr einen Fluch oder schmutzige Gedanken eurer Wahl einsetzen. Natürlich trifft, wie immer bei den Gesetzen der Komik, auch das Gegenteil zu!« Gelächter. »Und damit wären wir wieder zurück beim Anfang.«

Die Schüler applaudierten. Jeder Einzelne, so schien es Azime, hing bewundernd an Kirstens Lippen. »Versuchen wir's also noch mal«, begann sie von neuem. »Schopenhauer, Freud, Nietzsche, Wittgenstein und wie sie alle heißen – alle haben sie versucht, die Frage zu beantworten, die Jane mir gerade gestellt hat. Warum sollte ich das besser beantworten können als diese Männer? Das kann ich euch verraten. Weil ich witzig bin. Und das sind die nicht. Zum Beispiel:

Einige dieser bedeutenden Männer haben behauptet, das Lachen entspringe unserem urtümlichen Gefühl der Erleichterung, wenn eine bedrohliche Situation vorüber ist; es ist die körperliche Reaktion auf die vorherige Anspannung. Toll, aber dann verraten Sie mir mal eins, Herr Nietzsche oder Herr Freud: Warum ist der folgende Witz lustig? ›Was bekommt man, wenn man 0208 6352165789765334477 wählt? Einen verdammt wunden Finger.‹ Und wo ist da bitte die bedrohliche Situation? Hmm. Das kann's nicht sein. Glaubt mir, einen Philosophen zu fragen, was Komik ist, das ist, als ob man von einer Nutte mal richtig in den Arm genommen werden will. Als würde man Stevie Wonder bitten, einem bei der Suche nach dem Autoschlüssel zu helfen. Genau wie man keinen mathematischen Beweis haben kann, der nicht auf purer Mathematik beruht, kann es auch keine Theorie des Lachens geben, die nicht lustig ist. Fangen wir also noch mal von vorne an.«

Kirsten setzte sich vorn an die Bühnenrampe und sah ihre wissbegierigen Schüler der Reihe nach an. »Wie wär's damit? Es war einmal ein Mann. Ein ganz einfacher Mann. Er saß in der Kirche, und jemand fragte, warum er bei der Predigt nicht weinte, wo doch alle anderen Tränen vergossen. Er dachte einen Moment nach und gab dann schulterzuckend zur Antwort: ›Ich gehöre nicht zu dieser Gemeinde.‹ Und genauso ist das beim Lachen – man muss zur Gemeinde gehören. Um einen Witz lustig zu finden, muss man bestimmte Einstellungen teilen. Und wenn man dazugehört, dann lacht man über praktisch alles, was den Zusammenhalt dieser Gemeinde, das gegenseitige Verständnis fördert und bestätigt, dass man dazugehört. Wenn ihr alles andere aus meinem Unterricht vergesst, dann merkt euch das eine: Ein guter Witz verwandelt uns aus dem Stand in eine Familie. Bei einem guten Witz gehören wir alle dazu – das ist das einzigartige Privileg, das uns gute Witze bescheren. Sie schweißen uns zusammen, sorgen dafür, dass wir uns ein bisschen weniger allein fühlen, weniger hoffnungslos, ein bisschen besser verstanden. Sie umarmen uns. Und aus schierer Dankbarkeit für diese Umarmung, aus Erleichterung, weil wir den Witz verstanden haben und folglich zur selben ›Gemeinde‹ gehören, bewegen sich unsere Münder, öffnen sich, unsere Lungen füllen sich mit Luft, und dann macht unser Körper etwas schier Unglaubliches: Er stößt einen Laut aus, es ist ein absurder Ausbruch, ein Zucken, wie es kein anderes Geschöpf in der Geschichte des Universums je zustande gebracht hat oder zustande bringen wird. Das Lachen. Und was für ein Privileg, wenn man dieses Wunder bewirken kann. Was für eine Ehre, wenn man weiß, wie das geht. Ihr seid nicht einfach nur Comedians. Ihr bringt den Menschen Hoffnung, ihr umarmt Fremde, ihr vertreibt die Einsamkeit. Ihr seid *Ärzte*. So, und jetzt haut ab, es ist spät. Wir sehen uns nächste Woche, wenn ich's mir nicht anders überlege.«

Die Teilnehmer erhoben sich von ihren Plätzen und verabschiedeten sie mit donnerndem Applaus.

Draußen fragten einige der besseren Comedians Deniz, ob er noch auf einen Drink mitkommen wolle. Deniz nahm das als hundertprozentige Bestätigung, dass er mit seinem Programm auf dem richtigen Weg war, und flüsterte Azime zu, daran könne man doch sehen, dass er der Star des Kurses sei. Azime trottete hinter den anderen her, auch wenn sie ein wenig Angst hatte, jemand könne sie sehen, da sie ohne Erlaubnis ihrer Eltern hier war.

In dem lärmenden Pub verzog sie sich in eine Ecke und trank eine Cola. Sie saß dabei, hörte zu, nahm Sachen wahr – sie war eine gute Beobachterin – und stellte fest, dass die meisten dieser Möchtegern-Comedians komischer waren als vorher auf der Bühne. Sie sah auch, dass Comedians offenbar eine Menge tranken. Außerdem fiel ihr auf, dass Deniz weniger Interesse an ihr zeigte, wenn andere dabei waren.

Als der Pub zumachte, begleitete Deniz Azime nach Hause. Unterwegs sangen sie *I Will Survive*. Vor dem Haus verabschiedete er sich mit einem Klaps auf die Schulter und einer kurzen, freundschaftlichen Umarmung. ›Ist das alles?‹, fragte sie sich.

Vorsichtig öffnete sie die Haustür, glücklich wie seit langem nicht mehr. Jeder in diesem Haus voller Exzentriker schlief bereits – Exzentrik kann sehr anstrengend sein. Mit den Schuhen in der Hand stieg sie leise die Treppe hinauf; in die Mitte jeder Stufe hatte ihre Mutter einen glatten Stein gelegt, damit die Familie den Teppich dort nicht abnutzen konnte.

Als sie ins Bett stieg, spürte sie etwas Hartes unter dem Kissen – o nein, nicht schon wieder ein Nazar-Amulett, ein anatolischer Glücksbringer, der den bösen Blick abwehren sollte. Ihre Mutter steckte ihr oft einen solchen Talisman unter das Kopfkissen, in der Hoffnung, dass den geheimnisvollen Mächten in dem blauen Glas gelang, was ihr selbst bei aller Mutterliebe in den vergangenen drei Jahren nicht gelungen war – einen passenden Jungen für ihre schrecklich schwierige Tochter zu finden. Azime ließ das Amulett mit einem dumpfen Schlag auf den Boden plumpsen. Sie hatte zahlreiche Sorgen, so viele, dass die Rückseiten von tausend Rechnungen nicht gereicht hätten, sie aufzuschreiben, aber um die zu erklären und zu beheben, brauchte sie weder Flüche noch Amulette.

Am Morgen nahm Azime einen Weg zur Arbeit, der sie durch eine Siedlung mit Sozialwohnungen führte.

Was für ein Dreckloch. Von Anfang an hatten angehende Ganoven hier ihre ersten Gehversuche unternommen (Handtaschendiebe, Sozialhilfebetrüger, Dealerbanden, Autoknacker, Pöbel aller Art), aber inzwischen war es eine kleine Stadt für sich, in der viertausend Menschen wohnten, gestapelt in verschränkten Häuserblocks, solide gebauten Wohnungen, wenn auch von grässlichem Geschmack, alle um einen Platz gedrängt, in dessen Mitte Azime jetzt stehen blieb, den Blick höher und höher hinaufwandern ließ, bis in den achten Stock, wo er bei einer bestimmten Wohnung innehielt, an einem bestimmten Balkon, von dem unlängst eine Freundin gestoßen worden war.

Im Gedenken an diesen Sturz wanderte Azimes Blick nun zurück in die Tiefe, verfolgte den Weg ihrer (vermutlich schreienden) Freundin, eine einfache Linie, die an den Betonplatten zu Azimes Füßen endete. Nur eine einzige Platte war beschädigt, sie zeigte einen langen diagonalen Riss, da, wo, vermutete Azime, ein unglückliches Mädchen mit todbringender Geschwindigkeit aufgeprallt war. Menschenleib kontra Stein. Was war das für ein Geräusch gewesen, als all die schönen Knochen zerbarsten? Azime. Mit Tränen in den

Augen. Zerbrochener Beton. Der Riss, genau an der Stelle, an der dieser herabgestürzte Leib gelegen hatte, auf der Seite, zusammengerollt, als schliefe sie bei einem Picknick, und wo Mitbewohner sie umringt, geschrien, gestikuliert, mit dem Finger nach oben gezeigt hatten und sich gegenseitig in die Arme gefallen waren, ehe sie sich entsetzt abgewandt und aufs Neue geschrien und den kleinen Kindern zugerufen hatten, sie sollten ja nicht kommen, sie sollten hinten bleiben, sollten bleiben, wo sie waren. Dann hatten sie auf die Polizei gewartet, die arme Polizei, die immer hinterher aufwischen musste, die kommen und Ordnung in dem aufgeregten Durcheinander schaffen würde, die Überreste wegräumen – denn mehr war von dem Mädchen jetzt nicht mehr da –, das gelbe Band spannen, das einen Tatort erst echt machte und zumindest für eine Weile den Eindruck erweckte, dass tatsächlich ermittelt wurde.

Aber was war geschehen? Wie Azime rasch herausfinden sollte, hatte man den Schuldigen nichts nachweisen können, und sie wohnten immer noch da, wo sie auch vorher gewohnt hatten, im achten Stock. Unerhört.

Wieder wanderte Azimes Blick nach oben, bis er bei dem Balkon verharrte, hinter dem die Familie des toten Mädchens wohnte. Sie hatte den Eindruck, dass jemand am Fenster stand und zu ihr herunterschaute; nur die Umrisse waren zu erkennen. Ein Mann? Eine Frau? Azime hatte die Stiefmutter nie gesehen, eine strengverschleierte Frau – klein, das war das Einzige, was man über sie sagen konnte, solange sie unter einem solchen Zelt steckte. Den Vater hatte sie allerdings ein paarmal gesehen, im Laufe der Jahre am Eingang zur Schule und natürlich bei der Beerdigung. Ein dickbäuchiger Mann. Immer kurz vor einem Wutausbruch. Trug weite Hemden, immer über der Hose. Ständig am Handy. Ein Großmaul mit breitem Akzent. Das Gegenteil von niedergeschlagen. Und die latente Gewalttätigkeit sah man ihm deutlich an. Wie konnte es sein, dass solche Leute frei herumlaufen durften, ungehindert ins Handy brüllen, auf ihren Balkon treten und die Aussicht genießen? Da oben wohnten Mörder! Und alle taten, als seien es ganz normale Menschen. Unglaublich! Azime und das tote Mädchen waren gleich alt gewesen – konnte jemand auch sie umbringen und ungeschoren davonkommen? War auch ihr Leben so wenig wert?

Sie holte ihr Handy aus der Tasche. Richtete es nach oben und fotografierte den Balkon, und vielleicht beobachtete die Gestalt dort oben sie dabei – vielleicht konnte sie das Foto nachher am Bürocomputer vergrößern und erkennen, wer es war. Dann richtete sie das Objektiv nach unten. Machte ein Bild von der Betonplatte mit dem Riss. Dem Grabstein dieses Mädchens. Ihrem armseligen Gedenkstein.

Aristot Gevaş las noch einmal die Worte auf der Rückseite einer Rechnung für eine Couchgarnitur, die eigentlich schon am Vortag hätte ausgeliefert werden sollen – er kannte die Handschrift der Verfasserin.

›Harte Arbeit mag sich langfristig auszahlen, aber Faulheit zahlt sich sofort aus.‹

Was war bloß in seine Tochter gefahren, dass sie etwas so Schreckliches schrieb? Er wusste die Antwort. Sie verspottete ihn! Das war es. Sie machte sich über ihn lustig. Er blieb stehen, las den Satz noch einmal, dann ein drittes und ein viertes Mal, und mit jedem Durchgang wurde er wütender. *Harte Arbeit ist jetzt etwas Schlechtes? Neuerdings ist Faulheit gut? Welcher* xêvik *würde so etwas sagen? Wer konnte es wagen, so etwas auch nur zu* denken? Für einen Mann seiner Herkunft – einst (und vor noch gar nicht so langer Zeit) ein kurdischer Bauer in einem Land, das die Kurden verachtete, ein Mann, der allein durch harte Arbeit zu dem geworden war, was er jetzt war; der die Fesseln abgeworfen hatte, die andere ihm angelegt hatten, sich von den Zufällen seiner Geburt befreit hatte; ein Mann, der unlängst noch zu sich selbst gesagt hatte: ›Warum muss ich der Aristot Gevaş sein, den meine liebe Mutter zur Welt brachte, einer, dem die Türken ihren Stempel aufdrücken, wo ich doch die Kraft habe, mich aufzuraffen, und der Aristot Gevaş sein kann, der ich sein will?‹ Für einen so aufrechten, ehrlichen, hart arbeitenden, übermüdeten Mann, einen, der dafür alles gab, war die Vorstellung, dass Faulheit eine Tugend sein könne, abstoßend, empörend, widerwärtig!

An diesem ominösen Morgen kam Azime, als hätte sie nicht schon genug angerichtet, auch noch zu spät zur Arbeit. *Schon wieder* zu spät. Aristot hingegen war immer schon zwei Stunden vor allen anderen im Laden und sechs Tage die Woche da, 51 Wochen im Jahr, und von seinen Angestellten und seiner Familie verlangte er schließlich nicht mehr, als dass sie pünktlich aufkreuzten.

Als Azime in das kleine improvisierte Büro kam, fast eine Viertelstunde zu spät, stand er noch immer an ihrem Schreibtisch. Sie sah sofort, dass es Ärger geben würde.

»Baba?«

Er brüllte sie auf Kurdisch an und drosch mit der schlaffen

Rechnung auf sie ein, harmlose kleine *Flapp-flapp-flapp-flapps*, und nur aus Reflex hob sie zum Schutz die Arme, als sei es nicht das Stück Papier, das sie verletzen könne, sondern der verletzte Ausdruck in den Augen ihres Vaters, ein Blick, den er von seinem eigenen Vater geerbt hatte, ein familientypisches Funkeln, das auch sie beherrschte, ein Erbstück in der langen Ahnenreihe der Gevaş' wie ihr schwaches Herz, die Ballenzehen und die Tolpatschigkeit. Und als sie die Arme hob, tat sie es auch zum Schutz vor seinen Worten, denn aus diesem Mann, diesem Einwanderer, strömten uralte Vorwürfe nur so hervor, Warnungen, Flüche. Jetzt schlug er nicht mehr, er zeigte ihr streng mit dem Finger ins Gesicht. Brüllte etwas, dann schlug er sich selbst an die Brust und verzog das Gesicht, als ob er gleich weinen müsste. Er riss die Rechnung mit dem Lob der Faulheit in winzige Fetzen und warf sie ihr ins Gesicht. Das meiste, was ihr Vater in dieser Tirade brüllte, verstand sie; sie verstand seine Muttersprache einigermaßen, aber es waren doch Wendungen dabei, die man nur in seinem Geburtsort kannte, die nur ein Bewohner seines Heimatdorfs zu deuten gewusst hätte. Aber es lief darauf hinaus, dass ihr Vater einfach nicht glauben konnte, dass sie diesen Satz aufgeschrieben hatte, in dem ja nichts anderes stehe, als dass sie ihn nicht respektiere, ihn nicht liebe, ihn nicht ehre, keinen Dank kenne für all das, was er für sie getan habe.

»Baba, es ist doch nur ein *Witz*!«, beschwor sie ihn.

Aber damit kam sie bei einem Mann wie Aristot nicht durch, der nun, um der größeren Wirkung willen, den Schutz der kurdischen Sprache verließ und in die noch nicht ganz gemeisterte Sprache seiner teuflischen Tochter wechselte.

»Ein Witz? Was ist ein Witz? Deine Mutter? Dein Vater? Sind sie ein Witz?«

»Nein, Baba. Nein!«

»Wer dann? *Was* ist der Witz? Und wieso kommst du schon wieder zu spät? Immer bist du zu spät, was? Weil es besser ist, wenn man faul ist, nicht wahr? So viel besser. Kein Wunder. Kein Wunder, dass mir die Kunden wegbleiben. Kein Wunder, dass ich alles verliere, was ich aufgebaut habe. Kein Wunder, dass die Leute anderswo kaufen, ich weiß nicht wo, in dem verfluchten Internet wahrscheinlich. Wer weiß das schon. Eine faule, nichtsnutzige Tochter, mehr habe ich nicht! Die nicht mal einen Mann kriegt! Was ist das für eine Tochter? Ha! Kein Wunder, dass dich keiner will.«

Damit war er weg.

Azime ließ sich auf ihren Schreibtischstuhl sinken. Sie klickte den Ordner »Couchgarnituren« an und tippte: »Es ist nicht meine Schuld, dass ich keine Verantwortung übernehmen kann für das, was ich tue.«

Wieder ein langer Tag, der sie verspottete. Sie wartete, dass die Zeiger der Uhr voranrückten. Sie holte Rechnungsbücher hervor, schlug sie auf, trug Zahlen ein. Wieder ein Tag voller Alltäglichkeit, eine Folter Sekunde um Sekunde, ihr ganz persönlicher Neunstunden-Alptraum, verbracht in einer schäbigen Zelle, an deren blanke Wände sie, damit sie anheimelnder wirkten, Fotos von ihren Freundinnen aus besseren Zeiten gehängt hatte, kleine quadratische Schnappschüsse aus schöneren Welten. Und im Vergleich zu dem Lächeln, das dort festgehalten war, diesen Porträts von Mädchen, die einander die Arme um die Schultern legten, mit einer Landungsbrücke oder Einkaufsstraße oder Touristenattraktion im Hintergrund, mit Händen, die nicht-alkoholische Cocktails in die Kamera hielten – wie elend war sie im Vergleich dazu. Nicht besser dran als der, der auf einem weiteren Bild zu sehen war, eins, das sie aus einer Zeitschrift ausgeschnitten hatte: ein Foto von einem Ochsen, der an einem Brunnen das Wasser förderte, mit dem Kopf in einem schweren Joch, ein Tier, das sein ganzes Leben damit zubrachte, dass es an einem baufälligen Brunnen im Kreis ging, mit dem kotverklebten Schwanz nach Fliegen schlug; das Wasser, das er förderte, war für das Dorf, aus dem ihre Eltern stammten, aber der Ochse bewegte sich nur, wenn man ihm mit einem Stock einen kleinen Schlag auf den Hintern gab. Das war Azime Gevaş: ein Ochse im Joch, eine Dienerin, die am besten arbeitete, wenn man ihr regelmäßig Stockhiebe gab.

Sie ließ die Arbeit liegen, schloss ihr Handy an den Computer an, lud die Aufnahmen vom Morgen hoch und zog sie in einen Fotoordner. Wenn sie in dem Ordner jetzt die Vorschaubilder anklickte, öffneten sie sich zu voller Größe. Eines druckte sie gleich auf dem Farbdrucker aus, das von der Steinplatte mit dem Riss. Sie faltete es einmal und verstaute es sorgsam in ihrer Handtasche. Danach verbrachte sie ein paar Minuten mit dem Betrachten des anderen Bildes: dem von der schattenhaften Gestalt, die hinter der Glastür des Balkons im achten Stock zu ihr herunterblickte. Sie vergrößerte es, bis die Silhouette den ganzen Bildschirm füllte. Teils verbarg der grabsteingraue Himmel, der sich in der Scheibe spiegelte, die unscharfe Gestalt. Wie bedrohlich dieses Pixelmosaik wirkte, das genauso gut eine Wolke mit den Umrissen eines Menschen hätte sein können, in die sie menschliche Bosheit nur hineinprojizierte. Wenn es ein Mann war, dann konnte es nur der Vater oder der Bruder des toten Mädchens sein. Und wieso hatte der dort gestanden und ihr zugesehen, als sie die Aufnahme machte? Na, dann soll er eben zusehen, dachte Azime jetzt, in der Sicherheit ihrer Zelle im väterlichen Möbellager. Soll er es doch sehen und merken, dass da noch jemand ist, der nicht vergessen hat, was an diesem Ort geschehen ist. Danach zog sie den Zoom zurück, beschloss, dass sie dieses Bild nicht ausdrucken würde – es war einfach zu furchtbar. Sie machte mit einem Mausklick den Ordner zu und ging mit einem seltsamen Gefühl der Erleichterung wieder an ihre Arbeit.

»Beschreiben Sie sie!«

Sabite biss sich auf die Unterlippe; sie musste zuerst überlegen, wie viel Wahrheit ihre Ziele vertrugen.

»Sie ist zwanzig … ruhig … fleißig, geht nicht aus, liest gern Bücher, immer liest sie Bücher … näht gern … hatte immer gute Schulnoten, sehr, sehr klug, aber ruhig … ähm, schüchtern … ähm … keine Scherereien, ist nicht gern unter Leuten, keine Pubs, Clubs, Tanzlokale. Und sie will fünf Kinder.«

In der Küche der Familie Gevaş saß der Ehevermittler vor einem reichverzierten Glas mit heißem Tee und schüttelte ernst den Kopf. »Hmmm. Nicht einfach.«

»Wieso nicht einfach? Sehr einfach. Nicht einfach?«

»Nicht einfach.«

»Sie müssen helfen. Was soll denn aus einer solchen Tochter werden, noch dazu der Erstgeborenen? Schon zwanzig und noch kein Mann? Bald ist sie zu alt, um noch Kinder zu bekommen, und zu was ist sie dann noch nütze? Stimmt's?«

Der Ehevermittler nickte, machte aber ein besorgtes Gesicht, das mit Schwierigkeiten rechnete, wo Sabite keine sah. Nachdem er sich mit einem von vielen schwierigen Verhandlungen zu einem erbärmlichen Stummel geschrumpften Bleistift in einem Büchlein rasch ein paar Notizen gemacht hatte, schlug er es wieder zu und verkündete sein Urteil. Ein solches Mädchen würde Sabite einhundertfünfzig Pfund extra kosten, zusätzlich zu den vierhundert, die sie bereits für die Namen von sechs passenden Männern auf den Tisch gelegt hatte.

»Wieso extra? Wieso noch mal hundertfünfzig?«

Erregt wickelte Sabite eine Praline aus ihrer rosa Cellophanhülle, eine von sechs, die sie am Morgen oben auf einem Korb Wäsche in der Waschküche gefunden hatte, der Beweis dafür – wenn es denn eines solchen Beweises bedurft hätte –, dass aus arrangierten Ehen respekt- und liebevolle lebenslange Beziehungen werden konnten, Beziehungen mit vielen Schokoladenseiten.

»Ich muss mein Netz weiter auswerfen. Es hört sich an, als ob die hier einen eigenen Kopf hätte, und solche Mädchen sind nie leicht unter die Haube zu bringen.«

Deniz bot Azime an, sie zu dem kleinen türkischen Café an der Stoke Newington Road zu fahren, wo sie den neuesten Bewerber treffen sollte, den ihre Mutter und deren Ehevermittler als Heiratskandidaten auserkoren hatten.

Deniz ließ sie nicht direkt vor dem Haus der Familie Gevaş einsteigen, denn er wollte nicht gesehen werden. Ihm war klar, dass Azime sich nicht ohne Billigung ihrer Familie mit männlichen Wesen abgeben durfte, genau wie die Mädchen in seiner eigenen Familie. Auf der Fahrt zu dem potentiell romantischen Rendezvous versuchte er sich das Lachen zu verkneifen und gab ihr Ratschläge, wie sie das Treffen am besten sabotieren konnte. Nicht dass Azime diese Ratschläge gebraucht hätte, denn sie hatte schon an die fünfzehn solcher Treffen erfolgreich scheitern lassen, und das so geschickt, dass man schon fast von einer besonderen Begabung sprechen konnte, denn keiner dieser fünfzehn kurdischen Kandidaten hatte sich je wieder gemeldet, geschweige denn noch einmal blicken lassen.

Deniz hielt mit seinem Renault Clio in einiger Entfernung von dem Café.

»Wie lang wird es dauern?«, fragte er.

»Eine halbe Stunde, höchstens. Es darf nicht zu schnell gehen, sonst kriegt meine Mum irgendwann spitz, dass ich diese Treffen mit Absicht schiefgehen lasse.«

»Ich warte auf dich.«

»Bist du sicher?«

»Das lasse ich mir auf keinen Fall entgehen, Mann. Vielleicht kann ich das irgendwie verwenden. Für einen Sketch oder so. He, ich drück dir die Daumen, dass es so schlecht läuft, wie du es gern hättest.«

Azime suchte in Deniz' Miene nach irgendwelchen Anzeichen von Eifersucht, einem versteckten Hinweis darauf, dass auch er sich wünschte, dass das Treffen schiefging. Aber sie konnte keine Spur von Eifersucht entdecken. »Danke. Das ist lieb von dir«, sagte sie. Sie überlegte, ob sie ihn kurz auf die Wange küssen sollte, nur damit er wüsste, dass ihr

Interesse eher ihm galt als dem Fremden, mit dem sie sich gleich treffen würde. Doch bis jetzt hatten sich ihre Lippen nie auch nur flüchtig gestreift. »Gib mir einen Countdown«, bat sie.

Deniz sah auf seine Uhr: »Drei, zwei, eins … Start.«

Innen. Türkisches Café. Tag.

Es herrschte viel Betrieb, man hörte gedämpfte Stimmen, das Klirren von Teegläsern, die von ältlichen eleganten Kellnern auf Marmortische gestellt wurden. Auf dem Bürgersteig vor dem Fenster Grüppchen von Männern, die sich unterhielten, Zeitung lasen, träge die Schläuche der Wasserpfeifen zum Mund führten und den Rauch durch den blubbernden Wasserbehälter sogen. Drinnen, an einem der hinteren Tische, saß ein einzelner Mann, trank Tee, blickte auf die Uhr und sah sich nach der Frau um, mit der er verabredet war. Er war Mitte dreißig, ein bisschen zu dick, aber es hielt sich in Grenzen. Das dichte, lockige Haar war straff aus der Stirn gekämmt und bildete, mit Pomade gebändigt, eine gewellte, ansteigende Fläche. Die drei obersten Hemdknöpfe waren geöffnet. Er schwitzte, teils weil es ein schwüler Tag war, aber auch weil er unter Druck stand. Als er eine junge Frau näher kommen sah, warf er einen Blick auf das Foto in seiner Hand, stellte fest, dass sie der Frau auf dem Bild durchaus ähnlich war, und bot ihr mit höflichem Lächeln einen Platz an.

Sie hatte sich verspätet. Sie bat um Entschuldigung. Er sagte, das sei kein Problem. Sie wiederholte, dass es ihr leidtue. Er wiederholte, das sei wirklich kein Problem. Anscheinend war er zufrieden mit dem, was er bis jetzt von ihr gesehen hatte. Aber als er ihr nach dem Hinsetzen ins Gesicht schaute – ein Gesicht, das er für den Rest seines Lebens Tag für Tag ansehen könnte, wenn es mit dieser Verabredung klappte –, fiel ihm auf, dass sie ein bisschen schielte. Genau gesagt, mehr als nur ein bisschen, sie schielte sogar ziemlich heftig, ein beunruhigender Fehler in der Ausrichtung ihrer Augen, und er wusste nicht, in welches Auge er höflicherweise schauen sollte. War da auch noch ein Muskelzucken? Es sah aus, als ob sich ihre rechte Schulter in regelmäßigen Abständen nach oben bewegte. Er war sich nicht sicher. Vielleicht war ja nur ihre Unterwäsche verrutscht, und sie versuchte jetzt, den BH-Träger hochzuschieben, ohne die Hände zu Hilfe zu nehmen.

Auf seine Frage, ob sie etwas zu essen bestellen wolle, antwortete sie: »Unbedingt.« Sie schlug die Speisekarte auf und musterte sie, erst mit dem einen, dann mit dem anderen Auge. Der Mann fragte sich, welches wohl ihr bevorzugtes Auge war. Als der Kellner kam, fing die junge Frau an, Essen zu bestellen, und sie hörte erst auf mit Bestellen, als sie einen Großteil des Angebots des Cafés geordert hatte. Dem Kellner erklärte sie, sie wolle mit etwas Süßem anfangen, dann zu etwas Salzigem übergehen, und zum Schluss vielleicht noch mal etwas Süßes. Dann überlegte sie es sich anders und verlangte Salzig, Süß und wieder Salzig, doch noch während sie das sagte, überlegte sie es sich noch einmal anders; sie kehrte zu der früheren Variante zurück und bestellte als Erstes *susam mantolu kek*. Ob er wisse, wie das schmecke, fragte sie ihr Gegenüber. Sehr lecker. Vielleicht in der Annahme, sie habe für ihn mitbestellt, orderte der Mann nichts. Dann folgte oberflächlicher und überwiegend nichtssagender Smalltalk – über das Wetter, Parkplatznöte, was für ein nettes Café das doch sei –, aber er fand es merkwürdig, dass sie ihn zum dritten Mal fragte, wo er wohne, obwohl er ihr auf diese Frage schon zweimal eine Antwort gegeben hatte, nämlich: »Ganz in der Nähe.«

Der erste Gang wurde serviert. Sie packte die Gabel, als sei das Essen etwas Lebendiges, das sie erdolchen müsse, dann begann sie, sich von dem *susam mantolu kek* große Bissen in den Mund zu stopfen. Kauend verkündete sie dem Mann, der Kuchen sei wirklich sehr lecker, er könne gern mal probieren – ein Angebot, das er höflich ablehnte. Während er ihr beim Essen zusah, rührte er vor lauter Aufregung ein weiteres Stück Zucker in seinen ohnehin schon viel zu süßen Tee. Ein paar peinliche Augenblicke lang wussten sie beide nichts zu sagen. Sie wandten den Blick ab, dann sahen sie sich wieder an, lächelten halbherzig, wandten den Blick wieder ab und sahen sich wieder an. Wenn sie lächelte, hörte sie einen Augenblick lang auf zu schielen, doch danach wurde es nur noch schlimmer. Er lächelte nach Leibeskräften, dann wanderte sein Blick immer häufiger zu seiner Armbanduhr. Doch als sie den Kuchen halb aufgegessen hatte, erstarrte sie – die Augen weit aufgerissen. Plötzlich spuckte sie den Kuchen in die erstbeste Serviette – wie sich herausstellte, war es seine.

»Oh, mein Gott! Es tut mir ja so leid«, sagte sie.

Nun schon nicht mehr ganz so interessiert, fragte er: »Was haben Sie?«

Verzweifelt winkte sie den Kellner heran und fragte, ob in dem *susam mantolu kek* etwa Nüsse seien, worauf der Kellner erklärte, selbstverständlich seien Nüsse in dem *susam mantolu kek*, schließlich handle es sich um einen Nusskuchen. Der Mann fragte, ob Nüsse ihr nicht bekämen, doch die Frage war überflüssig, weil mittlerweile jeder im näheren Umkreis ihres Tisches sehen konnte, dass der Kuchen Azime nicht bekam. Sie kratzte sich an Armen, Hals, ja sogar an den Beinen, während sie ihrem Gegenüber, immer wieder von Entschuldigungen unterbrochen, mit keuchendem Atem eröffnete, dass sie an einer sehr, sehr schweren Nussallergie leide, die sich schon am ganzen Körper bemerkbar mache. Als er fragte, wie schlimm es noch werde, prophezeite sie ihm – immer noch schielend –, dass ihr Körper bald anschwellen werde, dann käme der Ausschlag, ein Ausschlag, der aussehe wie Schuppenflechte, und danach könne es passieren, dass es richtig schlimm werde, und damit meinte sie, dass sie womöglich keine Luft mehr bekomme. Er fragte – weniger besorgt, als es in einem solchen Fall angebracht gewesen wäre –, ob er einen Arzt rufen solle. Nein, antwortete sie, sie wolle es erst mal mit etwas versuchen, das sie für solche Notfälle immer bei sich habe. Sie zog eine Tube Creme aus der Handtasche und begann, unter neuerlichen Entschuldigungen, sie auf Gesicht und Hals aufzutragen. Die Creme war sehr dick und sehr weiß, von der Sorte, wie man sie manchmal auf den Nasen und Unterlippen englischer Cricketspieler im Hochsommer sah, und je mehr sie davon auftrug, desto mehr sah sie aus wie eine Pantomimin. Es tue ihr so leid, wirklich leid!, wiederholte sie und schmierte sich jetzt Creme auf Dekolletee und Arme. Sie habe heute unbedingt einen guten Eindruck machen wollen. Sie flehte ihn an, ihr zu glauben, dass ihr so etwas nur ganz selten passiere, sie habe einfach nur einen schlechten Tag. Und dann fügte sie hinzu, dass sie ihn wirk-

lich wiedersehen wolle. Wirklich. Nicht dass sie Torschluss-
panik hätte, beteuerte sie hastig, aber er sei immerhin schon
der sechzehnte Mann, den sie auf diese Weise kennengelernt
habe, durch die Vermittlung anderer. Aber irgendwie gehe
immer etwas schief bei diesen Verabredungen, und dann
wollten diese Männer sich nicht mehr mit ihr treffen. Sie
könne das nicht verstehen. Vielleicht laste ein Fluch auf ihr.
Vielleicht habe ihre Mutter recht, und sie habe wirklich den
bösen Blick. »Den bösen Blick?«, fragte er und zog die Augenbrauen noch höher. Ja, den bösen Blick. Und als sie ihn
fragte, ob es ihm etwas ausmachen würde, sie am Rücken zu
kratzen, sprang er auf, warf einen Blick auf sein Handy und
sagte, dass er gerade eine dringende SMS bekommen habe,
auf die er unverzüglich antworten müsse. Sie nahm ihm das
Versprechen ab, dass er gleich zurückkommen würde, dann
durchquerte er mit großen Schritten das Restaurant, wählte
eine Nummer auf seinem Handy und trat auf die Straße.

Sie ließ sich auf die Sitzbank sinken, stieß einen tiefen
Seufzer aus, dann wischte sie – diesmal mit der eigenen Serviette – die Creme von Gesicht, Hals und Armen. Zur Feier
ihrer neuerlichen Flucht vor dem Ehestand brach sie mit
zwei Fingern einen weiteren Bissen *susam mantolu kek* ab
und versicherte sich mit einem Blick aus dem Fenster, vorbei an den blubbernden Wasserpfeifen, dass der jüngste ihrer sechzehn Ehekandidaten eilig die Straße entlangging und
bald nur noch ein kleiner Punkt sein würde, nicht größer
als der Krümel, den sie auf ihrer Fingerspitze balancierte,
bevor sie ihn in den Mund steckte.

Ein Blick auf die Uhr. Wie lang? Vierzehn Minuten. Ein
Rekord.

An der Ecke sprang sie zu Deniz ins Auto.

»Achtzehn Minuten«, sagte er. »Du bist klasse.«

»Eine Meisterin meines Fachs.«

Azimes Handy klingelte. Ihre Mutter wollte wissen, wie das Treffen lief. Ob er aufgetaucht sei? Ob er nett sei? Nicht weiter schlimm, wenn ein Ehemann nicht gut aussieht, riet ihre Mutter. Ein guter Ehemann müsse nicht gut aussehen, das müssten nur die schlechten. Aber Azime musste ihr eröffnen, dass das Treffen schon zu Ende war.

»Ein Blick, und weg war er. Keine Ahnung. Vermutlich bin ich nicht sein Typ. Ich kann nichts dafür. Die mögen mich einfach nicht. Du musst ihnen mehr Ziegen versprechen.«

Azime hatte sich den ganzen Tag über den Kopf zerbrochen, was sie Witziges sagen könnte. Doch je mehr sie nachdachte, welche Themen komisches Potential hatten, desto weniger witzig erschienen sie ihr. Nach Stunden vergeblicher Mühe musste sie einsehen, dass man entweder eine witzige Person war oder nicht. Sie war es offenbar nicht.

Sehr nervös ging sie vor dem Saal auf und ab, in dem die nächste Unterrichtsstunde von Mrs Kirsten Koles Hackney Comedy School stattfinden sollte, dieser Schule für witzige Menschen. Sie stellte sich vor, dass man sie, wenn sie ein zweites Mal hineinging, sofort als langweilig und völlig unkomisch entlarven würde. Und doch fühlte sie sich von der Welt des Humors wie magisch angezogen, für die jetzt ebendieses heruntergekommene Gemeindezentrum stand, ein Ort, wo Menschen die Dinge offenbar anders sahen als jeder andere hier draußen – wo sie die Dinge durchschauten, ja durchdrangen. War sie überhaupt würdig, neben solchen Menschen zu sitzen? Wer war sie denn schon? Eine zwanzigjährige muslimische Kurdin, die ihr Leben lang gerne Witze erzählt hatte, aber noch nie auf einer Bühne vor Publikum gesprochen hatte. Sie konnte sich Witze gut merken, besonders die, die ihr gefielen, sie war eine wandelnde Bibliothek von Witzen, und sie konnte sie auch einigermaßen erzählen.

Schon als Kind hatte sie in den traurigsten Momenten Witze erzählt – zur größten Besorgnis ihrer Eltern –, und bei ihren Freunden war sie von Anfang an der Hofnarr gewesen. Aber ein heimlicher Fan von Comedy und Comedians zu sein war beileibe nicht dasselbe, wie selbst auf einer Bühne zu stehen, vor allem, wenn man noch nie allein auf einer Bühne gestanden hatte – noch nicht einmal in der Theater-AG in der Schule, wo sie allenfalls kleine Rollen als Mitglied des Chors oder einer Menschenmenge übernehmen durfte, Hauptsache sie hielt sich im Hintergrund. Sie versuchte sich auszumalen, wie sie aussehen würde, allein und mit einem Mikrophon in der Hand, wie sie wildfremden Menschen in aller Offenheit brüllend komische Dinge über sich selbst und ihre Welt erzählte. Nein. Unmöglich. So jemand war sie nicht. Das konnte eine junge kurdische Muslimin nicht machen, das konnte sie, Azime, nicht machen. Bisher hatte sie nur mit ihren Freunden offen und witzig gesprochen. Sich vor wildfremde Leute hinstellen und provokante Dinge sagen? Nein, niemals. Warum ging sie nicht einfach nach Hause? Wieso stand sie immer noch vor dieser Tür und rang mit sich?

Lag es womöglich an Kirsten Kole? So eine begeisternde Person mit echtem Charisma – eine Lehrerin von der Sorte, wie man sie sich immer erträumt, aber nie bekommt. Man wollte einfach dabei sein, wenn jemand wie sie sprach. Azime hatte ihre Schulzeit unter Drohnen verbracht, die unerbittlich Fakten und Zahlen ausspuckten und gnadenlos ans Licht zerrten, was man nicht wusste, miesen Arschlöchern und Zicken, die einem letztlich doch nichts beibrachten. Und wie sehr sich Kirsten von sämtlichen Frauen in Azimes Familie unterschied, die zwar alle irgendwie wütend waren, dass sie von den Männern und von alten Traditionen gegängelt wurden, aber nicht den Mut aufbrachten, den Schritt ins Freie zu wagen. Diese Frauen waren allesamt überzeugt, dass man einfache Regeln brauchte, wenn man in einer komplexen Welt zurechtkommen wollte. Kirsten war anders. Bei Kirsten klangen einfache Dinge wunderbar kompliziert, wie etwa die Vorstellung, dass ein einfacher Witz gar keine einfache Sache war und in Wirklichkeit eine sehr wichtige Funktion hatte, weil er alle, die einen Witz begriffen, mit denen verband, die ihn *je* begriffen hatten. Oder diese andere Idee: »Ein Witz ist eine Herausforderung, für die die Welt noch nicht reif ist.« Oder: »Wenn jemand einen Witz hört und erraten kann, wie er ausgeht, dann ist es kein Witz.« Ja, Kirsten war cool und klug und inspirierend, und Azime wünschte sich nichts sehnlicher, als zu hören, was Kirsten sonst noch zu sagen hatte.

Und deshalb ging Azime, so unwürdig sie sich auch fühlen mochte und so unsicher sie sich über ihre Motive war, zurück zur Eingangstür und drückte sie auf. Und drinnen empfingen sie sofort Menschen, Gelächter, Verwicklungen.

»Das Thema kann ganz banal sein. Oft gilt: je banaler, desto besser. Die Kleinigkeiten, die wir so oft übersehen – ich will, dass ihr euch darauf konzentriert. Leuchtet die hintersten Ecken eurer Erfahrung aus. Und die besten Beobachtungen kommen aus eurer Einstellung, eurem Blickwinkel.« Von ihrem Platz auf der Bühne sah sie, wie Azime leise eintrat, nickte ihr zu, gab ihr ein Zeichen, sich zu setzen, und fuhr dann fort. »Wenn ihr Bahn und Busse furchtbar findet, na prima. Zählt fünfzehn Dinge auf, die ihr daran besonders hasst. Die ersten zehn sind mit Sicherheit Klischees. Busse haben Verspätung. Züge sind überfüllt. Man muss die Fürze von Fremden riechen. Aber die letzten fünf, die sind originell. Sex in öffentlichen Verkehrsmitteln. Witz: Eine Frau treibt es im Bus, weil… weil sie endlich Mitglied im Ein-Meter-über-dem-Boden-Club werden will.« Gelächter. »Mit den letzten fünf experimentiert ihr. Geht in die Tiefe. Analysiert sie. Da findet ihr wahre Komik.«

Azime hatte sich einen Platz gesucht und sah sich in dem halbdunklen Saal um. Deniz saß nicht weit weg, ebenfalls hinten; genauer gesagt, starrte er sie gerade mit großen Augen an, als wolle er fragen: ›Was zum Teufel…?‹

Sie lächelte zurück, zuckte mit den Schultern. Sie hätte es nicht erklären können.

»Also… seht euch in eurem Leben um und schreibt über das, was ihr tatsächlich macht, was euch zustößt, ohne Angst, dass ihr euch blamiert, und ohne Eitelkeit.« Kirsten machte ein dummes Gesicht, erntete Gelächter. »Und macht euch keine Gedanken, wie es wohl ankommen wird. Taucht ganz tief ein. Es darf keine Halbheiten geben. Erste Regel: Beim Witzemachen keine halben Sachen. Sagt die Wahrheit, so grässlich sie ist – was nicht heißt, dass ihr sie auch auf grässliche Art sagen müsst. Wenn in jeder Zeile Kacke, Pisse, Wichser vorkommt, ist das nicht lustig.«

Zwischenruf von Johnny: »Falsch!«

Azime erinnerte sich an ihn. Er war einer von den dreien, mit denen sie und Deniz in der Woche zuvor nach dem Kurs noch in einen Pub gegangen waren. Auf der Bühne nannte er sich Johnny TKO. In Azimes Augen war er der Talentierteste im Kurs, und sie blickte nach vorn zu Kirsten, um zu sehen, ob die ihre Einschätzung teilte.

»Solche Ausdrücke machen einen schlechten Witz nicht besser«, konterte Kirsten.

»Aber sie machen einen guten Witz witziger.«

»Kraftausdrücke, zurückhaltend gebraucht, geben einem Witz manchmal den gewissen Kick, das stimmt, aber verwendet sie sparsam, wie Salz. Eine kleine Prise genügt. Flaubert sagt—«

»Flohbär?«

»Flaubert sagt: ›Halt dein Scheißmaul und hör zu, dann erfährst du's vielleicht noch.‹« Gelächter, sogar Gejohle von den Kursteilnehmern. »Auf Französisch natürlich.«

Johnny war hoch erfreut über so viel Aufmerksamkeit. »Seht ihr? Habt ihr's gemerkt? Ohne das Schimpfwort hätte das kein bisschen gewirkt!«

Kirsten ließ sich nicht beirren. »›Bei allem, was wir sehen, gibt es einen Teil, der unerforscht bleibt‹, schrieb Flaubert, ›denn wir sind es gewohnt, unsere Augen nur im Einklang mit der Erinnerung an das zu gebrauchen, was uns andere über das, was wir betrachten, beigebracht haben. Aber selbst das Unbedeutendste trägt in sich etwas Unbekanntes.‹ Das wiederhole ich noch einmal. ›Selbst das Unbedeutendste trägt in sich etwas Unbekanntes.‹ Also, geht hin und findet das Unbekannte im Bekannten. Das ist der beste Ratschlag, den ihr von mir je bekommen werdet.«

Johnny rief erneut dazwischen: »Das hast du beim letzten Rat, den du uns gegeben hast, auch schon gesagt.«

»Das wäre nur ein Widerspruch, Johnny, wenn die Ratschläge, die ich euch gebe, nicht immer besser würden. Das werden sie aber.« (Applaus. Mehrere Teilnehmer zeigten Johnny einen Vogel.) »Und Johnny, bitte, wenn du nicht neuerdings professioneller Besserwisser werden willst, dann hör einfach zu.« (Applaus.)

Jemand fragte Kirsten nach der Wahrheit. Wo die bei der Comedy blieb.

Auch an diesen Fragesteller erinnerte sich Azime, er war auch mit in der Bar gewesen, ein ehemaliger Strafgefangener – ebenfalls sehr talentiert. Dieser Bursche und Johnny TKO und eine junge Frau, die auch jetzt im Saal war – sie hatte sich auf der Bühne als Manisch-Depressive geoutet, aber der Name fiel Azime nicht mehr ein –, das waren die drei, die sie am meisten beeindruckt hatten. Bei allen dreien merkte man während ihrer fünfminütigen Auftritte, dass sie »etwas hatten«, einen Persönlichkeitszug, der sie anders sein ließ als andere. Azime hatte noch keinen Namen für dieses gewisse Etwas, aber sie war überzeugt, dass es nur ganz wenige gab, die wirklich Talent hatten. (Armer Deniz, dachte sie, mein armer Schatz.)

»Wo die Wahrheit bleibt? Mit der Wahrheit ist es wie mit dem Harlekin, dem Hofnarren, der dem König etwas ins Ohr flüstert und sich dann aus dem Staub macht, bevor der König ihn erwürgen kann. Und er wird ihn erwürgen. Es war schon immer gefährlich, den Mächtigen die Wahrheit zu sagen. Die Menschen ertragen die Wahrheit nur in sehr geringen Dosen.«

Arthur – Azime erinnerte sich jetzt an den Namen – hatte noch eine Frage: »Aber du hast gesagt, wir müssen die verborgene Wahrheit in einem Thema aufspüren. Und jetzt überlege ich, was ist mit Lügen? Sind die nicht auch wichtig? Witze über Iren beispielsweise. Alle Iren sind dumm. Jeder

liebt Irenwitze, aber wir wissen alle, dass sie scheiße sind.
Erstunken und erlogen.«

»Nein, sind sie nicht. Iren *sind* dumm.«

»Das meinst du nicht im Ernst!«

»Wisst ihr, wer die ganzen Lügen über die Iren verbreitet?
Die Iren selbst. Und die Polen erzählen Polenwitze, Juden
lachen über Juden, Muslime über Muslime. Niemand macht
bessere Witze über diese Leute als sie selbst. Und der Grund,
warum Iren irenfeindliche Witze erzählen, ist ihre Unsicherheit, ob an der Vorstellung, dass sie schwer von Begriff sind,
nicht doch etwas Wahres dran sein könnte.« Der Kurs ächzte
vor Lachen. »Die Witze unterstreichen diese Unsicherheit.
Deshalb sind es auch keine Lügen. Und das Gleiche gilt für
Frauen am Steuer. Frauen sind insgeheim unsicher, dass sie
womöglich ein weniger gutes Raumgefühl haben als Männer, also entspringen Witze über Frauen am Steuer nicht einer Lüge, sondern sind das Ergebnis von Beobachtungen
und innerer Unsicherheit. Möchte sonst noch jemand den
Betrieb aufhalten?«

Manisch-depressive junge Frau: »Ich. Und was ist mit
anderen Gruppen? Was ist, wenn man die beleidigt? Emp-
findliche Leute. Hat man tatsächlich das Recht, sie zu belei-
digen?«

Diesmal brauchte Kirsten einen Augenblick, bis sie die
Antwort parat hatte. Sie ging auf der Bühne auf und ab, die
Hände tief in den Taschen ihrer Latzhose vergraben.

»Rechtlich gesehen darf man sich über jeden lustig machen, aber man ist nicht dazu *verpflichtet* … Johnny, ich hoffe,
du hörst mir gut zu. Und jeder, über den man sich lustig
macht, hat das Recht, beleidigt zu sein. Ihr müsst also einen

guten Grund haben, wenn ihr jemanden beleidigt; und ihr müsst glaubwürdig sein und den Mut haben, die Konsequenzen zu tragen. Wenn ihr aus eigenem Erleben schöpft, ist eure Wut authentisch – wenn ein Thema euch wirklich an die Nieren geht, seid ihr glaubwürdig. Aber wenn ihr nur einfach aus sicherer Entfernung feuert, Schüsse über ein Thema, bei dem ihr euch gar nicht auskennt, dann seid ihr wohl nicht die richtigen, über dieses bestimmte Thema etwas zu sagen. Kurz gesagt: Missbraucht nicht euer Recht auf Redefreiheit, dazu ist es zu hart erkämpft. Wählt eure Zielscheibe sorgfältig aus. Attackiert die Bösen. *Ne tirez pas sur l'ambulance* – schießt nicht auf den Krankenwagen. Wir brauchen alle Guten, die wir finden können. Aber habt keine Angst davor, die Wahrheit zu sagen, ganz gleich, wohin sie euch führt.« Bei dieser Bemerkung klatschte sogar Johnny TKO beifällig, was wiederum Kirsten noch mehr ansporte. »Wenn ein Krankenwagen eure Großmutter überfahren hat, dann jagt den Krankenwagen mit der Panzerfaust in die Luft. Und eins muss euch klar sein: Die Wahrheit verletzt immer – deshalb müsst ihr sicher sein, dass sie die Richtigen trifft. Und jetzt haut ab. Ihr seid furchtbar.« In das Gelächter hinein fügte sie noch hinzu: »Das ist mein Ernst. Ihr habt alle kein Talent, keiner von euch. – Hört auf zu lachen, ich meine das ernst. Kein Talent, niemand. Und jetzt verschwindet wieder in euer armseliges kleines Leben und hört auf, mir Löcher in den Bauch zu fragen.«

Die Kursteilnehmer zogen ab, glücklich, dass sie, wo sie schon kein Talent besaßen, immerhin eine Lehrerin hatten, die alles, was womöglich doch in ihnen schlummerte, herauskitzeln konnte.

Azime blieb sitzen.

Als sie sie sah, kam Kirsten zu ihr herüber, streckte ihr die rechte Hand entgegen, die sie während der gesamten Unterrichtsstunde in ihrer Hosentasche verborgen hatte.

»Hallo. Ich bin Kirsten. Warst du nicht schon letzte Woche da?«

Azime schwebte auf einer Wolke von Optimismus und mit dem Gefühl ungeahnter Möglichkeiten nach Hause. Die Straßen kamen ihr plötzlich gar nicht mehr so schmutzig vor, die Menschen heiterer, weniger unzugänglich. In ihrer beflügelten Stimmung wollte sie sehen, einfach nur sehen, aufrichtig in das Herz der Dinge blicken, genau wie Kirsten es gesagt hatte, wollte nah herangehen, wahrnehmen, durchschauen, einen Blick werfen auf diesen kleinen Teil, der immer unerforscht bleibt. Sie lächelte wildfremden Passanten zu und erntete jedes Mal ein Lächeln, das sie schmunzelnd weitergehen ließ. War die Welt tatsächlich nur das, was man in sie hineinlas?

Sie passierte die Seitenstraßen von Harringay, die sich wie neunzehn Leitersprossen zwischen Green Lanes und Wightman Road hinzogen. Was waren das für bis dahin unbemerkte Dinge, die Azime Gevaş sehen konnte, als sie die Umfreville Road, die Burgoyne Road, die Cavendish, Duckett, Mattison, Pemberton, Wareham, Seymour, Hewitt, Allison, Beresford, Effingham, Fairfax, Falkland, Frobisher, Lausanne, Hampden, Raleigh, Sydney sowie die North Lothair Road und die South Lothair Road überquerte? Menschen vor allen Dingen. Dahinhastende Vertreter der örtlichen Kulturen, so viele Ethnien, dass man sie unmöglich alle aufzählen konnte, und sie alle versuchten sich in dieser erbarmungslosen Ecke der Großstadt durchzuschlagen. In der Eiszeit war hier ein Gletscher gewesen, direkt unter diesem Asphalt; aus dem Erdkundeunterricht wusste sie, dass sich das Eis bis zum Muswell Hill erstreckt hatte. Später dann ein Wald, bis ins Mittelalter. Dann kam die Landwirtschaft, kamen Hecken, Gärten und schließlich diese Menschen, die sich nicht unterkriegen ließen. Heute herrschte auf der Straße gute Stimmung, ein Zeichen des Zusammengehörigkeitsgefühls, das dafür sorgte, dass in diesem Stadtteil der Sommer eine riesige Freiluftparty war, mit den traditionell gekleideten Anwohnern auf den Straßen, wo sie in einer der 193 Sprachen des Viertels redeten und sangen und auf 193 verschiedene Arten zubereitetes Hühnchen aßen.

Das Straßenmuster hatte in der Zeit von König Edward ein trübsinniger Stadtplaner auf dem Reißbrett entworfen, und nur die leuchtend bunten Eingangstüren sorgten dafür, dass sich die immergleichen Reihenhäuser nicht gar zu ähnlich sahen. In den fünfziger Jahren des 20. Jahrhunderts wechselten die Häuser die Besitzer, an die Stelle der englischen Arbeiterklasse traten Einwanderer, und die Haustüren kündeten heute von ihren fernen Heimatländern: das Terrakotta der Wüste, das Gelb von Safranreis, das Marineblau eines unvergessenen fernen Binnenmeers. Viele Fenster in den oberen Stockwerken standen offen, ließen Luft herein und verströmten aromatische Essensdüfte, von Köchen und Köchinnen produziert, die keine Kochbücher brauchten.

An diesem lauen Abend waren die Menschen mit dem

Frühjahrsputz beschäftigt, kehrten die Eschenblätter von den Gehwegen. Azime blieb stehen und hob ein Blatt auf, so breit wie ihre Hand – kein Wunder, dass diese Bäume ein Geräusch wie Applaus machten, wenn der Wind durch die Blätter fuhr. Im Weitergehen sah sie Leute, die ihre Teppiche klopften, und das Gewebe hustete bei jedem Schlag Wolken von uraltem Staub. Sie kam an kurdischen und türkischen Bäckereien vorbei. Geschlossen. Aber die Gemüseläden waren noch offen und präsentierten ihre Ware in Plastikkisten, Material für hundert Stillleben. Sie war hungrig und kaufte sich einen Lamm-Döner. Der Duft von dem kreisenden Grillspieß stieg ihr in die Nase. Der Verkäufer säbelte das Fleisch mit einem langen Messer ab und fing die Stückchen mit einem sichelförmigen Tablett auf, ehe er sie zusammen mit Essiggurken und Zwiebelringen in eine Pita schob und einen ordentlichen Schuss Chilisauce dazugab. Schreckliche Vorstellung, dass ein Lebewesen umgebracht werden musste, damit sie zu essen hatte; aber was konnte man schon machen, solange die Tiere sich nicht selbst umbrachten?

Wieder auf der Straße, aß sie im Gehen. Im Schaufenster einer Fußpflegerin stand ein Aquarium, in dem Saugbarben bedrohlich ihre Bahnen zogen. Diese Fleischfresser mochten rauhe, abgestorbene menschliche Haut und knabberten – angeblich – ausschließlich die Schwielen an menschlichen Füßen ab. Aber Azime machten Fische Angst, und sie fand, nur ein Dummkopf würde darauf vertrauen, dass diese einfältigen Biester wussten, wann sie mit Fressen aufhören sollten. Sie wandte sich von dem Schaufenster des Kosmetiksalons ab und sah den Vater des toten Mädchens.

Sie fuhr zusammen. Ihr stockte der Atem. Der Mann, dieser Mörder, war für den Moscheebesuch gekleidet und unterhielt sich mit einem anderen Mann. Er gestikulierte heftig, und seine Schultern bewegten sich auf und ab, schließlich verzog er das Gesicht zu einem Grinsen – offenbar erzählte er eine sehr lustige Geschichte –, und dann lachte er. Was für ein Lachen. Das Lachen eines glücklichen Menschen. Die Wut in Azimes Bauch wuchs; dieser Verbrecher war auf freiem Fuß, er konnte wie jeder brave Bürger nach Lust und Laune an einem schönen Abend stehen bleiben und Witze erzählen, ohne sich zu schämen. Es war ein Skandal! Sein Lachen hatte eine solche Leichtigkeit – das war das Erschreckendste. Sie sah, wie sich der von einem grauen Bart umwucherte Mund öffnete, wie der Mann den Kopf in den Nacken legte und mit hocherhobenem Kinn den schwabbeligen Hals reckte wie ein Pelikan, der seine Beute verschlingt. Und das Geräusch – tief und dröhnend unter den Ladenmarkisen.

Hastig überquerte Azime die Straße, um es nicht mehr hören zu müssen – doch fast wäre sie zu schnell gewesen. Ein Hupen, und mit quietschenden Reifen schoss ein Auto vorbei. Es verfehlte sie nur um Zentimeter. Sie erreichte die andere Straßenseite, doch selbst dort war das Lachen dieses alten Mannes noch zu hören. Wie kann er es wagen! Wie kann dieser Dreckskerl es wagen zu lachen. Wie kann er es wagen, auch nur einen Augenblick lang glücklich zu sein! Besaß er kein Fünkchen Anstand? Ein solcher Mann hatte sein Anrecht auf Lachen, auf Glück verwirkt, dachte Azime wütend. Ein solcher Mann sollte die Fähigkeit zu lachen ein für alle Mal verlieren, als Strafe für das, was er getan hat, er sollte dazu verdammt sein, allem Komischen nur mit stumpfem Unverstand zu begegnen, seine innere Anspannung sollte für immer ungelöst bleiben und ihn innerlich zerfressen.

Angewidert ging sie rasch weiter, noch immer von diesem Lachen eines Mörders verfolgt. Ihren Döner warf sie halb aufgegessen in einen Papierkorb. Sie nahm nichts mehr wahr, ihre Neugier war erstickt, das Banale wirkte nur noch banal, das Alltägliche alltäglich, die vertraute Welt barg keine erstaunlichen Geheimnisse mehr.

Am nächsten Morgen erwachte sie mit einem aufgeschlagenen Buch auf der Brust, ihrem nächtlichen Mittel gegen Schlaflosigkeit. Aber sie war unruhig und ging innerlich aufgewühlt zur Arbeit.

»Tochter! Was immer deine Einstellung verändert hat, mach weiter damit!«

Diese aufmunternden Worte, die Aristot ihr quer durch das Lager zurief, waren eine Reaktion darauf, dass Azime sich in ihrem telefonzellengroßen Büro mehrere Stunden lang beeindruckend fleißig über die Geschäftsbücher gebeugt hatte. Was Aristot nicht wusste, nicht wissen konnte, war, dass Azimes Fleiß nicht ausschließlich der An- und Auslieferung von goldverzierten Lehnstühlen und fürstlichen Fauteuils galt. Mindestens die Hälfte dieser Zeit verbrachte sie damit, merkwürdige Dinge zu notieren, eine Bestandsaufnahme ihres Lebens in insgesamt zehn Punkten, insbesondere ihres Lebens als Buchhalterin bei *Gevaş' Orientmöbel – einfach spitze! Gegründet 1986*. Sie gab sich alle Mühe, etwas zu finden, was daran lustig oder einzigartig war.

1. Langweiliger Job, hässliche Möbel.
2. Langweiliges Leben, überhaupt kein Leben, Einkaufen, Freundinnen, Banu, Deniz, Comedy.
3. Traditionell kurdischer Hintergrund, bescheuerte Familie, liebevolle Familie, starke Gemeinschaft, Kultur, Unterdrückung, mittelalterlich, glückliche Zeiten.
4. Unverheiratet, Heiratsvermittler, verzweifelte Mutter, Deniz, Jungfrau, Damenbart.
5.
6.
7.
8.
9.
10.

Begonnen hatte sie den Tag mit einem leeren Bildschirm, doch bis zum Mittag war es ihr immerhin gelungen, einige der Leerstellen zu füllen. Ja, sie hatte ein paar Themen ausfindig gemacht, über die sie glaubwürdig sprechen konnte, aber was hatte sie darüber zu sagen? Die Liste sah so nüchtern aus. Wie sollte sie über derart ernste Themen Witze machen?

Als ihr Vater durch das Lager herüberkam, klickte sie die Liste weg und öffnete rasch ein paar Tabellen. Sie tat, als fülle sie eine davon aus, bis ihr Vater neben ihr stand und mit einem Blick auf den Bildschirm eine neue Bestellung in den Eingangskorb legte.

»Alles in Ordnung?«

»Alles in Ordnung, Baba.«

»Braves Mädchen. So soll es sein.«

Er hauchte ihr einen väterlichen Kuss auf den Scheitel,

dann legte er ein in Cellophan gewickeltes Stück Schokolade auf ihren Rechnungsblock. Und schon war er wieder weg.

Sie lächelte und wickelte die Schokolade aus. Als sie noch ein Kind war, hatte Baba immer ein paar Süßigkeiten für sie in der Tasche gehabt, stets bereit, ihr beim leisesten Anzeichen von Wohlverhalten eine davon in die Hand zu drücken. Wollte er sie nur abrichten wie ein Hundebesitzer? Nein, er konnte buchstäblich atemberaubend liebevoll sein. Er konnte so zuckersüß sein wie die Lutscher in seiner Tasche, denn er ergriff jede Gelegenheit, um das Bild, das er von sich als wunderbarem Vater hatte, wahr werden zu lassen. Wenn er ihr ein Gummibärchen zusteckte, flüsterte er oft: »Davon kann man gar nicht zu viele essen. Selbst wenn man kotzt, sehen sie noch gut aus.«

Nach einigen Minuten, als sie nicht mehr damit rechnen musste, dass er zurückkam, öffnete sie ihr heimliches Dokument und starrte auf die Liste von Themen, Dinge, die ihr Leben ausmachten und die, offensichtlich und kaum überraschend, alles andere als lustig waren. In der letzten Viertelstunde arbeitete sie weiter an der Liste und versuchte erfolglos, sie etwas heiterer zu machen, dann war Mittagspause.

Sie musste sich beeilen, um rechtzeitig zum vereinbarten Treffen mit Banu im Café zu sein. Tatsächlich hatte Azime nur eine halbe Stunde Mittagspause, und wenn man Hin- und Rückweg abrechnete, blieben gerade einmal fünfzehn Minuten. Sie hatte Banu heute so viel zu erzählen.

Die beiden jungen Frauen umarmten sich. Banu wand sich vor Schmerz. Was war los? Irgendwo unter ihren Kleidern war Banu verletzt.

Azime drückte sie auf einen Stuhl.

»Hat er es wieder getan? Sag es mir.«

Banus Schweigen war Bestätigung genug.

»Bring mich zum Lachen. Bitte.«

»Du musst dich von ihm trennen.«

»Hör auf.«

»Banu!«

»Mir geht es gut.«

»Was hat er getan?«

»Er ist manchmal so eifersüchtig.«

»Ist es bei euch zu Hause passiert?«

Banu nickte. »Ja. Und seine Eltern waren im Nebenzimmer und haben alles mit angehört, auch wenn sie so getan haben, als könnten sie nichts hören.«

»O nein.«

»Und hinterher stellen sie keine Fragen und tun nichts.«

»Warum lässt du dir das gefallen?«

Azime hatte wirklich versucht, sie zu verstehen, sich in Banus Lage zu versetzen, aber es war ihr nicht gelungen. Warum wehrte sich ihre einst so temperamentvolle Freundin nicht?

»Und was ist mit dir – lässt du dir etwa nichts gefallen?«, fragte Banu.

»Na, das ist ja wohl etwas anderes.«

Banu wich ihren Blicken aus, und Azime wusste, dass ihre Freundin in Gedanken schon damit beschäftigt war, aus ihrem eifersüchtigen Ehemann einen reumütigen Geliebten zu machen.

»Weißt du, hinterher tut es ihm jedes Mal leid, dann sagt er mir immer, dass es nur daher kommt, dass er mich zu sehr liebt. Und er liebt mich wirklich, das weiß ich. Aber er gerät einfach so leicht aus der Fassung.«

Azime hatte genug. Dieses Gespräch würde haargenau so enden wie jedes frühere zu dem Thema.

»Du hast recht. Lass uns von was anderem reden. Ich halte das nicht mehr aus.«

»Gut, dann lass uns von etwas anderem reden.«

Aber eine Frage hatte Azime doch noch. »Liebst du ihn denn? Liebst du ihn wirklich?«

Banu antwortete mit einem herzzerreißenden Blick. »Wenn es nicht so wäre, wäre es ja nicht so schlimm«, sagte sie mit einem tiefen Seufzer.

Azime sah auf ihre Uhr. »Noch fünf Minuten, dann muss ich wieder zurück.«

Banu rückte ihren Stuhl näher heran, verzog das Gesicht endlich zu einem Lächeln und versuchte, die Stimmung aufzuhellen. »Schnell, Azi. Erzähl mir, was du so machst. Ich hab dich schon seit Wochen nicht mehr gesehen.«

Azime lächelte. Konnte sie ihr von dem Comedy-Kurs erzählen? Nein. Unmöglich.

»Ach, nichts Besonderes.«

Am Abend war sie mit Deniz verabredet, sie ging direkt nach der Arbeit zu ihm.

»Wieso denn nicht?«

»Weil du keine Komikerin bist.«

»Ich hab mit Kirsten gesprochen. Sie hat gesagt, ich kann kommen.«

Deniz, der es verstand, mit großer Leidenschaft Gefühle zu zeigen, die er nicht hatte, hielt sich nicht zurück, wenn er tatsächlich mal starke Gefühle hatte. »Du willst an meinem Kurs teilnehmen? An *meinem* Kurs? Machst du Witze? An *meinem* Kurs? Damit du... was? Was eigentlich?«

Azime musste lächeln. Selbst wenn er wütend war, war er lustig. »Ich will die Erste sein. Genau wie du.«

»Die Erste sein? Wir können doch nicht beide die ersten sein. Wie stellst du dir das vor?«

»Ich werde der erste weibliche muslimische Stand-up-Comedian der Welt. Und du kannst der erste kurdische Komiker in Großbritannien sein.«

»Mädchen, überleg doch mal!«

»Ich dachte, du findest das cool.«

»Du hast meine Idee geklaut!«

»Hab ich nicht.«

»Hast du wohl! Es gibt eindeutig zu viele Erste hier!«

»Was?«

»Dein Erstes ist viel größer als mein Erstes. Viel größer. *Viel!* Du wirst so 'ne Art riesiger Godzilla, und ich, ich bin dann nur noch der Schimpanse von Michael Jackson.«

»Es ist doch nicht größer, nur anders.«

»Bei dir geht's um die *Welt*, bei mir um Großbritannien – wenn das nicht größer ist. Also wirklich.«

»Du willst nicht, dass ich an deinem Kurs teilnehme?«

»Hab ich mich etwa nicht klar genug ausgedrückt? Nein! Das will ich nicht!«

»Das ist echt gemein.«

»Ist mir scheißegal. Hier geht's um meine *Karriere*! Mann!«

»Ich kann das einfach nicht glauben!«

»Es ist nicht fair. Ich fang doch gerade erst an.«

»Wie du willst. Dann gehe ich eben nicht hin.«

»'türlich gehst du hin. Darum geht's doch nicht. Ist doch toll, dass Kirsten dich eingeladen hat, das ist eine Sache zwischen euch beiden, ich halt mich da raus – aber ich darf ja wohl noch sauer sein, oder? Ich habe auch so schon so viel Konkurrenz, darum geht's. Es kommt mir vor, als ob jeden Tag ein neues Arschloch versucht, mich aus meiner Nische zu verdrängen. Als ob die ganze Welt plötzlich Comedian werden will. Das breitet sich aus wie eine Epidemie; dieser Planet ist am Arsch, und die Leute wittern eine Chance, mit Comedy Geld zu verdienen.«

»Ich dachte, du siehst das locker.«

»Seit wann sehe ich irgendwas locker? Mal abgesehen von asiatischen Schulmädchen und geregelter Arbeit?«

»Reg dich nicht auf. Jetzt, wo ich weiß, wie du darüber denkst, mache ich es eben nicht.«

»Natürlich machst du es.«

»Kommt nicht in Frage.«

»Ich dreh dir den Hals um, wenn du's nicht machst. Jetzt bist du mit im Boot. Herzlich willkommen.«

»Ich mache es nicht.«

»Machst du doch.«

»Auf gar keinen Fall. Vergiss es.«

»Du machst das, und wenn ich dich an deinen fettigen Haaren hinzerren muss.« Deniz stieß einen tiefen Seufzer aus und zeigte ihr warnend seinen langen, dünnen Zeigefinger. »Aber sieh ja zu, dass du richtig scheiße bist.«

Kirsten ging auf der Bühne auf und ab. »Okay. Schauen wir mal, wer diese Woche seine Hausaufgaben gemacht hat. Das Thema lautet ›Dunkle Geheimnisse‹. Also seid ehrlich. Stellt euch euren inneren Dämonen. Selbstentblößung ist angesagt. Selbstoffenbarung. Johnny, du bist der Erste. Hopp-hopp.«

Johnny seufzte, hustete, rappelte sich von seinem Sitz auf, schlurfte zu der kleinen Bühne und streifte seine Kapuze ab. Er sah aus, als hätte er wochenlang nicht geschlafen.

»Na los, Johnny, drei Minuten!«

Johnny TKO, knorrig, proletarisch, ungehobelt, grob, immer wütend. Als Toptalent der Gruppe anerkannt, weshalb er eine Art Narrenfreiheit genoss. In seinen Augen hatte sich die Welt bis auf die Knochen blamiert, nur das Grundlegendste konnte man noch ernst nehmen. Und das waren seine Lieblingsthemen: Bumsen, Wichsen, Saufen, die großen Themen, wie er es nannte. »Ich bin der Mann für die Intellektuellen.« Sein Nihilismus verlieh ihm eine merkwürdige Art von Autorität.

JOHNNY TKO: Mein dunkles Geheimnis. Ich habe in letzter Zeit an mir gearbeitet. Hab 'ne Therapie begonnen. Selbsterforschung. Meine weibliche Seite erkundet. Letzte Woche hab ich endlich »die Frau in mir« getroffen. Hab sie natürlich gevögelt. Hab's mit Hypnose probiert, um mein »inneres Kind« zu entdecken, und hab gemerkt, es ist ein ekelhafter kleiner Kotzbrocken, der auch noch klaut. Ich habe gemerkt … dass ich an unerwiderter Eigenliebe leide. Ich fühle mich von mir selbst zurückgestoßen. Ich hab gerade eine Beziehung mit einem kompletten Arschloch hinter mir. Also bin ich, um mich aufzumuntern, in den neuen Massagesalon in meinem Viertel gegangen, und da sehe ich ein Schild an der Wand: ›Schinkensandwich 2,50. Handjob 30,00‹. *(Kratzt sich nachdenklich am Kinn.)*

Tja. Und da sitzt eine junge Dame auf einem Barhocker, in einem knappen BH und einem noch winzigeren, sexy Slip. Und ich frage sie: »Bist du hier für die Handarbeit zuständig?« Sie zwinkert mir aufreizend zu. »Und ob«, sagt sie. »Super«, antworte ich. »Dann wasch dir die Hände, Schätzchen, und mach mir ein Schinkensandwich, ja?«

Johnny ging von der Bühne und sagte: »Überraschung«, und dann: »Mehr hab ich nicht.« Er war schlecht drauf und hatte zu wenig Material – normalerweise dauerte ein Auftritt von ihm mindestens fünf Minuten.

In der hintersten Reihe wurde Azime zunehmend nervöser. Alle Kursteilnehmer lachten, alle außer Kirsten, die aufgestanden war, um den nächsten Selbstentblößungskandidaten auszusuchen. Azime betete, dass die Wahl nicht auf sie fiel. Wie hatte sie nur so verrückt sein können, hierherzukommen? Was wusste eine Jungfrau wie sie schon von den Dingen, über die Johnny seine Witze machte; was wusste sie von Drogen und vom Bumsen, davon, wie es ist, wenn man literweise Bier kotzt, und von den anderen Eckpfeilern dieser Art von Komik? Wie sie so dasaß, einen Block mit halbfertigen Witzen auf den Knien, fühlte sie sich dumm, stümperhaft, überfordert, weltfremd, irgendwie behindert und uninteressant, vor allem aber war sie nicht komisch, sie war alles andere als komisch, denn was hatte sie in ihrem kleinen, behüteten Leben schon mehr getan, als es in seinem kleinen, behüteten Rahmen zu leben?

»Arthur!«

Azime seufzte erleichtert, stieß die Luft aus, von der sie gar nicht gewusst hatte, dass sie sie angehalten hatte.

Arthur Miles, Enddreißiger, Ex-Strafgefangener, über und über tätowiert, hager, ein Gesicht, das nur eine Mutter lieben konnte, schiefe Zähne mit Silberkronen. Das schüttere Haar schlecht geschnitten. Kleidung aus dem Supermarkt. Produkt eines zerrütteten Lebens. Und doch hatte er ein sanftes Wesen, nachdenklich, geradezu schüchtern. Eines war allen Kursteilnehmern klar: Arthur hatte Talent. Er hatte eine Komikerrolle, die ihm auf den Leib geschrieben war: die des reumütigen Verbrechers, das authentische Ergebnis von Erfahrungen, die sich die wenigsten vorstellen konnten. Er hatte gelernt, das Leben aus seinem ganz eigenen Blickwinkel zu betrachten, und nutzte diesen Blickwinkel jetzt für seine Texte, die wie Berichte aus einem unbekannten Land klangen.

ARTHUR: Ich bin Arthur. Mein dunkles Geheimnis? Ich war mal im Knast. – Ihr glaubt mir nicht? *(Er zieht sein Hemd aus. Sein ganzer Oberkörper ist über und über tätowiert. Der ganze Kurs klatscht Beifall.)* Glaubt mir, so schlechte Tattoos bekommt man nur im Gefängnis. Man sollte meinen, die kriegen das besser hin, oder? … Immerhin habe ich vollkommen bewegungslos da auf dem Hof gelegen. Sechs andere Knackis haben mich festgehalten. Tätowieren im Gefängnis – man kann dafür auch sagen »Messerangriff in Zeitlupe«. Wie ist das so im Gefängnis? Ein Fitnesscenter mit gelegentlichem Analverkehr. Besser kann man es nicht beschreiben. Meine Oma fragt mich oft: »Arty, wie viel Analverkehr hast du da aushalten müssen?« Ich antworte: »So viel, wie ich wollte, Omi.« Darauf sie: »Klingt wie normales Eheleben, nur mit regelmäßigen Mahlzeiten.« Wenn man im Gefängnis klarkommen will, braucht man Humor. An meinem ersten Tag kam ich in einen offenen Zellenblock, jeweils zwei Mann in einer Zelle. Als am Abend die Lichter ausgingen, saß ich auf meiner Pritsche und kriegte die Panik. Mein Zellengenosse ging ans Gitter und rief: »Nummer zwölf!« Der ganze Zellenblock fing an zu lachen. Ein paar Minuten später rief jemand anderes im Block: »Nummer vier!« Genau das Gleiche, alle Mann lachten. Ich fragte meinen Zellengenossen, was da vorgeht. Er sagt mir, sie sind alle schon so lange da drinnen, dass jeder sämtliche Witze kennt, und deswegen rufen sie nur noch die Nummer und erzählen nicht mehr den ganzen Witz. Damit ich auch mal einen Lacher bekam, ging ich ans Gitter und rief: »Nummer sechs!« Nichts. Totenstille. Ich fragte meinen Zellengenossen, wieso keiner lachte. »Na ja«, antwortete er, »es ist ja nicht der Witz allein. Es kommt darauf an, wie man ihn erzählt.« Tschüss. *(Gelächter.)*

Unter dem aufmunternden Applaus der anderen verließ Arthur die Bühne, und Kirsten merkte an, dass der Witz mit dem Messerangriff, den sie schon vorher gehört hatten, jetzt viel besser funktionierte, weil Arthur das Wort »Zeitlupe« hinzugefügt hatte.

»Lisbeth!«

Lisbeth: Manisch-depressiv. Mitte zwanzig. Himmelhoch jauchzend. Zu Tode betrübt. Hoffnungsvoll. Nihilistisch. Alpha und Omega. Auf und ab. Aber immer witzig. Humor war ihr Gyroskop auf einem schwankenden Ozean.

LISBETH: Ich bin Lisbeth. Mein dunkles Geheimnis ist, dass ich an einer bipolaren Störung leide. Ich bin manisch-depressiv. Kurz gesagt: mal juchhu!, mal buhu! Auf dem Spielplatz habe ich immer auf der Stimmungsschaukel gesessen. Meine Stimmungen schaukeln rascher auf und ab als der Schwanz eines Joggers. Als der Arzt mir gesagt hat, ich sei manisch-depressiv… da wusste ich nicht, ob ich lachen oder weinen sollte. *(Gelächter.)* Vielleicht sollten wir erst mal ein paar Begriffe klären. Ein paar grundlegende Begriffe. ›Manisch‹ – abgeleitet von griechisch *manikos,* verrückt. ›Übersteigert und allem Anschein nach krankhaft erregt und hyperaktiv.‹ Manisch. Depression? ›Wut ohne Enthusiasmus.‹ Ganz einfach. Wut ohne Enthusiasmus. Momentan bin ich in einer depressiven Phase, und um mich da rauszureißen, hat mir mein letzter Freund ein paar Flaschen Wein vorbeigebracht. Er meinte, er würde mich lieber mit Wein als beim Weinen sehen. Ich nehme seit Jahren Medikamente, zum Glück sind die nicht mehr so schlimm wie früher. Bei den alten Mitteln hatte man das Gefühl, man wird von einem Lastwagen angefahren und anschließend noch ein paarmal vor- und rückwärts überrollt. Auf den Packungen standen Warnhinweise wie: ›Zu den möglichen Nebenwirkungen zählt, dass man nackt und blutüberströmt im Zimmer eines Fremden aufwacht.‹ Solche Sachen. Aber die neue Generation von Hightech-medikamenten, deren Entwicklung übrigens Jahrzehnte gedauert und Milliardensummen verschlungen hat, verursachen bloß gelegentlich leichte Übelkeit, erstaunlich, in Einzelfällen Mundtrockenheit, leichte Müdigkeit, leichtes Unwohlsein, äh… *(Sie fängt an, die Symptome an den Fingern einer Hand abzuzählen und spricht dabei immer schneller...)* Kopfschmerzen natürlich, innere Unruhe, klare Sache, ähm... Schwierigkeiten beim Wasserlassen, null Bock auf Sex, Leber- und Nierenschäden, Schlaflosigkeit, kalte Schweißausbrüche, Hitzewallungen, Krämpfe, Zuckungen, Gedächtnisstörungen – was hab ich gerade gesagt?... Schmerzen im Brustbereich, ah ja, und Koma, ja genau, Koma! Ungelogen. Und wisst ihr, was ich besonders toll finde? – auf der Packung steht wortwörtlich: ›Koma und/oder Tod‹. ›Und/oder‹! Ist das nicht irre. Man fällt also entweder ins Koma und stirbt oder nur eins von beiden! Na prima.»Oh, hoffentlich falle ich nur ins Koma, wenn ich diese Pille schlucke – runter damit.« *(Tut so, als ob sie eine Tablette nimmt.)* Tolle Sache. Und eins dürft ihr nicht vergessen, ein Medikament mit all diesen Nebenwirkungen gilt als Heilmittel gegen – ihr erinnert euch? – Depression! Genau! Es kuriert deine Depression, raubt dir aber jeglichen Lebenswillen. Ein Segen, dass es die moderne Wissenschaft gibt. ›Ein Wunder der modernen Wissenschaft‹ – so heißt es doch immer, oder? Was ist eigentlich aus den Wundern der alten Wissenschaft geworden? Die hat man runtergestuft, jawohl, kurzerhand runtergestuft zu ›Ich-kann-es-echt-nicht-fassen-dass-wir-je-an-diesen-Scheiß-geglaubt-haben-Sie-etwa?‹

Großer Beifall für Lisbeth. Schulterklopfen, als sie sich wieder setzte. Sie lächelte, sah glücklich aus, ein Moment ohne Stimmungsschwankungen.

Nach unlustigen Auftritten des IT-Beraters mit dem gewaltigen Unterbiss, der Hausfrau, des Studenten, des zittrigen Klempners und des alten Mannes rief Kirsten Deniz auf die Bühne.

DENIZ: Die meisten Männer löschen auf ihrem Computer jeden Tag den Suchverlauf, aus gutem Grund. Ich hingegen habe die komplette Liste meines Online-Lebens der letzten vierundzwanzig Stunden ausgedruckt. Und als mein dunkles Geheimnis lese ich jetzt die gesamte Liste vor, laut und schnell... schließlich war ich im Netz bienenfleißig... Auf geht's. ›Login. Twitter aktuelle Politik... Wie man perfekten Hummus macht... Nackte Armenierinnen. Pakistani Nacktwebcam Pakistan. Frauen nackt große Titten. Lulu Lemon nackt. Keira Knightley die Nacktszene von der bald jeder spricht. George Bushs neueste Versprecher. Jenni Bole nackt. Miss Nude World Fotos. Nacktfotos Disney gratis. Kambodscha nackte Lolitas. Bruder und Schwester nackt gefesselt. Nacktmodenschau. Wilde Mädchen drehen auf. Das erste Mal nackt und Teeniestrip nackt. Superdünne Frau nackt. Kate Middleton nackt. Angelina Jolie nackt. Abercrombie and Fitch halbnackte Jungs. Braut mit Augenklappe und Schwert. Zac Efron nackt. Performancekunst nackt. Rolls-Royce mit Nacktmodel. Bild gratis junges Mädchen mit altem Kerl nackt. Hardcore Hausfrauenclub nackt. Teenmodel nackt. Sandra Bullock nackt gefesselt. Gabrielle Anwar nackt. Nudisten junge Teens Sex. Nudistenclub Nähe Harringay. Nackt Wohnmobilpark Texas. Paris Hilton nackt mit Schwert gefesselt Bilder. GQ-Boy 30 nackt. Michelle Obama nackt. Süße kleine Biester auch angezogen. Fotochat XXX. »Alle-haben-mehr-Sex-als-ich«-Video. Russische Teenies Bilder. Kleine Titten Teens vollkommen nackt. Nur für Erwachsene SM-Videoclips mit Körperschmuck gewagt. Fisting. Argos – Plastikabdeckung Keyboard *(zeigt ins Publikum)* – das müsst ihr selber rauskriegen. Das erste Mal Video Porno Teen. Nackt Asiatin Muschi. Japanerin Bondage Porno nackt mit Schwert. Frauen Sex mit Onkel gratis. Flotter Dreier Text Geschichten mit Bildern. Masturbieren öffentliche Toiletten nackt Gymnastinnen. Nacktvideo Juliette Binoche. Sexporno Hexe. Sauna Gruppensex. Mein Mann wollte mich beim Sex erwürgen. Große Hängetitten dicke reife Frauen. Reife Frauen werden geschlagen. Feuchte Lesbenmuschis. Schwangere masturbiert nackt. Anne Hathaway nackt auf Bett mit Schwert. Miss Teen Delaware USA. Wie man perfekten Hummus macht. Pirate Bay Filme Gratisdownload ›Reise der Pinguine‹. Billigflüge Amsterdam… Logout 12:22 mittags.‹ Danke. Das war Deniz. Yo.

Johnny TKO sprang auf und applaudierte wie wild – als Einziger –, aber war Johnnys Begeisterung echt?, fragte sich Azime. Wie immer blieb unklar, ob sein Beifall aufmunternd gedacht war oder sarkastisch, Bestätigung oder Angriff. Als ein lächelnder Deniz die Bühne verließ – in einer Atmosphäre allgemeiner Ratlosigkeit und Bestürzung –, war Azime klar, dass zumindest er mit seinem Auftritt zufrieden war, da für ihn jedes Scheitern nur ein weiterer Beweis seiner Originalität war.

Schließlich war Azime an der Reihe. Sie ging nach vorne zur Bühne. Ein schier endloser Weg. Beine schwer wie Blei. Ihr Herz klopfte wie ein Wäschetrockner, in den man eine

Katze gestopft hatte. Azimes Körper gehorchte, aber ihr Kopf brüllte nein, nein, nein. Im grellen Scheinwerferlicht und dem noch erbarmungsloseren Licht ihrer eigenen Verlegenheit stellte sie sich den anderen Kursteilnehmern vor. Ihre Stimme war kaum hörbar, als sie versuchte, die Angst durch alchimistische Tricks in Mut zu verwandeln, aus dem vielfachen Nein ein einziges Ja zu machen, aber sie verstummte, kaum dass sie begonnen hatte. Ihre Worte versiegten. Der Kopf wie leergefegt. Sie hörte Kirstens Stimme:

»Azime! Fang noch mal von vorn an! Und lauter!«

»Okay. Gut.«

»Worum geht es in deinem Beitrag?«

»Einfach ... einfach nur mein Leben ... und so.«

»Prima. Leg los. Laut.«

Sie begann erneut.

AZIME: ... ähm ... also ... okay ... eigentlich habe ich überhaupt kein dunkles Geheimnis. Es sei denn, dunkle Schokolade zählt. *(Pause.)* Ich hab ja schon ein paar Pfunde zu viel. *(Pause.)* Ist das ein dunkles Geheimnis? Finster schon, aber kein Geheimnis. Neulich stehe ich auf der Waage, und die ruft: »Ich bin doch nur eine Analogwaage, tu mir das nicht an. Nimm eine digitale.« *(Pause.)* Ich trinke eine Menge Tee. Teepause, das sind für mich die Zeiten, wo ich keinen Tee trinke. Was gibt's sonst noch zu sagen? Äh ... ich bin unbedeutend. Ich bin so unbedeutend, dass ... als ich letzte Nacht auf meiner Gedächtnisschaum-Matratze schlief ... hatte sie mich heute Morgen schon vergessen. *(Pause.)* Ich ... äh ... ich lebe in London. Jedes Mal wenn ich anderswohin fahre, fragen die Leute mich, von wo ich komme. Wenn ich sage: London, dann sagen sie: »Cool.« Aber das ist nicht cool. Zuerst einmal bin ich nicht cool. Ich kenne keine coolen Leute, ich habe keinen coolen Job, ich lebe nicht in einem coolen Viertel. »Wo kommst du her? London? Cool.« Zu sagen, London ist cool, das finde ich zu allgemein. Wenn ich irgendwann mal ins Ausland reise, dann fragen die Leute mich bestimmt: »Von wo kommst du? Oh, England! Cool.« Dann stellen sie sich vor, dass ich in Windsor Castle lebe oder die Beckhams als Nachbarn habe. »Oh, du lebst in England! Cool. Kennst du David Beckham?« Wenn wir wirklich mal ins Weltall fliegen und Außerirdische da draußen treffen, dann ist das bestimmt genauso. »Oh, ihr seid von der Erde. Cool!« Aber die Erde ist nicht cool. Die ist eine Katastrophe. Ein Haufen Scheiße im All, voll mit quasselnden Bakterien.

Ganz bestimmt würde sie das nie wieder tun, nie wieder öffentlich auftreten und sich so zum Gespött machen, dachte sie, als sie sich wieder auf ihren Platz setzte. In ihrem Kopf schwirrte nur der eine Satz: ›Ich war furchtbar, ich war furchtbar, ich war furchtbar.‹ Nicht für alle T-Shirts in China würde sie diese Erfahrung wiederholen wollen. Liebe Güte! – was für eine Erleichterung, wieder im Dunkeln zu sitzen. Eine ungeheure Erleichterung! Was für ein Privileg, was für ein absoluter Luxus, nicht mehr auf der Bühne zu stehen, nicht mehr im Rampenlicht, unsichtbar zu sein, normal, ohne den Erwartungsdruck, lustig sein zu müssen.

Am Ende der Stunde gab Kirsten ein kurzes Feedback zu jedem Auftritt. Auch wenn es überwiegend eine Aufzählung von Fehlern war, bescheinigte sie den meisten Kursteilnehmern Fortschritte.

Azime holte ihren Block hervor, machte sich Notizen. Kirsten sagte, dass es bei einem Witz auf jedes Wort ankomme. »Keine überflüssigen Worte. Feilen, feilen, feilen. Wer zu viel sagt, tötet den Witz, macht ihn zu offensichtlich. Wenn ihr zu wenig sagt, versteht euch keiner. Kein Wort mehr als das absolute Minimum, gerade so viel, wie nötig ist, dass das Publikum im Geist den Sprung von A nach B schafft. Das Gehirn macht nämlich gerne Sprünge, es genießt die Bewegung, und dann erntet ihr einen Lacher.«

Zum Abschluss korrigierte sie ein paar von den Witzen der Kursteilnehmer und demonstrierte, wie sie mit weniger Worten pointierter wurden.

»Deniz? Eine Bemerkung zu dir.«

Er nickte bereits in Erwartung ihrer Kritik: »Nicht so viele Worte?«

»Weniger Porno.«

Die Kursteilnehmer lachten.

»In meinem Auftritt?«

»Da auch.«

Für Azime fand Kirsten lobende Worte und bescheinigte ihr einen außergewöhnlichen Start, aber sie ermunterte sie auch, noch mutiger zu werden. »Du warst lustig, aber du hast Witze über Dicke gemacht, und du bist nicht dick. Und du hast auch einen Witz über das Leben in London gemacht, aber nicht über dein eigenes Viertel. Ich glaube, ich weiß jetzt kaum mehr über dich als vor dem Auftritt. Mach es persönlicher und damit unverwechselbar. Es muss doch tausend Dinge geben, über die du – und nur du – reden kannst, Sachen, über die sonst keiner etwas weiß, über die keiner außer dir glaubwürdig reden kann. Was du heute Abend gemacht hast – das könnte jede junge Frau bringen. Ich will Azime hören. Klar? Sei mutig. Riskier was. Lass dich drauf ein. Bohre tiefer. Und denk dran, keiner von uns findet seine Stimme über Nacht. Suchet, so werdet ihr finden.« Sie klatschte in die Hände. »Das wär's für heute. Wir sehen uns nächste Woche.«

Azime fühlte sich wie eine vollkommene Versagerin.

»Soll ich dich nach Hause fahren?«, bot Deniz an.

»Nein danke, mit einem Pornographen will ich nichts zu tun haben. Michelle Obama nackt! Wie konntest du nur! Ich nehm den Bus.« Sie umarmte ihn und ging zur Bushaltestelle.

»UNVERWECHSELBAR.«

Azime kaute am Ende ihres Stifts und blickte immer wieder durch die Vorhänge zum dreckig grauen Himmel, dann auf ihre Zimmerwand, an der jetzt ein Farbausdruck der Aufnahme von der gerissenen Betonplatte hing, des Fotos, das sie unterhalb des Blocks mit Sozialwohnungen gemacht hatte. Da, wo das Mädchen aufgeprallt war (und das war das Gegenteil von lustig), dann unterstrich sie das UNVERWECHSELBAR zum vielleicht fünften oder sechsten Mal. Anschließend zeichnete sie die fünfzehn Großbuchstaben nach, bis das Wort dicker und dicker auf dem Blatt stand, das ansonsten leer blieb. Hartnäckig leer. Lächerlich-lächerlich-leer. Was war unverwechselbar an ihr? Was? Irgendwas musste es doch geben.

Dann blätterte sie auf dem Block zurück zu der Liste, die

sie ein paar Tage vorher angefangen hatte. Sie las sich die Punkte 1 bis 4 noch einmal durch, ihren Versuch, die Welt zu skizzieren, in der sie lebte, damit sie vielleicht als Quelle für komisches Material dienen konnte. Sie klickte auf den Knopf des Kugelschreibers, und nach einer Pause schrieb sie etwas:

5. ~~Modernes England,~~ kaputtes England, Klassengegensätze, gute Manieren, besessen vom Zweiten Weltkrieg und dem Untergang des Empire, Kolonialherren jetzt zu ihrem Missfallen selbst kolonisiert, Unruhen.
6. Muslim, Bedrohung durch Terrorismus, 11. September, Islamfeindlichkeit, Rassismus.
7. Gewalt, Dealerbanden, Ungerechtigkeit, Ehrenmorde, Vater bringt eigene Tochter um, Riss in Betonplatte.
8. Fische zur Fußpflege.
9.
10.

Azime ließ sich auf ihr Bett zurücksinken, schloss die Augen und verschränkte die Arme vor der Brust, wo der wattierte BH dafür sorgte, dass sie nicht noch jungenhafter aussah als ohnehin schon. Dann öffnete sie wieder ein Auge und starrte auf das Foto von dem Riss in der Betonplatte.

Am nächsten Tag, nach der Arbeit, kaufte sie sich eine Burka.

Für den Kauf fuhr Azime ein paar Meilen in ein anderes Viertel, denn sie wollte nicht, dass sie jemand erkannte. Der Plan? Sie wollte ganz verschleiert nach Hause gehen. Sie hatte noch nie einen Schleier getragen, schon gar nicht einen Niqab, und sie wollte herausfinden, wie ihre Umwelt darauf reagierte.

Der Laden lag in Tower Hamlets, einem Stadtteil, in dem mittlerweile mehr als 70 000 Muslime wohnten. Es gab jede Menge Bekleidungsgeschäfte, und in dem Laden, für den sie sich schließlich entschied, hatte sie eine große Zahl von Modellen zur Auswahl. Es gab Hidschabs, bis zur Hüfte oder bodenlang, ein- bis dreilagige Burkas sowie Niqabs, die das Gesicht halb oder ganz bedeckten. Sie wählte eine Burka für dreißig Pfund, ganz in Schwarz und aus leichtem Satin, die nur die Augen freiließ. Sie betrachtete sich im Spiegel der Umkleidekabine. Dann sagte sie der Verkäuferin, sie wolle den Schleier gleich anbehalten.

Was für ein seltsames Gefühl, so auf die Straße zu gehen, übermäßig geschützt, sich selbst und anderen fremd. Bizarr, wenn man nur durch einen schmalen Augenschlitz sehen konnte, wie ein Maschinengewehrschütze im Gefechtsstand, wenn Menschen plötzlich im Blickfeld auftauchten und ebenso unvermittelt wieder daraus verschwanden. Solange sie in Tower Hamlets war und mit dem Doppeldeckerbus zur nächsten U-Bahn-Haltestelle fuhr, erregte sie wenig Aufsehen, aber in der U-Bahn fiel sie schon sehr auf.

Aus den Blicken, die man ihr zuwarf, zog sie den Schluss, dass eine tiefverschleierte Frau für viele moderne Londoner ein Stein des Anstoßes war. Einige sahen sogar aus, als seien sie kurz davor, sie anzuschreien, ihr die Schuld am 11. September und am Krieg gegen den Terror zu geben.

Auf der Rückfahrt lernte Azime rasch, die Augen abzuwenden – wie viel provokanter ihr Blick auf andere wirken musste, wenn sie nichts als die Augen sehen konnten! –, doch wann immer sie verstohlen zu anderen Fahrgästen hinüberschielte, bemerkte sie, wie der eine oder andere sie anstarrte, abschätzend, kritisch, länger, als es das Gebot der Höflichkeit zuließ. Sie hörte, wie sie sich etwas zuflüsterten, und konnte deutlich erkennen, dass sie düstere Schlüsse über ihr Leben, ihre Beweggründe, ihre Einstellung zogen.

Als sie wieder auf der Straße war und so verhüllt durch Hackney ging, hielt sie durch ihren Fensterschlitz Ausschau nach einem Ort, wo sie ihre Burka abnehmen konnte. Weitere Experimente mussten warten, sie würde die Haltung der Briten gegenüber Muslimen und ihre eigenen Gefühle über das Leben unter dem Schleier noch weiter ergründen. Für heute hatte sie jedenfalls genug gesehen.

Ein Straßenverkäufer bot billiges elektronisches Zubehör feil, und Azime interessierte sich für ein kleines Diktiergerät, mit dem sie ihre Ideen für Auftritte aufzeichnen könnte. Es kostete nur zwölf Pfund, inklusive Batterien, und sie probierte es sofort aus: »Test, Test, Test.«

Auf dem Heimweg kam sie in der Wightman Road an dem italienischen Restaurant der Familie Giometti vorbei und traf dort auf Ricardo Giometti. Er stieg gerade vom Rad, löste die Fahrradklammern von den Hosenbeinen, kettete das Vorderrad an und stellte das Zahlenschloss ein. Ricardo, der Sohn des Restaurantinhabers, war mit dem toten Mädchen befreundet gewesen. Azime konnte sich nicht einmal mehr an ihren Vornamen erinnern! Seit der Beerdigung fragte sie sich, ob die Beziehung zu Ricardo wohl der Auslöser für ihren Tod gewesen war. Warum fragte sie Ricardo nicht einfach? Aber konnte sie das tun, so in diesem Aufzug! Doch dann dachte sie an Kirstens Worte: »Geht in die Tiefe! Analysiert!« Und an das Zitat von Flaubert: »Bei allem, was wir sehen, gibt es einen Teil, der unerforscht bleibt.«

»Hi.«

Er drehte sich um und starrte die Burka-Trägerin an, die ihn angesprochen hatte. »Was?«

Ricardo Giometti. In London geboren. Er hatte dieselbe Schule besucht wie Azime und Banu, nur eine Klasse höher. Azime kannte ihn flüchtig – schlaksig, gutaussehend, lässig, umgänglich. Sie hatten sich ein paarmal auf dem Schulhof unterhalten, als sie beide noch Schuluniform trugen. Und einmal hatte sie ihn mit dem Mädchen, das jetzt tot war, bei McDonald's getroffen. Als plötzlich der Bruder des Mädchens aufgetaucht war, hatte Ricardo sogar den Arm um Azimes Schultern gelegt, um ihn glauben zu machen, dass er mit Azime verabredet war, nicht mit seiner Schwester. Azime war sich nicht sicher gewesen, ob er den Bruder wirklich hatte überzeugen können. Unter der Jacke trug Ricardo jetzt ein schwarzes Hemd und schwarze Hosen – seine Kellnerkluft.

»Ricardo? Ich bin's, Azime.« Sie löste den Schleier und zeigte ihr Gesicht. »Azime. Hi. Aus der Schule. Du hast eine Freundin von mir gekannt.«

Verlegenes Wiedererkennen. Er nickte ernst.

»Ja, sicher. Azime. Ja. Alles okay? Wie geht's?«

»Erinnerst du dich an mich?«

»Na klar. 'türlich.« Er musterte ihren Aufzug. »Wieso trägst du jetzt so was?«

Azime antwortete, ohne auf seine Frage einzugehen: »Ich dachte, ich sag einfach mal hallo. Na ja – du warst nicht auf der Beerdigung.«

Er starrte sie an, seine Miene verfinsterte sich, sichtlich betroffen von dem, was er als Vorwurf verstand. »Nein. Hör mal, ich muss los. Bis die Tage. Hab zu tun.«

»Ricardo –«

Er blieb an der Tür stehen.

»Kann ich dich was fragen? Dauert nur eine Sekunde.«

»Was?«

»Du warst doch ihr Freund, oder?«

Er starrte sie an, wollte nichts bestätigen, aber er stritt es auch nicht ab.

»Du warst ihr Freund. Ich weiß es.«

»Na und?«

»Ihr wart verliebt.«

Er ließ die Restauranttür wieder ins Schloss fallen, dann kam er einen Schritt auf sie zu. »Hör auf damit.«

»Ich muss einfach immer daran denken, was mit ihr passiert ist. Ich dachte, vielleicht weißt du was.«

»Hör auf damit. Es ist vorbei. Sie ist tot.«

»Sie war meine Freundin. Sie hat dich geliebt.«

Er kam noch näher und sah sich um, ob sie jemand beobachtete. Dann senkte er die Stimme und sprach in einem harten Ton, der keine Gefühlsregung zuließ.

»Lass es sein. Ich weiß nur, was die Leute mir hinterher erzählt haben. Wenn du mehr wissen willst, frag ihre Familie.«

»Aber was glaubst du, was passiert ist? Ich dachte, du weißt es vielleicht.«

»Woher denn? Niemand weiß etwas, weil niemand den Mund aufmacht. Es ist vorbei, sie ist tot.«

»Sie haben sie umgebracht. Und keiner hat etwas unternommen. Macht dir das nichts aus?«

»Azime. Geh.«

Ricardo betrat das Restaurant seiner Familie, seine Welt der rotkarierten Tischdecken, Grissini auf jedem Tisch, Gäste, die nur einen guten Rotwein und Kerzenschein verlangten, eine Welt, in der Eltern wie seine eigenen einträchtig Seite an Seite mit ihren Kindern arbeiteten.

Azime ging nach Hause, durch Straßen, in denen man nachts braune Heroinplättchen für 25 Pfund kaufen konnte, unbehelligt von der Polizei, die in dieser Gegend ohnehin in der Minderheit war, denn auf einen Polizisten kamen hier etwa vier Verbrecher. Wenn sie hier Gerechtigkeit für ihre Freundin haben wollte, blieb ihr wohl nichts anderes übrig, als die Sache selbst in die Hand zu nehmen.

Als sie an einer Gruppe von jungen Männern in Kapuzenshirts vorbeikam – Bandenmitglieder womöglich, Bombacilar oder Tottenham Boys –, senkte sie den Blick und spürte einen Anflug von Angst. Hätte sie an diesem Abend, selbst vermummt, die Gesichter unter den Kapuzen erkennen können, wären vielleicht sogar ein oder zwei darunter gewesen, die sie kannte. Machte die Burka sie sicherer, oder erhöhte sie die Gefahr? Green Lanes sah vielleicht aus wie der Rest von London, aber in Wirklichkeit war es ein Paralleluniversum, regiert von Banden, für die keine Gesetze galten. Azime wusste, dass allein in diesem Jahr drei Männer von Gangs erschossen worden waren, und jeder von diesen jungen Kapuzenträgern konnte der Nächste sein.

Die ansonsten gesetzestreuen Anwohner in diesen Straßen brauchten die Hilfe der Polizei, doch wenn ein Verbrechen geschah, war allen klar, dass die Gesetzeshüter nichts ausrichten konnten, solange niemand den Mund aufmachte. Aber wer hatte schon den Mut, den Mund aufzumachen?

Obwohl sie den Blick nicht hoben, legte einer von den jungen Männern es darauf an, dass Azime im Vorbeigehen drei Worte aufschnappte. »*Kerim bimzha heez.*« Sie hastete weiter; niemand versuchte, sie aufzuhalten. Sie wusste, was die Worte bedeuteten – *Lutsch meinen Schwanz, Schlampe.* Diese Art von doppelter Ausbildung bekam man in der Schule: Hochkurdisch und Gossensprache. *Gee bxu,* friss Scheiße, *dakho gay,* Wichser, *ez de da te gim,* ich fick deine Mutter, *koore kere,* Sohn eines Esels, *emrit nemene,* hoffentlich stirbst du bald.

Azime betrat einen McDonald's, wo sie die Blicke der hamburgermampfenden Kundschaft auf sich zog. Sie ging schnurstracks zur Damentoilette und stellte sich in die Warteschlange. Als eine Kabine frei war, zog sie rasch die Burka aus und rollte sie fest zusammen, damit sie sie unbemerkt von ihrer Familie ins Haus schmuggeln konnte.

Vorne im Restaurant, wieder in Jeans und Kapuzenshirt, setzte sie sich auf einen der Plastikstühle, zückte ihren Stift und notierte auf einer Papierserviette: »Im 21. Jahrhundert lebt in so einem Land jeder in der Hoffnung, dass er nie in eine Situation kommt, in der er Zivilcourage zeigen muss.« Dann faltete sie die Serviette zusammen, schob sie in die Gesäßtasche ihrer Jeans und erinnerte sich, als sie wieder auf die gefährlichen Straßen hinaustrat, an einen alten Witz: »Wer Ruhe bewahrt, während rings um ihn das Chaos tobt, hat vermutlich nicht mitbekommen, was los ist.«

Zu Hause in der Geborgenheit ihres Zimmers griff sie nach dem Block, auf dem sie ihre Ideen notiert hatte, und schrieb: *Burka – Niqab – Kopftuchverbot – Bikiniverbot – Che-Guevara-T-Shirtverbot – Männerverbot – Feiglingsverbot – Lügnerverbot – Bandenverbot – Mörderverbot – Eifersüchtige-Ehemänner-Verbot* – Hmm, was noch? Vor ihrem inneren Auge erschien plötzlich Ricardos Gesicht, wie er bestritt, dass er mit dem toten Mädchen befreundet gewesen war, und wie ihm sogar die Erinnerung an sie jetzt zuwider war.

Nach dem Zähneputzen ging sie in die Küche, um ihrer Mutter gute Nacht zu sagen. Sabite war gerade dabei, ihr leckeres Brot für den Morgen zu backen. Azime bat ihre Mutter, ihr noch ein paar Heiratskandidaten zu präsentieren. Sabite fiel fast der Holzlöffel aus der Hand.

»Ich bin bereit, es noch einmal zu versuchen.«

In Wahrheit ging es ihr um weitere Feldstudien für ihren Auftritt. Noch ein paar Verabredungen mit Heiratskandidaten müssten doch wenigstens zu *einer* neuen Erkenntnis führen, die noch niemand vor ihr gewonnen hatte. Was erwarteten diese Männer, die auf die Anzeigen des Heiratsvermittlers antworteten, eigentlich von einer Ehefrau? Waren sie auf der Suche nach einer echten Partnerin? Oder wollten sie nur ein Besitztum, nicht viel anders als eine Couch, ein repräsentatives Ausstattungsstück für ihr Leben?

Am nächsten Tag erzählten alle Nachrichtensendungen die gleiche Geschichte: Wie jedes Ziel so ausgesucht worden war, dass ein Höchstmaß an Chaos entstand, wie und warum die Selbstmordattentäter bei der Auswahl der U-Bahnen und Busse dafür gesorgt hatten, dass die Anschläge in zwei koordinierten Wellen abliefen. Die Reportagen berichteten von der Explosion der ersten Bomben in der U-Bahn, dann, nach einer Pause, in den Bussen, ein gezielter Angriff gegen die Helfer. Heutzutage reichte es nicht mehr aus, unschuldige Menschen zu töten, dachte Azime, das Ziel war, die Tapferen zu töten oder zu verstümmeln.

Sie sah den ersten Fernsehbericht über die Bombenanschläge durch das Fenster des *Pig and Whistle*, wohin sie und ihr Vater und die ganze Belegschaft von *Gevaş' Orientmöbel – einfach spitze! Gegründet 1986* gegangen waren, um das Geschehen gemeinsam von der Straße aus zu verfolgen. Anschließend ging jeder für sich nach Hause (der Laden würde an diesem Tag nicht wieder aufmachen) und sah sich die Nachrichten auf dem eigenen Fernseher an.

Immer wieder und mit immer mehr Einzelheiten erzählten die Fernsehkanäle die Geschichte: Wie die erste Bombe um 8.50 Uhr in der Circle Line Richtung Aldgate explodierte; wie sich der wie üblich vollbesetzte Zug von einem

Augenblick zum nächsten in ein Inferno verwandelte, ein fremdes Land, eine alternative Realität. Wie die Überlebenden über die Toten und Zerfleischten und Sterbenden stolperten und in einer Prozession von staubbedeckten Gespenstern durch die finstern Tunnel irrten, im Vertrauen darauf, dass es irgendwo auf der Welt noch unverletzte Menschen gab, die ihnen – irgendwann, irgendwie – helfen konnten. Sekunden später, in einer anderen U-Bahn, eine zweite Bombe, als der Zug gerade von der Edgware Road in Richtung Paddington abfuhr. Mohammad Sidique Khan tat genau das, was er vor seiner Videokamera angekündigt hatte. Die Explosion zerfetzte zwei mit Berufspendlern vollbesetzte Waggons. Und dann ein dritter Zug, auf der Piccadilly Line, kurz vor dem Halt am Russell Square. Ein neunzehnjähriger Jamaikaner rief seine eigene Telefonnummer an. Sein Rucksack flog in die Luft. Eine Stunde später, nach einer Stunde des puren Chaos und der unbeantworteten Fragen, einer Stunde, in der ganz normale Bürger ihre Feigheit überwanden und zu Helden wurden, hielt ein Doppeldeckerbus der Linie 30, voll mit Evakuierten, zum allerletzten Mal; die Explosion riss das Dach ab, Metalltrümmer landeten auf der gegenüberliegenden Straßenseite vor den Türen der British Medical Association, aus denen wenig später Ärzte und Krankenschwestern herausstürzten, um die Sterbenden und die schreienden Verletzten zu versorgen. Wer noch laufen konnte, lief. Wer anderen helfen konnte, half. Es war eine postapokalyptische Szene wie im Buch der Offenbarung: »Und das Tier, das aus dem Abgrund aufsteigt, wird mit ihnen einen Streit halten und wird sie überwinden und wird sie töten. Und ihre Leichname werden liegen auf der Gasse der großen Stadt ...«

Zu Hause saß Azime neben den anderen Familienmit-
gliedern auf dem Sofa und verfolgte, wie die Zahl der ge-
schätzten Todesopfer immer wieder stieg und fiel, stieg und
fiel. Sie wartete darauf zu erfahren, wer die Terroristen waren. Bald gab es erste Informationen: Die meisten waren
Einzelgänger, der Jüngste achtzehn, der Älteste dreißig. Eine
labile Mischung aus Düsternis und Angst. Für die Nachbarn
waren sie »unauffällige junge Männer, fast schon unsichtbar«. Aristot nannte sie »Nichtsnutze«. Ja, dachte Azime,
Nichtsnutze, die erkannten, dass sie doch zu etwas nutze
sein konnten: Massenmord. Auf der Suche nach einer Art
postumer Berühmtheit à la *Großbritannien sucht das Super-
talent* und in der Hoffnung, durch den Tod ein öffentliches
Leben zu gewinnen, hatten sie Abschiedsvideos gedreht,
letzte Briefe geschrieben, unverständliche Dinge gesagt, deren
Sinn ihren Familien erst viel später aufging. Sie hatten auf
ihren ordentlich gemachten Betten persönliche Dinge aus-
gebreitet, ein Memento mori, dazu bestimmt, von ihren Bio-
graphen und der Polizei gefunden zu werden. Azime stellte
sich vor, wie sie ihre Jacken zugeknöpft, die tödlichen Ruck-
säcke geschultert hatten und in den kühlen Sommermorgen
hinausgetreten waren, ein Rettungsteam für kranke, längst
im Sterben liegende Ideen. Auf dem Familiensofa war Azimes erster, zweiter, zehnter und hundertster Gedanke: ›Das
ist schlecht. Das ist schlecht für alle, wirklich alle. Schlechter könnte es gar nicht sein.‹

Deniz rief sie auf dem Handy an und sagte: »Wir müssen
was unternehmen. Und du wirst auch mitmachen.«

Wütend über die im Namen ihrer Religion begangenen
Verbrechen, wütend über den Schaden, den diese Anschläge

ihrer Religion zugefügt hatten, erklärte Deniz Azime fünf Tage später in einem Café, er und seine Freunde würden einen Protest organisieren, eine »unüberhörbare Botschaft« – und sie würden allen klarmachen, dass diese Attentäter nicht für den Islam standen. Diese Botschaft sollte sich nicht nur an die allgemeine Öffentlichkeit richten, sondern zugleich auch ihren muslimischen Brüdern und Schwestern die Augen dafür öffnen, dass es sich hier um eine einmalige Gelegenheit handelte, Solidarität mit den Opfern zu zeigen; dass »wir alle zusammen den Arsch hochkriegen und aus Großbritannien ein besseres Land machen müssen, verstehst du? Wir machen einen großen Comedy-Gig. Motto: *Muslimische Comedians gegen die Anschläge*. Und du bist mit dabei. Auf dem Programm steht dein Name.«

»Mein Name?«

»Es wird Zeit, dass wir auch mal eine Schwester mit im Programm haben. Klar. Das ist eine einmalige Gelegenheit, Azi. So eine Chance kriegt man nur einmal im Leben. Muslime müssen jetzt für alle stehen. Wir müssen uns zu Wort melden, wir müssen aufstehen, verstehst du, wir müssen für jede Kultur stehen, jede Rasse, jeden Glauben. Wir müssen so was wie Vorbilder sein. Wir müssen die Proteste anführen, nicht einfach nur sagen, das alles sei nicht unsere Schuld. Denn wir alle werden darunter zu leiden haben. Das weißt du auch. Sie werden uns die Schuld in die Schuhe schieben. Die Nicht-Muslime, die werden uns verfolgen, dich, mich, alle. Aber das ist nicht das Land, das wir wollen. Verdammt, das ist nicht mal das Land, in dem wir leben.

Verstehst du? Deshalb machen wir diese Veranstaltung. Zeigen, dass wir alle gegen Gewalt sind, dass uns das alle ankotzt. Ich mache mit, Lano hat zehn Minuten und heizt das Publikum an. Ari ist dabei. Wir haben Nasdar. Drei, vier andere. Wir überrumpeln die Leute mit unserer Botschaft aus Mut und Hoffnung und Verantwortung und Gemeinschaft. Ein Dschihad der Liebe. Verstehst du?«

»Das kann ich nicht machen.«

»Wir haben Rajan, Pankisar, Quito macht zehn Minuten, und wir brauchen eine Schwester. Das ist unsere Botschaft. Alle zusammen.«

»Ich kann das nicht. Und ich mache es nicht.«

»Doch, das machst du, Azi. Wir brauchen dich. Dein Land braucht dich. Sonst schlag ich dir den Schädel ein. Du bist definitiv dabei.«

»Ich habe kein Material.«

»Ich auch nicht!«

Azime musste lachen. Am Ende musste man bei Deniz immer lachen.

»Schon besser. Siehst du, wie ich das mache? Ich habe kein Material, aber hält mich das von irgendwas ab? Das ist größer als du und ich, Mann, das ist größer als wir beide zusammen. Wir müssen London zurückerobern.«

»*Du* eroberst London zurück. Ich habe kein Material.«

»Ich kann das nicht allein.«

Deniz' Handy quakte – er hatte ein Froschquaken als Klingelton. Er warf einen Blick aufs Display, dann stellte er das Quaken ab.

Überrascht sagte Azime: »Dein Handy funktioniert ja.«

»Sie sind dahintergekommen. Vodafone, das ist wie der Geheimdienst, Mann. Als die Sowjetunion unterging, sind die Topagenten allesamt zu Vodafone und T-Mobile und die-

sen ganzen Brüdern gegangen. Agent *Orange*, das heißt ja
nicht ohne Grund so. Einer von den Obergaunern hat mir
achtzig Pfund abgeluchst. Ich musste meinen Vertrag noch
mal für achtzehn Monate verlängern. Dumm gelaufen.«

»Du hast deinen Vertrag erneuert? Spinnst du? Warum
hast du nicht einfach ein Prepaid-Handy genommen?«

»Sie haben mich verführt. Und ich bin schwach geworden. Haben mir ein nagelneues Telefon angeboten. Teufel sind
das. Und das Fleisch ist schwach. Die kennen diese ganzen
Techniken. Als sie mir die coolen neuen Handys vorgelegt
haben, und ich konnte mir kostenlos eins aussuchen, das ist
schlimmer als Waterboarding, Mann. Ich hab's nicht ausge-
halten, hab die Namen ausgeplaudert, alles. Aber jetzt vergiss mal das Handy. Denk an den Auftritt. Die Presse wird da
sein, das wird eine große Sache. Eine Riesenchance für dich.
Das Leben kann man nicht proben, Schwester. Halt dich an
mich, ich nehme dich mit auf meinen Höhenflug. Halt dich
an meinen Rockschößen fest, Azi, und ab geht's. Wenn die
Flut kommt, können viele Boote schwimmen. Weißt du, was
ich meine? Aber du musst dich jetzt gleich entscheiden – ich
habe Anfragen von Comedians aus dem ganzen Land. Jeder
will da mitmachen.«

Zum Beweis hielt er sein schimmerndes neues Handy in
die Höhe, doch es blieb still. War der Anruf, den er wegge-
klickt hatte, ein solcher Anruf gewesen, eine Bitte, bei diesem Projekt mitmachen zu dürfen? Oder war das bloß Deniz' übliche Show, ein Teil seiner Welt, in der Wahrheit und
Unwahrheit den gleichen Stellenwert hatten?

»Ich denk drüber nach.«

»Das reicht nicht. Ich muss es jetzt wissen.«

»Was ist mit meiner Familie?«

»Denen sagst du nichts. Nächste Frage.«

»Was ist, wenn mich jemand erkennt und es ihnen erzählt?«

»Du setzt eine Sonnenbrille auf. Einen Hut. Sonst noch Fragen?«

»Meine Eltern wissen nicht mal, dass ich zu dem Comedy-Kurs gehe. Die würden komplett durchdrehen.«

»Ich sag's noch einmal: Erzähl ihnen nichts. Sag, du gehst aus.«

»Ich gehe nie aus.«

»Wie wäre es ... lass mich überlegen ... wie wäre es, wenn du sagst, du triffst dich mit einem netten muslimischen Mann, der dich heiraten will?«

Azime blinzelte. Sie lächelte. Das war tatsächlich eine ziemlich gute Idee.

»Deine Mum organisiert alles für dich. Das perfekte Alibi.«

Eins musste man Deniz lassen – er konnte ganz schön gerissen sein.

»Du bist fies.«

»Noch besser, *du* organisierst das zur Abwechslung mal selbst. In echt. Sag, einer von den Typen, die deine Mum dir andrehen wollte, hat sich wieder gemeldet. Der Kerl will dich wiedersehen. Das ist ein Wunder!, sagst du. Du erzählst deiner Mum, der könnte der Richtige sein. Bring sie ordentlich in Fahrt. Verabrede dich tatsächlich. In einem Lokal irgendwo bei dem Comedy-Club. So nah wie möglich. Du bestellst ihn auf eine halbe Stunde vor dem Gig. Gehst zu dem Date. Quatschst mit dem Typen. Nach einer Viertelstunde musst du mal austreten ... Der merkt gar nicht, dass du weg bist. Dein Auftritt, das sind nur zehn Minuten. Du bist so schnell wieder zurück, der Blödmann kommt nie auf die Idee, dass du nicht auf dem Klo warst.«

Azime schüttelte den Kopf: »Das ist krank.«

Ihr Blick wanderte zu einer Frau mittleren Alters, die eben, das rechte Auge mit einem Gazepflaster verklebt, auf einen Stock gestützt ins Lokal gehinkt kam. Sie war in Begleitung. Ein junger Mann, ihr Sohn vielleicht, folgte eilig, rückte ihr einen Stuhl zurecht. Sie setzte sich. Dabei zuckte sie anscheinend vor Schmerz zusammen. Bestimmt jemand, der gerade wieder zum ersten Mal aus dem Krankenhaus durfte; der Stock war eindeutig ein Krankenhausmodell, Aluminium mit einem dicken Gummipfropfen, die Art von Stock, die man dort bekam, solange man noch keinen eigenen hatte.

»Gott. Da ist wieder eine.«

»Halt den Mund, Azi.«

»Ein Anschlagsopfer. Eindeutig. Ich sehe sie überall in der Stadt. Es ist schrecklich.«

»Halt den Mund. Nicht jeder verletzte Mensch in England ist Opfer der Bombenanschläge.«

Doch nichts konnte bei Azime den Gedanken vertreiben, dass diese Frau durch die Attentäter zu Schaden gekommen war. War das verletzte Auge blind? Würde sie von jetzt an immer hinken?

In der Pause beim nächsten Treffen des Comedy-Kurses kam Johnny TKO zu ihrem Platz ganz hinten. Sie saß im Halbdunkel, den Block aufgeschlagen, und versuchte aus der immer noch unvollständigen Zehnerliste einen neuen Text zu machen. Er hockte sich neben sie hin.

»Hi. Wie geht's?«

»Oh. Hi.«

Johnny. Haare zerzaust in alle Richtungen, immer angespannt, sah ihr nicht in die Augen. »Ich hab von diesem Gig gehört, den ihr machen wollt. Tolle Sache.«

»Gig?«

»Muslime gegen die Anschläge? So hieß es doch? Hab gehört, dass du dabei bist. Cool. Echt cool. Weiter so.«

»Ich überlege noch.«

»Die werden begeistert sein. Die werden dich lieben.«

»Danke.«

»Nein, ich mein's ernst. Wie ich höre, ist die ganze Presse da. Wow. Das könnte dich ganz groß rausbringen. Das wird der Durchbruch. Nicht zu fassen. Wahnsinn.«

»Schon. Aber was ist, wenn ich nicht witzig bin?«

»Was spielt das schon für eine Rolle, ob du witzig bist oder nicht? Bei so einer Gelegenheit? Du bist eine muslimische Frau mit einem Mikrophon.«

»Was soll das heißen?«

»Ich mein ja nur. Ich bin neidisch, das ist alles. Neidisch. Weil ich furchtbar, furchtbar gern auch so eine Chance hätte. Mannomann. Die Chance, das Leiden anderer für meine Karriere auszuschlachten. Wow.«

Azime war so erschrocken, dass ihr keine Antwort einfiel. Ihr Verstand hatte die Worte noch gar nicht verarbeitet.

»*Muslimische Comedians gegen die Anschläge?* Also wirklich. *Muslimische Armleuchter wittern ihre Chance.* Seid doch ehrlich. *Muslimische Möchtegern-Comedians tun alles für Publicity.* Ich frage dich, hat diese Stadt nicht genug gelitten, auch ohne dass dieser Deniz-Ali-Wasweißichfürnscheiß – wahrscheinlich der unkomischste Mensch, der sich in Großbritannien je für einen Komiker gehalten hat – sich hinstellt und sagt, wie nah ihm all dieses Blutvergießen geht, und dann zieht er seine Nummer ab? Seine Pantomime? Also wirklich. Sorry, aber das geht mir doch ein ganz klein wenig auf den Keks. Wütend, verstehst du? Tut mir leid, Azime, aber mir ist Comedy *wichtig*, ich nehme Comedy zu ernst, mir bedeuten auch die Leute in dieser Stadt zu viel … Ja verdammt noch mal, mir bedeutet selbst Pantomime zu viel!«

»Bist du betrunken oder was? Hast du getrunken, Johnny?«

»Hat der Papst einen blöden Hut auf? Das muss dir klar sein – entweder beutet ihr diese Sache aus, weil ihr damit Karriere machen wollt, oder ihr alle zusammen, als Kultur, wollt euch der Strafe entziehen oder die Schuld von euch weisen oder beides. Weißt du, was die größte Lüge auf der ganzen Welt ist? ›Wir sitzen alle im selben Boot.‹ Nein. Tun wir nicht! Hier steht jeder für sich allein. Also verschon mich mit diesem Solidaritätsscheiß. Ist ja auch lustig, wie schnell ihr spitzgekriegt habt, dass wir nach der Tragödie jetzt komische Muslime brauchen. Wie viele Tage? Sechs? Vom Massenmord zum Witz in nur sechs Tagen – beeindruckend. Schneller Start, das muss man euch lassen. Oh, und mir ist auch ein Titel für eure Show eingefallen. Ich dachte, ich sag euch den mal. ›Peng! Ha! Ha!‹ Na? Das fetzt, was? ›Peng-Ha-Ha Comedy-Jam‹. Also wenn ich einer von diesen Verschwörungsheinis wäre, würde ich sagen, das mit den Bomben hat für euch echt gut funktioniert. Die hätten zu keinem besseren Zeitpunkt hochgehen können. Aber keine Angst, ich frage dich nicht, wo du am Morgen des 7. 7. warst. Ich meine ja nur. Gott, was bin ich für ein wütender, bitterer Typ. Wie bin ich bloß so wütend geworden?«

»Ich hätte nichts dagegen, wenn du jetzt wieder verschwinden würdest.«

»Aber ich bin sicher, das wird ein Riesenerfolg. Glaub mir, ich gönne dir das, Azime. Die Leute werden dich *lieben*. Ob witzig oder nicht. Du kommst wie bestellt.«

»Bitte, lass mich in Ruhe.«

»Sorry. Mir sind nur die Sicherungen rausgeflogen. Ehrlich, ich bitte um Verzeihung. Du bist cool. Und du hast viel mehr Talent als dein Freund. Aber du gehst mir genauso auf die Nerven. Nicht du persönlich, aber das, wofür du stehst.«

»Was habe ich dir denn bloß getan, Johnny?«

»Du hast die besseren Startbedingungen, und das ist unfair. Du kannst so schlecht sein, wie du willst, und wirst trotzdem Erfolg haben. Und das regt mich auf. Weil du ein Gag bist, etwas, was sie noch nicht kennen, eine Frau mit brauner Haut, Muslim und all das – noch nie da gewesen, da kriegst du alles, was du willst. Ich hingegen –«

»Ich bin doch bis jetzt nicht mal Komikerin. Und ich bezweifle, dass ich je eine werde. Warum bist du nur so …«

»… ich hingegen –«

»Warum fühlst du dich so bedroht? Wieso?«

»… ich hingegen muss –«

»Hau einfach ab!«

»… ich muss zum Brüllen komisch sein, sonst kann ich in der Ecke krepieren. Ich bin einfach nur neidisch. Eigentlich könnte man sagen, ich möchte gern du sein. Darf ich du sein? Darum wollte ich dich bitten. Azime, lass mich du sein!«

Seine Stimme wurde lauter, seine Halsmuskeln waren angespannt. Er stand bedrohlich nahe neben ihr, in einem grell-bunten, karierten Hemd. Er wäre für jeden eine Herausforderung gewesen, und für sie war er weit mehr, als sie gerade verkraften konnte.

»Sei lieb«, sagte sie zu ihm. »Okay? Du weißt überhaupt nichts.«

»Eins weiß ich. Ich weiß, dass wegen euch der Vater von meinem Kumpel nie wieder laufen kann. Das weiß ich. Und ich weiß, dass dieser Mann von siebzig Jahren so viele Metallsplitter in seinem Körper hat, dass sie drüben in St. Mary's auch jetzt noch, sechs Tage später, dabei sind, die mit Essstäbchen rauszupulen. Und sein Gesicht, das sieht gar nicht mehr gut aus und wird auch nicht mehr gut aussehen. Das immerhin weiß ich.«

»Das hat nichts mit mir zu tun.«

»Da hast du recht. Es tut mir leid. Manchmal drehe ich durch. Ich gehe jetzt nach Hause und fessle mich mit Handschellen an den Heizkörper.«

Seine Augen schleuderten Blitze, als er davonstapfte, zutiefst verletzt, wenn es denn vorstellbar war, dass jemand wie Johnny verletzt werden konnte. Ob er wirklich einen Freund hatte, dessen Vater bei den Anschlägen verwundet worden war? Wer wusste das schon.

Nach dem Kurs ging Azime mit Deniz nach Hause, immer noch schwer verwirrt von Johnnys Auftritt, und sie erklärte ihm, dass sie nicht mitmachen werde. Sie könne das nicht. Unmöglich. Es ging einfach nicht. Aber er antwortete, dazu sei es jetzt zu spät. Er habe sie schon gemeldet. Jetzt müsse sie auch mitmachen.

»*Was?*«, brüllte sie.

»Du hast es gehört. Ich hab's den anderen gesagt. Nur keine Sorge. Du wirst ein Knaller, glaub mir.«

»Du hättest mich fragen sollen, Deniz! Was ist, wenn meine Eltern dahinterkommen?«

»Ich habe dich gefragt. Und jetzt sage ich's dir. Aber mach, was du willst. Wenn du dein Leben lang Sofas verkaufen willst, dann nur zu.«

Wieder in ihrem Zimmer, betete Azime – sie verneigte sich auf ihrem Gebetsteppich. Es war 19 Uhr 16. Sie beendete das Gebet. Dann hörte sie ihr Handy. Ein kurzer Piepton – eine SMS von Deniz.

Will wirklich, dass du das machst.

Während der nächsten halben Stunde saß sie auf ihrem Bett und googelte berühmte Comedians, informierte sich über sie, las ihre Pointen. Aus was für einem Milieu kamen diese Leute? Was hatte sie dazu gebracht, das Lachen zu ihrem Beruf zu machen? Schließlich rief sie Deniz an. Sie erklärte ihm, dass sie immer noch fürchte, jemand könne sie erkennen, immer noch Angst habe, dass es Ärger in der Familie geben würde.

»Was ist mit meinem Namen?«

»Den änderst du. Das musst du sowieso tun. Bevor er auf Plakate kommt oder so was. Azime Gevaş ist ja nun wirklich bescheuert.«

»Danke.«

»Die meisten Comedians ändern ihre Namen. Meinst du, Robin Williams ist als Robin Williams auf die Welt gekommen?«

»Ist er.«

»Woher weißt du das?«

»Hab ihn grade gegoogelt. Und Eddie Murphy war Edward Murphy.«

»Woody Allen?«

»Ja, okay, der hatte einen superjüdischen Namen. Aber Les Dawson war von Anfang an Les Dawson. Bob Hope hieß Leslie Hope, aber das kann man ihm nicht verdenken, dass er nicht Leslie heißen wollte. Bill Cosby war Bill Cosby. Billy Connolly. Joan Rivers. Ronnie Corbett. Jerry Seinfeld. Billy, Ronnie, Jerry… Das Einzige, was sie machen, ist einen i-Laut am Ende anfügen. Dann klingt es netter. Du hast aber auch von nichts eine Ahnung, Deniz.«

»Wie wär's mit einfach Azime? Einfach nur ›Azime‹. Wie Prince. Wie Madonna. Wie Adele.«

Am nächsten Morgen herrschte große Aufregung. Döndü war neun geworden. Anlässlich ihres Geburtstags war sie zwei Tage zuvor mit zwei Freundinnen zu McDonald's gezogen, und alle drei Mädchen waren vor dem Heimgehen ein Dutzend Mal die röhrenförmige Rutschbahn hinuntergesaust; damit hatten Döndüs Eltern ihr einen sehnlichen Wunsch erfüllt. Doch jetzt war es an der Zeit, Döndü für den Schleier vorzubereiten.

Genau wie seinerzeit Azime blieb Döndü keine Wahl: Auch sie musste für eine einmonatige Probezeit das Kopftuch anlegen. Wenn sie nach vier Wochen, am Ende des Ramadan, den Hidschab wirklich nicht weiter tragen wollte, dann durfte sie darum bitten, von dieser Verpflichtung befreit zu werden. Trotzig wie sie war, hatte Döndü keinen Zweifel daran gelassen, dass sie diesen einen Monat durchstehen würde, aber nicht einen einzigen Tag länger.

Ein Dutzend gestandener Frauen hatte sich zu der zeremoniellen Übergabe des Kopftuchs versammelt. Der Lärmpegel stieg.

Das quadratische Stück Stoff wurde Döndü überreicht, und als man es ihr um den Kopf legte, machte sie ein Gesicht, als wolle sie alle ermorden; doch sobald das Tuch an Ort und Stelle war, erlag sie dem Lob und den Segenswünschen, die von allen Seiten auf sie einströmten. Wie die alten Frauen gurrten, wie sie sie streichelten und bewunderten und mit Komplimenten überhäuften, wie sie ihr einen goldgerahmten Spiegel vorhielten, zum Beweis dafür, dass das Kopftuch sie keineswegs hässlich machte, sondern ihre Schönheit vielmehr steigerte, betonte, noch besser zur Geltung brachte. Döndüs Todeszellenmiene hielt dem sanften Beifall nicht stand, und auf dem straff eingerahmten Gesicht zeigte sich ein Anflug von einem Lächeln. Als ihr Vater dann endlich ins Zimmer kommen durfte und sich seine alten Augen jäh mit Tränen füllten, während er starr vor Bewunderung im Türrahmen stand, als er die Arme ausbreitete, um Döndü an sich zu drücken, da erhellte, all ihrem aufrichtigen Bemühen um ein mürrisches Aussehen zum Trotz, ein strahlendes Lächeln ihr Gesicht. Aristot umarmte sie fest, flüsterte ihr kurdische Segenssprüche ins Ohr, und Döndü, auch wenn sie sich noch so modern gab, zeigte wieder einmal ihre größte Schwäche: Sie genoss es so sehr, im Mittelpunkt der Aufmerksamkeit zu stehen, dass sie für eine Bühne und ein bisschen Rampenlicht jederzeit ihre aufkeimenden politischen Überzeugungen und ihren aufkeimenden Feminismus verraten hätte.

»Was machst du da?«, fragte Azime ihre kleine Schwester bei der ersten Gelegenheit.

»Wie? Was?«

»Du findest das toll.«

»Nein, tu ich nicht.«

»Tust du doch. Du kleine Schleimerin. Schau dich doch an.«

»Ich muss es einen Monat lang tragen, sagt Baba.«

»Wenn du's länger trägst, versuchen sie's bei mir auch wieder. Und meine ganze harte Arbeit ist für die Katz.«

»Nach dem einen Monat nehm ich's ab. Länger trag ich den Hidschab auf gar keinen Fall.«

»Wenn du es willst, bitte schön.«

»Ich will es doch gar nicht.«

»Dann sag's ihnen.«

»Hab ich schon.«

»Dann sag's ihnen immer wieder.«

Als Zeichen schwesterlicher Solidarität fing Döndü nun an, all die, die sie drücken und umarmen und ihr Geschenke geben wollten, zu erinnern, dass mit dem Ramadan auch ihr Monat unter dem Kopftuch enden würde. Den Frauen verdarb sie damit trotzdem nicht die Feiertagsstimmung, denn die waren alt und erfahren genug, dass sie solche Versprechungen schon oft gehört – und auch gesehen hatten, wie sie gebrochen wurden. Also hatten sie gelernt, sie zu ignorieren. Döndü war die Art von Mädchen, die nachgeben würde, und sogar mit Freuden. Alles würde gut enden.

Azime erinnerte sich an ihren eigenen Probemonat unter dem Schleier, damals als sie in Döndüs Alter war. Sie wusste genau, was Döndü in den nächsten vier Wochen erwartete: die kleinen Anreize, das Extralob, die Anerkennung und Aufmerksamkeit anderer Muslime, die Lockerung bestimm-

ter Regeln zum Ausgleich für die strengeren Kleidungsvor-
schriften.

Aber die größte Verlockung würde das Gefühl sein, einer
Gemeinschaft anzugehören, ein Gefühl, das sie bis dahin
noch nicht so recht kennengelernt hatte. Azime erinnerte
sich, wie sie sich damals gefühlt hatte. Bis zu diesem Zeitpunkt hatte sie nichts von dieser Art von Geborgenheit gewusst, nicht einmal, dass man sich danach sehnen konnte.
Aber als sie dann die wohltuende Wirkung spürte, so rein,
so ehrlich, so aufrichtig, ja beinahe erhaben, da war es ihr
beinahe unmöglich, geradezu unsinnig vorgekommen, dieser Verlockung zu widerstehen und zu sagen: »Nein, danke,
ich fühle mich wohl, so wie ich bin.« Azime wusste, für
dieses Zugehörigkeitsgefühl gab es keinen Ersatz. Wenn man
seinen Platz in der langen Traditionsreihe einnahm und sich
so den Geboten einer alten Kultur beugte, dann bekam man
das Gefühl, dass das Leben nicht aus vielen kleinen Schubladen bestand, sondern dass man ein vollständiger Mensch
war, Bestandteil eines größeren, schöneren Ganzen. Und was
war außerhalb dieser Geborgenheit? Nichts als Kälte.

In einem stillen Augenblick hatte Azime ihrer Mutter
etwas mitzuteilen. »Morgen Abend habe ich ein Date.«

»Was ist ein Date?«

»Eine Verabredung. Mit einem unverheirateten Mann.«

»Was für ein unverheirateter Mann? Mann? Date? Wer
ist dieser Mann?«

Sabite hörte das Wort »Mann« nie gern, es sei denn, es kam
aus ihrem eigenen Munde. Sofort schrillten bei ihr die Alarm-
glocken. Der falsche Mann konnte alles verderben. Der richtige Mann würde sich vermutlich in die Herde einreihen,

den Karren der Familie mitziehen, ihnen bei der Suche nach dem Gelobten Land zur Seite stehen.

»Wer ist es? Wer hat das arrangiert?«

»Es ist einer von den Kandidaten, die der Heiratsvermittler ausgesucht hat. Er will mich wiedersehen.«

»Er will dich wiedersehen? Wer ist es?«

»Er heißt Nasim. Ich habe ihn im November getroffen.«

Sabite ließ die Namen der November-Kandidaten vor ihrem inneren Auge Revue passieren, aber ein Nasim war nicht dabei. Doch das hielt sie nicht davon ab, ihre Tochter erleichtert in die Arme zu schließen. Was für ein großartiger Morgen für Sabite! Gott ist wirklich groß. Erst Döndü im Hidschab! Und jetzt Azime, so gut wie verheiratet! Bomben hin oder her, alles würde sich zum Besten wenden. Ihre Frömmigkeit machte sich endlich bezahlt.

Am nächsten Abend chauffierte Deniz Azime zu dem italienischen Restaurant, wo sie ihre zweite offizielle Verabredung mit »November-Nasim« haben sollte, wie Sabite ihn getauft hatte, einem sechsundvierzigjährigen Versicherungsvertreter mit einem Schilddrüsenleiden, das dafür sorgte, dass er dauerhaft um die hundert Kilo wog.

Deniz stoppte kurz vor dem Comedy-Club und fuhr die Viertelmeile bis zu dem Restaurant langsam im zweiten Gang, die Strecke, die Azime wenig später zu Fuß zurücklegen würde, nachdem sie unter dem Vorwand, sie müsse zur Toilette, vom Tisch aufgestanden war.

»Mir ist schlecht. Ich kotze gleich.«

»Meinetwegen. Aber nicht hier im Auto.«

»Ich habe schreckliche Kopfschmerzen.«

»Auch ein gutes Zeichen.«

»Ich falle in Ohnmacht.«

»Genau, wie es sein soll.«

»Ehrlich. Ich fühle mich total schwach. Und meine Hände sind nassgeschwitzt und zittern.«

»Das ist genau das, was die meisten Leute daran hindert, auf der Gewinnerseite zu stehen! Sie kommen bis zu diesem Punkt, fühlen sich beschissen, haben das Gefühl, sie müssten gleich kotzen, so wie du jetzt, genauso, und dann sagen sie sich, dass sie es nicht schaffen, dass sie die Sache nicht hinkriegen, also machen sie einen Rückzieher. Sie machen einen Rückzieher. Aus und vorbei. Für den Rest ihres Lebens Mittelmaß. Sie halten den Druck nicht aus. Den Druck, der Erste zu sein. Sie sind *Mitläufer.* Schau dir doch an, was passiert ist, sobald einer die Meile unter vier Minuten gelaufen war. Roger Bannister. Schau dir all die Leute an, die bloß drauf gewartet haben, dass jemand das als Erster schafft, damit sie es ihm dann nachmachen können. Kaum hat Roger Bannister weniger als vier Minuten gebraucht, kann das plötzlich jedes Arschloch. Mittlerweile packt jede dritte Oma die Meile in weniger als vier Minuten. So geht das. Menschen sind *Mitläufer*, Azi. Sie sind darauf programmiert, Nachahmer, Mitläufer, Herdentiere zu sein, wenn du verstehst, was ich meine. Es gibt nur wenige, die die Führung übernehmen können. Nur echte Gewinnertypen halten den Druck aus, durchbrechen die Schmerzgrenze, gehen dahin, wo vor ihnen noch niemand war, und dann kommen sie auf der anderen Seite an, da, wo die Lichter sind und die Menschen einen lieben, wo Eimer nicht dazu dienen, das Wasser aufzufangen, das von der Decke tropft, nein, da sind die Eimer aus Silber und drin stehen Champagnerflaschen.

Mut. Du brauchst *jede Menge Mut*, Mann. Und Phantasie. Und du musst an dich *glauben*. Sonst bleib einfach zu Hause. Misch dich unter die Zuschauer. Kauf dir eine Eintrittskarte und setz dich hin, wie ein Niemand, und schau dir an, wie die Mutigen brennen.«

Azime schüttelte den Kopf. So faszinierend Deniz auch war, er machte alles nur noch schlimmer. Wollte sie überhaupt brennen? Jedenfalls nicht in diesem Augenblick. In diesem Augenblick, als Deniz' Auto vor dem Restaurant hielt, wo ein hoffnungsvoller Heiratskandidat auf sie wartete, wollte sie genau das Gegenteil, sich im Dunkeln verstecken, ein unsichtbarer Niemand werden, und die Idee, ein Niemand zu sein, frei von jeglichem Erwartungsdruck, kam ihr nicht nur durch und durch anständig, sondern wie ein höchst erstrebenswerter Luxus vor.

6

AZIME: Hallo. Ich heiße Azime. Einfach nur Azime. Wie Madonna. Wie Adele. Wie Herpes … ein Wort sagt alles. *(Schweigen.)* Ich bin Komikerin. *(Schweigen.)* Ich wusste doch, dass euch das zum Lachen bringt.

Azime kam auf die Bühne, und die Leute japsten hörbar, als sie sahen, dass sie eine Burka trug – von Kopf bis Fuß in dieses Gewand eingehüllt war, so dass nichts von ihr zu sehen gewesen wäre, wären da nicht die beiden rechteckigen Ausschnitte für die schwarz getuschten Augen gewesen, Augen, die zu fast jeder verängstigten jungen Frau hätten gehören können, die sich plötzlich an einem Ort wiederfand, an den sie eindeutig nicht gehörte.

Gerade hatte der Conférencier die Zuhörer auf sie vorbereitet, hatte ihnen gesagt, dass sie jetzt etwas Ungewöhnliches erwarte, etwas noch nie Dagewesenes, dass jetzt eine Muslimin auf die Bühne komme, und ihr Name sei Azime, und sie sei die absolut erste muslimische Bühnenkomikerin weltweit.

Eigentlich hatte Azime sich den Leuten einfach als sie selbst vorstellen wollen, einfach als Azime. Doch jetzt ächzte sie unter der Last dieser Ansage, der Erwartung, dass sie die Krönung von Jahrhunderten der Frauenbewegung sei. Das hauptsächlich muslimische Publikum starrte sie nur an. Es war mucksmäuschenstill.

AZIME: Jeder hat ein dunkles Geheimnis. Mein dunkles Geheimnis? Na gut, wenn Sie es nicht weitersagen... Ich bin Jungfrau. Richtig. Eine waschechte Jungfrau. Ich weiß, Nichtmuslime denken bei Jungfrauen und Islam nur daran, dass im Himmel Jungfrauen auf die Gläubigen warten, aber hier in Nordlondon gibt es auch jede Menge davon.

(Hier geht nichts, dachte sie. Und jetzt kam auch noch der Teil ihrer Nummer, an dem sie am meisten zweifelte. Schon jetzt wurde sie unter ihrer Burka rot.)

Ich bin eine vollkommene Jungfrau, und das schließt – Achtung, das ist jetzt eine wichtige Botschaft für die Schwestern in Green Lanes –, das schließt die andere Stelle mit ein. Ihr werdet es vielleicht nicht glauben, aber ich habe an meiner alten Schule gehört, wie sich Mädchen, die Jungfrauen bleiben wollten, einredeten, die andere Stelle sei okay. Dass sie auf dem göttlichen Hur-O-Meter nicht zählt. Wie kann das sein?

(Sie beugte sich vor.)

Steck ihn rein. Aber nur in den Hintern, nur in den Hintern, ich bin ein gutes Mädchen. Nur in den Hintern.

(Einige Leute lachten laut, aber nicht sehr viele.)

Denkt mal darüber nach, Mädels: Anständige Mädchen beginnen ihr Sexleben nicht mit Analverkehr. Nennt mich altmodisch, aber fragt euch mal selbst. Was würden eure Großmütter sagen? Wären sie stolz auf euch? Sorry, aber wenn ihr euer Sexleben mit Analverkehr beginnt, dann ist das so wie ein Curry zum Frühstück. SO FÄNGT MAN DEN TAG EINFACH NICHT AN.

(Jetzt lachten schon mehr Leute. Allmählich tauten sie auf.)

Egal ... Jedes Mal, wenn ich mich weigere, mit einem Jungen zu schlafen, und das tue ich immer, danke, Oma, dann sagen die, ich wäre eine Lesbe. Eine Lesbe. Aber ich könnte niemals eine Lesbe sein. Na ja, ich kann mir vielleicht vorstellen, fünfzig Prozent von dem zu machen, was Lesben so tun, versteht ihr, was ich meine?

(Vereinzeltes, peinlich berührtes Kichern aus dem Publikum.)

Alle Mädchen können Lesben sein, bis sie drankommen. Versteht ihr, was ich meine?

(Schweigen.)

Doch, wie gesagt, ich bin sexuell nicht aktiv. Bis ich einen Ehemann habe, bin ich auf dem Gebiet sozusagen im Schlummermodus, aber wenn er dann auf die Leertaste drückt, geht's los.

Gedanken an Sex helfen logischerweise nicht gerade dabei, Jungfrau zu bleiben. Also versuch ich, es bleiben zu lassen. Was aber praktisch ein Ding der Unmöglichkeit ist. Es ist, wie wenn man jemandem sagt, vergiss das, dann vergisst er's garantiert nie wieder. Wenn ich merke, dass ein Gedanke an Sex in mir hochkommt, dann denk ich sofort an etwas anderes, zum Beispiel an ein Sandwich. Der Trick mit dem Sandwich funktioniert bei mir fast immer. Ich stelle mir dann dieses leckere Supersandwich vor, vielleicht ein Steaksandwich, so richtig saftig und aromatisch. Dann mach ich noch Senf drauf und beiße rein. Überall spritzt Saft raus und rinnt mir über die Arme und sonst wohin. Und wenn ich's dann aufgegessen habe, denke ich: »Was für ein leckeres Sandwich das doch war. Wow!« Und bin total befriedigt. Und wenn ich dann immer noch an Sex denken muss, dann verlange ich in Gedanken die Rechnung und beschwere mich, weil das Sandwich viel zu teuer ist und eigentlich gar nicht so lecker war, und sage, dass ich diesen Saftladen nie wieder betreten werde. Dann zahle ich und gehe, bin verärgert und fühle mich abgezockt. Und wenn ich dann immer noch an Sex denken muss, schließe ich mich im Badezimmer ein und schreie eine Runde. Ist immer noch besser als eine Schlampe zu sein, oder?

Also, ich bin aus Green Lanes. Ich hab einen Job. Ich arbeite für meinen Vater. Aber ich versuche gerade, einen besseren zu finden … einen, der mir was bringt, zum Beispiel, indem ich bezahlt werde. Ich wüsste gern, wie sich das anfühlt. Es muss cool sein, wenn man für seine Arbeit bezahlt wird. Aber ich fürchte, ich bin zu anspruchsvoll.

Also hab ich mich bei McDonald's beworben. Das ist eine internationale Firma, die Hamburger verkauft. Sorry, ich dachte einen Moment lang, ich red mit meinen Eltern. Ich hab mich wie gesagt bei McDonald's beworben. Und der Filialleiter Bill, der aussieht wie ein viel zu groß geratener Fünfjähriger, fragt mich, warum ich für den Laden arbeiten will. Ich hab gesagt: »Weil ich alle Hoffnung im Leben aufgegeben habe – warum sonst sollte ich für euch arbeiten? Ich kann nicht mehr tiefer sinken, ich hatte nur noch die Wahl, entweder ich bring mich um, oder ich komm zu euch.«

Da war der Typ geschockt. Er dachte wohl, er hat einen supertollen Managerjob, er ist als Geschäftsmann ganz oben auf der Spitze der Pyramide, und unter ihm ist nur noch Abschaum. Und er kann beim besten Willen nicht verstehen, dass jemand wie ich, eine Frau, eine Frau mit Migrationshintergrund, ganz offensichtlich ohne Chancen und ohne Zukunft, nicht von der Aussicht begeistert ist, mit einem albernen Papierhütchen auf dem Kopf für einen Hungerlohn Pferdehack zu wenden. *(Gelächter.)*

Was kann ich euch sonst noch erzählen? Ach ja, Gewalt. Da, wo ich herkomme, in Green Lanes, gibt's echt viel Gewalt, und seit ich angefangen habe, Witze zu erzählen, fällt mir das ganz besonders auf. Richtig üble, sinnlose Gewalt. Ich hab's selbst erlebt. Ein Beispiel: Vor kurzem bin ich in meinen Supermarkt reinmarschiert, am helllichten Tag, und… hab die Kassiererin geschlagen.

(Gelächter.)

Ich mach nur Spaß. Ich bin gegen jede Gewalt, vor allem Gewalt, bei der ich das Opfer bin.

Ach, hab ich's schon erwähnt – McDonald's hat mich nicht genommen. Es gibt nur eins, was noch schlimmer ist als ein herzloser, kapitalistischer Multi, der die Armen ausbeutet, unsere Wälder und unsere Gesundheit zerstört... und das ist ein Multi, der dich nicht einstellen will. Pfui, schäm dich!

Allein in der Garderobe des Clubs, zog Azime ihre Burka aus, und darunter kam eine Jeans zum Vorschein, ein geblümtes Kleid über der Jeans und darüber ein verzweifeltes Gesicht.

Sie löste die Haarklammern und starrte in den von Glühbirnen gerahmten Spiegel, während aus dem Lautsprecher die knisternde Stimme von Deniz drang, der als Nächster an der Reihe war.

»Du bist scheiße«, sagte sie zu ihrem Spiegelbild. »Gib's auf. Was bildest du dir denn ein? Du bist Dreck, Azime Gevaş.«

Über den Lautsprecher hörte sie Deniz sagen: »… *Das Minimum, das ist das allermindeste, was ich verdiene.*« Gelächter aus dem Lautsprecher.

»Die haben dich gehasst. Ich hatte es dir prophezeit. Kein einziger Lacher.«

Wieder hörte sie Deniz' Stimme »… *Als Erstes bringe ich eine kleine Pantomime. Irgendwelche Pantomimenfans hier?*«

»Bring dich um, Azime. Ich meine das ernst. Hast du dir das mal überlegt? Das wäre ein ehrenvolles Ende.«

Im Lautsprecher setzte jetzt Elgars *Land of Hope and Glory* ein. Rasch packte Azime ihren Rucksack, ließ die Burka darin verschwinden, setzte ihre Baseballkappe auf und zog sie tief ins Gesicht. Sie beschloss, einfach nach Hause zu gehen, nicht zurück ins Restaurant, um ihren verlassenen Kavalier, November-Nasim, zu erlösen – sie würde die U-Bahn nehmen und allein zurückfahren. Nasim wäre jetzt wirklich zu viel für sie. Dann war dies eben eine weitere fürchterlich danebengegangene Verabredung in einer langen Reihe fürchterlich danebengegangener Verabredungen. An der Garderobentür blieb sie noch einmal stehen, direkt unter dem Lautsprecher …

»Bevor ich der geniale Comedian wurde, der ich heute bin, war ich ein ziemlich guter Schauspieler. Ein Kritiker hat damals gesagt, ich sei so gut, ich könne das Telefonbuch *vorlesen, und die Leute würden gebannt zuhören. Der Zeitpunkt ist gekommen, an dem wir das überprüfen.«* Sie hörte das Knistern umgeblätterter Seiten. O Gott.

Als sie die Garderobe verließ, warteten vor der Tür zwei Männer. Einer stellte sich sofort als Angestellter des Comedy-Clubs vor. Er habe da jemanden, der mit ihr reden wolle. Einen Journalisten. Der Mann begrüßte sie und reichte ihr eine Visitenkarte. Sie warf einen Blick darauf. Er schreibe für den *Guardian*, erklärte er. Er wolle nur ganz kurz mit ihr sprechen. Der Mann vom Club schlug vor, Azime und der Journalist sollten noch einmal zurück in die Garderobe gehen.

Wieder zurück auf dem Stuhl vor dem Spiegel, betrachtete Azime misstrauisch den Mann, der es sich im einzigen Sessel der Garderobe bequem machte. Sie schaute auf die Visitenkarte in ihrer Hand: *Jeremy Adams, Sonderkorrespondent.*

»Ihr Auftritt hat mir gefallen«, sagte er.

»Danke.«

»Ich muss sagen, das hat mich umgehauen, wie Sie da in der Burka auf die Bühne gekommen sind. Eins der beeindruckendsten Bilder, die ich je auf der Bühne gesehen habe. Ich habe mir überlegt, dass ich etwas über Sie schreiben könnte. Wären Sie bereit, mir ein Interview zu geben?«

Aus dem Lautsprecher hörte man Deniz' Stimme: »... *Abbott, F. R... Abbott, G. P... Abbott, H. J...*«

Azime antwortete nicht.

»Ich schreibe einen Artikel über die Show heute Abend. Nur zur Sicherheit, können Sie mir noch mal Ihren Nachnamen buchstabieren?«

»Meinen Nachnamen?«

»Ja. Wie schreibt man den?«

»Meinen Nachnamen verwende ich nicht.«

»Cool. Einfach nur Azime also. Auch im richtigen Leben? Nur Azime?«

Azime nickte.

»Gibt's einen bestimmten Grund dafür?«

Azime schüttelte den Kopf.

»Okay.« Der Journalist zückte Block und Stift. »Und das schreibt sich A-Z-I-M-E?«

Sie nickte.

»*Abbott, P. T... Abbott, P. V...*«

Jetzt hörte man erste Buhrufe aus dem Publikum, ein Zeichen, dass sie genug von Deniz hatten.

»Gut. Das habe ich. Sehr schön. Wie lange machen Sie das schon?«

»Heute war das erste Mal.«

»Ehrlich? Sie waren großartig. Ich meine das ernst. Der Moment, in dem Sie auf die Bühne kamen, ich dachte... wow... verstehen Sie? So was hatte ich noch nie vorher gesehen. Na ja, ich meine – ich sehe, dass Sie nicht immer die Burka tragen – offenbar nur auf der Bühne? Aber Sie sind Muslimin, oder?«

Azime nickte.

»Genau. Da kann Ihnen also niemand verbieten, eine Burka zu tragen. Egal. In dem Moment, in dem Sie rauskamen, da dachte ich – sensationell. Wenn sie auch nur halbwegs gut ist, auch nur ein *bisschen* komisch, dann wird dieses Mädchen ein Knüller. Das habe ich gedacht.«

»Halbwegs?«

»Weil Sie...«

»Wieso?«

»Wieso? Weil Sie …«

»Wollen Sie sagen, ich muss überhaupt nicht komisch sein?«

»Aber Sie *sind* es. Sie sind es wirklich. Machen Sie sich keine Sorgen. Und ich dachte mir – dieses Mädchen, das kann ganz groß rauskommen. Timing, darauf kommt's an. Das ist der Schlüssel zur Komik, stimmt's? Also, der Zeitpunkt, zu dem jemand wie Sie hier aufgetaucht ist, ist haargenau richtig, mehr will ich nicht sagen. Das soll nicht abwertend klingen. Sie hatten da wirklich eine tolle Idee. Ihr Anblick, die Burka, das Mikrophon, die Augen, die sanfte Stimme hinter dem Schleier – sensationell, dachte ich. Deshalb möchte ich gern ein Interview mit Ihnen machen. So läuft das. Ich komme, um die Show zu besprechen, sehe jemanden wie Sie, denke, wow, die möchtest du interviewen. Muss nicht jetzt sofort sein. Aber gerne auch jetzt sofort, wenn Sie Zeit haben. Aber im Prinzip können wir uns jederzeit treffen, überall.«

Inzwischen buhte das Publikum Deniz von der Bühne. *So, das wäre es jetzt von mir. Ich will euch noch einen Spruch mit auf den Weg geben, den mein Daddy mir immer gesagt hat und den ich mein Leben lang beherzigen werde. ›Mein Sohn‹, hat er gesagt, ›Scheitern ist durchaus eine Option.‹ Danke, ihr wart ein großartiges Publikum. Und vergesst nicht, Friede, hört ihr? Friede, Liebe und Verständnis füreinander, denn wir sind alle eins, nicht wahr? Deshalb lasst uns das hier zusammen durchstehen, denn solange wir zusammenhalten, sind wir unbesiegbar – denkt mal drüber nach. Ich bin Deniz Ali Bin Ramezanzadeh, danke für eure Aufmerksamkeit. Ich möchte den heutigen Abend meinen*

Mit-Londonern widmen, ganz besonders denen, die bei den jüngsten Terroranschlägen umgekommen oder verletzt worden sind. Gute Nacht.« Jetzt ertönte immerhin schwacher Applaus, stellte Azime erleichtert fest, ehe sie sich wieder dem Journalisten zuwandte.

»Ich … jetzt gerade geht es nicht. Ich muss nach Hause.«

Adams nickte. »Wohnen Sie hier in der Gegend? In Hackney?«

»In der Nähe.«

»In der Nähe. Okay. Also, wann können wir uns sehen?«

»Ich … ich sage Ihnen Bescheid.« Sie hielt seine Visitenkarte in die Höhe.

»Morgen?«

Deniz kam in die Garderobe, schweißüberströmt. »Was geht hier ab?«

»Das ist ein –«

»Journalist«, ergänzte Adams.

»Ehrlich? Cool. Toll. Herzlich willkommen. Sie schreiben was über uns, richtig?«

»Jawohl. Hoffentlich.«

Lächelnd wandte Adams seinen Blick wieder Azime zu.

Deniz sah sie ebenfalls an und bat mit erhobenen Augenbrauen um ein verstohlenes Zeichen, dass alles in Ordnung war. »Cool. Cool. Gut, gut, gut. Sie kennen dieses berühmte Foto, nicht wahr, wo ein, ja ja, mutiger Demonstrant einem Soldaten eine Blume in den Gewehrlauf steckt? Das war das, was wir heute Abend hier gemacht haben. Und unsere Blume, das ist der Humor. Verstehen Sie, was ich meine? Sie haben meinen Auftritt gesehen?«

Der Journalist deutete auf den Lautsprecher. »Gehört.«

»Den muss man sehen. Ausgesprochen visuell. Und worüber habt ihr zwei hier geredet?«

Wieder blickte Deniz Azime an, dann wieder den Journalisten.

»Ich schreibe eine Besprechung.«

»Oh. Gut-gut-gut. Cool-cool-cool.«

»Und ich möchte mehr über Azime wissen. Ich finde, sie ist eine hervorragende Botschafterin für Ihre Sache.«

»Ganz richtig, ganz richtig. Also, ich bin ihr Manager… wenn Sie was wissen wollen, dann müssen Sie zuerst mich fragen.«

»Ach, ihr Manager?«

Typisch Deniz, dachte Azime. Absurd auf der Bühne und absurd im Leben. Sie sah ihn an und hatte nun ihrerseits die Augenbrauen erhoben.

»Das trifft sich gut. Ich wollte nämlich gern ihren Nachnamen wissen, und Azime hat mir erklärt, dass sie ihn nicht benutzt.«

»Gevaş«, verkündete Deniz.

»Gevaş?«

Sofort zückte der Journalist seinen Stift; Deniz warf Azime einen »Lass-mich-nur-machen«-Blick zu und machte zugleich eine beschwichtigende Handbewegung. Wütend sprang sie auf. Der Journalist sah sie an und wartete auf Bestätigung, während Deniz ihren Nachnamen buchstabierte: »G-E-V-A-Ş.«

»Das muss nicht zwingend in dem Artikel stehen«, sagte Adams entschuldigend zu Azime. »Keine Sorge. Wenn Sie es nicht wollen – es liegt ganz bei Ihnen.«

»Nein, ich möchte nicht, dass Sie das schreiben. Du

hältst den Mund, Deniz, okay? Und – er ist nicht mein Manager.«

Adams erhob sich ebenfalls; er begriff, dass es Zeit war zu gehen, wenn er es sich mit Azime nicht verderben wollte. »Also, Sie haben meine Karte. Rufen Sie mich an. Morgen vielleicht? Ich will Sie nicht drängen, wirklich nicht. Es wäre nur einfach toll, wenn ich mit Ihnen reden könnte. Hat mich gefreut, Sie kennenzulernen, Sie beide. Passen Sie auf sich auf.«

Er reichte ihnen die Hand, dann verließ er sie und warf Azime im Gehen noch einen letzten aufmunternden Blick zu, machte das Daumen-hoch-Zeichen.

Deniz konnte nur mit den Schultern zucken, so wütend wie ihn Azime ansah.

»*Wieso denn nicht?* Jemand muss schließlich auf dich aufpassen.«

Sie verließen den Club und gingen quer über die Straße zu Deniz' Clio, wobei Deniz Azime lautstark erklärte, dies sei nicht die Zeit, sich zu zieren. Sie müsse der Presse geben, was die Presse wolle. Jetzt sei ihre große Chance. Später, wenn sie berühmt sei, könne sie die Zeitungen verklagen, wenn sie etwas nicht korrekt wiedergäben, ihre Privatsphäre verletzten, das Telefon anzapften, Oben-ohne-Fotos brächten, wenn sie schrieben, dass Azime eigentlich lesbisch sei oder ihren Ehemann betrüge und dergleichen. Aber das komme *später*. Jetzt müsse sie denen alles geben, was sie haben wollten. Und ob ihr überhaupt klar sei, was für ein Glück das sei, wenn in dieser Phase ihrer Karriere schon die Presse auf sie aufmerksam werde?

Ein junger Mann mit schwarzem Bart, der ihnen vom

Club aus gefolgt war, kam ihnen nachgelaufen. Er entschuldigte sich und erkundigte sich bei Azime, ob sie Azime sei. Er hatte eine weiße Karte und einen Stift in der Hand: ein Autogrammjäger. Azime sah Deniz an, und der lächelte und nickte. Also bestätigte sie es. Ja, sie sei Azime. Und so reichte der Mann ihr Karte und Stift und bat sie um ein Autogramm; und sie gab ihr allererstes Autogramm, schrieb einfach nur »Azime«. Der Mann dankte ihr. Glücklich machte der junge Mann einen Schritt beiseite, um Deniz und Azime in den Clio einsteigen zu lassen. Doch kaum hatte Deniz den Schlüssel aus der Hosentasche geholt und war hinüber zur Fahrerseite gegangen, da richtete sich der junge Mann auf und gab Leuten in der Ferne ein Signal. Deniz fummelte immer noch mit dem Schlüssel herum, als schon ein Wagen heranschoss und mit quietschenden Reifen hielt, direkt vor dem kleinen Clio; aber mit mehr Glück als Verstand hatte Deniz den Schlüssel jetzt endlich im Schloss, gerade als der erste, dann der zweite, dann der dritte Insasse des Wagens, der ihnen nun den Weg versperrte, heraussprang. Azime und Deniz verschanzten sich in seinem Wagen, und schon im nächsten Moment waren sie von Fremden umringt. Von dem Punkt an konnten Deniz und Azime nur noch zusehen, wie um sie herum ein Horrorfilm ablief, hilflos dabeisitzen, während die Greueltaten geschahen. Es begann damit, dass einer die Radioantenne des Clio abriss und sie wie ein Florett drohend durch die Luft zischen ließ. Ob die Türen, die sie von innen verriegelt hatten, halten würden? Mittlerweile riss ein anderer junger Mann mit wutverzerrtem Gesicht dermaßen am Griff von Azimes Beifahrertür, dass das ganze Auto schaukelte. Azime schrie auf – ein Schrei, der nur gedämpft nach draußen drang und die Angreifer offenbar nur weiter anfeuerte. Doch die Schlösser hielten, Fenster und Windschutzscheibe überstanden die immer neuen Schläge nackter Fäuste, die Stiefeltritte in die Seite konnten nur das Blech des Clio zerbeulen – doch was nach innen drang, was bei Azime und Deniz ankam, waren die Worte der Männer, die Feindseligkeiten, Flüche, Drohungen, gebrüllt in einer Mischung aus Englisch, Arabisch, Kurdisch und Türkisch, Beschimpfungen, die klarmachten, dass Azime das Ziel dieses Angriffs war, dass es allein um sie ging, um sie persönlich.

»Für wen hältst du dich eigentlich?«

»Halt deine Klappe.«

»Wir beobachten dich.«

»Miststück.«

»Hure.«

Dann: »Du bist tot.«

Drohende Gesichter nur Zentimeter von dem ihren, auf der anderen Seite der Windschutzscheibe, die Azime anschrien. Sie schrien diese Worte, damit Azimes eigene Worte verstummten. Ihnen waren Worte gestattet, ihr nicht. Ihre waren gottgefällig, die ihren gottlos. Und Azime erkannte, dass für ihre Familie und ihre Gemeinschaft nicht diese jungen Männer die Übeltäter waren, sondern sie. Diese Männer handelten nicht außerhalb der akzeptierten Regeln, sie dagegen schon. Den Rechtschaffenen das Paradies. Der Gotteslästerin ewige Verdammnis, und diese Verdammnis begann hier und jetzt.

Unterdessen schrie Deniz immer wieder: »Es sind doch nur Witze. Versteht ihr? Witze. Jetzt beruhigt euch doch, Mann.«

Deniz und Azime mussten tatenlos zusehen, wie zwei Männer auf das Dach des Clio kletterten und wie auf einem Trampolin darauf zu hüpfen begannen, und bald schon fing das Dach an, sich unter diesem Dauerangriff zu biegen. Azime schrie Deniz in panischer Angst an, er solle endlich etwas tun – »Fahr! Fahr! Mach schon! Fahr los!« –, während das Dach immer näher kam.

Deniz startete den Wagen, ließ den Motor aufheulen, legte den ersten Gang ein und rammte dann seinen Clio ohne Rücksicht auf die eigenen Scheinwerfer in das Heck des Wagens der Angreifer, eine Bewegung, die zumindest einen der beiden Trampolinspringer im Salto auf die Straße beförderte. Jetzt, wo Metall auf Metall stieß, trat Deniz das Gaspedal bis zum Anschlag und merkte, dass der kleine Clio (vielleicht durch das zusätzliche Gewicht des Mannes, der sich immer noch auf dem Dach hielt) mit seinen durchdrehenden Reifen Schubkraft genug hatte, um den Wagen der anderen so weit vorzudrücken, dass er ein wenig Raum zum Rangieren fand. Mit Azime als Lotsin setzte er zurück, wobei er auch noch den Wagen hinter sich traf und diesen um ein paar wertvolle Zentimeter zurückschob. Dann ging es wieder vorwärts, ein kurzer abrupter Stoß, der den Wagen der Angreifer um einige weitere Zentimeter nach vorn schob, wodurch eine kleine Lücke entstand, durch die sich der Clio zwängen konnte. Unter metallischem Kreischen kamen sie frei, und Deniz gab Vollgas, wobei ein letzter geschleuderter Stein noch vom Heck abprallte. Sie rasten los, unter das eingedrückte Dach gezwängt wie Zwerge.

Azime, die durch das Rückfenster beobachtete, wie die jungen Männer in ihren eigenen Wagen sprangen, schrie:

»Mach schneller! Sie kommen uns nach.«

»Schneller kann ich nicht!«

Aber in den nächsten zehn Minuten fuhr Deniz, das musste sie ihm lassen, konzentrierter, als Azime es je für möglich gehalten hätte. Beherzt bog er um eine Ecke nach der anderen, und bald war die Straße hinter ihnen leer. »Und – was siehst du jetzt?«

»Sie sind nicht mehr zu sehen!«

»Und jetzt?«

»Immer noch nichts.«

»Und jetzt?«

»Immer noch nichts.«

Nirgendwo Polizei. Keiner hielt den zerbeulten Clio auf, der ohne Scheinwerfer fuhr.

Bald darauf hielt Deniz nicht weit von Azimes Haus. Die Handbremse machte ihr übliches ratschendes Geräusch.

»Das ging doch ganz gut«, stellte Deniz fest. »Findest du nicht auch?«

»Wer waren die?«

»Die Öffentlichkeit. Manche Leute lieben dich, andere hassen dich.«

Doch Azime sah, dass Deniz unter seinem unerschrockenem Gehabe genauso erschüttert war wie sie selbst. »Sie wollen mich umbringen«, sagte sie. »Das halte ich nicht aus.«

Deniz zückte sein Handy: »Soll ich die Polizei rufen?«

»Ich muss nur mit diesem Zeug aufhören.«

»Schwester, du kannst denen nicht einfach nachgeben. Ich rufe jetzt die Polizei. In Ordnung?«

Langes Schweigen. Azime dachte darüber nach. Eine polizeiliche Untersuchung, die zu nichts führen würde. Ihre

Eltern würden von der ganzen Geschichte erfahren. Die Hoffnung, dass diese Drohungen der einfältige Versuch gewesen waren, sie einzuschüchtern, und dass es sich nicht wiederholen würde. Dass sie in der Burka mit einem Mikrophon in der Hand aufgetreten war, war für die jungen muslimischen Männer im Publikum zu viel gewesen. Das war verständlich. Das hätte sie voraussehen müssen. »Ich kann nicht riskieren, dass meine Familie davon erfährt, das ist das Wichtigste.«

»Dann sagst du der Polizei einfach, du hast gar keine Eltern.«

Azime überhörte die Bemerkung. »Aber *du* musst es der Polizei melden, damit die Versicherung den Schaden bezahlt.«

»Ich hab keine Versicherung. Die ist abgelaufen.«

»Du fährst ein Auto ohne Versicherung?«

»Ich bin Optimist.«

»Du machst dich strafbar.«

Deniz zuckte die Achseln. »Das Auto hat mich nur vierhundert Pfund gekostet, mit sechs Monaten Versicherung drauf. Ich dachte, ich fahre es, bis die Versicherung abgelaufen ist, und verkaufe es dann als Schrott. Aber ich bin immer weitergefahren. Jetzt geht das natürlich nicht mehr. Wir müssen nur dran denken, dass wir das Auto nicht erwähnen, wenn wir zur Polizei gehen.«

»Wie können wir das Auto nicht erwähnen? Wir sind in dem Auto angegriffen worden. Das ist unser Beweisstück.«

»Okay. Dann krieg ich halt Ärger. Halb so schlimm.«

»Nein, dann sagen wir lieber gar nichts.«

»Sicher? Wir können gern die Polizei rufen.«

»Nein. Meine Eltern dürfen das nicht rausbekommen. Noch nicht.«

»Dann sagen wir nichts. Soll mir recht sein. Da ist ja auch noch das Auto, das hinter uns stand und das wir beschädigt haben. Scheiße.«

»Okay. Wir sagen nichts.«

Azime zitterte am ganzen Leib. »Die haben mich richtiggehend gehasst«, hauchte sie und versuchte, nicht zu weinen. ›Halt mich fest‹, dachte sie, ›tröste mich, sag mir, dass du mich magst, sag mir, dass du nie zulassen würdest, dass mir etwas zustößt, niemals. Und sag's mir vor allem, ohne dass ich dich drum bitten muss, sondern aus freien Stücken, weil dir danach ist.‹

Doch Deniz sagte nur: »Alles wird gut.« Aber er griff nach ihrer Hand und drückte sie. »Und selbst wenn nicht alles gut wird, werden wir Mittel und Wege finden, damit es gut wird. Okay?«

Nachdem Deniz sie abgesetzt hatte, sah sie ihm nach, wie er in seinem zerbeulten Wrack davonfuhr. Dann ging sie ins Haus.

Ihre Schwester war noch auf und wartete im Schlafanzug auf sie. »Wo warst du so lange?«

»Warum bist du denn noch auf?«

»Wo bist du gewesen?«

»Was ist denn?«

»Baba ist stinksauer.«

»Weswegen?«

Ihr Vater trat ein, ebenfalls im Schlafanzug. Sabite folgte ihm im Nachthemd und heulte bereits wegen der vermuteten Entehrung ihrer Tochter durch November-Nasim oder seinesgleichen, wodurch ihre Heiratspläne für Azime endgültig durchkreuzt wären.

»Wo bist du gewesen?«, wollte Aristot wissen. »Sag's mir, sofort.«

»Draußen.«

»Wo? Sag es mir.«

»Ich war –«

»Hier rein. Jetzt sofort!«

Im Wohnzimmer setzten ihre Eltern die Befragung fort: »Jetzt sag uns, wo du gewesen bist, Azime.«

»Ich war –«

»Was verheimlichst du uns?«

»Ich war – in der Abendschule.«

Sabite, die neben ihrem Mann auf der Couch saß, traute ihren Ohren nicht. »In der Abendschule? In der Abendschule?«

»Ja. Ich – ich habe mich da eingeschrieben.«

Aristot schüttelte den Kopf: »Was studierst du?«

»Möbel. Möbeldesign. Ich will selbst Möbel entwerfen. Hübschere Möbel.«

Diese Vorstellung schien ihren Vater kurz zu interessieren, und er schien Azime zu glauben, doch dann verfinsterte sich seine Miene wieder. »Du lügst.«

»Was für eine Abendschule?«, wollte Sabite wissen. »Wo?«

Und Aristot legte nach: »Gib mir einen Beweis. Zeig mir, dass es stimmt. Du lügst mich an.«

»Okay!« Azime kramte in ihrer Handtasche und holte einen Prospekt einer Fachhochschule heraus. *Einführungskurs Design und Technik. 103.*

Vater und Mutter lasen beide den Titel. »Warum hast du uns davon nichts erzählt?«, wollte Aristot wissen.

»Ich weiß nicht. Ich dachte, dann verbietet ihr es.« Azime hatte den Prospekt vor Wochen auf ihrer Suche nach beruflichen Alternativen im Jobcenter entdeckt und trug ihn seither in ihrer Handtasche mit sich herum.

»Vielleicht mache ich das noch! Trotzdem hättest du es mir erzählen sollen.«

»Ich bin zwanzig.«

»Ganz genau«, seufzte Sabite. »Wer wird dich in dem Alter noch heiraten?«

Azime nutzte die erste Gelegenheit, um vor dem Verhör nach oben auf ihr Zimmer zu fliehen, wobei sie sorgsam auf die Steine auf dem Treppenläufer achtete. Sie nahm zwei Schmerztabletten, verkroch sich ins Bett und schlief schließlich ein.

Als sie erwachte, war nichts mehr wie zuvor.

7

Einfach nur Azime
Die erste muslimische Bühnenkomikerin der Welt
Von Jeremy Adams

LONDON – Azime – so nennt sie sich auf der Bühne, Azime Gevaş aus Hackney, Schülerin einer Comedy-Schule in ihrem Viertel. Einfach nur Azime. »Furchtlos« wäre ein Wort, mit dem man sie beschreiben könnte, furchtlos, weil sie sich traut, zu einer Zeit wie dieser Witze zu erzählen, wie sie das gestern Abend bei der Veranstaltung »Muslimische Comedians gegen die Anschläge« getan hat.

Furchtlos wäre der eine Ausdruck. Der andere wäre witzig.

Mit anzusehen, wie diese scheue, zurückhaltende, doch bezaubernde junge Frau auf die Bühne eines Comedy-Clubs tritt und dabei eine traditionelle Burka trägt, die ihren gesamten Körper mit Ausnahme der Augen bedeckt, das ist einer der atemberaubendsten Anblicke, die dem Verfasser seit Jahren begegnet sind. Eine muslimische Frau, eine »verschleierte« Frau, die sich traut, den Mund aufzumachen und zu sagen, was ihr durch den Kopf geht, und das vor einem überwiegend männlichen muslimischen Publikum – es war zu spüren, was für ein großer Schritt das für ihr Publikum war, und das zu einer Zeit, wo Fortschritt, gerade für Frauen mit ihrem Hintergrund, Mangelware ist. Ihre Texte, die man eigentlich unpolitisch nennen könnte, wurden doch, allein durch die Person, die sie vortrug, zu explosivem Material. Das Medium war die Botschaft. Und auch wenn an diesem Abend, der muslimische Solidarität mit den Opfern der jüngsten Londoner Bombenanschläge demonstrieren sollte, noch etliche weitere Comedians auftraten, war doch Azime der Star der Show.

»Mein Name ist Azime«, sagte sie hinter ihrem Schleier. »Einfach nur Azime. Wie Madonna.« Aber ich habe den Verdacht, dass es bei »einfach nur Azime« nicht mehr lange bleiben wird – denn wenn je die Zeit reif war, dass jemand wie sie ins Rampenlicht tritt und laut und deutlich sagt, was sie will, dann ist dieser Zeitpunkt jetzt gekommen.

Sie kam inkognito auf die Bühne, beobachtete uns mit forschenden Augen – doch gestern Abend zeigte sie ihren Mut und stellte sich mit ihrer Nummer vor eine zweihundert Mann starke Zuhörerschaft. Was hat sie für Witze gemacht? Ich weiß es nicht mehr, und es spielt auch keine Rolle.

Was sind ihre Motive? Nach dem kurzen zehnminütigen Auftritt lässt sich das nicht sagen. Die Frage, um die es in Wirklichkeit geht, lautet: Was könnte sie tun? Und ich denke, die Antwort lautet: Eine ganze Menge, wenn sie das will. Allein schon die Tatsache, dass sie dort stand, war eine Revolution. Der Witz, mit dem sie uns von ›hinter dem Vorhang‹ berichtet, ist etwas, das in der hitzigen internationalen Debatte über das Verhältnis des Islams zum Westen bisher vollkommen gefehlt hat.

Als Kritiker fühlt man sich normalerweise nicht dazu aufgerufen zu sagen, dass eine Kultur einen bestimmten Entertainer braucht, doch bei Azime – »einfach nur Azime« – kommt man in Versuchung, so etwas zu sagen.

Aristot saß mit einem aufgeschlagenen Exemplar des *Guardian* am Frühstückstisch und wartete. Auf Seite fünf prangte ein halbseitiges Foto seiner Tochter. Ja, das war seine Tochter. In einer Burka. In der Zeitung. Unmöglich. Seine viel zu moderne, viel zu britische Tochter trug einen Niqab? Das konnte nicht wahr sein. Und doch waren das ihre Augen. Es hätten fast ebenso gut seine eigenen sein können. Und der Artikel bestätigte, ja, er posaunte es geradezu hinaus, dass sie es war: »Azime Gevaş aus Hackney, Nordlondon.« Ebenso hätte da stehen können: »Tochter von Aristot Gevaş, Möbelhändler und Gespött von Green Lanes, Nordlondon.« Das musste man sich ansehen! Wie sie da auf der Bühne eines »Comedy-Clubs« stand, wo Witze gemacht wurden, wo gelacht wurde, wo die Leute den Kopf in den Nacken warfen und Geräusche wie Schweine von sich gaben, grunzten, pöbelten, und seine Tochter war Gegenstand nicht des Gelächters, sondern des Spotts!

Aristot hielt die Zeitung mit ausgestrecktem Arm von sich, als sei sie verseucht. *Die erste muslimische Bühnenkomikerin der Welt.* Das war ja für sich schon ein Witz, aber keiner, von dem man fürchten musste, dass er je wahr werden oder lustig sein könnte.

Nach der Lektüre des Artikels, von dem er nicht alles verstanden hatte, fühlte Aristot sich wie betrunken. Es war erst acht Uhr morgens. Einer der Angestellten im Laden hatte die Zeitung in aller Frühe vorbeigebracht, atemlos vor Aufregung. Es kam ja nicht alle Tage vor, dass einer von ihnen groß in der Zeitung stand, die Aufmerksamkeit des ganzen Landes erregte. Genauer gesagt, war es noch nie vorgekommen. Niemals. Nicht hier bei ihnen. Etwas wie Azime hatte es in der Geschichte der Kurden von Green Lanes noch nie gegeben. Wenn also das, was sie da getan hatte, der Gemeinschaft zur Schande gereichte, dann musste es Schande von monumentalem Ausmaß sein.

»Sprich!«

Azime hatte Lampenfieber, als sie jetzt im heimischen Wohnzimmer stand. Genau so fühlte es sich an: wie Lampenfieber. Wie gestern Abend, als sie schreckensstarr vor den Zuschauern gestanden hatte, nur schlimmer. Sie hatte keine Erklärung; nichts, was sie ihrem Vater sagen konnte, würde ihm das, was sie getan hatte, verständlicher machen oder dafür sorgen, dass ihm wohler dabei zumute war.

Er schob seine Lesebrille auf die Nase, hielt die Zeitung nun wieder näher vors Gesicht, sehr nah sogar, und las – mit bebender Stimme:

»›So nennt sie sich auf der Bühne, Azime Gevaş … aus Hackney … Schülerin?‹« (Er sah sie über den Brillenrand an.) »›… der … Hackney? Comedy-Schule?‹« Das ist ja eine ulkige Art, Möbel zu entwerfen. Wenn man sich vor einen Haufen Fremder hinstellt und widerliche Witze erzählt.«

Ebenfalls in der Küche versammelt waren Zeki, Sabite und ihre beiden Neffen Raza und Omar, beide Ende zwanzig, beide erfolgreiche Gebrauchtwagenhändler. Sabite hatte sie herbestellt, hatte ihnen ausrichten lassen, es gebe großen Ärger und ihr Rat werde gebraucht. Ein Notfall in der Familie. Raza und Omar waren Könige auf den Straßen des Viertels, trugen Seidenhemden, schicke Lederjacken, schwere Schlüsselbunde in den Taschen und Brillantringe an den Fingern, obwohl sie beide unverheiratet waren. Sie waren Männer von Welt und hatten mehr Geld, als Gebrauchtwa-

genhändler von Rechts wegen haben sollten. Doch Fragen
wurden keine gestellt.

»Ich wollte doch nur mal was zu lachen haben«, warf
Azime ein.

»Pschscht!«, befahl Sabite mit erhobener Hand.

Nun war wieder alles still. Blicke gingen hin und her. Ein
Beschluss war bereits gefasst, von Eltern und Cousins gutgeheißen, und wurde nun von Aristot mit äußerstem Nach-
druck vorgetragen: »Du hörst damit auf. Mit diesem un-
moralischen Zeug. Hast du mich verstanden? Du machst das
nie wieder. Nie-, nie-, niemals.«

Azime antwortete nicht. Die Augen von Cousins, Bruder,
Eltern waren wie Bohrer in weichem Holz.

Jetzt war ihr Cousin Raza an der Reihe. »Azime, hör auf
deinen Vater. Du bist albern und kindisch. Es ist eine Schande.
Heirate und werde anständig wie andere Töchter.«

»Was ist denn nur los mit ihr?«, fragte Sabite melodrama-
tisch und rang die Hände. »Irgendwas ist los mit ihr. Warum
willst du Schande über deine Familie bringen? Warum nur,
Azime, warum?«

Omar: »Keine andere muslimische Frau auf der ganzen
Welt macht so was. Keine einzige. Das steht in der Zeitung.
Keine einzige.«

Aristot: »Keine einzige.«

Omar: »Und warum? Weil –«

Sabite: »Weil –«

Raza: »– weil keine muslimische Frau auch nur auf den
Gedanken käme, etwas so Entwürdigendes zu tun.«

Sabite: »Was ist denn nur mit ihr?«

Azime: »Warum kann eine muslimische Frau nicht ihr

Geld mit Witzeerzählen verdienen? Was soll daran falsch sein?«

Aristot: »Warum nicht? Warum nicht, fragt sie!«

Raza: »Ich kann dir sagen, warum. Frag mal die Katholiken, warum sie keinen weiblichen Papst haben.«

Azime traute ihren Ohren nicht: »*Was?*«

Omar: »Frag die Amerikaner, warum sie keine Frau als Präsidenten haben. Es gibt Sachen, die *macht* eine anständige Frau einfach nicht. Und eine davon, das ist sich hinstellen oder hinsetzen oder hin und her gehen und Witze erzählen –«

Zeki: »Noch dazu Witze über Muslime!«

»Hab ich doch gar nicht«, protestierte Azime.

Aristot: »*– und das vor den Engländern!*«

»Ihr seid echt krank! Es sind doch nur Witze!«, rief Azime.

»Nein«, korrigierte sie Aristot. »Du verkaufst deine Seele.«

»Ich verkaufe meine Seele nicht, Baba.«

»Und ob du sie verkaufst! Wie eine Prostituierte! Was meinst du denn, worüber die sonst lachen? Du bist nicht witzig.«

Omar stimmte zu, wollte seinen Gedanken aber noch weiterverfolgen: »Frauen sollten nicht witzig sein, nicht mal, wenn sie witzig sind.«

Er ließ diesen Satz erst einmal seine Wirkung tun und sah sich beifallheischend im Wohnzimmer um. Als er sich der Zustimmung der anderen sicher war, fuhr er fort: »*Gerade* wenn sie witzig sind, sollten sie nicht witzig sein. Und warum nicht? Weil es unschön ist.«

Aristot nickte zustimmend. Deswegen hatten sie auch die Cousins Omar und Raza hinzugezogen – genau wegen dieser typisch britischen Wortklaubereien, deren Sabite und er nicht fähig waren. »Jawohl. Und die Leute, vor denen du aufgetreten bist, die lachen jetzt über *uns*. Die lachen über *mich*.«

»Ich kann Leute zum Lachen bringen«, protestierte Azime. »Menschen müssen lachen. Der Prophet, Friede sei mit ihm, hat bestimmt gern gelacht. Selbst Gott lacht doch offenbar gern, wenn man sich uns so anschaut.«

Aristot hob gebieterisch den Finger: »Wasch dir den Mund mit Seife aus! Wasch ihn dir aus.«

Azime stürmte aus der Küche, rannte den Korridor entlang ins Wohnzimmer, wo Döndü vor dem Fernseher saß, aber nicht die Sendung verfolgte, sondern horchte. »Was ist los?«

»Das geht dich nichts an.«

Nun erschien die vierköpfige Delegation im Türrahmen, angeführt von Azimes rotgesichtigem Vater. »Wasch ihn dir aus!«

Aber Azime hatte in den vergangenen zwölf Stunden genug wütende Männer für ein ganzes Leben gesehen, und jetzt geriet sie selbst in Wut. Sie baute sich vor ihrem Vater auf und fragte ihn, ob er den Witz über die Tochter kenne, die ihrem Vater erzählte, dass sie Komikerin geworden sei.

»Genug!«, bellte Aristot.

»Er hat zu ihr gesagt –«

»Genug!«

»– sie soll den Saft von sieben Zitronen in ein wenig Wasser mischen und das trinken. Und das hilft irgendwas?, fragt sie. Nein, antwortet er, aber wenigstens grinst du dann nicht mehr so blöd.«

Kein Mucks darauf, dann drängte sich Omar vor und klatschte in die Hände. »Seht ihr. Sie kann nichts. Sie ist sowieso nicht komisch. Damit ist die Sache erledigt. Aus und vorbei.«

Sabite, die genug gehört hatte, sagte mit belegter Stimme: »Du wirst dieses Haus für immer verlassen, wenn du noch einmal auf die Bühne gehst. Versprich uns das jetzt.«

Azime hatte Tränen in den Augen. Aus eigenem Antrieb hätte sie vielleicht beschlossen, nie wieder einen Witz zu erzählen, aber sie würde sich nicht zwingen lassen. Sie war hartnäckig. Wie sie von sich selbst sagte, war sie so hartnäckig wie ein Schmutzfleck. »Klopf, klopf…«, sagte sie.

Sabite: »Hör auf!«

Aristot: »Versprich es!«

Azime: »Warum ging der Imam über die Straße?«

Sabite: »ARISTOT!«

Aristot: »GENUG. DU GEHORCHST JETZT.«

Schweigen. »Na? Versprichst du es?«

Lange Pause.

»Ein Schwarzer und ein Muslim sitzen in einer Gefängniszelle –«, begann Azime von neuem.

Sabite: »AZIME!«

»– und der Schwarze sagt: ›Ich glaube, die Geschworenen bei meinem Prozess waren Rassisten.‹ Der Muslim staunt: ›Du hattest Geschworene und einen Prozess?‹«

Ihr Bruder Zeki trat vor – und schlug sie ins Gesicht. Fest. Eine schallende Ohrfeige. Es gab sogar ein Echo. Azimes Kopf war zur Seite geflogen. Mit abgewandtem Körper bedeckte sie die gerötete Wange mit der Hand.

Döndü schrie auf: »Zeki!«

Zeki erstarrte mitten in der Bewegung. Mit seinen sechzehn Jahren, seinem schlaksigen Körper und seinem spärlichen Bartflaum hoffte er, dass man ihm die Männerpose abnahm. »Baba hat gesagt, du sollst aufhören. Wieso kannst du nie gehorchen?«

Wie war einem zumute, wenn man von seinem eigenen Bruder geschlagen wurde? Vor der gesamten Familie?

Azime, mit Tränen in den Augen und hochroter, brennender Wange, ließ sich nicht beirren: »Kennt ihr den von der Ehefrau, die –«

»Azime!«, fuhr Sabite erneut dazwischen.

»… die eine Website für … für Opfer häuslicher Gewalt eingerichtet hat? Sie hatte dreihundert Zugriffe in der ersten Stunde.«

Zeki konnte nicht fassen, dass seine Ohrfeige wirkungslos geblieben war. »Du benimmst dich wie eine Schlampe.«

»Und du benimmst dich wie immer, wie ein Vollidiot.«

Unter ihrem Probekopftuch weiteten sich Döndüs Augen, und ihr Blick huschte zwischen ihrer älteren Schwester und dem Rest der Familie hin und her. Ihr war klar, dass sie in vielfältigster Weise etwas lernen konnte.

»Ehre Vater und Mutter!«, schrie Zeki.

Azime fuhr zu ihrem Bruder herum. »Schlag mich ja nicht noch mal! NIE WIEDER!«

Ihre Vehemenz brachte den Bruder zum Schweigen, und die rechte Hand, mit der er sie geschlagen hatte, fiel schlaff herab.

Sabite: »Döndü! Ins Bett mit dir!«

Doch Döndü rührte sich nicht von der Stelle. »Nie im Leben.«

»Jawohl, zeig ihr, was ihr blüht«, fügte Azime hinzu.

Worauf Sabite leise sagte: »Versprich einfach nur, dass du aufhörst. Wir brauchen nicht noch mehr Ärger in diesem Haus.«

Jetzt konnte Azime nur noch eines antworten, und sie verlor keine Zeit. »Nein.«

Sabites rechter Arm fuhr hoch, der Zeigefinger reckte sich und deutete nach oben, zur Strafe, durch die, wie sie hoffte, wieder Gehorsam, Ruhe und Frieden in die Familie einkehren würde. »Zehn Tage! Auf dein Zimmer! Raus! Verschwinde.«

»Ich bin zwanzig.«

»Fünfzehn Tage!«

»Hier ändert sich aber auch nie was, oder?«

»Zehn Tage! Zehn Tage kommst du nicht raus, nicht mal zum Essen. Ich bringe dir das Essen.«

»Soll ich da drin dann auch pinkeln und kacken?«

»FÜNFZEHN! FÜNFZEHN TAGE! Was ist nur los mit diesem Mädchen? Fünfzehn! Bis du lernst, was eine gehorsame Tochter ist!«

Azime stürmte nach draußen. Man hörte, wie sie wütend die Treppe hinaufstapfte, dann hörte man sie wieder herunterkommen. Und dann fiel die Haustür ins Schloss.

»Azime!«, brüllte Aristot entsetzt, als er merkte, was Azime tat. »Komm sofort zurück! Azime! Azime!«

Die ganze Familie eilte zum Fenster, schob die Vorhänge beiseite und sah Azime im Mantel durch den Vorgarten stürmen, einen kleinen Koffer in der Hand.

»Wenn sie jetzt geht«, schwor Sabite, »dann darf sie nie mehr zurückkommen. Nie mehr.«

»Zeki!«, befahl Aristot. »Lauf ihr nach, hol sie zurück! Mach schon! Los, los!«

Zeki stürmte in die Diele und riss seine Jacke vom Haken.

»Los, los!«, brüllte Aristot.

»Nie mehr«, wiederholte Sabite. »Wenn sie jetzt geht, ist sie für mich tot. Sag ihr das!«

»Los, beeil dich!«

»Tot!«

Banu öffnete die Tür und war überrascht, als sie ihre Freundin sah, verweint, verwirrt, verzweifelt.

»Kannst du mir was zum Anziehen borgen?«

Banu zog ihre Freundin ins Haus.

Banu und ihr Mann bewohnten zusammen mit Banus Schwiegereltern eine kleine Dreizimmerwohnung im Erdgeschoss eines viktorianischen Reihenhauses. Dieses erste gemeinsame Zuhause, in das die junge Banu am Tag ihrer Hochzeit eingezogen war, bestand aus einem Teil, der ihr Hoheitsgebiet war, und einem anderen, für den sich ihre Schwiegermutter zuständig fühlte.

Banu führte Azime in ihren Teil des Wohnzimmers und zu einer modernen Couch auf der einen Seite, die einem sehr viel älteren Sofa mit Spitzendecke auf der anderen gegenüberstand. Vor der Couch stand ein moderner Couchtisch aus Glas und wetteiferte mit einem handgedrechselten Kaffeetischchen in unmittelbarer Nähe. In diesem Möbelkrieg hatten die beiden Paare sich auf ein Leben mit zwei Sektoren geeinigt. Es herrschte eine hohe Luftfeuchtigkeit wegen der nassen Handtücher, die auf den Heizkörpern trockneten, und dahinter löste sich überall die Tapete. Die Wände waren mit braunen Flecken übersät wie eine alte Landkarte, und im Erkerfenster waren Stores vorgezogen, zum Schutz vor dem Verkehr, der nur wenige Meter vor den Scheiben vorbeidonnerte. Die Fenster wurden nie geöffnet. An diesem Morgen roch Azime noch die Mahlzeit des Vorabends. Sie registrierte das alles und hielt Ausschau nach neuen Indizien, die ihr Aufschluss über die wahren Verhältnisse in Banus häuslichem Leben geben konnten. Denn Banu schwieg sich aus über ihr Glück, dessen Gründe, dessen Ausmaße, und so musste Azime Detektiv spielen. Ein Reiseprospekt auf dem Tisch – wer fuhr wohin und weswegen? Eine Mahnung wegen der unbezahlten Stromrechnung – bekamen sie das Geld nicht mehr zusammen? Das Haus war weniger aufgeräumt als sonst – was sollte man daraus schließen?

»Tut mir leid«, sagte Banu. »Ich kann dich nur für eine oder zwei Nächte unterbringen, mehr erlauben meine Schwiegereltern nicht. Schließlich sind sie die Eigentümer.« Außerdem wisse ihr Mann bereits alles über ihren Auftritt im Comedy-Club.

»Woher? Wie hat er davon erfahren?«, fragte Azime. »Sind alle plötzlich über Nacht *Guardian*-Leser geworden?«

»Die Männer haben sich gegenseitig angerufen. Solche Nachrichten verbreiten sich schnell, und das ganze Viertel redet über dich.«

Beim Tee kamen sie wieder auf angenehmere Themen. Doch trotz aller Freundschaft konnten sie beide nicht verbergen, dass ihre Ansichten grundverschieden waren.

»Bist du denn nicht stolz auf deine Familie?«, fragte Banu.

»Klar bin ich das.«

»Liebst du sie?«

Azime nickte.

»Respektierst du sie?«

Nun, das war eine andere Sache. Azime fragte sich, ob Kinder ihre Eltern respektieren mussten. Was, wenn die Eltern im Unrecht waren, falsche Überzeugungen, einen falschen Glauben, falsche Maßstäbe hatten – musste man sie dann immer noch respektieren? Und hatten ihre Eltern sich nicht auch gewehrt, waren sie nicht auch Rebellen? Kinder einer Tradition, eines wunderschönen, unbekannten Landes ohne Staat, weit, weit weg – Kurdistan! – Teil der islamischen Welt, deren große Zeit längst vorüber war? Hatten ihre Eltern nicht auch die Tradition *ihrer* Eltern missachtet, waren nicht auch sie vor den elterlichen Idealen davongelaufen, um in einem neuen Land neu anzufangen? Hatten sie nicht von dem demokratischen Recht Gebrauch gemacht, die Vergangenheit hinter sich zu lassen, wenn sie einen nicht glücklich machte? Azime war immer noch eine Gevaş – jetzt mehr denn je. »Ich war wütend. Ich bin einfach nur weggelaufen. Ich war blind vor Wut. Aber ich kann so nicht weiterleben. Auf Schritt und Tritt vorgeschrieben bekommen, was ich tun soll.«

An dem niedrigen Couchtisch, auf dem vier Perlenuntersetzer für die heißen Teetassen lagen, beschrieb Azime die Ereignisse des letzten Abends, erzählte sogar von der vorgetäuschten Verabredung mit einem Mann, den sie einfach sitzengelassen hatte, weil sie nie von der Toilette zurückgekommen war.

»Mein Gott, Azi, das ist ja schrecklich!«, rief Banu. Doch so schockiert sie sich auch gab, so wenig konnte sie verhindern, dass sich auf ihrem Gesicht derselbe verzückte Ausdruck abzeichnete wie früher, als sie als Kinder auf den Straßen und Plätzen von Green Lanes gemeinsam ihre kleinen Streiche ausgeheckt hatten. Wirklich entsetzt war sie jedoch, als Azime den Angriff auf Deniz' Auto beschrieb, bei dem sie – so wie Azime es berichtete – um ihr Leben hatten fürchten müssen.

»Du musst sofort damit aufhören«, warnte Banu. »Ich mein's ernst. Das ist gefährlich.«

»Ich weiß. Aber ich lasse es mir nicht befehlen. Wie käme ich dazu? Wenn ich aufhöre, dann weil ich meine eigenen Gründe dafür habe. Kannst du dir vorstellen, dass mein eigener Bruder mich geschlagen hat?« Sie betastete ihre linke Wange und dachte an Zekis Hand.

»Das wundert mich nicht.«

Azime schüttelte den Kopf. »Wie kannst du das sagen?«

»Na, du weißt doch selbst, wie Zeki ist. Beim kleinsten Anlass schlägt er zu.«

»Das heißt, ich bin selber schuld?«

»Männer sind nun mal Männer. Wir wissen doch, wie sie sind. Wir dürfen sie nicht herausfordern.«

Von der eigenen Freundin verraten! Unglaublich, was Banu da sagte. Wie traurig das war. Noch einmal schüttelte Azime den Kopf. »*Hörst* du eigentlich, was du da redest? Sag, dass das nur ein Scherz ist!«

Doch Banu nahm ihre Worte nicht zurück. »Hörst *du*, was du sagst? Denk mal drüber nach.« Sie tippte sich an den Kopf. »Denk nach! Wenn du etwas tust und weißt, dass du dafür bestraft wirst, bist du dann nicht selber schuld?«

Die beiden Freundinnen starrten einander an. Jede verstand die andere und wollte sie dennoch nicht verstehen. In der nachfolgenden Stille ging Banu in die Küche, um Tee zu machen. Azime blieb einfach auf dem Sofa sitzen. Neben den Fotos hingen an den Wänden auch Wandteppiche, billige Tapisserien mit Bildern aus alten Zeiten, die verbargen, was dahinterlag. Gehörten diese Tapisserien Banus Schwiegereltern, oder war Banu selbst so traditionell geworden, als Azime einen Moment lang nicht aufgepasst hatte?

Banu kam mit dem Tee zurück und sagte, sie werde ihren Mann und ihre Schwiegereltern irgendwie überreden, dass Azime länger bleiben könne, aber dafür müsse sie versprechen, dass sie sich Mühe geben werde, mit dem Witzeerzählen aufzuhören.

»Ich verspreche es«, sagte Azime. »Dass ich mir Mühe gebe.«

Banu schüttelte lächelnd den Kopf.

Azime schlug vor, dass sie eine DVD ausleihen, romantische Filme gucken und sich den Bauch mit Süßigkeiten vollschlagen sollten, wie in alten Zeiten. Doch Banu hatte ihrer Schwiegermutter versprochen, sie zum Einkaufen zu begleiten. Azime blieb allein zurück und verbrachte den Tag im Gästezimmer. Sie lag auf dem Bett, das als Gästebett diente, solange Banu noch keine Kinder hatte.

Was sollte sie den ganzen Tag über tun? Sie starrte zu der völlig verfleckten Decke hinauf, deren Risse, wie Aristot einmal erzählt hatte, wohl daher kamen, dass sie auf dem weichen Londoner Untergrund erbaut waren. Und so, wie sich auf diesem weichen Boden ganz London bewegte, so bewegten sich auch die Bewohner der Stadt, die sich ständig auf neue Bedingungen einstellen mussten. Wie sehr sich Banu verändert hatte! Wobei sie, genau genommen, nur so tat, als hätte sie sich verändert! So wie Döndü es vorzog, bei allen Liebkind zu sein und dafür die Liebe, Geborgenheit und den Frieden zu genießen, die man bekam, wenn man sich anpasste, und den Unfrieden, die Qualen und Gefahren vermied, die der Preis der Auflehnung waren. Azime sah wieder die jungen Männer vor sich, die auf das Dach des Clio sprangen, spürte erneut die panische Angst, als sich das Dach einzudellen begann. Wie Deniz sein Auto fast zu Schrott gefahren hatte, um es freizubekommen. Angsteinflößend, sicher, aber auch komisch, irgendwie doch auch komisch. Azime holte das kleine Diktiergerät aus ihrer Handtasche und sprach eine kurze Zusammenfassung des Vorfalls hinein. Sie sah gleichzeitig das Absurde der Situation, wie diese Gorillas auf dem Dach des Clio auf und ab hüpften, während Deniz brüllte: »Es sind doch nur Witze, nur Witze!« Auf ein außenstehendes Publikum konnte das Ganze bestimmt auch komisch wirken, wenn sie es nur entsprechend beschrieb. Erst als sie fertig war, wurde ihr bewusst, wie misslich ihre eigene Lage war – aber auch wie absurd. Angefangen mit dem Gebot, das ihre Familie zu Frauen erlassen hatte, die Witze erzählten. »*Gerade* wenn sie witzig sind, sollten sie nicht witzig sein.« Hallooo? Witze erzählen oder heiraten, wer außer ihr stand schon vor einem solchen Dilemma? In ihr Diktiergerät sprach sie: »Text schreiben über Familie, die mir erklärt, warum ich kein Comedian sein darf.« Als Nächstes sagte sie: »Völlig abgeschottetes Leben. So was ist kein Leben.« Und danach: »Azime … Döndü … Banu …« Sie hielt inne. Eigentlich gehörte noch ein weiterer Name auf diese Liste.

Wie schrecklich, dachte sie, während das Band langsam weiterlief, ohne ihre unausgesprochenen Gedanken aufzunehmen. Nicht einmal Ricardo, der Freund des toten Mädchens, war der Wahrheit nachgegangen, sondern hatte sich mit den Geschichten zufriedengegeben, die man ihm auftischte. Letzlich hatte ihr keiner geholfen. Kein Mensch.

Schließlich begann Azime wieder zu sprechen. Sie sagte zuerst den Namen des Mädchens und danach alles, was sie bisher über den Fall wusste: ihren Tod, die Tatverdächtigen, den Ort des mutmaßlichen Verbrechens, das Tatmotiv, der Vater mit seinem unbeschwerten Lachen. Was hatte sie sonst noch? »Ich muss unbedingt mit ihrem Bruder sprechen.« Der Bruder des toten Mädchens, so wurde gemunkelt, hatte einem seiner Freunde im Vertrauen gesagt, dass der Vater es getan habe, und zwar allein, dass er seine Tochter über die Balkonbrüstung gestoßen und dann mit angesehen habe, wie sie in die Tiefe stürzte. Azime könnte den Bruder unten vor dem Eingang des Hochhauses abpassen, auf ihn zugehen und nach und nach sein Vertrauen gewinnen. Wer weiß, vielleicht war ihr Diktiergerät ja leistungsfähig genug, um seine Aussage heimlich aufzunehmen. Das wäre doch was! Aber dafür müsste sie den Bruder an einen stillen Ort lotsen, in ein Café zum Beispiel. Ja, genau, in ein Café. Ihr Herzschlag beschleunigte sich allein beim Gedanken. Sie diktierte: »Diktiergerät«, und dann »Café« und, nach einer Pause, »Ende«.

Als Banu und ihre Schwiegermutter vom Einkaufen zurückkamen, hatte Banu kaum Gelegenheit, ihren Gast vorzustellen, bevor sie in die Küche gezerrt und dort wegen Azime in die Mangel genommen wurde. Azime blieb allein auf der modernen Couch zurück, hörte nebenan die geflüsterten missbilligenden Kommentare, und die allgemeine Empörung wurde noch greifbarer, als mit Einbruch der Dunkelheit Banus Mann nach Hause kam. Azime durfte zwar mit ihren Gastgebern abendessen, doch bei Tisch wurde wenig gesprochen, und keiner richtete das Wort an sie.

Banus Mann, Helmet, war klein, dunkel, muskulös, glattrasiert, stattlich auf eine zu maskuline Art für Azimes Geschmack. Er sah Azime kaum an. Die Freundschaft zwischen seiner Frau und Azime war ihm seit je ein Dorn im Auge gewesen. Jetzt endlich hatte er einen konkreten Grund dafür. Azime, die die unausgesprochene Feindseligkeit nicht mehr aushielt, zog sich bald zurück; sie sei müde, sagte sie und ging zu Bett. Später hörte sie, wie die beiden sich auf der anderen Seite der dünnen Wand stritten. War das Banu, die für Azime das Recht zu bleiben erkämpfte? Zuerst brüllte Banu. Dann Helmet. Beide klangen wütend. Wo immer sie dieser Tage hinging, sorgte Azime für Streit. *Liebe Banu – es tut mir leid, dass du dich streiten musst, damit ich bleiben kann!* Was wären wir ohne unsere Freunde?

Am nächsten Morgen hörte sie, wie die Haustür zugeschlagen wurde, und kurz darauf klopfte es leise an ihrer Zimmertür.

Banu setzte sich auf die Bettkante und erzählte, sie hätte ihren Mann immer noch nicht so weit, dass er Azime länger als eine weitere Nacht beherbergen wolle. »Aber ich geb nicht auf. Wie hast du geschlafen?«

»Gut.«

»Was hast du heute vor?«

Azime erzählte, dass sie nicht aufhören könne, an das tote Mädchen zu denken.

»Wieso?«

»Ich weiß auch nicht.« Was sie damit sagen wollte, war, dass sie es vorziehen würde, nicht ständig vor sich zu sehen, wie das arme Mädchen fiel, wieder auferstand, wieder glücklich und verliebt auf dem Balkon stand und dann erneut in die Tiefe stürzte – ein ewiger Reigen von Tod und Auferstehung, der einfach nicht enden wollte. »Ich versuche, nicht daran zu denken.«

»Sag mir wenigstens, dass du diese Comedy-Geschichte aufgeben wirst.«

Azime überhörte die Frage und sagte stattdessen: »Ich hab ganz vergessen, dir davon zu erzählen. Ich hab ihn lachen sehen. Lachen. Den Vater des Mädchens. Auf der Straße.«

»Na und?«

»Laut. Schallend.«

»Na und?«

»Jetzt sehe ich ihn ständig vor mir, wie er dasteht und lacht, höre noch genau den Klang, kurze, laute Explosionen, wie ein Maschinengewehr, ha!ha!ha!ha! Wie kann ein solcher Mann – ein solches Schwein – nur solche Laute von sich geben? Verliert man die Fähigkeit zu lachen wirklich nie? Ich finde, das sollte man. Ich finde, wenn man etwas wirklich Schreckliches getan hat, dann sollte man nie wieder lachen können. Das sollte die Strafe dafür sein, und zwar lebenslänglich.« Sie griff zu ihrem Handy, suchte das Foto und zeigte es ihrer Freundin.

»Was soll denn das sein?«, fragte Banu neugierig.

»Eine Betonplatte mit einem Riss. Unter dem Balkon, von

dem sie sie geworfen haben. Nur die eine Platte hat einen Riss. Siehst du hier. Die Dreckskerle.«

»Wieso hast du denn das fotografiert?«

»Vom Aufprall ist der Stein gesprungen.«

»Woher weißt du das?«

»Als ich den Stein sah, war es mir plötzlich klar. Ich wusste es einfach.«

»Jetzt steh auf«, forderte Banu ihre Freundin auf und verließ das Zimmer. Azime blieb noch eine Weile liegen und hörte Banu in ihrem Schlafzimmer rumoren, und nach einer Weile wurde ihr klar, dass ihre Freundin nicht zurückkommen würde.

Sie klopfte bei Deniz an die Tür. Er machte auf. Sie sagte, er habe ihr Leben ruiniert. Er fragte, ob sie hereinkommen wolle.

Sie saßen beisammen und resümierten die Lage, in der Azime jetzt war – keine Arbeit, keine Zukunft, kein Zuhause, gehasst, aber gleichzeitig ein klein wenig berühmt. »Willkommen im Unterhaltungsgeschäft«, sagte er zu ihr. Beide schauten auf ihre Handys. Keine neuen SMS.

»Wärst du immer noch an mir als Manager interessiert?«

»Halt den Mund.«

»Schau, Azime, gestern Abend warst du noch ein Niemand, und jetzt bist du offiziell – of-fi-zi-ell, denn es stand schließlich in der Zeitung – die erste muslimische Bühnenkomikerin der Welt. Das gab's noch nie. Du bist nicht eine von hundert, nicht eine von zehn, du bist einmalig. Nach diesem Artikel bist du umstritten, die Leute diskutieren über dich.«

»Und bringen mich um.«

»Ganz ruhig! Du bist auf dem Weg nach oben. Mehr braucht man nicht. Weltweit erste Pünktchen-Pünktchen-Pünktchen. Setz nach Belieben was ein. Mehr braucht man nicht, Mann. Das allein reicht. Weltweit erster Egalwas. Geschafft. Ein Star. Berühmt. Und du hast es geschafft. Boah.«

»Berühmt? Für was? Fürs Anzetteln von Rassenkrawallen? Wer soll mich denn da engagieren? Die Hamas?«

Dann klingelte ihr Handy. Sie warf einen Blick auf das Display. Ihr Bruder. Schließlich hörte das Klingeln wieder auf. »Kann ich ein paar Tage hierbleiben?«

Im Haus Gevaş ließ Aristot das Handy seines Sohnes sinken. Verzweifelt schüttelte er den Kopf. Dann reichte er Zeki das Handy zurück und gab seinem Sohn einen Auftrag: »Finde Azime. Schau dich überall um. Gib nicht auf, bis du sie gefunden hast. Und dann bringst du sie zurück.«

Zeki hatte verstanden; er war glücklich über diese verantwortungsvolle Aufgabe und ziemlich stolz darauf.

Bald fiel die Haustür ins Schloss, und Aristot saß allein in seinem Wohnzimmer, in dem hervorragenden Ohrensessel mit geschwungenen Armlehnen und gedrechselten S-förmigen Beinen, ein Modell, das normalerweise für 600 Pfund gehandelt wurde, das er jetzt aber auf 350 hatte reduzieren müssen, damit er überhaupt etwas verkaufte.

Eine lange Kette alter türkischer Sprichwörter ging ihm durch den Kopf. *Der grüne Zweig biegt sich leicht.* Nein, das passte nicht. *Glut brennt da, wo sie fällt.* Das schon eher. Glut brennt, wo sie fällt. Seine inzwischen verstorbene Mutter hatte immer in Sprichwörtern geredet. *Ein Esel mag keinen*

Obstkompott. Wie sehr vermisste er seine Mutter – seinen Vater auch, der inzwischen ebenfalls tot war. *Was ein Mensch mit sieben ist, das ist er auch mit siebzig.* Wer wollte das bestreiten. *Man erntet, was man gesät hat.* Genau! Das traf ins Schwarze; er hatte Azime gezeugt, und es steckte mehr als nur ein klein wenig von ihm in ihr und umgekehrt. Aber was konnte man jetzt noch machen? *Das Schaf, das sich von der Herde entfernt, frisst der Wolf.* Sein Herz schlug schneller. Wo war seine Tochter, sein verirrtes Lamm? Wo? Er würde keine Ruhe finden, bis er sie wiederhatte. Er liebte sie. Kein Zweifel. *Dem Hahn, der vor der Zeit kräht, schlägt man den Kopf ab!* Seine Tochter musste den Wert des Schweigens begreifen. Er warf einen Blick auf seine Uhr. Zehn Minuten. Ob Zeki sie wohl schon gefunden hatte?

LISBETH: Für die Reichen ist das Lachen ein Bonus, ein Extra, aber für die Armen ist es Nahrung, ist es Wasser, da ist es das Leben selbst. Comedy, das ist Oper für die Armen. Lachen? Das ist unser Fünfsternehotel, unser Trost, unsere Medizin, das ist unsere Droge ... Eine Wiedergutmachung für dein armseliges Haus, dein schrottreifes Auto, deinen bescheuerten Freund, deinen Scheißjob, deine Scheißfrisur, dein Scheißland, die Scheißpickel in deinem Gesicht, das Scheißwetter. Wenn wir nicht immer wieder lachen könnten, würden wir uns die Pulsadern aufschneiden, ob wir nun psychisch krank sind oder nicht. So ist das.

Kirsten dankte Lisbeth und wies noch einmal darauf hin, dass das Thema des Abends Armut sei und dass sie hoffte, alle hätten ihre Hausaufgaben gemacht.

Als Nächstes rief sie den Mann im Rollstuhl auf und schob ihn über eine kleine Rampe hoch auf die Bühne. Dort drückte sie ihm das Mikrophon in die arthritischen Hände. Sein Strickhemd war zugeknöpft bis zum Hals, stellte Azime fest. An seinem Kinn sprossen aus einer Falte, der kein Rasiermesser beikommen konnte, die Bartstoppeln. Seine Augen wirkten wässrig wie bei einem Sterbenden, aber die Lachfalten um die Augen waren tief und echt.

ALTER MANN IM ROLLSTUHL: Ist Ihnen das auch schon passiert? Immer wenn ich pleite bin, gehe ich zum Geldautomaten und lasse mir den Kontostand anzeigen – und im letzten Jahr hatte ich ungefähr fünfmal ein Guthaben von 42 Pence. Nicht null, nicht eins fünfzig oder so was, das würde ich natürlich sofort abheben, nein. 42 Pence. Fünfmal letztes Jahr. Und jetzt habe ich endlich begriffen, dass die Bank diese 42 Pence immer stehen lässt, bei den Kunden, bei denen wirklich nichts mehr zu holen ist. *(Gelächter.)* Die 42-Pence-Regel nenne ich das inzwischen. Lass einen Kontostand nie unter 42 Pence sinken. Wir sollen die Hoffnung nicht aufgeben, wollen sie uns damit sagen. Heute früh bin ich an einem Bettler vorbeigekommen, einem typischen Londoner Bettler, erst Mitte dreißig, aber die Zähne schon ganz verfault, stank nach Pisse, den schmutzigen Hut vor sich auf dem Gehweg, ein paar Münzen darin. Ich sagte: »Hallo, mein Sohn!« *(Gelächter.)* Nur ein Witz, war nicht mit mir verwandt. Ich rollte also vorbei an diesem Bettler, der in wirklich entsetzlichem Zustand war. Und was passiert? Er sieht mich einmal kurz an und wirft mir eine 50-Pence-Münze zu.

Gibt mir 50 Pence. Ich sage: »Verpiss dich – du Schnorrer.«
Ich gebe ihm ein Pfund. Der Arsch gibt mir zwei zurück.
So ging's los – wir haben uns gegenseitig beschimpft, hin
und her, jeder versuchte dem anderen Geld aufzudrän-
gen. Am Ende sind wir zusammen zu meiner Bank und
dann zusammen zu seiner. Ich zeigte ihm meinen Kontostand – 42 Pence. Er zeigte mir seinen – 42 Pence. Danke,
Royal Bank of Scotland. Danke, Hongkong and Shang-
hai Banking Corporation. *(Anerkennendes Gelächter.)*

Kirsten rief Azime auf. Doch Azime in der hintersten Reihe
schüttelte den Kopf, entschuldigte sich und sagte, sie habe
nichts vorbereitet. Heute wolle sie aussetzen. Kirsten wandte
sich einem männlichen Kursteilnehmer zu.

Der nahm das Mikrophon und erzählte den Anwesenden,
seine Familie sei so arm, wenn er als Kind krank gewesen
sei, habe er immer nur eine Maser auf einmal bekommen
können. Ein kurzer Auftritt, nicht gerade originell, das fand
sogar Azime. Als Nächstes kam ein etwas älterer Mann an
die Reihe. Von ihm hörte der Kurs unter anderem die Theorie, dass Robin Hood nur deswegen die Reichen ausgeraubt
habe, weil bei den Armen nichts zu holen war. Der Witz
war nicht neu, das wusste auch Azime, trotzdem schwieg sie,
während drei andere aus dem Kurs sofort darauf hinwiesen.
Beschämt setzte der Mann sich wieder hin.

Jetzt kam Arthurs Auftritt: Arthur, hier aus der Gegend,
mit einem kleinen Umweg über das Broadmoor-Gefäng-
nis – Azime wusste immer noch nicht, weswegen, und konnte
nicht entscheiden, ob er ein Held oder ein Ganove war.
Hatte er jemanden umgebracht, oder hatte er Hasch verkauft,

um Geld für die Lebertransplantation seines Dad aufzu-
treiben? In engen Jeans und einem Muskelshirt, das die tätowierten Arme zur Geltung brachte, packte er das Mikrophon entschlossen und voller Wut.

ARTHUR: Genug gelacht, oder? Reden wir mal von echter Armut. Echte Armut. Ich habe ein paar Recherchen
angestellt, denn schließlich ist das ein ernstes Thema,
eins, das mir am Herzen liegt. Prozentsatz der Weltbe-
völkerung, die von weniger als zwei Dollar fünfzig pro
Tag lebt. Schätzt mal. Fünfzig Prozent. Fünfzig! Ich hatte
keine Ahnung, dass es so schlimm ist, ehrlich. Ich wusste,
dass es schlimm ist, aber nicht, dass es so schlimm ist,
versteht ihr? $ 2.50! In Pfund Sterling sind das £ 1.50. Das
ist ein doppelter Cheeseburger ohne Cola, ohne Fritten,
ohne ... Zukunft. Wie sieht es mit dem Folgenden aus:
Ungleichheit! 1820, damals im beschissenen Jahr 1820, also
praktisch noch im Mittelalter, als sie die Pisspötte aus
dem Fenster auf die Straße leerten, wie das in Schottland
heute noch üblich ist, wie sah da das Verhältnis von Reich
zu Arm aus? Reiche Menschen, arme Menschen? Eins
zu drei. Heute, mit all unserem Fortschritt, den ganzen
technischen Neuerungen, der weltweiten Demokratie –
das Verhältnis heute? Eins zu achtzig. Scheiße. Achtzig
Leute, die einpacken können, achtzig, die keine Chance
haben, damit ein Arschloch reich sein kann.

Und jetzt fragt ihr, was ich den Armen da rate? Tut,
als ob ihr reich seid – das ist doch ganz einfach; ihr müsst
nur einen Haufen Dreck kaufen, den ihr nicht braucht,
und dann weigert ihr euch, ihn mit anderen zu teilen!

Na, jedenfalls dachte ich, so wie das mit der Verteilung des Reichtums auf der Welt dieser Tage aussieht, wird es Zeit, dass ich bei World Vision mitmache – das ist diese internationale Hilfsorganisation, die sich für die Aller- ärmsten einsetzt. Ging einfach nicht mehr anders. Und seit ungefähr einem Jahr habe ich jetzt diese Patenschaft mit Munggabi, einem jungen Burschen aus Kenia. Hab ein kleines Foto von ihm am Kühlschrank hängen. Ein süßer Junge. Prima Kerl. Strahlendes Lächeln. Schickt mir immer hübsche kleine handgeschriebene Briefe. Und dann ist da die finanzielle Unterstützung. Und das klappt prima, das klappt wirklich prima – nur dass er mir leider nie so viel schickt, wie ich brauche. Der Geizhals.

Kirsten sprang von ihrem Platz auf und klatschte Beifall. »Ausgezeichnet. Gut gemacht, Arthur! Das ist das Beste, was du bisher geliefert hast, ein echter Fortschritt, weiter so.« Dann drehte sie sich zu Johnny um und zeigte mit dem Finger auf ihn: »Jetzt du.«

Johnny trottete zur Bühne, er ließ sich Zeit. Alles, was er tat, so kam es Azime vor, tat er langsam, als habe er sich bereits aufgegeben. Er spielte wie immer das große Talent, das keine Zukunft hatte, übersehen, vergessen, missachtet, wo ihn doch in Wirklichkeit noch überhaupt niemand ent- deckt hatte, keiner schätzte. Und das funktionierte – er ver- führte sein Publikum damit, dass er so unliebenswert war, und bewies nur wieder neu, dass es eine der größten Vor- aussetzungen für wahre Kunst war, dass man sich von seiner eigenen Wut leiten ließ.

JOHNNY TKO: Geld. *(Schweigt.)* Geld. Ich persönlich habe alles Geld, das ich je im Leben brauchen werde – vorausgesetzt, ich sterbe vor morgen Mittag. Money. Money. Money. Must be funny. In a rich man's world. Die Weisheit aus dem Evangelium Abba. *(Pause.)* Wie wär's damit: ›Money Can't Buy You Love?‹ Guter Song, aber stimmt es auch, was der Titel sagt? Geld. Kann. Dir. Keine. Liebe. Kaufen. Übrigens ein Song, den Multimillionäre geschrieben haben. Das ist so ironisch, wie dass zwei von den Bee Gees tot sind und trotzdem in alle Ewigkeit ›Stayin' Alive‹ singen. Groß drüber nachgedacht haben sie vorher nicht, oder?

(Gelächter.)

Aber zurück zum Geld. Jetzt mal halblang, John und Paul, natürlich kann dir Geld Liebe kaufen. Wie viele ungeliebte Milliardäre gibt es denn da draußen? Und es sind ja meistens Männer. Wie sie da in ihren riesigen Motorbooten vor Monte Carlo langjagen und zwei leere Wasserski hinter sich herziehen. Weit und breit keine Frau, die interessiert wäre, auf die Skier zu steigen. Der arme kleine Milliardär, keine liebt ihn, keine kommt mit in die Spielbank, keine will sich mit ihm die Modenschauen in Mailand ansehen, keine, die in der Villa auf ihn wartet, keine, die ihm den Schwanz lutscht und ihm sagt, dass sie ihn liebt – na, gleichzeitig wäre das auch schwierig.

(Gelächter.)

Tatsache ist, Leute, Tatsache ist, dass es kaum eine Frau da draußen gibt, die nicht die Beine breitmachen wie die Tür eines Ferraris und »Ich liebe dich« kreischen würde, wenn ein Milliardär bei ihr anklopft und anderthalb Tage lang tut, als sei er nett zu ihr. Sechsunddreißig Stunden, und ein reicher Mann hätte einer wildfremden Frau die Worte ›Baby, ich liebe dich‹ entlockt. Länger braucht er nicht. Und weswegen? Weil Geld eben doch Liebe kaufen kann. Und ein Haufen Geld kauft die Liebe noch schneller. Der Beweis? Bernie Ecclestone. Das dürfte genügen.

(Gelächter.)

Mit Geld lässt sich alles kaufen, ausgenommen Geschmack und Sinn für Humor. Man kann damit eine Leihmutter kaufen, ein Upgrade im Gefängnis, eine Staatsbürgerschaft, Orden, Nieren aus anderen Erdteilen, das Recht, bedrohte Tierarten zu jagen, das Recht, die Umwelt zu verschmutzen, das Recht, keine Steuern zu zahlen, das Recht, ungestraft Exfrauen umzubringen… hallo O. J. Simpson… das Recht, über ein Land herzufallen und es »Präventivschlag« zu nennen. Scheiße! Alles ist käuflich, und Herzen sind es ganz besonders. Also wirklich. Wisst ihr, wie die Zeile in diesem armseligen verlogenen kleinen Song in Wirklichkeit heißen sollte? Ich sage es euch. TALENT CAN'T BUY YOU LOVE – TALENT KANN EUCH KEINE LIEBE KAUFEN. Talent. Ihr glaubt mir nicht? – dann fragt Vincent van Gogh. Fragt diesen rothaarigen Psycho, aber sprecht in sein gutes Ohr. EINE SEELE KANN EUCH KEINE LIEBE KAUFEN. EINE SEELE! EINE SCHEISS GOTTVERDAMMTE SEEEEEEEEEEEEEELE!!! *(Er atmete tief durch.)* Man kann mich mit dieser Nummer übrigens auch für Kindergeburtstage buchen.

Das Wort »Seele« hallte immer noch nach, als Johnny unter tosendem Applaus von der Bühne ging. Alle erhoben sich von ihren Plätzen, auch Azime; sie war zwar immer noch wütend auf ihn, sehr wüted sogar, aber sein Talent konnte man nicht bestreiten, seine wortgewandte Wut darüber, dass die Welt nicht war, wie sie seiner Meinung nach sein sollte oder konnte, seine darin mitschwingende Vorstellung, dass wir unsere Hölle selbst erschaffen. Und jetzt hatte sie ja mehr mit Johnny gemeinsam als noch eine Woche zuvor, jetzt war auch sie wütend, wütend auf ihre Eltern, auf ihre Angreifer, auf Green Lanes, auf ihre Stadt, wütend auf sich selbst, dafür, dass sie zugelassen hatte, dass aus ihrem Leben eine solche Hölle geworden war. In der Verfassung, in der sie jetzt war, da waren es Stimmen wie die von Johnny, von denen sie lernen konnte.

»Der Mann ist ein Genie«, flüsterte sie Deniz ins Ohr.

»Ja, und er weiß es nicht mal.«

Dann wurde Deniz aufgerufen.

Warum rief Kirsten Deniz immer als Letzten auf?, fragte sich Azime. Deniz sprang auf die Bühne, so enthusiastisch wie ein Welpe auf Amphetaminen, wenn sein Herrchen nach Hause kommt. Sein Auftritt zum Thema Armut war nur ganz kurz.

DENIZ: 1992 ließ die IRA in Omagh eine Bombe explodieren. Ich bin 1992 geboren. Und 1992 war auch das Jahr, in dem wir herausbekommen haben, dass Delphine eine eigene Sprache haben. Purer Zufall? Ich glaube kaum.

(Schweigen, vereinzeltes Gekicher.)

Deniz trat von der Bühne. Verblüffung. Verwirrung. Verärgerung. Das übliche Deniz-Trio.

»Und nach diesem ausgesprochen denizmäßigen Finale«, sagte Kirsten kopfschüttelnd, »danke ich euch allen. Wir machen Schluss für heute.«

Als die Kursteilnehmer dem Ausgang zustrebten, legte Kirsten Azime die Hand auf die Schulter und fragte, ob alles in Ordnung sei. Was nur bestätigte, dass auch Kirsten den *Guardian* las. Azime flüsterte: »Prima. Alles bestens!« Das war gelogen, und sie wussten es beide.

»Was hast du jetzt vor?«

Zeit für die Wahrheit: »Ich brauche Geld. Ich beantrage Sozialhilfe.«

Am nächsten Morgen, auf dem Weg zur Sozialhilfestelle, blieb sie vor einem Fußgängerüberweg stehen und wartete auf das grüne Männchen. Auf der anderen Straßenseite schaute ein hochgewachsener Teenager in ihre Richtung. Sah er sie an? Sie vergewisserte sich. Ja, er hatte den Blick fest auf sie gerichtet. Sie versuchte ihn zu ignorieren, doch als sie erneut zu dem jungen Mann hinsah, kam er auf sie zu, überquerte bei Rot die Straße, kam geradewegs auf sie zu und ließ sie beim Näherkommen nicht aus den Augen. Er trug eine Kufi-Gebetskappe. War er einer von den Männern vor dem Comedy-Club? Sollte sie weglaufen? Ja, sie sollte weglaufen. Aber halt – die Straßen waren voller Menschen. Sie war sicher. Dann kam ihr wieder in den Sinn, wie die jungen Männer gerufen hatten: *Du bist tot.*

»Azime?«

»Ich kenne dich nicht.«

Der hochgewachsene Teenager stand gerade mal einen halben Meter vor ihr, nahe genug, um sie verletzen zu können.

»Doch. Doch, das tust du. Und ich kenne *dich*. Du erinnerst dich bloß nicht mehr. Ich hab dein Bild in der Zeitung gesehen. Du bist Azime.«

Als sie nochmals beteuerte, dass sie ihn nicht kenne, sagte er, er sei der Bruder des toten Mädchens. »Ich habe dich auf der Beerdigung gesehen. Du warst ihre Freundin. Ihre beste Freundin. Damals, bei McDonald's, da habe ich dich auch gesehen.«

Jetzt wirkte er nicht mehr bedrohlich. Seine Augen waren traurig und schuldbewusst, auf der Oberlippe war ein Anflug von Schnurrbart zu erkennen, ein Junge, der sich bemühte, ein Mann zu sein. Sein Gesicht erinnerte Azime schmerzlich an das tote Mädchen, eine vage Erinnerung an den Tag, als die Nachricht sich wie ein Lauffeuer verbreitet hatte, dass das Mädchen tot war.

»Du bist ihr Bruder.«

»Ich will dir etwas von ihr geben. Können wir uns treffen, damit ich es dir geben kann? Ich glaube, sie hätte gewollt, dass du es bekommst.«

»Ich weiß nicht.«

»Hab keine Angst, Schwester. Sie schreibt über dich. Es war nicht so, wie du denkst. Wo kann ich dich treffen?«

»Ich weiß nicht.« Aber sie dachte schon: Lass ihn zu einer ruhigen Stelle kommen. »Vielleicht in einem Park? Wo wir reden können?«

»Nein, wir werden uns hier treffen. Wo viele Menschen sind. Hier kannst du dich sicher fühlen. Morgen? Wir treffen uns morgen genau hier. Okay? Genau an dieser Stelle. Um zwölf. Nein, früher wäre besser, sagen wir, zehn.«

Was sollte sie tun? Azime nickte. »Okay.«

Als sie zur Sozialhilfestelle kam, reihte sie sich in die Schlange ein und füllte die deprimierenden Formulare aus, die ihr und der ganzen Welt bewiesen, dass sie eine Versagerin war, denn bei jeder erniedrigenden Frage, die sie in ihrer Verzweiflung bestätigte, musste sie »Ja« ankreuzen und »Nein« bei allen Fragen, die als Beleg dafür hätten gelten können, daß sie Möglichkeiten, Qualifikationen, Ersparnisse, andere Pläne hatte.

Wieder draußen, hatte sie die Bestätigung, dass sie eine völlige Versagerin war. Sie trat wieder hinaus ins Tageslicht, aber die Sonne verbarg sich immer noch hinter dem üblichen bedrückenden Wolkenschleier von Horizont zu Horizont. Sie ging zu Fuß zurück zu Deniz nach Hause. Er war weggegangen und hatte keine Nachricht hinterlassen. Sie aß etwas Käse und trockenes Brot, machte sich Tee, setzte sich vor den Fernseher und sah den Nachrichtenkanal bis zum Sonnenuntergang. Bevor sie ins Bett ging, zog sie die Burka über und probierte, wie sie ihr Diktiergerät unbemerkt darunter in Gang setzen konnte, und ob das Mikrophon empfindlich genug war, um durch den dicken Stoff ein Gespräch aufzunehmen. Im stillen Schlafzimmer ging es. Azime drückte die Play-Taste und hörte sich deutlich sagen: »Erzähl mir, wie sie gestorben ist.«

Um zehn Uhr am nächsten Morgen ging Azime in ihrer Burka, unter der sie das Diktiergerät sorgsam versteckt hatte, zurück zu der Kreuzung und wartete. Sie hatte ein mulmiges Gefühl. *Es war nicht so, wie du denkst* – der Satz ging ihr seit gestern nicht aus dem Kopf. Sie musste nicht lange warten.

»Gut, dass du gekommen bist«, sagte er. Er drückte ihr ein dünnes Notizbuch in die Hand. »Du solltest das haben. Sie würde wollen, dass du es bekommst… Und du solltest etwas damit tun.«

»Was?«

»Lies es. Dann wirst du es wissen. Sie war ein guter Mensch.«

»Warte.«

Doch er war schon weg.

8

18. Januar

Ich leide. Bin todunglücklich. Ist das gut für mich? Ich habe das nicht verdient, jedenfalls nicht so viel davon, aber es muss gut für mich sein. Das Leid öffnet Teile meines Herzens, die noch nie geöffnet wurden. Sobald uns etwas Gutes und Neues begegnet, verschwindet der Schmerz, und an seine Stelle tritt Freude, eine so wunderbare Freude!!! Eine Freude, für die normalerweise kein Platz wäre, wenn der Schmerz nicht vorher diesen Platz geschaffen hätte. So wächst das Herz und wird größer und stärker, als man es je für möglich gehalten hätte.

28. Januar

Habe heute ein paar Fotos gemacht. Von mir selbst im Spiegel. Warum sollte ich mich schämen? Gott hat mir einen schönen Körper gegeben, warum sollte ich mich also schämen? Ich habe mein Handy benutzt. Ein Bikinifoto. Die wissen nicht mal, dass ich einen Bikini besitze, weil ich ihn noch nie außerhalb dieses Zimmers getragen habe.

30. Januar

Heute war ich schwach. Ich habe R. angerufen. Ich habe den ganzen Tag versucht, es nicht zu tun. Aber dann bin ich doch schwach geworden. Er ist rangegangen!!! Ich habe nichts gesagt, und er hat aufgelegt, aber vorher habe ich gehört, wie er dreimal meinen Namen gesagt hat. Ich will lieben. *Ich bin ein Mensch, und ich will lieben.* Er hat mich 23 Mal zurückgerufen. 23 Mal! Ich bin nicht rangegangen – kein einziges Mal. Aber mit jedem weiteren Klingeln habe ich mich glücklicher gefühlt. Sind alle Italiener so? So verrückt?!! Ich weiß, ich sollte seine Telefonnummer löschen, ihn vergessen, aber das kann ich nicht! Ich will, dass er glücklich ist, und er kann mit mir nicht glücklich sein, weil ich nicht glücklich sein *darf*. Mein Glück ist eine Sünde. Ich bin ein schlechter Mensch.

3. Februar

Ich hab Azime und Banu wiedergesehen. Nette Mädchen aus meiner alten Klasse. Wirklich nett! So frei! Ich wünschte, mein Leben wäre so wie das von Azime. Sie trägt keinen Hidschab, hat vermutlich nette, liberale muslimische Eltern, aber ich kenne die Eltern nicht. Ich warte immer, dass Azime mich irgendwohin einlädt, nur sie und ich, aber sie tut es nicht. Manchmal bin ich mir nicht sicher, ob sie mich überhaupt mag. Und dann ist sie wieder total lieb. Frage – wozu wird man in England geboren, wenn man doch nicht englisch sein kann? Muss aufhören, Sahnekuchen zu essen. Ich werde zu dick. Banu ist schon verheiratet. Azime scheint sich noch nicht viel aus Männern zu machen. Oder sie hat Angst, von ihnen verletzt zu werden. Ich mag Azime WIRKLICH. Sie ist so lustig. Sie sagt echt verrückte Sachen. Irgendwann musste ich mit jemandem reden, und einmal sind wir zwei allein von der Moschee nach Hause gegangen, und da habe ich ihr alles über R. erzählt. Sie war überhaupt nicht geschockt!! Sie hat gesagt, es ist wie »Romeo und Julia ohne den Balkon«. Sie hat gesagt, sie hofft, dass für mich alles gut wird, und ich soll stark sein. Unterwegs sind wir an schicken Häusern vorbeigekommen und haben überlegt, wie es wäre, wenn wir so wären wie die anderen, nicht wie Romeos und Julias ohne Balkon.

5. Februar

Ich habe ihn getroffen! Wieder!! Vor dem Schultor. Er ist mir gefolgt. Ich bin in die Stadtbibliothek gegangen. Zwischen den Regalen haben wir uns unterhalten. Und dann haben wir uns gek--! Ich kann's gar nicht glauben. Eine richtige Liebesgeschichte. Und das passiert mir!!!! Er will mit mir weglaufen!!!! Romeo und Julia MIT Balkon!!!! Muss dieses Tagebuch gut verstecken. IMMER. Wenn mein Bruder es findet, dann dreht Vater durch. Was soll ich bloß machen? Ich habe Angst. Ich muss UNBEDINGT vorsichtig sein.

6. Februar

Hab ein tolles Foto von mir in Spitzenwäsche gemacht. Die hab ich von meinem Fahrgeld gekauft. Ich gehe einfach zu Fuß zur Schule. Die Wäsche ist toll. Lila. Mit Spitzenrand. Ich glaube, ich sehe gut darin aus. Raffiniert. Die ist für R. Für wenn wir verheiratet sind!!!

7. Februar

Heute war ich mit R. aus. Wir waren in dem Laden, wo man einen eigenen Teddybär bekommt. Erst sucht man einen Teddy aus – nur das Fell –, zu dem Zeitpunkt ist er noch nicht ausgestopft. Dann geht man zu der Stopfmaschine und hält seinen leeren Teddy vor eine Düse, und da war eine Frau, die auf einen Fußschalter drückte, und die Füllung wurde reingepustet. Anschließend geht man zur nächsten Station, da kann man ein Pappherz in den Bären tun. R. hat seinen Namen draufgeschrieben. Einfach nur seinen Namen. Und dann hat er es in den Teddy gesteckt. Danach geht man zur dritten Station. Da kann man eine kleine Nachricht auf einem Player aufnehmen, wenn man das Geld dafür hat, und die spricht der Bär dann. Und R. hat eine Nachricht aufgezeichnet. Hat das alles bezahlt. Er hat gesagt: »Ich liebe dich.« Er klang so süß mit seinem italienischen Akzent!!! Und dann haben sie unseren Bären zugenäht, mit dem Herz und dem kleinen Player drin, und R. hat ihn mir geschenkt!!! Jetzt kann der Bär sprechen. Mit R.s Stimme, und er sagt »Ich liebe dich«!!!

                                            10. Februar
Neujahrstag bei uns Muslimen. Ich spüre, das wird ein tolles Jahr, das allerbeste. Was passiert nur mit mir? Ich kann an nichts anderes denken als an R. und unsere Pläne. Heute hat er mir eine SMS geschickt. Ein Liebesgedicht! So süß! Der schönste Teil war: »Du bist wie die Sonne und der Mond und die Sterne, immer da, Tag und Nacht. Ich liebe nur dich, und mein Herz gehört dir, jetzt und für alle Zeit, die ich auf dieser Erde bin. Alles, was ich tue, alles, was ich jemals tun werde, tue ich mit Freuden für dich.« Ich hab geweint. Dann bin ich zum Abendessen gegangen. Ich saß da, die pflichtbewusste Tochter, mit all meinen Geheimnissen. Ich habe Baba gebeten, mir das Brot zu reichen, und

niemand hatte eine Ahnung, was für ein Schatz in meinem Herzen verborgen liegt, niemand wusste, dass ich im siebten Himmel bin.

14. Februar

Heute hat mein Vater meinen sprechenden Teddy gefunden. Als er an meiner Zimmertür vorbeikam, hat er zufällig R.s Stimme gehört. Er hat die Tür aufgerissen. Wollte wissen, mit wem ich rede. Und dann hat der Bär auf einmal angefangen zu sprechen!!! Hat »Ich liebe dich« gesagt. Das macht er in letzter Zeit öfters, fängt einfach zu sprechen an, als hätte er einen eigenen Willen, aber jetzt stecke ich echt in der Klemme! Mein Vater hat mich gefragt, von wem ich den Teddy habe. Wessen Stimme das ist? Als ich es ihm nicht sagen wollte, hat er einen Wutanfall gekriegt und hat meinen Teddy mit in die Küche genommen. Ich wusste, was er vorhat. »Nein, nein, nein«, habe ich geschrien, aber er hat sich eine Gabel geschnappt. Er hat angefangen auf ihn einzustechen und ihn zu zerfetzen, hat ihm die ganze Füllung aus dem Bauch gerissen, und der Bär hat immer weiter »Ich liebe dich« gesagt, immer schneller und immer wieder; und dann hat mein Dad den Player rausgerissen und versucht, ihn mit der Faust auf der Anrichte zu zertrümmern, aber er hat es nicht geschafft. Ich werde nie vergessen, wie mein Vater immer wieder mit der Faust ausgeholt hat, während der Player einfach nicht aufhörte, »Ich liebe dich« zu sagen – mit R.s Stimme!!! Ein verliebter Italiener ist eben nicht so leicht zu bremsen!!! Das wollte ich eigentlich sagen. Hab ich aber nicht. Schließlich hat mein Vater ein Glas mit Wasser gefüllt und den Player da reingeworfen. Er ist gleich untergegangen. Aber selbst da habe ich ihn noch eine Zeitlang gehört, wie er immer langsamer und mit immer tieferer Stimme »Ich liebe dich« gesagt hat. Bis es irgendwann vorbei war.

15. Februar

Heute bin ich von Zuhause weggelaufen! Die Sache mit dem Teddy, das war zu viel. Ich schreibe das hier in meinem kleinen Zimmer im Frauenhaus!!! Es ist unglaublich. Aber ich bereue nichts. Es ist ein merkwürdiges kleines Haus, aber die Frauen, die es leiten, sind nett, auch wenn die Zimmer ein bisschen nach Desinfektionsmittel riechen. Ich musste einfach weg. Baba hat mein Handy gefunden. Die ganzen Bilder!!! Die Bilder von mir! Im Bikini! Die Unterwäsche!!! Er hat meine Schubladen durchwühlt. Grauenhaft. Er hat meine Unterwäsche zerrissen. Den Bikini in den Mülleimer geworfen. Und er hat mir gesagt, dass er meine sms gelesen hat. Alle. Alle! Er wollte wissen, wer R. ist. Ob die Stimme in dem Teddy R. gehört. Ein Glück, dass ich abhauen konnte.

16. Februar

Ein ereignisloser Tag. Mit niemandem gesprochen. Bin allein geblieben. Kann nicht rausgehen. Ist zu gefährlich. Hab mir Britneys neues Album auf dem Handy angehört. In dem Frauenhaus war es ruhig letzte Nacht. Niemand hat geschrien. Zur Abwechslung mal kein Geschrei. Keine war hysterisch. Hab gewartet, dass R. mich zurückruft. Was er dann endlich getan hat. Wir treffen uns morgen, heute hat er noch ein Bewerbungsgespräch. Er hat zwar keinen Job, aber das hindert ihn nicht, große Pläne zu schmieden. Er hat auch noch kein Geld, aber er sagt, es dauert nicht lang, dann hat er genügend zusammen, und dann können wir zusammen abhauen, ein Auto nehmen und hier wegfahren und nie mehr wiederkommen.

11 Uhr abends. Er hat gerade angerufen! Hat nicht geklappt mit dem Job. Halb so schlimm, hat er gesagt. Er findet was anderes. Und bis dahin, hat er gesagt, brauchen wir nur uns. Aber gerade jetzt fühle ich mich so allein. Mein Leben lang hatte ich immer Menschen um mich. Meine Familie. Die Gemeinde. Meine Großeltern. Meine Cousins und Cousinen. Ich muss weinen, wenn ich daran denke, dass ich sie alle nie mehr wiedersehen kann. Und ich *kann* sie nicht wiedersehen. Nie mehr!

17. Februar

Katastrophe! Die totale Katastrophe. Scheiße, Scheiße, Scheiße, Scheiße. Mein Bruder hat R. und mich bei Mc Donald's gesehen und uns zur Rede gestellt. R. hat den Arm um Azime gelegt und so getan, als ob die seine Freundin sei. Sie hat echt gut mitgespielt, aber mein Bruder hat ihr das nicht abgenommen. Er hat immer wieder gefragt: »Bist du R.? Bist du R.? Bist du ihr Freund?« Dann hat er gesagt, ich muss mitkommen, nach Hause. Ich hab mich geweigert. Er hat mich gefragt, wo ich wohne, aber ich habe es ihm nicht verraten. Und dann hat er gesagt, dass Mum krank ist, ernsthaft krank, und dass ich eine Egoistin bin. Er hat gesagt, ich muss zu Hause anrufen, sonst würde ich es ewig bereuen. Aber ich vermute, das ist nur ein Trick. Ich habe nicht angerufen. R. und ich sind dann gegangen, aber wir hatten nicht das Gefühl, dass uns jemand gefolgt ist, denn wir sind in einen Bus gestiegen, und dann noch in einen anderen, und sind auf ganz verschlungenen Wegen zum Frauenhaus zurückgegangen. R. weiß noch nicht, wann wir heiraten. Er meint, er muss erst mal Arbeit finden. Wohin sollen wir fahren, sagt er, ohne Geld? Er hat ja nicht mal ein Auto. Aber ich will mit ihm durchbrennen. Heute. Heute. Heute. Ich hab alles für ihn aufgegeben. Alles, sogar mein Unglück. Lohnt es sich überhaupt, Träume zu haben, wenn sie nicht wahr werden können? Oder sind Träume nur Lügen, die wir uns selbst erzählen? Das Frauenhaus macht mich wahnsinnig. Ich kann hier nicht ewig bleiben. So viel steht fest.

20. Februar

Hab mich mit R. wieder in der Bibliothek getroffen. Er sah so besorgt aus, richtig verängstigt. Gestern hat die Polizei bei ihm angerufen. Mein Vater ist zur Polizei gegangen und hat ihn angezeigt, weil er mich angeblich entführt hat! Entführt!! R. musste auf die Wache kommen und ihnen versichern, dass das nicht stimmt. Er hat ihnen gesagt, wo ich bin. Die Polizei ist gekommen und hat mich abgeholt, hat mich mit auf die Wache genommen. Von da habe ich Mum aus der Telefonzelle angerufen. Mum ist tatsächlich krank. Sie war bei einer Untersuchung. Und dabei wurde ein Knoten in der rechten Brust entdeckt. Die Polizei hat sich mit ihr und Dad auf eine Lösung geeinigt – ich soll zu Onkel Zaza ziehen. Onkel Zaza ist ziemlich cool. Er ist liberaler als Dad. Ich kann bei ihm wohnen, bis wir alle gemeinsam eine Lösung gefunden haben. Vielleicht hat Onkel Zaza ja sogar einen Job für R., dann können wir heiraten. Alles wird gut.

21. Februar

Heute habe ich mich von all den traurigen und einsamen Frauen im Frauenhaus verabschiedet. Eine von ihnen ist ein alter Junkie. Hilda. Hilda hat mich fest an sich gedrückt und mir einen Rat gegeben. Sie hat gesagt: »Du musst zornig werden.« Sie meint, ich bin viel zu nett. Sie hat gesagt, die Welt ist hart, und ich soll verdammt noch mal zusehen, dass ich auch hart werde, und zwar schnell. Das schreibe ich in meinem neuen Zimmer bei Onkel Zaza. Komisches Gefühl, hier zu sein. Ich bin 19!

6. März

Es ist wieder passiert. Ich weiß nicht, was ich machen soll!

4. April

08023546785

Der Eintrag vom 4. April war der letzte. Am 16. Mai war das Mädchen tot.

Azime las noch einmal den vorletzten Eintrag: »Es ist wieder passiert. Ich weiß nicht, was ich machen soll!« Und dann den letzten, war das eine Telefonnummer? Sie klappte das Tagebuch zu. In dem Café, in dem sie den ganzen Vormittag verbracht hatte, konnte man den Tag über für wenig Geld ein englisches Frühstück bestellen. Es war leer bis auf ein anderes Mädchen in einem T-Shirt mit der Aufschrift: WERD NICHT ERWACHSEN – ES IST EINE FALLE. Azime fragte sich, warum es für April und Mai keine Tagebucheinträge mehr gab. Und wieso hatte der Bruder ihr das Tagebuch überhaupt gegeben? Einfach nur, weil sie darin vorkam? Oder dachte er, sie könne womöglich etwas tun, was die Polizei versäumt hatte?

Sie klappte das Tagebuch wieder auf. Ja, bei dem letzten Eintrag konnte es sich nur um eine Telefonnummer handeln. Es war die richtige Anzahl von Ziffern – sollte sie jetzt sofort dort anrufen? Sie musste ja nichts sagen, wenn jemand abnahm, aber vielleicht sagte die Stimme am anderen Ende ja, wessen Nummer es war. Andererseits bestand die Gefahr, dass dann ihre eigene Nummer angezeigt würde. Sie bekam Herzklopfen bei dem bloßen Gedanken, die geheimnisvolle Nummer zu wählen. *Du musst zornig werden.* Ein Ratschlag, den Azime selbst gut gebrauchen konnte. Sie bezahlte ihren Kaffee von dem bisschen Geld, das ihr noch blieb, bis sie am Donnerstag zum ersten Mal Sozialhilfe bekam. Sie ging über die Straße zu einer Telefonzelle, steckte zwanzig Pence in den Schlitz und wählte nervös die elf Ziffern. Sie wartete. Erst nur Stille, dann eine weibliche Stimme – eine Automatenansage: »Die gewählte Rufnummer ist ungültig. Bitte legen Sie auf, und wählen Sie neu.«

9

Azime: Hallo. Ich bin Azime. Ihr seht es mir ja schon an –
mein Dad hat mehr als nur eine Frau. Ich glaube, in Fachkreisen nennt man das »Polygamie« … aber bei uns zu
Hause reden wir nur von »Multitasking«. Als er seiner
vierten Frau – die wir, um Verwechslungen zu vermeiden,
»Frau Nummer vier« nennen – einen Ehering ansteckte,
war da dieser Spruch eingraviert: »Für die Trägerin dieses
Ringes«. Im Grunde können wir es uns leisten, dass drei
von den Frauen sterben, ohne dass wir gleich den vollen
Steuervorteil für Familien einbüßen. Wenn mein Dad etwas falsch macht, dann kriegt er nicht einfach nur eins
übergebraten, er wird geviertelt.

Ganz hinten in dem kleinen Comedy-Club, der jeden
Donnerstagabend unter dem Motto »Offenes Mikro und
Happy-Hour-Cocktails« stand, beobachtete Azimes neuer
Manager, wie sich sein nervöser Schützling durch das Material arbeitete, das sie auf sein Drängen am Tag zuvor ver-
fasst hatte. Er sah mit Genugtuung, dass die neuen Witze
gut ankamen. Er hatte schon vorher das Gefühl gehabt,
dass er sich in ihr nicht täuschte. Jetzt *wusste* er es.
    Deniz lehnte sich über den Tresen zum Barkeeper und
flüsterte (nicht ohne dass er sich vorher als Azimes Ma-

nager vorgestellt hatte) laut und vernehmlich: »Echt mutig.«

Deniz hatte schon einen Titel für die geplante Welttournee: *Hinter dem Schleier*. Mit nachdrücklichen Worten hatte er Azime erklärt, dass sie, wenn sie mit ihrem Auftritt weiterkommen wolle, Kirstens Rat befolgen und mehr über ihr eigenes Leben sprechen müsse; sie musste konkreter werden, eine klare Botschaft haben und dem Publikum das geben, was es erwartete, und in ihrem Fall waren das Einblicke in das Leben einer burkatragenden kurdischen Einwanderin in London. »Das ist das, was die Leute erwarten, wenn du so auf die Bühne kommst«, hatte er ihr gestern Abend immer wieder gesagt, während er in seiner Wohnung auf und ab getigert war. »Sie wollen erfahren, was hinter dem Schleier steckt.« Die Burka, die sie anfangs nur getragen habe, um unerkannt zu bleiben, sei jetzt ihr Markenzeichen, hämmerte er ihr ein, und das zwinge sie, jawohl, zwinge sie dazu, maßgeschneiderte Texte zu schreiben und so vorzutragen, dass es zu ihrer Rolle passte. »Es geht darum, einem westlichen Publikum die Augen zu öffnen und ihm die Wahrheit über die Welt zu erzählen, aus der du stammst.«

Und jetzt, gerade einmal vierundzwanzig Stunden später, waren diese Texte geschrieben und einstudiert und wurden einem andächtig lauschenden Publikum präsentiert! Azimes erster professioneller Auftritt (und erst der zweite vor einem zahlenden Publikum) lief gut, oder – in Deniz' Augen – zumindest so gut, dass ihm gleich eine ganze Wortkette in den Sinn kam: Werbung–Ruhm–Fernsehen–Englandtournee–Welttournee. Ihm war bereits klar, dass Azimes Programm für die USA prädestiniert war, wo die vom 11. September angeheizte Stimmung jemanden wie Azime dringend nötig hatte. HBO-Special, Oprah, Weißes Haus. Azime war einfach das perfekte Gegengift zu George Bush. Die richtigen Texte, der richtige Ort, der richtige Zeitpunkt. Drei Orangen auf dem Spielautomaten. Klingeling. Azime musste bloß dafür sorgen, dass sie die Sache nicht vermasselte.

Deniz raunte dem gelangweilten Barkeeper ins Ohr: »Das ist erst der Anfang einer Welttournee, die ich für sie plane. Bloß der Anfang! Welttournee! Produzent! Ich!«

Der Barkeeper war nun endlich doch beeindruckt, machte Augen so groß und rund wie Golfbälle, und seine Lippen, mit denen er eben noch aus einem Strohhalm Cuba Libre geschlürft hatte, formten ein lautloses »Wow«. Deniz lächelte. Das Publikum war glücklich. Er war glücklich. Die ganze Welt war glücklich. Der Barkeeper war glücklich. Alles lief wie am Schnürchen.

Als Azime unter lautem Beifall die Bühne verließ, wurde sie von zwei Journalisten bestürmt. Sie wich ihnen aus und schlüpfte in ihre Garderobe. Minuten später klopfte Deniz an die Tür, aber sie hatte von innen abgeschlossen, also ließ er sich von den Journalisten die Visitenkarten geben, versprach Exklusivinterviews und ließ Azime in Ruhe, damit sie wieder zu sich kommen konnte.

Drinnen zog sie ihre Burka aus und setzte sich vor den Spiegel. Unzufrieden mit ihrem Auftritt, sagte sie zu ihrem Spiegelbild:

»Ich heiße Azime. Ich komme aus Green Lanes. Und ich bin nicht schlecht.«

Am Waschbecken spritzte sie sich mit den Händen kaltes

Wasser ins Gesicht. Dann frischte sie vor dem Spiegel ihr Make-up auf. Sie war bereit zum Gehen. Als sie die Tür aufschloss, waren die Journalisten weg, aber der Inhaber des Clubs stand da und sagte: »Hi. Du warst klasse.« Dann bezahlte er sie. Ihr Anteil an den Einnahmen betrug 115 Pfund. Konnte man von so was tatsächlich leben?

Als sie ihn fragte, wo Deniz sei, ihr Manager Deniz, zeigte er zur Decke: »Er ist oben am Fotokopierer und macht eine Kopie von dem Buchungsformular. Geh einfach hoch zu ihm. Kein Problem.«

Im Obergeschoss war es größtenteils dunkel. Die Musik unten war so laut, dass man nichts hören konnte. Also hielt sie einfach auf die blinkenden Lichter aus einem der hinteren Büros zu, dessen Tür nur angelehnt war.

Und da war Deniz. Der große, schlaksige Deniz, mit offenem Gürtel, die Unterhose halb heruntergezogen, die obere Hälfte des Hinterns nackt, sein Mund an einen anderen Mund gepresst, während er sich in der Umarmung eines Mannes wand. Die beiden stöhnten im gleichen Takt wie der Fotokopierer, der unablässig leere Blätter in ein Ablagefach spuckte. Azime musste hörbar die Luft eingezogen oder sonst irgendeinen Laut von sich gegeben haben, denn Deniz löste sich aus der Umarmung, um mit glasigen Augen nachzusehen, was los war. Azime starrte ihn an. Aus seinem Mund kam ein schlappes »Oh, Scheiße«. Beide wussten instinktiv, was der andere dachte. Azime machte auf dem Absatz kehrt, taumelte durch den dunklen Flur und hasste ihn, hasste ihn, aber vermisste ihn auch schon, während sie gegen Wände und ein Fahrrad stieß, das sie vorher nicht gesehen hatte, und schließlich gegen einen Stapel Kartons, aus denen hundert weiße Styroporbecher herausfielen, die unter ihren Schritten knirschten, als sie zur Treppe rannte.

Wieder vor der Tür, brauchte sie ein Ziel, einen Ort, an den sie fliehen, irgendein Versteck, wo sie drei Tage lang durchschlafen konnte. Aber dann lief sie doch einfach los, ohne Richtung und ohne Ziel. Sie konnte nicht aufhören zu weinen, fühlte sich verwirrt, todunglücklich und dumm. Welche moderne junge Frau machte die Art von Fehlern, die sie mit Deniz gemacht hatte? Lächerlich war das. Peinlich. Was musste er von ihr denken? Dieser Kuss auf die Wange neulich? Sie wand sich bei dem Gedanken. Was war schlimmer: Wenn einem eine andere Frau vorgezogen wurde oder wenn es ein Mann war? Sie bezweifelte, dass sie sich jemals mehr als eine sexuelle Null fühlen würde, für Männer egal welcher Neigungen völlig irrelevant und unattraktiv.

Sie ging mit raschen Schritten, legte eine Strecke zurück, für die ein Promi einen Hubschrauber verlangt hätte. Ohne auf Stadtviertel und Straßennamen zu achten, legte sie es darauf an, sich zu verlaufen, und blieb erst stehen, als ein einfaches blinkendes Neonschild mit der Aufschrift »*Hotel*« vor ihr auftauchte.

Die Einrichtung des billigen Zimmers – des billigsten im ganzen Hotel, neununddreißig Pfund – bestand aus einem Einzelbett und einem Stuhl. Die Art von Zimmer, in der Leute sich umbrachten. Genau die richtige Umgebung für gedemütigte Mädchen, für die die Liebe kein Thema war. Ein Nichtraucherzimmer, in dem seit Jahren nur Raucher übernachtet hatten. Lauter Verkehrslärm und hin und wieder Sirenengeheul. Auf diesem billigen Bett schlief sie ein.

Als sie aufwachte, sickerte das Morgenlicht durch die vergilbten Vorhänge, die Farbe von alten Teebeuteln. Azime schaltete ihr Handy ein. Das Zimmer hatte Internetanschluss. Wenn die Gefangenen in den Todeszellen von Texas Internetzugang hatten, warum dann nicht auch sie? Sie lag in Unterwäsche auf dem zerwühlten Bett und las im Netz die ersten Kritiken ihres Auftritts vom Vortag.

Eine Überschrift bezeichnete sie als »*aufgehenden Stern am Comedy-Himmel*«. Dann googelte sie nach Bildern von sich. Sie fand ein Foto, das gestern Abend aufgenommen worden war: das Mikrophon, die Köpfe des Publikums, eine Frau in einer Burka mit erhobener Hand.

Schließlich öffnete sie ihren Facebook-Account.

Dort erwarteten sie sechzehn Nachrichten von Döndü, die fragte: »Wo steckst du?«, und ihr mitteilte: »Alle reden von dir, wirklich alle!«

Und dann eine Nachricht von einem Unbekannten.

Wie ich sehe, trittst du morgen Abend in Hackney auf. Ich werde da sein …

Eine zweite Nachricht, vom selben Verfasser, einem Medhi77.

… zusammen mit ein paar Freunden, du verdammte Hure. Mach dich bereit zum Sterben.

Sie ließ das Handy auf das Bett fallen wie eine heiße Kartoffel. Das war zu viel. Wie grauenvoll. Das Herz schlug ihr bis zum Hals.

Sie rief den einzigen Menschen an, den anzurufen in diesem Augenblick einen Sinn hatte. Die Todesdrohung wog schwerer als ihre Wut auf ihn. Sie musste es dreimal versuchen, bis er dranging.

»Hi. Ich bin's.«

»Azi! ... Oh wow ... Hör mal ... Es tut mir echt leid.«

»Vergiss es. Hör mir einfach nur zu. Ich muss mit dir reden. Sofort.«

»Wie spät ist es?«

Sie fuhr mit dem Taxi zu seiner Wohnung. Wie sich herausstellte, hatte sie am Vorabend etwa zwölf Meilen zurückgelegt. Ihr wurde bei dem Gedanken schwindlig, wie elend sie sich gefühlt haben musste, dass sie wie in Trance so weit gelaufen war. Was für ein Abend. Was passierte mit ihrem Leben? Wie konnte ein Mensch wie sie, ein harmloser, friedfertiger Mensch, der kaum je den Mund aufgemacht hatte, so viel Zorn und Feindseligkeit wecken?

Sofort, als Deniz die Tür aufmachte, brach sie in Tränen aus. Im Wohnzimmer umarmte er sie, entschuldigte sich noch einmal, dass er ihr nie die Wahrheit über sich gesagt hatte.

»Vielleicht tröstet es dich, dass du's als Erste erfährst. Meine Familie, meine anderen Freunde haben alle keine Ahnung. Nur schade, dass du's auf diese Art erfahren musstest.«

Dann las er die Einträge auf ihrer Facebook-Seite. »Aha ... okay ...«, sagte er und dann, dass sie nicht in Panik geraten solle.

Anschließend ging er in seinem gestreiften Pyjama in die Küche, um ihr einen Tee zu machen. Als das Wasser kochte, sagte er, sie müsse diese Drohungen einfach ignorieren. »Morddrohungen sind in diesem Metier üblich und heute an der Tagesordnung. Sie haben nicht mehr den gleichen Stellenwert wie früher. Genau genommen, sind sie sogar cool, denn sie beweisen etwas.

Zum einen reden die Leute im Internet immer Scheiß, darüber muss man sich im Klaren sein. Schlimmstenfalls kommen solche Morddrohungen einfach nur von einem Idioten, der dich einschüchtern will, weil du Neuland betrittst, ein umgekehrtes Kompliment, verstehst du? Manche Leute sehen es nicht gern, wenn jemand Neuland betritt. Das weiß ich nur zu gut. Aber ich werde die Sicherheitsmaßnahmen verstärken, nur für den Fall des Falles.«

»Sicherheitsmaßnahmen?«

»Arthur. Er wird dein Leibwächter. Wird Zeit, dass wir das Team ein bisschen vergrößern. Er passt auf, dass dir nichts passiert.«

»Arthur?«

»Ja. Der nette Killer aus unserem Kurs. Würdest *du* dich mit ihm anlegen wollen? Ich jedenfalls nicht. Ich hab Schiss vor ihm. Der Typ hat ein Tattoo auf dem Auge. Ehrlich. Ein kleines x auf dem Augapfel. Wenn du ganz nah rangehst, kannst du es sehen. Mann. Das ist so was von brutal. Auf dem Augapfel! Das ist ein echt harter Bursche. Verstehst du? Also, für dich hol ich Verstärkung ins Team. Damit du von deinen eigenen Leuten umgeben bist. So macht man das, immer schön eins nach dem anderen. So baut man ein Management-Team auf. Also reg dich nicht auf. Ich habe alles unter Kontrolle. Du musst einfach nur auftreten und klasse Texte schreiben.«

Azime merkte, dass sie am ganzen Leibe zitterte. Sie konnte kaum atmen. »Ich hab Angst. Ich hasse das alles. Ich hasse es.«

»Ich weiß, ich weiß. Aber das legt sich. Es hat nichts zu bedeuten. Trink mal was von dem Tee. Das war eine schlimme

Nacht. Und jetzt schlaf ein bisschen, damit du frisch bist für deinen Auftritt heute Abend. Ach übrigens, du kannst gern hier wohnen. Heute Abend schlaf ich nicht hier, der besoffene Blödmann von gestern möchte mich wiedersehen, ich übernachte bei ihm.«

»Oh, gratuliere.«

»Danke. Es ist, na ja, ziemlich heftig. Ich glaub, ich hab mich verliebt.«

»Du bist also schwul?«

Deniz nickte: »Scheint drauf hinauszulaufen.«

»Seit wann weißt du das?«

»Nicht lange. Ich bin noch in der Erprobungsphase.«

Er gab ihr einen Schlüssel. »Leg ihn unter den Blumentopf, wenn du weggehst, nur für den Fall, okay? Kein Dieb käme auf die Idee, unter dem Blumentopf nachzusehen.«

Azime lächelte. Zum ersten Mal an diesem Tag.

»So ist's richtig. Lächel mal ein bisschen. Das ist gut. Und, na ja, tut mir leid, dass du da gestern Abend so reingeplatzt bist. Furchtbar. Anderen Leuten beim Vögeln zusehen zu müssen. Echt scheiße und so. Es ist nicht schön, wenn du meinen nackten Arsch im Stoßverkehr siehst.«

Schon gut, sagte sie. Für sie sei das völlig in Ordnung, schließlich sei es ja *sein* Leben. Und als sie ihn so sah, mit seinen Welpenaugen und in seinem gestreiften Pyjama, eine Teetasse in der Hand, wurde ihr klar, dass sie ihn nicht liebte. Deniz war nicht der Richtige. Er war ein Freund. Ein Bruder. Fast hätte sie gejubelt: »Du bist nicht der Richtige!«

Sie kamen überein, dass sie beide noch ein bisschen schlafen wollten. Azime legte sich mit einer Decke auf die Couch. Sie war so müde, dass sie auf der Stelle einschlief.

Banu. Sie musste mit Banu reden. Sofort. Sich wieder mit ihr vertragen. Azime hatte ein übermächtiges Bedürfnis, sich mit allen Menschen in ihrem Leben zu vertragen.

Während der Busfahrt zu Banus Haus googelte Azime auf ihrem Smartphone »Humor« und »Islam« und »Weisheiten«. Im Web konnte man binnen Sekunden Weisheiten finden. Während der Bus sich zischend und rumpelnd durch das schiefergraue London quälte, entzifferte sie mühsam die klaren Regeln, die es im Islam über das Witzemachen gab. Sie wollte herausfinden, ob der Zorn ihrer Glaubensgenossen eine theoretische Grundlage hatte. Ihre Eltern waren religiös, aber sie waren keine Korangelehrten, folglich war auch ihr eigenes Wissen über Koran und Sunna begrenzt.

Manche Menschen scherzen zu oft, und es wird ihnen zur Gewohnheit. Dies widerspricht der Ernsthaftigkeit, die zum Wesen des Gläubigen gehört. Ein Scherz ist eine Pause, eine Rast im beständigen ernsthaften Streben; ein Scherz ist Entspannung für die Seele.

An einer anderen Stelle sagte Umar ibn Abdul-Aziz (möge Allah sich seiner erbarmen):

Enthaltet euch des Scherzens, denn es ist töricht und reizt auf zum Zorn.

Imam an-Nawawi (möge Allah sich seiner erbarmen) sagte:

Die Art des Scherzens, die verboten ist, ist die, welche übertrieben und anhaltend ist, denn sie führt zu übermäßigem

Gelächter und Verhärtung des Herzens. Sie lenkt ab vom
Gedenken Allahs und führt oft zu Kränkungen, Hass und
Respektlosigkeit gegenüber anderen. Wer jedoch sicher ist
vor solchen Gefahren, dem sei gestattet, was der Gesandte
Allahs (möge Allah ihn segnen und ihm Frieden schenken)
selbst zu tun pflegte.

War ihre Art von Humor übertrieben und anhaltend, weckte
sie übermäßiges Gelächter? Bis jetzt nicht. Und es bestand
auch keine ernsthafte Gefahr. Sa'd ibn Abi Waqqas riet:

Setze deinen Scherzen eine Grenze, denn die Maßlosigkeit
lässt Respekt dahinschwinden und bringt die Törichten ge-
gen dich auf.

Wie wahr! Und wie stand es mit dem Propheten selbst (möge
Allah ihn segnen und ihm Frieden schenken)? Was hatte der
zu sagen? Sie fand nur einen einzigen Satz:

Wenn ihr wüsstet, was ich weiß, dann würdet ihr wenig
lachen und viel weinen.

Sie lächelte traurig. Aus all dem ging ganz klar hervor, dass
von muslimischen Männern und Frauen erwartet wurde, dass
sie sich rechtschaffene und ernsthafte Freunde suchten,
Freunde, die ihnen helfen konnten, ihre Zeit gut zu nutzen
und ensthaft und standhaft im rechten Glauben zu streben.

Banus Schwiegermutter öffnete mit eisiger Miene.

»Ich schau nur kurz vorbei und würde gern mit Banu sprechen.«

Banu war in der Küche beim Bügeln. Sie setzte gern große Mengen Dampf ein, füllte das Bügeleisen randvoll mit Wasser und hielt den Dampfknopf fast ständig gedrückt. Nach dem Bügeln waren die Kleidungsstücke faltenfrei, aber feucht, und die Küche glich einem türkischen Dampfbad.

Azime las Banu aus dem Tagebuch des toten Mädchens vor, während Banu weiterbügelte und nur kurz innehielt, um sich Vorwürfe zu machen, dass sie sich nicht besser um ihre Mitschülerin gekümmert hatte, die so dringend eine Freundin gebraucht hätte. Irgendwann stellte Banu das Bügeleisen ab und setzte sich einfach hin und hörte zu und weinte, und das Bügeleisen fauchte und zischte und dampfte dazu. Schließlich bat sie Azime, sie solle aufhören. »Es ist zu viel. Können wir über was Angenehmeres sprechen?«

»Okay. Eine Bande von Extremisten will mich umbringen.«

»Azime! Hör auf! Hör auf! Warum machst du immer so was? Warum machst du solche Witze?«

»Das ist kein Witz.«

Als Banus Schwiegermutter zum Kochen in die Küche kam, gingen sie ins Wohnzimmer hinüber. Banu setzte sich auf das altmodische Sofa, damit Azime ihr gegenüber auf der modernen Couch Platz nehmen konnte. Über die zwei ebenso unterschiedlichen Couchtische hinweg erzählte Azime ihrer Freundin alles über ihren jüngsten Auftritt, die Nachricht auf Facebook und die Veranstaltung am kommenden Abend. Als Antwort darauf hielt Banu ihr eine Standpauke, die noch eindringlicher war als die erste: Azime müsse aufhören, sie müsse all dem sofort ein Ende machen. Schluss mit den Witzen. Nicht mehr an das tote Mädchen denken.

Das Tagebuch zurückgeben. Alles. Und zwar auf der Stelle. »Heute noch. Und dann gehst du zurück zu deinen Eltern, bist brav, findest einen Mann und heiratest, bevor es zu spät ist. Noch ist es nicht zu spät.«

Azimes einzige Antwort war ein langgezogener Seufzer, aber er sagte, was sie beide wussten: »Das wird nicht geschehen, Banu. Das meiste davon wird nicht geschehen. Und das wenige, was davon geschehen könnte, wird nicht heute geschehen.«

»Du willst also heute Abend auftreten?«, sagte Banu kopfschüttelnd. »Trotz dieser Nachricht?«

»Ich habe dafür gesorgt, dass Nachrichten von diesem Typ nicht mehr auf meiner Facebook-Seite erscheinen. Und heute Abend habe ich auch einen Leibwächter, einen echten Killer an meiner Seite. Und auf dem Weg hierher habe ich mir eine neue SIM-Karte besorgt. Ich habe eine neue Handynummer. Wart mal, ich geb sie dir.«

»Einen Bodyguard? Weißt du was? Das war's für mich. Ernsthaft. Ich bin raus. Mach doch, was du willst. Ich hab zu tun. Hau bloß ab.« Und damit packte sie Azimes Tasche, ging hinüber zu der modernen Couch und drückte sie ihrer Freundin in die Hand.

»Warum behandelst du mich so?«

»Bis später.«

»Ich bin hergekommen, damit du mir hilfst.«

»Dir helfe? Dabei, dass du dich umbringst?«

Azime war fassungslos. »Was ist bloß in dich gefahren? Ernsthaft, was ist los mit dir?«

»Ich bin erwachsen geworden.«

»Du bist überhaupt nicht mehr du selbst.«

»Ich bin nicht mehr ich selbst? Ha, schau doch mal in den Spiegel!«

»Ich weiß nicht, wo meine Freundin geblieben ist.«

»Fick dich, Azi!«

»Fick dich selbst!«

Die Schwiegermutter wählte ausgerechnet diesen Augenblick, um hereinzukommen und sich nach dem Grund für das Geschrei zu erkundigen; worauf Banu aufsprang, zur Wohnzimmertür zeigte und zeterte: »Raus! Bitte! Kann ich denn nie für mich sein? Ein einziges Mal?«

Der sichtlich schockierten Schwiegermutter blieb nichts anderes übrig, als auf dem Absatz kehrtzumachen und den Raum zu verlassen.

Als Banu sich zu ihrer Freundin auf der modernen Couch umdrehte, sah sie, dass Azime überraschender- und unlogischer-, aber auch typischerweise … lächelte.

»Sie lebt«, stellte Azime fest. »Die alte Banu lebt noch.«

Banu setzte sich, und ihr Ärger verflog. »Ich mach mir einfach Sorgen um dich, das ist es.«

»Ich mach mir auch Sorgen um dich.«

»Schön«, gab Banu zurück. »Ich bin froh, dass wenigstens einer das tut.«

Azime schlang den Arm um die junge Frau, die sie fast schon ihr ganzes Leben kannte. »Alles wird gut, und wenn nicht, dann helfe ich dir, damit trotzdem alles gut wird. Rede mit mir. Hör nicht auf. Selbst wenn deine Schwiegermutter mich aus der Gemeinschaft der Muslime ausschließen will, schließ du mich nicht auch aus. Warte, ich geb dir meine neue Handynummer.«

Als Azime ihr die neue Nummer diktierte, kam Banu

darauf zu sprechen, wie sie früher immer die Nummern ihrer nicht-muslimischen Freundinnen in der Kontaktliste ihrer Handys mit einem Code verschlüsselt hatten. »Weißt du noch? Wir haben jede Ziffer von 10 abgezogen, so dass aus einer 9 eine 1 wurde und aus einer 1 eine 9 und so weiter. Wir hatten panische Angst, unsere Eltern könnten rauskriegen, dass wir nicht-muslimische Freundinnen hatten.«

08023546785

Dekodiert war die Telefonnummer aus dem Tagebuch eine Hotline für Opfer von häuslicher Gewalt, betrieben von der IKWRO, der *Iranian and Kurdish Women's Rights Organisation*, einer Organisation, die auf ihrer Website Hilfe für iranische und kurdische Frauen anbot, die im häuslichen Umfeld oder aus Gründen der Ehre von Gewalt, Vergewaltigung, Zwangsverheiratung und Genitalverstümmelung bedroht waren.

Im Bus, auf dem Weg zu ihrem Auftritt, bei dem sie Witze vor Fremden erzählen würde, schaltete Azime ihr Handy aus. Ihr Gesicht war heiß und gerötet. Mit ihren gerade einmal zwanzig Jahren fühlte sie sich plötzlich uralt.

Aristot Gevaş saß an seinem Computer und arbeitete länger als üblich. Jetzt, wo seine Tochter fort war und die Geschäfte so schlecht gingen, dass er keinen Ersatz einstellen konnte, den er mit vollem Lohn hätte bezahlen müssen, blieb ihm keine andere Wahl: Er musste Überstunden machen und versuchen, die Geschäftskonten selbst auf dem aktuellen Stand zu halten.

Aber er kannte sich mit dem Computer nicht aus. Und das war noch untertrieben. Was Azime in Sekundenschnelle erledigt hätte, kostete ihn eine Stunde. Die Brille auf der Nasenspitze, starrte er mit zusammengekniffenen Augen auf den Bildschirm voll mit Dokumenten, deren Namen ihm nicht den leisesten Anhaltspunkt lieferten, was sie enthielten. Er klickte und klickte, öffnete einen Ordner nach dem anderen, *klick, klick, klick*, sagte sich *klick, klick*, dass eine bestimmte Rechnung zu finden ebenso unmöglich war wie die Nadel *klick* im Heuhaufen oder *klick, klick* eine Träne im Ozean oder ein Furz *klick* in einem Sandsturm. So viele Ordner für so wenig Gewinn!, dachte er. Und was waren das überhaupt für Dokumente? In einigen Ordnern waren sogar Fotos! Diese verdammte Tochter! Wie hatte seine Tochter ihn so hintergehen und an diesem teuren Computer ihre Zeit mit persönlichen Dingen vertun können? Jawohl, *klick*, sollte sie doch hingehen, wo der Pfeffer wuchs. Sabite hatte recht.

Aristot scrollte durch die Fotos. Drei lächelnde Mädchen. Eine davon war Banu, die andere Azime, die Dritte kannte er nicht, alle drei in Schuluniform. Er hielt inne. Azime war ein hübsches Mädchen, warum wollte sie keiner heiraten? Banu sah am besten aus, da war sie natürlich die erste Wahl, aber seine Tochter sollte eigentlich nicht weit hinter ihr zurückstehen. Wieso wollten die Männer nichts von ihr wissen? Ihr Mundwerk – ja, das war die Antwort. Ihr freches Mundwerk. Welcher Mann will schon eine Frau, die den Mund nicht halten kann?

Er öffnete einen weiteren Ordner, er trug den Namen »Couchgarnituren«. Vorgebeugt an seinem Schreibtisch, las

Aristot auf dem Bildschirm, was seine niederträchtige, faule, vorlaute, respektlose Tochter geschrieben hatte.

»Selbstverständlich hat mein Dad mehr als eine Frau. Ich glaube, in Fachkreisen nennt man das ›Polygamie‹... aber bei uns zu Hause reden wir nur von ›Multitasking‹.«

...Ha! Alle Achtung, ›Multitasking‹, das war gut... Was hatte sie sonst noch über ihn geschrieben? In dem leeren Lagerhaus sprach er laut die Worte seiner Tochter:

»Wollen Sie wissen, wie er dazu gekommen ist, so viele Frauen zu haben? Dafür ist meine Mutter verantwortlich. Eines Tages hat sie zu ihm gesagt, er soll liebevoller sein. Sie ist schuld. Er hat bloß getan, was man von ihm verlangt hat!«

Das Lachen platzte nur so aus ihm heraus. Er konnte es einfach nicht zurückhalten. Sein Sinn für Humor gewann die Oberhand. »Liebevoller sein!« Ja, wenn eine Frau ihrem Mann sagte, er solle liebevoller sein, dann war es sehr witzig, wenn der Mann das als Aufforderung verstand, sich weitere Ehefrauen zuzulegen! Ha! ha! ha!...

Im selben Augenblick trat am anderen Ende der Stadt dieselbe Tochter in einem Kellerclub auf die Bühne, bewaffnet mit weiteren, neuen Witzen. Das Publikum bestand größtenteils aus Nicht-Muslimen und war von dieser Burkaträgerin begeistert, und je länger Azime auf der Bühne war, desto mehr Beifall erntete sie.

Während Azime auf der Bühne stand, schwirrten ihre Gedanken – kreisten um die Frage, warum ihre tote Freundin sich an die IKRWO gewandt hatte, um Banus blaue Flecken, um Döndü, die sie bei Zeki und den Eltern zurückgelassen hatte, und darum, dass eins der gebannt zu ihr hochblickenden Gesichter diesem Medhi77 gehörte –, und sie sagte sich beinahe wütend: Sieh zu, dass du das heil überstehst.

AZIME: Darf ich Sie mal was fragen? Als ich auf die Bühne gekommen bin, was haben Sie da gedacht? Der Herr da vorne – was war Ihr erster Gedanke, als Sie mich gesehen haben? Soll ich raten? ›Arme Kuh, hat sich in einem schwarzem Bettbezug verheddert und merkt es nicht mal.‹ Nein, Sie dachten: ›Scheiße, eine Frau. Da gibt's nicht viel zu lachen.‹ Und gleich danach? ›Eine muslimische Frau? Schade, das war's mit den dreckigen Witzen.‹

(Gelächter.)

Ehrlich gesagt, hatten Sie beide Male recht. Das ist kein Witz. Ich muss eine Viertelstunde rumbringen, und meine Religion verbietet mir, so witzig zu sein, wie ich eigentlich könnte. Und wenn Sie darauf bestehen, dass ich trotzdem so witzig bin, wie ich sein kann, dann ist das so was von unglaublich rassistisch, auch wenn weder Sie noch ich wissen, warum. Aber ich bekomme mein Geld ja in jedem Fall, egal, wie lustig ich bin, warum einigen wir uns also nicht darauf, uns einfach nur schweigend anzusehen – dann kommen Sie in den einmaligen Genuss, eine muslimische Frau zu beobachten, die vor einem Mikrophon in einem Comedy-Club steht.

An seinem Computer las Aristot weiter:

»Als er seiner vierten Frau – die wir der Einfachheit halber ›Frau Nummer vier‹ nennen, damit es nicht zu Verwechslungen kommt – einen Ehering ansteckte, war da ein kleiner Spruch eingraviert, und der lautete: ›Für die Trägerin dieses Ringes‹.«

…Ha! ha! ha! Der ist wirklich gut. »Für die Trägerin dieses Ringes«, auf einem Ehering! Vor einem nicht existierenden Publikum auf den leeren Stühlen und Sesseln in seinem Lager las Aristot laut:

»Also, mit unserer Familie, das ist echt cool – wir können es uns leisten, dass drei von den Frauen sterben, ohne dass wir gleich den vollen Steuervorteil für Familien einbüßen. Wenn mein Dad etwas falsch macht, dann kriegt der nicht einfach nur eins übergebraten, er wird geviertelt.«

Sie war witzig, das musste er zugeben, wirklich witzig. Verdammt frech, aber witzig…

AZIME: Okay, das funktioniert also nicht. Na gut, dann erzähle ich eben doch einen Witz. Ich bin Muslimin. Da, wo ich herkomme, ist das so – man ist Muslim, wenn die Eltern Muslime sind. Wir Eulen sind so. So nennt man uns bei uns. Wegen der Verschleierung. Sie verstehen schon. Eule. Schleiereule. Ich habe auch nicht gelacht. Wenn Sie hier im Westen eine wie mich auf der Straße sehen, denken Sie: ›Armes Ding‹ oder ›Dusselige unterdrückte Kuh‹ oder ›Ich möchte wetten, dass die da drunter potthässlich ist. Welche gutaussehende Frau würde schon ein Kleid anziehen, das kein Modedesigner entworfen hat, sondern eine Zeltfabrik?‹ In Wirklichkeit sehe ich hier drunter ein bisschen aus wie Claudia Schiffer – wenn sie einen Bart und dicke Beine hätte und klein wäre und dunkelhäutig.«

Ihr Vater lachte jetzt lauthals. Er brüllte vor Lachen.

»Mein Dad kann nicht besonders gut Englisch. Er spricht mit der chirurgischen Präzision einer Landmine.«

Einer Landmine! Ha! ha!

»Also, ich habe ihn wirklich gern und so weiter, aber … na ja, er ist nicht besonders schlau. Wenn man neben ihm steht, kann man das Meer rauschen hören.«

Das Meer! Wie bei einer Muschel. Sie wollte damit sagen, dass er so hohl war wie eine Muschel! Ganz schön frech.

»Aber er ist echt witzig. Er sagt Sachen wie: ›Der einzige Ort, wo Erfolg vor Mühe kommt, ist im Wörterbuch.‹«

Was ist denn daran lustig, dachte er. Stimmt doch. Nur im Wörterbuch, nirgendwo sonst.

»Einmal hat er zu mir gesagt: ›Ein erfolgreicher Mann ist jemand, der mehr Geld verdient, als seine Frau ausgeben kann.‹«

Stimmt auch! All das stimmte, aber es war trotzdem lustig. Solche Sachen hatte er gesagt, schon oft. Und noch viele andere, die hier nicht aufgeschrieben waren. Aristot schüttelte den Kopf. Er fand, die Liste mit seinen Aussprüchen könnte und sollte vollständiger sein.

»Und gerade erst gestern beim Abendessen hat er von seinem Teller aufgesehen – alle lagen sich wegen irgendwas in den Haaren. Er hat sich zu mir umgedreht und gesagt: ›Es stimmt, dass verheiratete Männer länger leben als unverheiratete, aber verheiratete Männer sterben auch lieber.‹«

Das hatte er wirklich gesagt. Genau so. Und sie hatte es aufgeschrieben, sich daran erinnert, hatte den Wert seines Satzes erkannt und ihn damit geehrt. Eine seltsame Art, ihn zu ehren. Aber ein Beweis, dass sie ihn liebte und respektierte. Das wurde ihm jetzt klar. Und wie hätte ihn das nicht berühren sollen? Er war schließlich nicht aus Stein.

AZIME: Man hat mir tatsächlich Geld angeboten, wenn ich die Burka ausziehe und mich zu erkennen gebe – so ähnlich wie bei Batman. Aber ich persönlich bin überzeugt, dass Bruce Wayne und ich für die Gesellschaft, der wir dienen, ein Geheimnis bleiben müssen. Dankeschön. Gute Nacht.

Das hat sie von mir, dachte Aristot Gevaş in seinem dunklen Lagerhaus voller Möbel, die nie einen Abnehmer finden würden, sosehr er den Preis auch senkte – das Talent hat sie von mir …

Azime ging rasch von der Bühne.

Arthur wartete hinter den Kulissen. Als er sah, wie aufgewühlt sie war, führte er sie auf direktem Weg in die Garderobe. Er nahm seine neue Aufgabe sehr ernst – man hatte ihm einen kleinen Anteil an der Abendgage versprochen –, deshalb hatte er sich ganz in Schwarz gekleidet und eine Krawatte umgebunden. Er hatte Deniz vorgeschlagen, sie sollten über Funk in Verbindung stehen wie Geheimagenten, doch Deniz hatte geantwortet, das komme später. Nachdem er Azime sicher in ihrer Garderobe abgeliefert hatte, baute er sich mit verschränkten Armen so vor der Tür auf, dass seine Tätowierungen gut sichtbar waren. Zehn Minuten später kam Azime in Straßenkleidung wieder heraus. Das Auto wartete schon. Sie wurde behandelt wie ein Star.

Das Taxi brachte Arthur und Azime zurück zu Deniz'
Wohnung. Arthur begleitete sie bis zur Tür, wo Azime ihn
von weiteren Pflichten entband.

In der dunklen Wohnung tastete sie nach dem Licht-
schalter. Und dann hörte sie ein Geräusch – es war jemand
da. Sie erstarrte. Wenn sie sich bewegte, würde man sie vielleicht hören. Und dann ging das Licht an. Sie schrie auf.

»O Mann!«, rief Deniz. »Tut mir leid, ich bin's nur. Ich
hab nur ein bisschen Gras geholt. Scheiße, das hätte ich dir
sagen müssen.«

Azime zitterte. »Ich hab solche Angst, Deniz.«

»Soll ich heute Nacht hierbleiben? Ich bringe nur das
Zeug rüber, und dann bin ich gleich wieder hier, okay? Oder
wie wär's, wenn wir gleich jetzt zur Polizei gehen, wenn du
solche Angst hast.«

»Nein. Vermutlich passiert ja nichts. Wahrscheinlich rege
ich mich unnötig auf.«

»Hör, Azi. Wir beschützen dich, wie Salman Rushdie.
Besser als Salman Rushdie, denn den hätte ich locker gekriegt. Niemand kann dir was anhaben. Du bist ein Star. Wir
passen gut auf dich auf, okay?«

Sie lächelte. Sie wollte immer noch Comedy machen. Es
war cool, richtig cool, wenn man sich erst einmal an das Gefühl gewöhnt hatte, kotzen zu müssen, ehe man auf die Bühne
ging. Und daran, dass die Familie und die älteste Freundin
es furchtbar fanden. Dass einen die ganze Gemeinde hasste
und dass man mit dem Tod bedroht wurde.

»Vielleicht sollten wir auch der Presse von der Morddrohung erzählen. Ich überlege gerade«, fuhr Deniz fort. »Das
ist eine tolle Story. Wie viele Leute bekommen schon Mord-

drohungen? Also ich würde jemanden umbringen für eine Morddrohung.«

»Da hast du's, Deniz. Gerade hast du einen Witz gemacht. Und du sagst immer, du willst das nicht.«

»Also. Machen wir weiter? Oder nicht?«

Sie nickte. Fürs Erste würden sie weitermachen.

Er ging. In der leeren Wohnung kam sie sich sehr verletzlich vor. Verängstigt ging sie noch zweimal ins Wohnzimmer, schob am Fenster zur Straße den Vorhang zurück, um nachzusehen, ob dort jemand stand und das Haus beobachtete; dann machte sie sich bettfertig, setzte sich aufs Sofa und rief ihre Eltern an.

Ihre Mutter ging ran.

»Du sollst hier nicht anrufen.«

Dann wurde aufgelegt.

10

Zwei Abende später stand sie zum dritten Mal auf der Bühne. Unter ihrer Burka musste sie zwar nach wie vor gegen ihre Nervosität ankämpfen, aber sie lieferte ihren bisher besten Auftritt. Einige ältere Witze hatte sie verbessert, und sie traute sich sogar, neue zu improvisieren, was ihren Auftritt spontaner machte. Und überraschend gut beim Publikum ankam.

Zurück in der Garderobe, saß sie vor dem großen Spiegel, entfernte die dicke Wimperntusche, an der man sie vielleicht draußen erkannt hätte, und hörte über Lautsprecher dem Auftritt von Johnny TKO zu. Er war wirklich gut, wie immer. *Wirklich* gut. Er hatte so viel mehr Talent als sie. Das Publikum fraß ihm vom ersten Augenblick an aus der Hand. Sie war froh, dass an dem Abend ein Komiker auftrat, den sie kannte, auch wenn er im Kurs grob zu ihr gewesen war. So fühlte sie sich nicht ganz so allein.

Es war ein Abend mit »jungen Talenten«. Und sie stand ganz oben auf dem Plakat! Das musste man sich mal vorstellen. Jetzt schon die Hauptattraktion. Das war lächerlich, gerade wenn jemand wie Johnny mit auftrat, der sich heute selbst übertraf und die Leute wirklich sprachlos machte. Aber sie war mit ihrer Burka auf der Überholspur, und was konnte sie dagegen tun, dass die Leute sie aufregend, neu und anders fanden?

JOHNNY: ... Heutzutage machen sich die Leute vollkommen verrückt, wenn es um ihre Gesundheit geht. Als ob ein gesundes Leben sie retten würde. »Mach das nicht, das ist nicht gut für dich; iss jenes nicht, davon bekommst du Krebs.« Und wir glauben den ganzen Mist. »Trinken Sie 85 Liter Wasser pro Tag.« Aber dann heißt es in der Zeitung: »Mann stirbt nach Genuss von 85 Litern Wasser«. Und dann: »Zeitung entschuldigt sich für Druckfehler – 8,5 Liter!« Meiner Meinung nach wird Gesundheit überschätzt. Was heißt das schon, wenn man gesund ist? Nur dass man in Zeitlupe stirbt. Schön, wenn ihr gesund seid, freut euch drüber, aber das ändert überhaupt nichts. Es dauert nur länger, bis das Unvermeidliche kommt. Und was hat es für einen Sinn, wenn man sich mit einer gesunden Lebensweise dermaßen quält, dass das Leben gar nicht mehr lebenswert ist? Wir haben die Wahl. Wir können uns entscheiden! Ein langes elendes Leben aus lauter »Nein« oder ein kurzes glückliches, in dem man sagt: »O ja, bitte gern – und dazu bitte die extragroße Portion Fritten, wo wir schon mal dabei sind!« Wir entscheiden das. Ich persönlich ziehe es vor, mich ständig unwohl zu fühlen, immer ein kleines bisschen wie verkatert. In so einer Verfassung kann man sich nämlich alles erlauben und fühlt sich nicht sofort schlechter dadurch. Außerdem ist ein langes, gesundes Leben, bis in die Neunziger oder sogar über die Hundert hinaus, egoistisch, und man ist am Ende ja auch ziemlich ekelhaft. Das ist hässlich. Tretet endlich ab, ihr verschrumpelten hässlichen Arschlöcher, verstänkert uns nicht alles! Macht Platz für jemanden, der noch Kollagen hat, Gedächtnis, noch sehen und hören kann, der noch Erektionen oder Scheidensekrete hat, guten Musikgeschmack, Kaufkraft und Schließmuskeln.

(Ein begeisterter Juchzer aus dem Publikum.)

Die Ökonomen sind ganz meiner Meinung. Wir steuern auf eine Katastrophe zu mit diesem ganzen Gesundheitswahn. Die Leute leben so lange, es gibt nicht genug zu essen, nicht genug Wohnungen, nicht genug sauberes Wasser und Seniorenpässe für den Bus für so viele. Wer will schon eine Welt voller schlaffer grauhaariger Vegetarier, die sich hartnäckig weigern, Selbstmord zu begehen? Ihr alten Knacker da draußen, hier ist ein guter Rat: Bringt euch um! Fliegt in die Schweiz, bringt euch um. Ihr denkt, ich mache Witze? Ich mache keine Witze. Kriege? Auf die kann man sich in Sachen Bevölkerungskontrolle heute nicht mehr verlassen. Wir müssen vorausschauend denken, moderne Lösungen finden. Bringt euch um! Wir brauchen eine Welt voller junger, schöner, partybegeisterter Menschen: Leute, die rocken und die mit Freuden mit 35 in ihrer eigenen Pisse und Kotze krepieren – wie in der guten alten Zeit. Ich spreche hier nicht von den sechziger Jahren, ich spreche von der Renaissance, der wirklich guten alten Zeit, als die Lebenserwartung bei 35 lag. Damals war man gesund, wenn man keine Lepra und keine Beulenpest hatte. Da galt man als gut aussehend, wenn einem nicht gerade die Gliedmaßen abfaulten. Heute dagegen? Wie ist das heute? Gesunde Menschen trinken zwei Cocktails und fühlen sich danach zwei Tage lang »entsetzlich«. HAUT AB! KREPIERT IN EURER EIGENEN KOTZE UND PISSE!

Meine Güte, ich habe heute aber auch eine Stinklaune.

Aber eins will ich doch noch zum Thema Gesundheit sagen. Fitness ist ein ziemlich modernes Konzept. Die alten Ägypter haben niemals gejoggt. Zugegeben, die Römer hatten Tretmühlen – aber die haben ihre Sklaven da drin rennen lassen. Der Typ, der das Joggen erfunden hat? Der ist beim Joggen gestorben. Der Erfinder des Hamburgers dagegen, Oscar Weber Bilby, wurde 95 Jahre alt und stieg auf einem Geysir aus Fett in den Himmel auf. Wo ist das Denkmal für Oscar Weber Bilby? Nur ein weiterer Beweis, wenn es dessen noch bedurft hätte, dass es auf der Welt keine Gerechtigkeit gibt. Danke, ihr wart ein krankes und echt bescheuertes Publikum.

Als Johnny in die Garderobe kam, ging er zu seiner Sporttasche, holte zwei Dosen Bier heraus und bot Azime eine an. Sie lehnte ab und gratulierte ihm zu seinem großartigen Auftritt. Echt witzig. Er dankte ihr, erhob sogar sein Bier und trank auf ihren Erfolg. »Ganz oben auf dem Plakat, und das schon mit der dritten Show. Phantastisch.«

Dann klingelte sein Handy. Er nahm das Gespräch an. Mehrmals murmelte er »Mm-hm«, dann »okay« und drückte es weg. Er habe gerade erfahren, erzählte er, dass man ihn bei einem großen Event in der kommenden Woche von der Liste gestrichen habe. Und der Agent, den er neuerdings habe, habe keinen weiteren Auftritt für ihn, nichts nach dem heutigen Abend.

»Da kommt schon wieder was«, versuchte Azime ihn zu trösten. »So gut, wie du bist.«

»Danke.«

»Ich versteh das nicht. Du bist wirklich gut.«

»Deshalb stiehlst du auch mein Material, oder?«

Azime war verblüfft. »Dein Material? Johnny, du erzählst den Leuten, sie sollen in Kotze und Pisse krepieren. Ich erzähle ihnen, wie das ist, wenn man eine muslimische Frau ist. Wo ist denn da die Gemeinsamkeit? Was habe ich von dir gestohlen?«

»Nur weil es was Neues ist. Du machst Kasse mit dem elften September und den Anschlägen vom siebten Juli, damit, dass Leute wie ihr die Welt in einen mittelalterlichen Kreuzzug gestürzt habt. Erst fangt ihr damit an, und jetzt schlachtet ihr es auch noch aus. Und schau dir doch an, wie dich die Zeitungen zum nächsten großen Comedy-Star hochstilisieren – einfach lächerlich. In unserem Kurs, da warst du diejenige mit dem wenigsten Talent. Im Ernst … Ich will dich ja nicht kränken, aber lass uns mal ehrlich sein. Diese Burka ist doch nur ein Scheißgimmick. Egal. Ich bin dann mal weg. Nimm's nicht zu schwer.«

Er zog den Reißverschluss seiner Jacke hoch, trank sein Bier aus, nahm die Sporttasche und ging zur Tür.

Azime hatte die Nase voll. »Weißt du was? Du bist ein richtiger Arsch. Die nackte Wahrheit ist: Wenn ich auf die Bühne komme, ist den Leuten schon vorher klar, dass ich nicht witzig sein werde. Ich bin noch nicht mal am Mikrophon angekommen, und sie wollen ihr Geld zurück. Das ist Schwerstarbeit, bis ich auch nur einen Lacher von denen kriege. Jemand wie du dagegen, Johnny, du kommst bloß auf die Bühne – ulkiger junger weißer Engländer, kahlrasierter Schädel, keine Freundin, im T-Shirt und mit Hosen, die dir am Hintern runterrutschen – und schon wälzen sie sich am Boden vor Mitgefühl/Sympathie mit dir, bevor du auch nur

ein Wort gesagt hast. ›Oh, der ist bestimmt zum Brüllen.‹«
Sie ahmt seinen Stil nach. »›Na Leute, wie läuft's? Amüsiert
ihr euch gut, was? Na dann will ich euch mal erzählen, wie
wütend ich bin …‹ Und selbst wenn du nicht witzig bist,
lachen sie, weil *du* das bist, was sie erwartet haben.«

Johnny sah ihr direkt ins Gesicht. »Azime – ich mag dich.
Du hast Eier. Aber du solltest aufgeben. Ehrlich. Tu dir
selbst einen Gefallen. Ich habe dich heute Abend gehört.
Jedes Wort. Du gibst dir ja Mühe, das seh ich. Die Bühne ist
nicht der richtige Ort für dich. Wahrscheinlich wirst du
trotzdem einen Riesenerfolg haben, aber einer muss es dir
ja mal sagen. Du hast das einfach nicht drauf. Ein bisschen
witzig bist du ja«, räumte er kopfschüttelnd ein, »aber nicht
witzig genug. Eine ein bisschen witzige Person, die ganz
besonders witzig sein will. Ehrlich gesagt, es tut weh, wenn
man das mitansehen muss. Sorry.«

Draußen vor dem Club sprang Azime in ein Taxi ohne
Lizenznummer. Der Fahrer konnte fast überhaupt kein Englisch, aber sie hatte keine Lust, am Bordstein zu warten, wo
womöglich jemand aus dem Publikum kam und sie erkannte,
und so nannte sie einfach ihre Adresse. Der Fahrer murmelte
etwas und fuhr los. Sie hätte auf Arthur warten sollen.

Ein Sack wurde ihr vom Kopf gezogen. Sie wusste nicht, wo
sie war, ihre Augen gewöhnten sich eben erst an das Licht.
Sie befand sich in einem Keller. Grauer Beton. Ein Bunker.
Der Taxifahrer trat in ihr Gesichtsfeld. Er sah sie hasserfüllt
an, unerbittlich. Am ganzen Leib zitternd, fragte sie, was los
sei, warum er sie hergebracht habe, wer er sei, wo sie seien.
Sie flehte ihn an, doch er weigerte sich, ihr zu antworten.

Dann schrie sie, so laut sie konnte, doch das nützte ihr nichts. Den Mann schien das sogar zu amüsieren. Dann trat er an ein Regal, nahm eine Rolle Klebeband, riss mehrere Streifen ab und klebte ihr damit den Mund zu. Erst danach, während sie nach Atem rang und ihr Herz wie rasend schlug, sagte er: »Wir werden dich foltern, mehr brauchst du nicht zu wissen. Außer dass wir anschließend dafür sorgen werden, dass kein Tropfen Blut in deinen Adern bleibt. In der Reihenfolge. Erst die Folter. Dann das Blut.« – »Nein!«, schrie sie. – »Doch!«, erwiderte er.

Mit einem Schrei wachte sie auf, und eine ganze Weile war die furchterliche Szene für sie Realität, und es kam ihr vor, als sei das Zimmer, in dem sie lag, Deniz' Wohnzimmer, der Traum. Sie war allein, lag auf der Couch. Als sie aufstehen wollte, merkte sie, dass sie sich in den Bettlaken verheddert hatte. Sie musste sich in ihrem Traum heftig gewehrt haben. Zitternd knipste sie die Lampe auf dem Beistelltischchen an, wartete, bis sie sich etwas beruhigt hatte, starrte den Lampenschirm an, eine Reispapierkugel mit Stäben aus Stroh wie die Breitengrade auf einem Globus. Wenn sie der Wanduhr glauben konnte, war es erst zwei Uhr früh. Jetzt würde sie mit Sicherheit nicht noch einmal einschlafen.

In ihrem Calvin-und-Hobbes-T-Shirt ging sie in die Küche, trank am Hahn Wasser aus der hohlen Hand und schämte sich, weil sie sich einfach lächerlich benommen hatte. Vom Wohnzimmerfenster spähte sie auf die stille Straße, wo nicht einmal mehr Autos fuhren. Sie setzte sich wieder aufs Sofa, das ihr als Bett diente, klappte ihren Laptop auf und fand eine E-Mail von Deniz.

Deniz 00:35
An: Azime Gevaş
Betr.: Heute Abend
Hi. Sorry. Konnte nicht kommen. Seh dich morgen früh, ok? Ruf
mich an, wenn du reden willst. Und P.S. Jemand hat mit dem Handy
ein Video von deinem Auftritt gemacht und gepostet. Schau's dir an.
Schlechtes Bild, aber tolle Reklame. Jetzt bist du berühmt. Dx.
www.youtube.com/watch?v=Y0DIMKgLSt40

Der YouTube-Clip war eine wacklige Handyaufnahme, aber
er zeigte Azime auf der Bühne. Und obwohl das Publikum
lachte und auf fast jeden ihrer Witze reagierte, fiel Azime
nur auf, wie unwohl sie sich in ihrer Haut zu fühlen schien.
Sie sah sich so, wie Johnny sie sah, als eine nicht besonders
witzige Person, die versuchte, witzig zu sein. Die Burka
wirkte tatsächlich bizarr, völlig unpassend in so einer Umgebung. Schon ein wenig aufrührerisch. Der Clip war nur
ungefähr vier Minuten lang, und sie sagte darin nichts, was
provoziert hätte, aber er hatte trotzdem schon Kommentare
bekommen.

Der erste war harmlos:

Alle Kommentare (5):
war in der show. toll dass wir dich jetzt als video haben. daumen
hoch für Azime :)
    JS920 vor 3 Stunden

Doch dann ...

du hure der weißen. nimm dieses video runter … JETZT!!! sonst …
du bist eine marionette und eine schande für muslimische frauen
ÜBERALL!!!
und du bist nicht mal witzig!!! das ist eine warnung.
  salim86729 vor 2 Stunden

wer hätte gedacht dass redefreiheit was schlechtes ist?
  mr_x1097 vor 1 Stunde 43 Minuten

hallo salim. ich stehe auf deiner seite, mein bruder. ich habe eine
botschaft für dieses mädchen. ich werde dich umbringen. Es sei
denn, jemand anderes ist schneller als ich.
NIMM DIESES VIDEO RUNTER, SOFORT!!!! Ich muss davon kotzen.
  medhi77 vor 29 Minuten

auf mein kommando bricht die Hölle los.
  salim86729 vor 27 minuten

Medhi77, das war der, der auch die Nachricht auf Facebook
gepostet hatte. Das Herz schlug Azime bis zum Hals. Nur
neunundzwanzig Minuten waren vergangen, seit dieser Ex-
tremist, der genau wie sie tief in der Nacht an seinem Computer saß, sie zum Tode verurteilt hatte.

Die Heizkörper der Wohnung, die gerade einen neuen
Wärmestoß bekamen, knackten laut, als das Metall sich aus-
dehnte. Azime fuhr zusammen. Sie war grässlich allein hier
in der Wohnung, aber wohin konnte sie gehen? Sollte sie
vielleicht doch die Polizei rufen? Aber was konnte die mitten in der Nacht schon tun? Sollte sie Deniz anrufen, damit er
Arthur alarmierte? Immerhin konnten die Schreiber dieser

Drohungen nicht wissen, wo sie sich in diesem Augenblick befand. Oder doch? War ihr womöglich jemand gefolgt? Sie knipste das Licht aus, ging an die Vorhänge, blickte ein weiteres Mal hinaus auf die Straße. Nein. Niemand beobachtete sie. Keine vermummte Gestalt lungerte dort unter der Straßenlaterne. Nichts, weswegen sie jetzt auf der Stelle die Polizei hätte holen müssen – aber es musste ja auch nicht wirklich jemand dort draußen sein –, von jetzt an musste sie nicht wirklich jemand verfolgen, damit sie glaubte, verfolgt zu werden.

Azime prüfte die Schlösser an Fenstern und Wohnungstür. Erst danach knipste sie das Licht wieder an, ging ins Bad und nahm die längste Dusche, die sie nehmen konnte, so lange, bis der Boiler leer war; von heiß bis warm, dann lauwarm und schließlich kalt, bis sie vor Kälte zitternd in der Wanne saß. Vor dem Spiegel, in zwei Handtücher gewickelt, verriet ihr Gesicht ihr die ganze Geschichte. Sie sah aus wie eine verängstigte Ausgabe ihrer selbst.

In ihrem xxl-T-Shirt kehrte sie ins Wohnzimmer zurück und starrte den geschlossenen Deckel des Laptops an. Jetzt musste sie überlegen – allein in einem Haus, das nicht ihr eigenes war, außerstande, nach draußen zu gehen, nicht in der Stimmung, jemanden anzurufen, zu einer Stunde, zu der sie keine Hilfe holen konnte –, überlegen, wie sie den Rest der Nacht in dieser Wohnung überstehen sollte. Ihre Armbanduhr zeigte eine bedrückende Anzahl Stunden, bis die Sonne schließlich dieses Dunkel vertreiben, durch trübe Wolken wieder auf die trübe Straße scheinen würde. Und während sie wartete, stellte sich eine Idee ein, eine, die sie zunächst verwarf, die aber doch immer überzeugender wurde, befeuert von den Bildern vor ihrem inneren Auge – von

Männern, die an die Scheiben eines Autos schlugen, die Gesichter von Hass verzerrt, von Mehlsäcken, die ihr über den Kopf gezogen wurden, von Blut, das aus dem Körper strömte, von der elektronischen Ankündigung neuer Drohungen, wann immer sie einen Computer anfasste, von dem Wort *tot,* das ihr immer wieder neu an den Kopf geworfen wurde, *tot, tot, tot, du hure der weißen* – bis sie um sechs Uhr morgens ganz genau wusste, was sie zu tun hatte.

Um 8 Uhr 30 klopfte sie an eine Haustür.

Ihr Bruder öffnete ihr.

Wie glücklich war sie, dass sie eintreten konnte.

Sie kehrte zurück in die Welt ihrer Kindheit – eine Welt, wo sie nicht einfach nur Azime war, sondern Azime Gevaş, von den Gevaş' aus Green Lanes. Und damit gestand sie sich ein, dass ein gewisser Traum, den sie gehegt hatte, gescheitert war. Als sie davongelaufen war, hatte sie geglaubt, sie könne es allein schaffen, hatte geglaubt, sie könne aller Welt – und ganz besonders sich selbst! – beweisen, wozu sie fähig war, ohne dass über allem der Schatten der Familie schwebte, einer liebenden Familie, die es zwar gut mit ihr meinte, ihr aber die Luft zum Atmen genommen hatte. Einer Familie, die Azimes Persönlichkeit zurechtgebogen hatte, bis sie den Bedürfnissen der Familie entsprach. Einer Familie, die ihren Namen dem kleinen Dorf verdankte, das ein Kalif im 12. Jahrhundert gestiftet hatte und das noch immer nach Werten aus jenem Jahrhundert lebte. Doch mit diesem Traum war sie jetzt fertig. Ihr Experiment des selbständigen Lebens war gescheitert. Azime kam sich jetzt nicht mehr tapfer vor, interessant, als jemand Besonderes, der etwas Besonderes erreichen konnte. Sie kam sich klein und ängstlich vor, sie hatte ihre Deckung verloren, sie war allein, ohne Unterstützung, von allem abgeschnitten, sogar ein wenig krank, im Herzen bekümmert. Jetzt war sie nicht mehr der aufsteigende Stern am Comedy-Himmel, aber sie war hoffentlich wieder jemand, den niemand umbringen wollte.

11

Im Frauenbereich der Moschee in der Wightman Road verneigte sich Sabite tief und feierlich, im gleichen Takt wie zwanzig andere Frauen. An ihrer Seite – endlich wieder – ihre Tochter. Azime, ihre lasterhafte Tochter, war nach Hause zurückgekehrt und hatte versprochen, von nun an ein braves Mädchen zu sein. Na ja, das würde man noch sehen.

Die knienden Gestalten rezitierten Gebete und verneigten sich tief, richteten sich auf und verneigten sich wieder, wie träge arbeitende Ölpumpen, immer auf und ab, berührten mit der Stirn die Gebetsteppiche in diesem uralten Akt der Verehrung für übernatürliche Mächte.

Sabite schloss die Augen in inbrünstigem Gebet und bat Allah um die üblichen Dinge: um Gnade, ja, Weisheit in ihren Entscheidungen, ja, Geduld, ja, die Belebung des Möbelmarkts, bitte, keine Anrufe von Döndüs Schule mehr, vor allem aber um einen Ehemann für Azime. Das war das Wichtigste. Irgendwo in Allahs wunderbarem Reich – vorzugsweise natürlich in London – musste es doch einen Mann geben, der in Azime die würdige Gefährtin sah, die sie in Sabites Augen immer noch werden konnte … wenn sie bloß lernte, den Mund zu halten, mehr zuzuhören, sich bescheidener und demütiger zu geben und eine gehorsame Dienerin zu sein, frei von jugendlichem Aufbegehren und der verheerenden westlichen Sehnsucht nach einem Leben, das aufregender war als vom Schicksal vorherbestimmt.

Allahs Plan – ja, das war es, was Sabite sich heute erhoffte: einen Hinweis darauf, was Allah mit ihrer Tochter vorhatte, einen Hinweis, den er ihr, wenn überhaupt, nur im Flüsterton erteilen würde, das wusste sie. Leise wie ein Blatt, das vom Baum fällt, allein weil sein Stiel angefault ist. So war die Stimme Allahs, und nur ein Mensch, dessen Lippen versiegelt waren, konnte hoffen, dieses Wispern zu vernehmen. Lästerliches Reden – und widerwärtige Scherze – führten nur zu Torheit und Untergang.

Sabites eigenes Leben war stets Gottes geflüstertem Plan gefolgt.

Sie wurde schon vor der Geburt einem Jungen aus einem benachbarten Dorf versprochen, und man verständigte sich auf ein Tauschgeschäft *(pê-guhurk)*, bei dem ihr Vater sie dem Gevaş-Clan überließ und im Gegenzug dafür ein Mädchen aus der Familie Gevaş als Braut für Sabites Bruder erhielt. Gold und Bargeld für das *naxt*, das Brautgeld, flossen in beide Richtungen und glichen einander aus. Die eigentliche Hochzeit verzögerte sich um mehrere Jahre, weil in Sabites Dorf die Arbeitskräfte knapp waren, und fand erst statt, als sie sechzehn war. Die dreitägigen Feierlichkeiten am Ufer des Van-Sees endeten damit, dass ihr jugendlicher Ehemann Aristot zum ersten Mal mit ihr sprechen durfte. Als sich die Türen des Brautgemachs hinter ihnen schlossen, richtete Sabite ihre Gedanken auf die traditionelle Rolle der Frau als Dienerin.

Sabites Gefühle am Hochzeitstag? Sie war nervös, weil

sie nicht wusste, was der symbolische Eintritt in die Welt der Erwachsenen mit sich bringen würde, aber auch erleichtert darüber, dass die großen Fragen ihres Lebens beantwortet waren.

Als Sabite neunzehn Jahre alt und schon Mutter war, tauchten in dem Dorf zwölf grüne Lastwagen auf. Die Lastwagen waren voll mit Regierungssoldaten, die in der Stadt Gevaş eine Hochburg der verbotenen Kurdischen Arbeiterpartei vermuteten.

Bei sechs von Aristots Cousins fand man Kalaschnikows, Pistolen oder Granaten. Da man sie (zu Unrecht) für Freiheitskämpfer der PKK hielt, verband man ihnen die Augen und erschoss sie hinter dem Blumenladen, dessen Inhaber, der pensionierte General Cemil Aydar, ebenfalls erschossen wurde, als er eben in seinem Sessel Pistazien aß.

Die Stadt wurde in Schutt und Asche gelegt, glich einer Mondlandschaft, und alle Überlebenden waren obdachlos. Also kehrten Sabite und Aristot und die kleine Azime dem Land der Aufrührer, wie ein Dichter es einmal genannt hatte, für immer den Rücken. Nach einem kurzen Aufenthalt in Istanbul im Jahr 1989 flohen sie nach London, wo sie ein entbehrungsreiches Leben führten, bis Aristot illegal eine Anstellung bei einem Möbelverkäufer fand, der Verbindungen zu Sabites Dorf hatte. Ihr einziger Trost war eine kleine, aber starke clan- und stammesübergreifende Gemeinschaft von kurdischen Asylbewerbern. Sie sprachen Kurmandschi, Sorani, Zaza und Gorani und hielten die alten Traditionen hoch, aufgehoben in einem Netzwerk, in dem jeder jeden unterstützte, gestärkt durch Blutsbande. Eine Generation später war der Schmerz über den Verlust der

Heimat verebbt. Verwitwete Ehefrauen konnten bei den Familien ihrer Männer leben, wenn sie bereit waren, einen Bruder des toten Ehemannes zu heiraten. Wo immer das Netz Schaden nahm, wurde es unverzüglich geflickt. In Green Lanes, Nordlondon, rief niemand den Polizeinotruf an. Streitigkeiten wurden nach eigenen Gesetzen beigelegt. Sabite dachte an die Traditionen ihrer Gemeinde, wonach Kinder in Demut heranwuchsen, ihren Eltern vertrauten und die Regeln des Islam beherzigten, um ihr eigenes neues Leben in London auf dem Fundament des Islam aufzubauen, so dass nichts schiefgehen konnte.

Und dann kamen auf einmal diese Witze.

Witze! Gelächter! Fratzenschneiden! Dumme Bemerkungen! Das zerstörte alles. Alles! Eine Tochter, die sich auf die Bühne stellte und fremde Leute fragte, wie viele muslimische Mütter man braucht, um eine Glühbirne zu wechseln, wo doch jedermann weiß, dass dazu nur eine einzige notwendig ist! Schwachsinnige, erfundene Geschichten, allesamt erstunken und erlogen, die sie den Leuten hier erzählte, nur um Idioten zum Lachen zu bringen. Witze, die alles kaputtmachten. Die ganze Arbeit. Die ganze sorgfältige Planung. Das ganze Lauschen auf die geflüsterten Ratschlüsse Allahs. Das ganze Blut, das im Namen der Familie am Ufer des Van-Sees vergossen worden war. Sabites eigene Tochter besudelte die Familienehre. Mit Witzen! Diese verfluchten Witze. Von einem Dach so hoch wie ein Minarett wollte Sabite der verdorbenen Welt zurufen: *Ein Huhn bleibt auf der Straßenseite, auf der es ist!*

Später, auf dem Parkplatz der Moschee, saß Azime neben Döndü im kleinen Auto der Familie und beobachtete, wie Sabite auf den Stufen der Moschee eindringlich mit dem Ehevermittler sprach. Azime verfolgte genau, wie der Vermittler auf das Flehen, die Gesten ihrer Mutter mit einem langsamen, zweifelnden Kopfschütteln antwortete.

»Alle haben dich in der Zeitung gesehen«, sagte Döndü. »Alle reden über dich, Azi. Wow – so muss das sein, wenn man schwul ist.«

Döndü trug nach wie vor ihr Kopftuch; noch zwei Wochen, bevor sie wieder ohne Hidschab nach draußen konnte.

Als Sabite einstieg, schlug sie die Tür mit Wucht zu. »Er sagt, er versucht es. Noch ein Mal. Ein allerletztes Mal. Aber er sagt, jetzt hat er nur noch … jetzt hat er nur noch den Bodensatz in seinem Fass.«

Und so hatte Sabite nur wenig Hoffnung, als sie drei Tage später ihre ältere Tochter zum Rendezvous mit einem Heiratskandidaten losschickte, zu dem nur eine Familie, die bereit war, bis zum Boden des Fasses zu schöpfen, ihre Tochter geschickt hätte.

An der Tür zum türkischen Café sah Azime ihren Verehrer schon an einem der hinteren Tische warten. Sie ging geradewegs auf ihn zu, so unsexy wie möglich. Sie trug ein konservatives Kleid, hatte sich aber geweigert, ein Kopftuch umzubinden; nur zu einer Halskette, einem Geschenk ihrer Mutter, hatte sie sich bereit erklärt, einer Kette mit einem kleinen blauen Anhänger, dessen Glasauge den bösen Blick bannte – denn in dessen Anwesenheit würde ihr das Glück endlich hold sein. Sie setzte sich ohne große Umstände.

»Hi.«

»Hallo.«

Als sie ihre Handtasche auf den Boden stellte, sah sie den Mann zum ersten Mal genauer an und bemerkte zu ihrer Überraschung, dass er nicht nur gut aussah, sondern dass er jung war, vielleicht nur ein oder zwei Jahre älter als sie. Unmerklich – unmerklich vielleicht für ihn, aber nicht für sie – straffte sie den Rücken.

»Tut mir leid, dass ich zu spät bin.«

»Bist du das?«

»Zehn Minuten. Tut mir leid.«

Er lächelte sie an, faltete die Hände, beugte sich vor und schien durchaus erfreut.

»Der Bus«, erklärte Azime.

»Der Bus?«

»Ja.«

»Der Bus hatte Verspätung?«, fragte er.

»Daher die zehn Minuten.«

»Ah. Ja. Verstehe.«

»Also. Mustaf?«

Wieder lächelte er. Schüttelte dabei den Kopf. Er wirkte noch erfreuter als zuvor. »Nein. Emin. Ich bin Emin.«

»Und … äh … wo ist Mustaf?«

»Keine Ahnung. Wie schön. Vielleicht ist er zehn Minuten zu spät. Du weißt ja, wie das mit den Bussen ist. Ich bin hier verabredet, aber wenn Mustaf nicht auftaucht und du mit uns essen willst, dann bist du herzlich willkommen.«

Ganz vorsichtig blickte sich Azime im Lokal um und sah über die Schulter, dass direkt hinter ihr, aber ein paar Tische weiter, ein älterer Mann saß und die Speisekarte studierte, an einem kleinen, für zwei gedeckten Tisch. Dieser

Mann – dick und glatzköpfig und, seiner Brille nach zu urteilen, kurzsichtig – blickte nervös in Richtung Tür, dann wieder auf die Speisekarte.

Azime wandte sich wieder dem falschen Mann zu. »Ooo-kay. In Ordnung.«

»Du bleibst?«, erkundigte sich Emin.

Sie spielte ihre Möglichkeiten durch. Und da es nicht sehr viele gab – entweder sie blieb hier, oder sie ging nach drüben und setzte sich zu dem nervös wirkenden Mann mit der Speisekarte –, war sie schnell damit fertig. »Ich brauche ein Glas Wasser.«

»Natürlich.«

Er bestellte sofort ein Glas Wasser und reichte Azime dann über den Tisch die Hand. »Emin Kazan. Freut mich, dich kennenzulernen.« Sie schüttelten sich die Hand. »Und du bist …?«

»Azime. Einfach nur Azime.«

»Einfach nur Azime?«

»Einfach nur … Azime.«

Heimlich blickte sie noch einmal über die Schulter.

»*Einfach nur Azime? Wie die Komikerin?*«

Sie drehte sich wieder zu ihm um. »Was?«

Er beugte sich vor. »Wie die Komikerin? Aus Green Lanes? Einfach nur Azime? Das bist du? Das bist du? Mit der Burka auf der Bühne? Und erzählst Witze. Die erste muslimische Komikerin der Welt. Nennt sich ›Einfach nur Azime‹.«

Weder leugnen noch bestätigen, entschied sich Azime. »Ich habe wirklich Durst.«

Sie griff nach Emins Glas und trank daraus, und er lachte. »DU BIST ES, stimmt's? Das bist du.«

»Kannst du bitte damit aufhören?«

»Ich hab über dich im *Guardian* gelesen und deinen Clip auf YouTube gesehen. Du bist wirklich sensationell.«

Er sah überhaupt nicht bedrohlich aus, im Gegenteil, sogar ziemlich süß. Sie würde lügen, wenn sie behauptete, sie sei nicht daran interessiert, dass er sich für sie interessierte. Was konnte es schon schaden, wenn sie nicht abstritt, dass sie die Azime seiner Träume war?

»Du bestreitest es nicht, also gehe ich mal davon aus, dass du es bist. Wow. Ist ja Wahnsinn. Du bist eine Berühmtheit. Und die Burka ist also nur für die Bühne?«

Azime hielt ihren Mund. Weder leugnen noch bestätigen: Wenn diese Taktik gut genug fürs amerikanische Militär war, dann war sie auch gut genug für sie.

»Heute bei der Arbeit haben wir noch über dich geredet. Und einer von den Jungs hat auf YouTube gesucht. Wir haben uns zusammen den Clip angesehen. Du bist wirklich witzig.«

Döndü hatte recht, Azime war nicht berühmt, sie war berüchtigt. Das Amulett um ihren Hals hatte sie nicht beschützt. Bei dem YouTube-Clip waren schon fast hundert Kommentare zusammengekommen, Tausende hatten ihn gesehen. Und darunter waren Kommentare wie:

sie ist vielleicht nicht witzig, aber keiner sollte morddrohungen bekommen. ehrlich!
Dweebblast23

Azime, ich hoffe du ritzt dich und kriegst essstörungen
Medhi77

zugegeben, morddrohungen wegen so etwas, das ist übertrieben und unpassend.

aber man muss auch zugeben, dass sie als komikerin echt scheiße ist.

   löschmichgleichzweimal

Azime hatte gelesen, die Leute fänden keinen Gefallen mehr an öffentlichen Hinrichtungen, aber das stimmte nicht: Die Leute machten immer noch begeistert bei einer Steinigung mit, und auch wenn die Steine Azime noch nicht umbrachten, hatten sie sie doch in die Knie gezwungen.

Emin sagte: »Ich fand deinen Auftritt toll. Das, was ich im Clip gesehen habe. Ich war so überrascht, dass eine Frau aus unserer Gemeinde sich auf die Bühne traut. Alle waren überrascht.«

Sie nickte. Nervös wartete sie darauf, dass endlich ihr Wasser kam, immer noch unschlüssig, ob sie den älteren Mann in der Ecke ansprechen oder sofort nach draußen rennen und den Bus nach Hause nehmen sollte. Noch einmal drehte sie sich um und musterte kurz den echten Heiratskandidaten. Der Mann, der gerade seine Brille zurechtrückte, hielt sich die Speisekarte ganz nah vor die schwachen Augen; er sah sogar noch älter und dicker und haarloser aus als bei der ersten kritischen Musterung, als altere er im Rekordtempo, verliere mit jeder Sekunde an Tauglichkeit zum Ehemann. Azime setzte sich wieder gerade hin und betrachtete den schönen jungen Mann vor sich, der im Kontrast mit jedem Moment besser aussah, und da ging ihr auf, dass ein gewisses Minimum an Attraktivität doch sein musste, bevor eine Frau auf die Idee kam, einen Mann zu heiraten.

Eine verzweifelte Mutter war noch kein Grund für eine Ehe mit einem Mann, der keinerlei Reiz besaß.

Emin. Saß da vor ihr. Lächelte. Amüsierte sich über die ganze Situation. Was sollte sie als Nächstes zu Emin sagen?

»Wo bleibt deine Verabredung?«

»Oh, der kommt immer zu spät.«

Keine »Sie« also, vermerkte Azime insgeheim.

»Vernünftig. Früh kommen hat einfach keinen Sinn. Ist ja doch keiner da, der es zu schätzen weiß.«

Emin lachte.

»Willst du die Wahrheit wissen? Siehst du den Mann da drüben? Hinter mir? Der die Speisekarte liest und ab und zu zur Tür schaut, aber zu schlechte Augen hat, um was zu sehen? Beschreib mir den.«

»Den Glatzkopf?«

»Bitte. Beschreib ihn für mich. Ich kann mich nicht nochmal umdrehen.«

»Okay. Also. Wütend. Nervös. Ziemlich alt. Mit den dicksten Brillengläsern, die ich je gesehen habe.«

»Meine Mum hat gesagt, es wird ein Blind Date.«

Wieder lachte Emin.

»Kidnapping unter Laborbedingungen trifft es wohl eher. Ich sollte mich hier mit ihm treffen. Er könnte mein zukünftiger Ehemann sein.«

»Ernsthaft?«

»Ich darf mich vorher mit ihm treffen, das ist sehr progressiv. Ich hab mich an den falschen Tisch gesetzt. Ich dachte, du bist er.«

»Ist das dein Ernst? Ich seh schon. Ja, und jetzt willst du dich lieber zu ihm setzen?«

»So, wie du ihn mir beschrieben hast, möchte ich doch lieber nichts überstürzen.«

Er prustete. Es war schön, wenn man nur einen einzigen Menschen zu unterhalten hatte, dachte sie, und noch dazu einen, dem es gefiel. Einen einzelnen Menschen unterhalten, das war so viel schöner als hundert Leute.

»Du gehst zu Blind Dates?«, fragte er. »Ist ja verrückt. So jemand Berühmtes wie du?«

Azime schüttelte den Kopf. »Ich bin nicht berühmt. Außerdem hat meine Mutter sich das ausgedacht. Sie will mich unbedingt verheiraten. Egal, mit wem. Alter, Größe, Bauchumfang, Sehstärke – alles egal, solange er nur aus der Nähe des türkischen Dorfes stammt, wo meine Eltern geboren sind, sagen wir einen Eselsritt entfernt. Da kann man nicht gerade sagen, dass sie das Netz weit auswirft.«

Emin lehnte sich wieder interessiert vor. »Und war jemand Brauchbares darunter?«

»Es heißt ja, früher oder später kommt der Richtige, oder? Ich glaube, meiner ist unterwegs überfahren worden.«

Emin lachte schon wieder. »Dann mach's doch einfach nicht mehr. Hör auf.«

»Hab ich auch vor. Mir gehen langsam die Keller aus, in denen ich die Leichen verstecken kann. Wie ist es mit dir? Bist du verheiratet?«

»Liebe Güte, nein.«

»Freundin?«

»Nein.«

»Also schwul?«

»Nein.«

»Vegetarier?«

»Nein. Ha!«

»Vorbestraft?«

»Negativ. Negativ.«

»Und du stammst nicht von einem Planeten mit einer Atmosphäre wie der unseren, auf dem Leben, wie wir es kennen, möglich ist?«

»Fast. Aus Hounslow.«

Jetzt lachten sie beide. Seine Augenbrauen trafen sich in der Mitte, wenn er lachte. Echt süß.

»Du musst schwul sein. Nur schwule Männer verabreden sich zu einem schicken Essen mit *einem Freund*.«

»Kann ich mal was anderes fragen? In dem Clip, da hast du nicht viel über deine kurdische Herkunft gesagt.«

»Ich habe auch so schon genug Ärger.«

Emin lachte: »Aber du *bist* Kurdin. Ich bin selbst Türke. Ich würde gern hören, was du zu sagen hast.«

»Ich bin weder Kurdin noch Türkin. Ich bin Britin.«

»Dann könntest du darüber sprechen, wie es ist, als Muslimin im heutigen Großbritannien zu leben. Solche Sachen. Ist nur so eine Idee. Mal ein bisschen Wirbel machen.«

»Du hast ja keine Ahnung.« Wer hatte diesen Kerl hergeschickt, um ihr zu sagen, was sie tun sollte?

»Nein, im Ernst. Ich glaube, du könntest da wirklich etwas Gutes tun«, sagte er.

»Klopf, klopf.«

»Wer ist da?«

»Eine kurdisch-muslimische Jungfrau im heutigen Großbritannien.«

»Eine kurdisch-muslimische Jungfrau im heutigen Großbritannien, die …?«

»Genau! ›Die *was*?‹ Wie geht's dann weiter? Außerdem, wenn ich an mein eigenes Leben denke, erstarre ich einfach. Es ist so ziemlich das Gegenteil von witzig.«

»Du bist also Single?«

»Hat der Papst einen blöden Hut auf? Mehr als nur unverheiratet, unverheiratbar, der totale Ladenhüter. Jedenfalls wenn's nach meiner Mutter geht.«

»Wie du deine Eltern in deiner Nummer beschreibst, klingen sie ganz nach alter Schule.«

»Vorschule.«

Emin lachte laut.

»Die würden am liebsten *Trautes Heim, Glück allein* auf Kurdisch spielen: kein Sex vor der Ehe und in der Ehe erst recht nicht. Ich darf nicht einmal daran denken, wie ein Mann aussieht. Meine Mutter sagt, einen Ehemann aussuchen, das ist, wie wenn man ein Motorrad kauft. Beim Kauf schaut man nur aufs Aussehen, doch was später zählt, sind Zuverlässigkeit, Sparsamkeit im Verbrauch und der Komfort. Wird von mir also erwartet, dass ich meinen Ehemann danach aussuche, wie viel Treibstoff er verbraucht und ob ich weich auf ihm sitze?«

Emin brüllte vor Lachen, mit offenem Mund, warf den Kopf in den Nacken: Nase, Stirn, ja sogar die Ohren schienen mitzulachen.

»Wow. Du bist *echt witzig*!«, japste er. »Du bist so witzig! Einfach klasse.«

Überrascht über diese neuerliche Bestätigung ihres Talentes, konnte sie ihn nur anstarren. Aber zeigen wollte sie diese Überraschung nicht.

Emin blickte über ihre Schulter. »Er geht.«

Als Azime sich umdrehte, sah sie den echten Ehekandidaten mit eiligen Schritten den Raum durchqueren und durch die Glastür auf die Straße treten. Dort blieb er stehen, um vor dem Fenster seine Jacke zurechtzuziehen, kaum einen Schritt von der Stelle entfernt, wo sie saß, so dass sie ihren Beinahe-Ehemann jetzt ganz aus der Nähe studieren konnte: ein Mann über fünfzig, vermutlich Witwer, aus einfachen Verhältnissen, der billigen Lederjacke nach zu urteilen, deren Reißverschluss er zum Schutz gegen die Kälte nun bis zum Kinn hochzog. Ein dicker Saddam-Hussein-Schnurrbart wölbte sich über die volle, leicht herabhängende Unterlippe. Azime stützte das Kinn in die Hände. Anscheinend eine Seele von Mensch. Plötzlich hatte sie das Gefühl, dass sie hier einen Mann mit einem guten Herzen vor sich hatte, jemanden, der ebenfalls bereit war, sich mit dem Bodensatz zufriedenzugeben.

»Ich bin ein schrecklicher Mensch.«

Emin winkte ihm nach. »Weg ist er. Adieu, Misjö.«

Azime nahm die Hände vom Gesicht. Der junge Mann sah dem Heiratskandidaten nach. Sie selbst blickte jetzt nur noch den jungen Mann an, in dessen Augen sie sich endlich ihr eigenes, weitaus älteres Spiegelbild vorstellen konnte, eine glückliche alte Frau, in deren eigenen Augen noch immer die Flamme der alten Leidenschaft loderte.

Als sie wenig später wieder zu Hause ankam, war ihr Vater außer sich vor Zorn und Verwirrung und stellte sie zur Rede. Er wollte ihr erzählen, was er gerade erlebt hatte. Sie hatte einen Brief bekommen. Persönlich zugestellt. Er hatte ihn aufgemacht. Er streckte ihn ihr jetzt hin.

»Ein Brief?«

Erst vor einer Stunde hatten Aristot und Sabite sich noch gegenseitig versichert, dass Azime, wenn die Verabredung mit dem Heiratskandidaten schlecht ausgegangen wäre, bereits zu Hause sein müsste. Als sie ein Geräusch an der Haustür hörten, dachten sie, das sei Azime, und hofften auf gute Nachrichten. Aristot war schon im Flur – bereit, mit Azime über *Couchgarnituren* zu reden, diesen geheimen Ordner auf dem Computer, der jetzt nicht mehr geheim war. Dieses Thema machte ihn nach außen hin wütend, dabei hatte er sich doch darüber amüsiert, was er dort gelesen hatte. Der Messingdeckel am Briefkasten klapperte, ein Brief wurde durch den Schlitz geschoben und fiel vor Aristots Füßen auf den Boden.

Aristot hatte keine Bedenken, einen an seine Tochter gerichteten Brief zu öffnen, erst recht nicht, wenn dies ein persönlich eingeworfener Brief ohne Briefmarke war! Welcher Vater würde unter solchen Umständen nicht genauso handeln? Aber der Umschlag enthielt nur eine Karte. Darauf stand in großen roten Lettern:

HÖR AUF ODER DU STIRBST. LETZTE WARNUNG.

Jeder Buchstabe war aus einer anderen Zeitschrift ausgeschnitten. Unten auf der Karte klebte ein gelber Smiley.

Aristot riss die Haustür auf – niemand da. Er stürmte hinaus auf die Straße und blickte nach links und nach rechts. Auch da war niemand zu sehen. Das konnte doch nicht sein. Vielleicht hatte ein Nachbar den Brief eingeworfen und war sofort wieder in seinem Haus verschwunden? Aber dann konnte es keiner von den unmittelbaren Nachbarn sein – jedenfalls weder aus Nummer 14 (dort lebte ein gehbehinderter Rentner) noch aus Nummer 18 (derzeit unbewohnt).

Vor die Wahl gestellt, in welche Richtung er laufen sollte, entschied Aristot sich für die Seite, auf der schneller eine Querstraße kam. Sein massiger Körper bewegte sich mit einer Geschwindigkeit, zu der er sich selten veranlasst fühlte. Als er die Ecke erreichte, sah er nur eine ruhige Straße, die bis auf eine einsame Gestalt, die in etwa hundert Schritt Entfernung einen störrischen Motorroller zu starten versuchte, völlig menschenleer war. War das der Übeltäter?

Als Aristot keuchend näher kam, gab der Bursche seine Startversuche auf, stellte das Fahrzeug in aller Seelenruhe ab und ging weiter die Straße hinunter, wobei er lässig mit dem Schlüsselbund jonglierte. Keinerlei Anzeichen von Panik in seinem Verhalten. Schuldbewusstes Verhalten sah anders aus. Der Mann, der immer noch einen Sturzhelm auf dem Kopf trug, würde vermutlich jeden Augenblick in einem Hauseingang verschwinden. Aber als er das nicht tat, nahm Aristot die Verfolgung auf und beschleunigte seine Schritte. Als er selbst auf die Höhe des Gefährts kam, einem alten Motorroller mit 50 Kubikzentimetern, bog der Fahrer gerade um die Ecke und verschwand.

Das konnte unmöglich der Mann sein, schloss Aristot. Nein, der perverse Postzusteller war ihm entwischt; er musste vom Haus der Familie Gevaş aus blitzschnell in die andere Richtung gelaufen sein. Das Gefährt war einfach nur ein alter Motorroller. Aber irgendetwas stimmte nicht. Nur was? Aristot kam nicht drauf. Na, egal. Er machte sich auf den Heimweg, überzeugt, dass er gescheitert war; doch nach zehn Schritten blieb er stehen. Er kehrte noch einmal um und musterte das Fahrzeug erneut, bis ihm schließlich aufging, was daran nicht stimmte. Es hatte kein Nummernschild. Und wer fuhr einen Motorroller ohne Nummernschild? Ein Verbrecher. Dieser Motorroller gehörte mit größter Sicherheit dem Absender des Briefs. Es passte alles zusammen. Als das Ding nicht angesprungen war und der Mann den unverkennbar muslimisch gekleideten Aristot näher kommen sah, hatte er begriffen, dass er womöglich geschnappt würde. Deshalb hatte er den Motorroller einfach stehen lassen, darauf geachtet, dass er dabei ruhig wirkte, und wohl darauf vertraut, dass Aristot das fehlende Nummernschild nicht bemerken würde. Aber sein Plan war nicht aufgegangen. Aristot war ein aufmerksamer Beobachter. Welche Hinweise konnte dieses Fahrzeug noch auf die Identität seines Besitzers geben? Aristot packte den Roller und schob ihn langsam nach Hause.

Jetzt, in der Küche, berichtete Aristot seiner Tochter von diesen Vorfällen und verlangte, dass sie ihm alles sagte.

»Alles! Morddrohungen? Was noch? Was gibt es sonst noch, wovon ich nichts weiß? Was hast du getan, um die Aufmerksamkeit eines Mörders auf dich zu ziehen? Sag es mir. Alles. Jetzt sofort.«

Aber mit der Wahrheit ist es wie mit einer Fremdsprache: Nur durch regelmäßige Praxis wird man gut. Und Azime hatte ihre wahren Gefühle schon seit längerer Zeit für sich behalten, so dass sie um ehrliche Worte ringen musste. Sie wusste, was sie ihren Eltern sagen wollte, aber ihr fehlten die Worte, Worte, die sie wirklich verstehen würden.

Sie begann mit ihrem ersten Auftritt als Profi. Dann berichtete sie von ihrer heimlichen Freundschaft mit Deniz. Und noch bevor sie ihre Eltern aus ihrer Verwirrung erretten konnte, erzählte sie von dem schrecklichen Angriff auf Deniz' Wagen und allem, was darauf gefolgt war. All dem lauschten ihre Eltern mit zunehmender Wut, nicht in erster Linie über das wenige, was sie verstanden, sondern über das viele, was ihnen unverständlich blieb.

Von so viel Englisch erschöpft, suchten Aristot und Sabite Zuflucht im kurdischen Dialekt ihrer Jugend. Sie verständigten sich mit den energischen Handbewegungen, die seit tausend Jahren zu ihrer Muttersprache gehörten – Fäuste geballt, Fäuste geöffnet, Handflächen aneinandergelegt, Fingerspitzen aneinandergelegt, Hände als Messer, als Pfeil, als Bürste, als Axt; an die Ohren gelegt als Ohrschützer, als Kappe, als zehnfingrigen Schleier –, und so entwickelten sie in einer Oper aus Gesten ihren Plan.

Es wurde mehr oder weniger beschlossen, dass der Fall Azime intern gelöst werden müsse. Keine Polizei. Die Lösung musste aus der kurdischen Gemeinde kommen, die alten Stammes- und Familienbeziehungen mussten sie herbeiführen. Die ersten Anrufe gingen an Raza und Omar, die fast millionenschweren Autohändlerneffen, die als Generäle ihren Dienst in dieser Schlacht gegen die Kräfte tun würden, die das Leben einer Gevaş bedrohten. Als Nächstes würde der Familienrat tagen.

In der Zwischenzeit sollte Azime noch einmal von vorn anfangen, alles von Anfang an erzählen, im Detail und in einer viel besseren Sprache: ihnen erzählen, wie sie es geschafft hatte, in so kurzer Zeit eine solche Katastrophe aus ihrem Leben zu machen.

Das Treffen fand am nächsten Morgen statt. Omar und Raza lauschten aufmerksam und nickten; in den offenen Kragen ihrer Oberhemden blitzten Halsketten, an den Handgelenken teure Armbanduhren. Aus ihren hochgeschobenen Manschetten reckten sich behaarte Unterarme. Diese beiden Burschen, von Jugend an gerissene Aufsteigertypen, hatten sich gegen Banden behauptet, die darüber entscheiden wollten, wer in ihrem Viertel reich wurde und wie reich. Inzwischen zahlten sie niemandem mehr Schutzgeld. Sie waren ihre eigenen Herren. Jeder in Green Lanes kannte Omar oder Raza oder beide.

»Der Motorroller hat eine Fahrgestellnummer«, erklärte Raza. »Da setzen wir an. Wir telefonieren ein bisschen rum. Vielleicht kriegen wir so einen Namen raus, eine Adresse, aber vielleicht auch nicht. Der Roller ist höchstwahrscheinlich geklaut. Nur ein Vollidiot würde seinen eigenen Motorroller dafür nehmen.«

Die versammelte Familie Gevaş starrte ihn an.

»Wie lange? Wie lange wird das dauern?«, wollte Aristot wissen.

Raza warf dem zwei Jahre älteren Omar einen Blick zu, aber der zuckte nur mit den Schultern, schob seinen Hintern direkt vor Azime auf den deckchenverzierten Couchtisch und redete mit leiser, besonnener Stimme auf sie ein. Wer aus ihrem Bekanntenkreis wäre zu so etwas fähig? Steckte am Ende dieser Deniz dahinter? Okay, wenn nicht er, wer dann? Denk nach, denk nach.

Aber Azime fiel niemand ein. Es kam praktisch jeder in Frage, jeder, der ihren Auftritt oder den Clip auf YouTube gesehen hatte und einen mörderischen Hass auf eine junge Frau hegte, die nur das tat, was ihr Menschenrecht war. Wie viele hasserfüllte Menschen gab es da draußen, wie lang war die Liste von ganz gewöhnlichen Menschen, die bereit waren, einer jungen Frau Säure ins Gesicht zu schütten, das Auto, in dem sie mit ihren Schwestern saß, in einem Kanal zu versenken oder sie kurzerhand vom Balkon zu werfen, wenn sie ihnen lästig wurde? Vielleicht fünf, vielleicht aber auch fünfhundert allein in London und Umgebung – woher sollte man das wissen? Der Grund für einen derartigen Hass, davon war Azime überzeugt, war der, dass Menschen, denen ein schönes Leben versagt blieb, nichts mehr hassten, als mit anzusehen, wie jemand, dem es eigentlich noch dreckiger gehen sollte, ein schönes Leben bekam. So etwas brachte die göttliche Weltordnung ins Wanken, genau die Weltordnung, die bestimmte, dass Mäuse niemals brüllen durften.

Deniz war fleißig gewesen. Er platzte fast vor Aufregung, als er Azime sah. Es gab Neuigkeiten. Er hatte gerade eine Morddrohung erhalten. »Dabei hab ich nichts weiter getan, als eine Nachricht zu posten. Ich kann sie dir zeigen: ›Ich muss mich für meinen letzten Witz entschuldigen. Ich wollte damit niemandes Gefühle verletzen. Ich habe ihn jetzt gelöscht. Tut mir leid.‹«

»Was für ein Witz?«, fragte Azime.

»Es hat nie einen *gegeben*.«

»Versteh ich nicht.«

»Der Witz war, dass gar kein Witz da war. Ich hab mich einfach nur für etwas entschuldigt, das es nie gegeben hat. Das ist der ganze Witz.«

»Kapier ich nicht. – Wieso solltest du dann eine Morddrohung bekommen?«

»Aber das ist es doch gerade. Sachen müssen überhaupt nicht existieren, damit die Leute glauben, dass es sie gibt. Komm, ich erzähl dir, wie das gelaufen ist.«

Er setzte sich in seinen speckigen Sessel, mal wieder ganz der Fürst der Erwerbslosen.

»Nachdem ich meine Nachricht getwittert hatte, haben mir ein paar von meinen Comedy-Kumpels mit so Zeug geantwortet wie: ›Der Witz war echt eine Zumutung. Voll daneben. Du solltest dich schämen‹, oder: ›Diesmal bist du wirklich zu weit gegangen, Deniz. Ich nehme deine Entschuldigung NICHT an.‹ Das hat eine Lawine ausgelöst. Andere sind auf den Witz eingestiegen. Und dann wurde es übel, richtig übel. Einige Leute haben den Witz nicht kapiert und tatsächlich geglaubt, ich hätte was Beleidigendes gesagt. Und das hat sich in Windeseile rumgesprochen. Bestimmt, ganz bestimmt musste ich was richtig Schlimmes gesagt haben. Die ganze Aufregung musste schließlich einen Grund haben, 'stehst du? Kein Rauch ohne Feuer. Ein Typ hat sogar behauptet, er hätte den Witz gelesen und es sei ein Angriff auf sämtliche Gläubigen und religiösen Menschen in aller Welt gewesen; Leute wie mich müsse man zum Schweigen bringen. Vielleicht war das ja auch ein Witz, aber das hat dann keiner mitgekriegt. Danach gab's kein Halten mehr. Ich hätte etwas Unverzeihliches gegen die Religion gesagt, da waren sich alle einig. Es war unglaublich. Mittlerweile habe ich sogar Tweets von professionellen Liberalen gekriegt, die mich für meine Tapferkeit beglückwünscht und mir ihre moralische Unterstützung angeboten haben. Das hat das Fass zum Überlaufen gebracht. Als die Liberalen erst mal angefangen haben, mich dafür zu beglückwünschen, dass ich mein Recht auf Redefreiheit wahrgenommen habe, ging es los mit den Hassbotschaften. Echt übles Zeug. Und ich hab nur dagesessen und zugesehen, wie die Lawine immer größer wurde, unglaublich, bis es war, als ob eine Riesenwutwelle auf mich zurollt… und dann, Bingo, meine erste Morddrohung.«

Er zeigte Azime sein Handy.

Jemand sollte diesen Deniz kaltstellen. Endgültig.

Azime wandte ein, das könne einfach nur heißen, dass jemand Deniz' Tweets aus dem Netz nehmen solle, aber Deniz erklärte ihr – immer noch in heller Aufregung, immer noch mit einem Lächeln –, sie solle weiterlesen.

Ganz meine Meinung. Man sollte ihm ein für alle Mal das Maul stopfen.

Und dann schließlich:

Ich kenne ihn. Ich nehm das in die Hand!!!!!!

Deniz war selig: »›Ich nehm das in die Hand.‹ Wie geil ist das denn? Und guck mal, wie viele Ausrufezeichen. *Sechs* Stück! Wer macht denn sechs Ausrufezeichen, wer außer Teenagern, die sagen, ihre Pyjamaparty wird super!!!!!! Kannst du dir einen Extremisten vorstellen, der sechs Ausrufezeichen macht? Ich sag dir, die stehen für sechs Kugeln. Oder sechs Messerstiche in die Brust. Ist das nicht hammergeil?«

Azime war entsetzt. »Wie kannst du über so was Witze machen? Du lächelst ja!«

»Weil's so typisch ist für die Zeit, in der wir leben, 'stehst du? Es ist nur ein Tweet. Müll, totaler Schwachsinn. Niemand schickt einen Ninjakrieger los, der mich umlegen soll, weil ich irgendwas getwittert habe. Das sind einfach nur

Leute, die sich zu Tode langweilen und versuchen, ihren ganzen Frust und ihre ganzen verdrängten Gefühle auf die Welt loszulassen, und das in Nachrichten, die nicht mehr als hundertvierzig Zeichen haben, 'stehst du? Die Tatsache, dass ich mich entschuldigt habe, dass ich in die Knie gegangen bin, war schon genug, um mich in Grund und Boden zu verdammen. Meine Entschuldigung hieß, dass man mir nicht verzeihen sollte, nicht verzeihen *konnte*. Entschuldigungen sind out. Und wenn's doch einer tut, muss er sterben. Wer sich entschuldigt, muss sterben.«

Deniz holte tief Luft. »Also, Mädchen!« Er schüttelte den Kopf mit der Ernsthaftigkeit eines Philosophen, auf dessen Schultern neben seinen eigenen Sorgen die der gesamten Menschheit lasten. »Wir leben heute in einer Welt, in der sogar die Vegetarier ihr Pfund Fleisch fordern.«

Deniz war fertig. Er lehnte sich zufrieden in seinem Sessel zurück und nippte an einer Tasse mit kaltem Kaffee – wann hatte er den gekocht; heute Morgen, womöglich schon gestern oder letzte Woche?

»Und jetzt?«, fragte Azime.

»Wie jetzt?«

»Was hast du jetzt vor?«

»Die Polizei verständigen.«

»Die Polizei?«

»Ich verlange Polizeischutz. Klare Sache. Jedes Arschloch kriegt heute Polizeischutz, warum dann nicht ich? Bei der Weltmeisterschaft standen ein Schiedsrichter und ein Linienrichter unter Polizeischutz. Punkt eins. Diese alte Frau, die ihre Katze in die Mülltonne gesteckt hat, hat Polizeischutz gekriegt, nachdem Tausende auf Facebook ihren Kopf gefordert haben, weil sie ihre Mieze um die Ecke gebracht hat. Punkt zwei. Und ein türkischer Typ in Deutschland hat ihn gekriegt, weil er sich beschwert hat, seine Frau sei unersättlich, und er könnte deswegen nicht schlafen. Polizeischutz. Ich werd drauf bestehen. Einmal Rushdie komplett. Nicht mehr und nicht weniger. Zwei Bullen vor meiner Tür und Begleitschutz, wenn ich mir 'ne Tüte Milch kaufen geh. Das ist mein großer Augenblick. Auf den hab ich mein ganzes Leben gewartet, und ich werd ihn nach Kräften ausnutzen, im Namen aller Ausgenutzten dieser Welt. Die Presse habe ich auch schon angerufen.«

»Deniz!«

»Ich warte auf einen Rückruf vom *Guardian,* von dem Typen, der die Besprechung geschrieben hat. Ich hab ihm was auf den Anrufbeantworter gesprochen. Mal sehen, was draus wird. Was mit mir passiert, wirft ein bezeichnendes Licht auf unsere ganze moderne Kultur. Die Welt ist verrückt. Total verrückt.«

Azime konnte das Lachen nicht unterdrücken. Es war, als mache sich all ihre aufgestaute Anspannung in diesem Augenblick Luft angesichts der großartigen Verrücktheit eines Ali Bin Ramezanzadeh. Im Vergleich zu Deniz' Reaktion auf die Schwierigkeiten, die ja dieselben wie ihre waren, erschien ihr ihre eigene Reaktion übertrieben. Sie war in die Falle der Ernsthaftigkeit getappt. Deniz führte ihr das vor Augen. Der geniale Deniz, der durchgedrehte Deniz, der heilige Deniz, der nie vergaß, dass man lachen musste, was auch immer geschah.

»Vergiss nicht«, riet er ihr, »dass man auf der digitalen Autobahn mit einer Kriechspur rechnen muss, die allein den schweren, mit Scheiße beladenen Monstertrucks gehört.«

Auf dem Weg zur Polizeiwache bemühte sich Deniz nach Kräften, Azime davon zu überzeugen, dass sie wieder auftreten müsse. »Berühmtsein verändert dich nicht.«

»Ach nein?«

»Es bringt nur zum Vorschein, wer du wirklich bist. Wenn Berühmtsein jemanden plötzlich zum Arschloch macht, dann war der schon immer ein Arschloch. Er hat es nur versteckt.«

»Können wir das Thema wechseln?«

»Du darfst einfach keine Angst davor haben, berühmt zu sein. Du kannst dich vor allem fürchten, nur nicht vor dem Berühmtsein. Berühmtsein bedeutet Anerkennung. Und Anerkennung bedeutet einfach, dass du etwas tust, was andere nicht können oder nicht selbst tun wollen. Frag Kirsten. Du musst mit Kirsten reden. Erzähl ihr, was passiert ist. Und danach rufst du mich auf dem Handy an. Ich hatte nämlich einen Anruf von... halt dich fest... von Manny Dorfman.«

»Wer ist Manny Dorfman?«

»Wer Manny Dorfman ist?«

»Wer ist Manny Dorfman?«

»Nur der wichtigste Comedy-Veranstalter in London. Ein alter Jude. Kennt jeden, macht alles möglich. Er hat nach dir gefragt. Hat von dir gelesen. Ich hab gesagt, ich ruf ihn zurück. Aber dann bist du nicht mehr ans Handy gegangen.«

»Ich habe eine neue Nummer.«

»Mann, du wechselst deine Telefonnummer so oft, wie ich die Unterwäsche wechseln sollte. Genau genommen, sehr viel häufiger. Also, bevor du aus dem Auto steigst, gibst du mir deine neue Nummer. Ich bin schließlich dein Manager, vergiss das nicht.«

Vor der Polizeistation sah Azime zu, wie Deniz die breite Steintreppe hinaufstieg, wild entschlossen, aus einem kleinen Zwischenfall nach Möglichkeit eine landesweite Sensation zu machen. Sie wollte nicht mitgehen. Sie wollte nicht, dass man ihr ebenfalls Fragen stellte oder dass Deniz vor den Beamten ausplauderte, dass auch sie bedroht worden war, und das sehr viel massiver als er. Auf der obersten Stufe drehte er sich um und winkte mit einem breiten Grinsen.

Dann kam Azime etwas anderes in den Sinn: das tote Mädchen, umgebracht von der eigenen Familie; umgebracht, wie es diese jungen Männer vor dem Comedy-Club, die auf das Dach von Deniz' Clio gesprungen waren, mit ihr hätten tun können, genau wie es andere ihr in diesem Augenblick wünschten. Dann dachte sie an die Botschaft ihrer Mutter, die Zeki ihr gesimst hatte, als sie von zu Hause weggelaufen war: dass sie, wenn sie jetzt weglief, für ihre Mutter für immer tot sein würde. Und dann an die Morddrohungen im Internet, an die Karte, die jemand bei ihr zu Hause in den Briefkasten geworfen hatte. In welchem Jahr lebte sie? Nicht 1363. Nicht achtzehnhundert-irgendwas. Nein, im 21. Jahrhundert. Konnte das stimmen? Wie wenig hatten endlose Jahrhunderte bewirkt, wenn auf jeden Verstoß gegen die Regeln immer noch die gleiche Höchststrafe stand?

Seit Zekis Ohrfeige waren nun schon Wochen vergangen.

Nicht, dass er weich geworden wäre oder seine Einstellung geändert hätte, aber seine ältere Schwester hatte sich in den letzten Tagen so gut benommen, dass es ihm, wenn er sie geschlagen hätte, irgendwie – wie sollte er sagen? extrem? überflüssig? – vorgekommen wäre.

Allein die Szene, die er jetzt von der Wohnzimmertür aus beobachtete. Wie Azime auf der Couch saß und Döndü dabei half, das Kopftuch für die Schule zu binden. Zeki hätte Döndü dabei nicht zur Hand gehen können. Er hatte Wert darauf gelegt, *nicht* zu lernen, wie solche Frauenangelegenheiten funktionierten. Er hatte keine Ahnung, wie man ein einfaches Stück Stoff so drapieren konnte, dass es ein Gesicht attraktiv einrahmte. Er hatte auch nicht gewusst, dass Azime, die sich schon vor langer Zeit entschieden hatte, den Hidschab nicht zu tragen, diese Technik trotzdem noch so gut beherrschte. Döndüs hübsches ovales Gesicht kam dadurch so gut zur Geltung, dass sie vielleicht gerade deswegen nach Ablauf ihres Probemonats in ein paar Tagen den Schleier nicht wieder ablegen würde. Das schien ihm doch zu zeigen, dass die Familie Gevaş *mit* Azime besser war als ohne.

Keine Frage, diese Morddrohung hatte Wunder gewirkt. Sie hatte alle Charakterfehler seiner Schwester ausgebügelt. Manche Leute, so schloss er, brauchten offenbar ein deutliches Warnsignal.

Aber es war auch einfach schön, dass Azime zurück war. Das Haus sprühte jetzt wieder vor Energie. Die Grabesstimmung während ihrer Abwesenheit hatte ihn deprimiert, die Tage, an denen er mit seinen missmutigen Eltern allein und sogar Döndü bedrückt gewesen war, so dass es keinen Streit beim Essen gegeben hatte, keine wütenden Fausthiebe auf den Tisch, keinen Verstoß gegen die Regeln, keinen Grund für seine Mutter, auf ein Zimmer im ersten Stock zu zeigen und zu rufen: »Zehn Tage, zehn Tage.« Eintönig und öde. Langweilig. Kein Vergnügen, ein Gevaş zu sein.

Allerdings hatte er nicht vor, seiner älteren Schwester zu zeigen, wie dankbar er war. Immer schön cool bleiben, damit sie nur ja nicht vergaß, wer hier das Sagen hatte. Als sie mit Döndüs Kopftuch fertig war und ihn ansah, drehte er sich lieber um und ging weg.

Was sollte er jetzt mit dem Tag anfangen, einem Tag, an dem er eigentlich für seine Abschlussprüfungen hätte lernen müssen, die bedrohlich näher kamen wie ein wütender Pitbull. Er schnappte sich seine Jacke und machte sich auf den Weg zu den Jungs.

Er fühlte sich heute nicht gut. Es hatte etwas mit Azime zu tun, mit der Tatsache, dass ein Fremder ihm seinen Job als Bestrafer wegnehmen, dass jemand, der *nicht* zur Familie Gevaş gehörte, noch weitaus mehr tun wollte, als Azime zu schlagen – jemand wollte sie umbringen! Das konnte er nicht zulassen.

Zekis Kumpel, seine Gruppe kurdisch-sunnitischer Brüder, waren Schulfreunde, fünf Jungs, die sich regelmäßig hinter dem Teppichgeschäft von Sepis Vater trafen. Dort hatten sie einen kleinen Raum für sich, in dem es nach Teppichen roch, wenn nicht der Tabakrauch der älteren Männer im Nebenzimmer alle anderen Gerüche überlagerte. Hier konnten die jungen Männer reden, über Politik und den Koran diskutieren, über Mädchen, über lokale Ereignisse und die kleinen Schnurrbärte, die auf ihren Oberlippen sprossen.

Zeki war in der Gruppe derjenige, der am ehesten den Titel Anführer verdiente, der Erste, der sich als Mann bezeichnet hatte. Ihm gefiel der Gedanke, wie viel Macht diese

kleine Gruppe hatte. Zusammen waren sie stark. Die flecken-
lose Reinheit ihrer Gemeinschaft rührte ihn. Sie war frei
vom Makel der Illoyalität, und wenn es Meinungsverschie-
denheiten gab, dauerten sie nie länger als ein paar Augenblicke. Es war, als bildeten sie einen einzigen Organismus,
in dem der Virus eines eigenständigen Gedankens sofort von
Antikörpern angegriffen und außer Gefecht gesetzt wurde.
Sie existierten, damit Gott sich ihrer bedienen konnte, aber
solange göttliche Anweisungen ausblieben, dienten sie einander.

Zeki sprach entschlossen: »Meine Brüder, wir müssen was
unternehmen. Jemand hat gedroht, dass er meine Schwester
kaltmachen will. Wir müssen rausfinden, wer dieser Jemand
ist. Und ihn ausschalten.«

Ismail: »Sie kaltmachen – wieso denn?«

»Wegen dieser Comedy-Geschichte. Erst hat sie eine SMS
gekriegt, und dann hat jemand einen Brief bei uns eingeworfen. Da stand drin, dass er sie kaltmachen will.«

Kemal: »Wenn du mich fragst, Zeki, dann hat sie es nicht
anders verdient.«

Zeki stand hastig auf, durchquerte mit drei Schritten
den Raum, packte seinen Freund, zog ihn hoch und brüllte
»*Ananin Ami!*«, dann schlug er ihm ins Gesicht. Es war
nicht das erste Mal, dass Zeki eine dämliche Bemerkung mit
dem Fluch »bei der Fotze deiner Mutter« quittierte, aber es
war das erste Mal, dass er einen seiner Freunde ins Gesicht
schlug. Mit der flachen Hand ausgeführt, traf der Schlag
nicht mit voller Wucht, aber er reichte immerhin aus, um
Kemals Gesicht zur Seite zu schleudern, und als Zeki erneut
ausholen wollte, wurde er von den anderen umringt und

fortgezogen, weg von seinem verblüfften Bruder, der mit weit aufgerissenen Augen dastand.

»Nimm das zurück!«, schäumte Zeki. »Verdammt noch mal, du sollst das zurücknehmen!«

Kemal gab sofort klein bei: »Meinetwegen. Ich nehme es zurück. Aber du hättest mich nicht schlagen sollen, Bruder.«

Insgeheim war Zeki über seine eigene Reaktion überrascht, denn als er zum ersten Mal von der Morddrohung gegen Azime gehört hatte, hatte er selbst gedacht: ›Na, kein Wunder, dass sie jetzt jemand umbringen will.‹ Er verstand den Zorn derer, die es für ungehörig hielten, wenn eine muslimische Frau in einem billigen Comedy-Schuppen auftrat. Und er war selbst wütend gewesen, ganz zu schweigen von dem Stachel der Schande. Und selbst als ihnen die Morddrohung in Form dieses Briefes ins Haus geflattert war, hatte ihm eine innere Stimme gesagt, dass Azime damit rechnen musste; sie hätte es voraussehen können, hätte wissen müssen, dass sie eine so extreme Reaktion auslösen würde. Schließlich hatte es nie zuvor eine muslimische Frau gewagt, als Komikerin auf die Bühne zu treten. Glaubte sie etwa, dafür gebe es keine Gründe? Da konnte man die Schuld doch nicht nur bei denen suchen, die sich beleidigt fühlten. Sie hatte schließlich angefangen, und jetzt musste sie die Suppe eben auslöffeln. Wer mit dem Feuer spielt…

Andererseits: Als Kemal, einer von Zekis eigenen Brüdern, plötzlich laut aussprach, dass Azime den Tod verdiente, war das eine ganz andere Sache. Mit einem Mal war die Vorstellung, Azime könnte tatsächlich umgebracht werden, ganz real, direkt greifbar und erschreckend. »Sag so was ja nie wieder, verdammt!«, herrschte er Kemal an.

Kemal rieb sich den frischen roten Stern auf der Wange. Natürlich wolle er sich entschuldigen. Er habe es nicht so gemeint, sagte er kleinlaut. Es sei alles in Ordnung. Er würde es nie wieder sagen. Und dann meldeten sich auch die anderen zu Wort, redeten beruhigend auf Zeki ein. Natürlich hätte Azime das nicht tun dürfen, da waren sich alle einig, aber den Tod hatte sie nicht verdient, nicht einmal diese Belästigungen. Und wenn tatsächlich jemand bei der Familie Gevaş zu Hause aufgekreuzt war, dann war das ein Angriff auf die gesamte Gemeinde. Ein Angriff. Was die Gruppe jetzt tun konnte – nun, sie würden ihrem Bruder Zeki helfen herauszufinden, wer der Absender dieser Morddrohung war. Sie würden schon rauskriegen, wer zu Gewalt gegen Azime aufrief, und ihn zum Schweigen bringen.

»Okay«, nahm Zeki den Faden wieder auf. »Hört euch um. Vielleicht tut ihr ja so, als ob ihr selbst nicht glücklich seid über Azimes Verhalten, oder ihr sagt, dass euch das echt wütend macht… sollte manchen von euch ja nicht besonders schwerfallen… und passt auf, wer euch ein bisschen zu eifrig zustimmt. Auf die Weise kriegen wir das Arschloch.«

Damit gab er Kemal zum Spaß einen Klaps auf die andere Wange. Diesmal grinste sein Freund, klopfte Zeki auf die Schulter, und die beiden fielen sich in die Arme.

»Also abgemacht!«, fasste Zeki zusammen. »Wir sind im Krieg. Jemand hat unsere Gemeinschaft angegriffen. Verteidigen wir uns jetzt? Keiner krümmt unserer Schwester ein Haar.«

»Ich habe ein Date.«

Azime hatte ein Date. Eins, das sie selbst organisiert hatte.

Und erst nachdem ein ganzer Tag verstrichen war, erst, als die verabredete Stunde schon fast gekommen war, erst, als sie sich hübsch gemacht hatte und die Treppe herunterkam, sagte sie es ihren Eltern.

»Ein Date?«, fragte Aristot ungläubig und blickte von der Zeitung auf. »Was denn für ein Date? Was redest du da? Ein Date wo? Mit wem?«

»Er heißt Emin. Er ist Türke.«

Sabite starrte ihre Tochter an, stumm vom Widerstreit zweier Gefühle: Entsetzen bei dem Gedanken an eine Verbindung, die sie nicht geplant hatte, Verblüffung, dass es auch nur einen einzigen noch in Frage kommenden Mann in London gab, den der Ehevermittler ihr nicht vorgeschlagen hatte.

»Ich bleibe nicht lange. Wahrscheinlich wird es sowieso wieder eine Katastrophe.«

Und bevor Aristot und Sabite ihr verbieten konnten zu gehen, stakste Azime schon auf hohen Absätzen durch den Vorgarten davon. Aristot lief ans Fenster. Kein Auto wartete.

»Aristot! Aristot!«, schrie Sabite.

Aristot zögerte nur eine Sekunde: »Zeki!«

Die Londoner City bei Sonnenuntergang: Büroangestellte, die in die Vorstädte strebten – ihren Schlaf brauchten, bevor sie die Innenstadt vielleicht wieder neu lieben konnten. Diesem Massenexodus stemmte sich Azimes Bus auf der Edgware Road entgegen, kämpfte sich stadteinwärts. Am Marble Arch stieg sie aus, steuerte die kleinen Straßen jenseits von Little Arabia an und hielt Ausschau nach dem gemütlichen Restaurant, dessen Namen sie sich auf einem rosa Post-it-Zettel notiert hatte, der jetzt irgendwo in den Tiefen ihrer neuen, eigens für diesen Abend erworbenen Handtasche steckte.

Emin hatte bereits an einem Tisch am Fenster Platz genommen, und eine einzelne Kerze warf bernsteinfarbenes Licht auf seine Züge. Er studierte die Speisekarte. Azime klopfte außen an die Fensterscheibe, und wie eine Figur in einem Ölgemälde, die zum Leben erwacht, drehte er sich zu ihr hin und lächelte. Sie beugte sich vor, als ob sie ihn küssen wolle, hauchte aber nur auf die Scheibe, so dass sie wie in die Luft zwischen ihnen mit dem grünbehandschuhten Zeigefinger die Buchstaben ɣяяoƨ schreiben konnte – kein obskurer Ausdruck, den nur ein vorüberkommender Türke hätte entziffern können, sondern einfach nur die englische Entschuldigung in Spiegelschrift, so dass sie von drinnen zu lesen war. Wieder hatte sie sich verspätet.

Der Abend begann bestens. Sie bestellten Tee, das Gespräch wanderte wie von selbst vom Verkehr über das Wetter zur Lebensgeschichte. Mühelos. Alles. Sie hatte ja schon immer gewusst, dass es so sein sollte. Mühelos.

Doch dann schaute Azime zum Fenster hinaus. Ein junger Mann mit Kapuze stand auf der anderen Straßenseite und starrte in ihre Richtung.

Emin sah den Schrecken auf ihrem Gesicht und fragte: »Was hast du? Alles in Ordnung?«

Sie wollte gerade sagen, sie leide unter Verfolgungswahn, da trat der junge Mann ohne Rücksicht auf den Verkehr auf die Straße und kam direkt auf sie zu. Es schien ihn nicht zu kümmern, wenn man ihn erkannte, denn er schritt geradewegs in den Lichtkegel des Restaurants, bis an das Fenster, wo sein Gesicht nun nur noch Zentimeter von dem ihren entfernt war. Er starrte Azime an, bis bei jedem Atemzug die Scheibe beschlug.

»O nein«, stöhnte Azime.

Emin erhob sich halb von seinem Stuhl: »Was ist los, verdammt? Wer ist das?«

»Mein Bruder.«

Der Blick des Bruders wanderte von Azime zu Emin und wieder zurück zu Azime. Er gab ihr mit einer Daumenbewegung zu verstehen, sie solle nach draußen kommen. Azime schüttelte den Kopf. Daraufhin verschwand ein wütender Zeki vom Fenster und stand im nächsten Moment am Tisch.

»Verschwinde, Zeki«, befahl Azime.

Doch Zeki war hier, um Befehle zu geben, nicht um welche entgegenzunehmen. »Nach Hause.«

»Verschwinde.«

Emin trat vor. »Hi. Ich bin Emin. Und du – ?«

Als Antwort nur ein wütender Blick.

»Nach Hause. Sofort.«

»Ich sag's nicht noch einmal«, warnte ihn Azime. »Verschwinde.«

»Du kommst jetzt mit.«

»Nein. Tu ich nicht. Hau ab!«

Nach dieser Abfuhr bückte sich Zeki und packte Azimes neue Handtasche, deren Riemen sie im gleichen Moment zu fassen bekam. Doch er zerrte fester und riss sie ihr aus der Hand.

Zeki war rot vor Wut. »Steh auf, sonst zerr ich dich an den Haaren hier raus. Das weißt du genau.«

Emin war mindestens eine Handbreit größer als Zeki

mit seinen eins achtundsiebzig und trat nun dicht vor den jungen Mann. »Nein, ich glaube nicht, dass du das tust.«

»Das sind Familienangelegenheiten.«

»Falls du es nicht gemerkt hast – wir sind hier in einem Restaurant. Und deine Schwester und ich wollten uns etwas zu essen bestellen. Möchtest du uns vielleicht Gesellschaft leisten?«

Zeki wandte sich wieder an Azime: »Ich sag's dir nicht noch einmal.«

Mittlerweile verfolgten sämtliche anderen Gäste des Restaurants die Szene, und einige kräftiger gebaute Männer schienen im Begriff einzugreifen. Bevor es sich weiter zuspitzen konnte, stand Azime auf. »Augenblick nur. Ich bin gleich wieder da.«

Ohne ihren Mantel ging sie nach draußen. Zeki, der noch immer die Handtasche umklammert hielt und jetzt auch noch ihren Mantel griff, hatte zum Abschied noch eine Botschaft für Emin. »Verpiss dich. Sonst gibt's Ärger.«

Draußen auf der Straße nahm Azime sich ihren Bruder vor, die Wangen dunkelrot vor Wut und Scham. »Mir reicht's, endgültig.«

»Baba hat gesagt, ich soll dich nach Hause holen, egal wie. Und das mache ich.«

»Ich hab die Nase voll. Gestrichen voll!«

»So tun, als könntest du dich plötzlich benehmen, ich hab gleich gewusst, dass das nicht lange so geht, Azime. Das war nur Verstellung.«

»Wie kommst du dazu, mir zu sagen, wie ich mich benehmen soll? Du bist mein kleiner Bruder!«

»Komm!« Er wollte sie am Arm packen, aber sie schüttelte ihn ab.

»Weißt du, was du bist, Zeki? Ein verkorkster, verbitterter kleiner Junge, der kein eigenes Leben hat. Immer versuchst du die anderen runterzuziehen, damit es ihnen ja nicht bessergeht als dir. Ich komme nicht mit, ist das klar? In zwei Stunden bin ich wieder zu Hause.«

»Kein Wunder, dass die Menschen dir weh tun wollen.«

»Ja, das wollen sie wirklich. Und weißt du, warum? Weil ich selbständig denken kann. Solltest du auch mal versuchen, kleiner Bruder. Leb dein eigenes Leben – dann verstehst du vielleicht, dass andere auch ein eigenes Leben wollen.«

»Du weißt nie, wann du deine große Klappe halten sollst.«

»Sie kommt dir nur so groß vor, weil sie nicht sagt, was du gern hören willst.«

»Nein. Du hast eine viel zu große Klappe.«

»Meine Klappe ist nicht groß. Ich sage nie etwas. Mein ganzes Leben lang habe ich nie was gesagt. Du dagegen, du kannst sagen, was du willst. Ich muss die Klappe halten, sonst wirft mir einer einen Brief in den Briefkasten, mit Buchstaben, die er aus bescheuerten Zeitschriften ausgeschnitten hat.«

Sie machte sich auf den Weg zurück ins Restaurant.

»Warte nur, bis Baba dich in die Finger kriegt.«

An der Tür drehte sie sich noch einmal um. »Scheiß auf Baba.« Die Worte waren ihr herausgerutscht, bevor die Zensur eingreifen konnte.

Endlich ein Lächeln auf Zekis angespanntem Gesicht. Munition. »Das sage ich ihm.«

»Sag ihm… einfach nur, dass er dich mir nie wieder nachschicken soll. In zwei Stunden bin ich zu Hause.«

Sie kehrte zurück an ihren Tisch. Emin war immer noch da. In seiner Teetasse kreiste eine Zitronenscheibe.

»Netter Bursche.«

Später. Emin saß am Steuer.

»Ich bin mit meinen Eltern hergekommen, da war ich sieben«, erzählte er. »Es war ein Schock. Alles war so groß. Sogar das Gemüse. Das Gemüse war riesig. Die Paprika. Rot, gelb, grün. Riesig. Was mir am meisten fehlte, waren grün eingelegte Pfirsiche. Wir haben sie immer mit Honig gegessen. Grün eingelegte Pfirsiche, mhm! Meine Großmutter hatte sie das ganze Jahr über auf der Fensterbank. Mit Zellophan oben drüber, und binnen ein paar Wochen zog es sich zusammen und wölbte sich nach innen, fest gespannt wie eine Trommel. Ich habe immer mit den Fingerspitzen drauf herumgetrommelt. Dann sind sie eingerissen, und man konnte den Finger in den Saft stecken. Und dann das *ekmek*, o Mann! Da sucht man sein Leben lang nach genau diesem knusprigen, weißen Brot und findet nie wieder das richtige. Zu Hause in der Türkei bin ich immer zur Bäckerei ein paar Häuser weiter gelaufen und habe ein Brot geholt; das war dann noch warm. Wenn ich damit nach Hause kam und es war kein Ende angeknabbert, dann wusste Mutter, dass ich krank war, und ging mit mir zum Arzt.«

Azime lachte zum ersten Mal seit Zekis Auftauchen. Emin wollte wissen, was sie am liebsten aß.

»*Aşure*«, erwiderte sie. »Die *aşure* meiner Mutter.«

Emin nickte glücklich. Er kannte diesen porridgeartigen

Pudding gut. Er wurde aus Resten gemacht, und das Rezept ging der Legende nach auf Noah zurück, der es zur Feier der sicheren Landung seiner Arche – in der Türkei, auf dem Berg Ararat – als Festmahl gekocht hatte. Es war das Letzte, was Noah an Proviant an Bord hatte.

»Fühlst du dich eher als Brite oder eher als Türke?«, fragte Azime.

»Wenn ich Leuten erzähle, dass ich hier geboren bin, sagen sie: ›Aber Sie vermissen doch sicher die Türkei?‹«

Azime lachte. »Geht mir genauso. Die Leute fragen immer: ›Wie sieht es zu Hause aus?‹, und ich antwortete: ›Wir brauchen ein neues Dach.‹«

»Was ich am meisten zu hören bekomme, ist: ›Oh, Ihr Englisch ist *exzellent*.‹ Ich antworte dann immer: ›He, Ihres ist aber auch nicht schlecht.‹«

Emin war großartig, fand Azime. Sie hatten so viel gemeinsam. Auch wenn er aus einem wohlhabenderen türkischen Milieu kam und in einer Bank in der City arbeitete, wussten sie doch beide, wie es war, wenn die Eltern aus einem anderen Land stammten, wenn man braunhäutig in einer bleichen Gesellschaft lebte, die berüchtigt für ihre »Das Boot ist voll«-Mentalität war. Beide waren in einer Kolonie türkischer Familien aufgewachsen, so isoliert in der Großstadt, als lebten sie in einem kleinen türkischen Dorf.

Beim Fahren ergriff Emin Azimes Hand. An der nächsten Ampel lächelte er ihr zu. Als sie zurücklächelte, beugte er sich herüber und küsste sie. Als Reaktion auf diesen Kuss umarmten sie sich. Ihr erster Kuss. Das erste männliche Wesen, das je ein Interesse daran gehabt hatte, sie zu küssen. Das Kompliment fand sie aufregender als den Kuss selbst. Hinter ihnen ertönte bald wütendes Hupen, als die Ampel grün wurde und dann wieder rot, aber das atemlose Paar merkte gar nicht, dass es die anderen aufhielt. Es war fest überzeugt, dass kein Mensch etwas Wichtigeres zu tun haben konnte als sie beide in diesem Augenblick. Es war der Augenblick, auf den Azime ihr ganzes Leben lang gewartet hatte.

»Ich wohne ganz in der Nähe«, flüsterte Emin.

»Bei deiner Familie?«

»Ich habe eine Wohnung. Für mich allein. Willst du sie sehen?«

Sie war ein modernes britisches Mädchen. Was hätte ein modernes britisches Mädchen in so einem Fall geantwortet? Sie sagte ja.

»Bist du sicher?«

Azime nickte.

Er bog in eine von gestutzten Platanen gesäumte Straße. Die Äste hatten sich noch nicht von den winterlichen Amputationen erholt. Zwei Reihen gleichartiger Häuser, eine das Spiegelbild der anderen.

Emin hatte eine Souterrainwohnung. Er warnte Azime vor dem Moos auf den Stufen. Er fasste sie bei der Hand, führte sie nach unten, tiefer und tiefer hinab. Ein Licht schaltete sich ein, als sie an die Tür kamen.

»Willkommen in meiner Höhle.«

Eine schöne Wohnung. Klein, nur zwei Zimmer. Von der Küche kam man auf eine Gartenterrasse, ein großer Luxus. Er schaltete sämtliche Lichter ein. An den Wänden hingen gerahmte Filmplakate: *Casablanca, Jenseits von Eden, Der unsichtbare Dritte*. Zwei Hanteln waren unter dem gläsernen Couchtisch abgelegt. Sie setzte sich, er machte Kaffee; sie blätterte in einem Bildband über die Serengeti, betrachtete Millionen von Gnus auf ihrer Wanderung, wie von einem einzigen Willen gesteuert. Er brachte den Kaffee und setzte sich ganz dicht neben sie auf die Couch. Er nutzte die Gelegenheit, sie noch einmal zu küssen. Während der nächsten zwanzig Minuten taten sie nichts anderes. Was immer der eine Körper als Frage stellen mochte, wurde vom anderen beantwortet. Als sie sich wieder voneinander lösten, brannten ihre Lippen.

»Bist du noch Jungfrau?«, fragte Emin.

Azime nickte einmal kurz: »Und du?«

»Nein.«

»Dachte ich mir.«

»Diese ganze ›Kein-Sex-vor-der-Ehe‹-Geschichte – das ist Dorfmoral aus dem neunzehnten Jahrhundert. Hier in der Großstadt braucht so was kein Mensch. Oder wie siehst du das?«

Sie küssten sich wieder. Dann stand er auf und zog sie in die Höhe, fasste sie bei der Hand und führte sie über den Flur zum Schlafzimmer. Am Anfang war sie ganz nah bei ihm, doch mit jedem Schritt wurde sie langsamer, bis er, der den Widerstand spürte, eine Armlänge von ihr entfernt stehen blieb.

Azime schüttelte ganz langsam den Kopf, mit zweifelnd verzogenem Gesicht, eine kleine H-förmige Sorgenfalte auf der Stirn oberhalb der Nase. Er kam einen Schritt zurück und nahm sie in den Arm. »Schon gut.«

»Ich glaube, manches an dieser Dorfmoral ist doch gar nicht so schlecht. Sei mir nicht böse, aber ein Teil von mir ist noch ziemlich altmodisch, und dieser Teil möchte gern bei meiner Hochzeit Jungfrau sein.«

Er war nicht ihrer Meinung. Für ihn sei die Jungfräulichkeit keine große Sache, jedenfalls nicht mehr heutzutage, aber er respektiere ihre Entscheidung. Vollkommen. Respektiere und verstehe sie.

»Aber?«

Er nickte. Er konnte nicht lügen. »Aber.«

Sie hätte heulen können.

»Ich will nicht heiraten«, sagte Emin. »Das hat noch jahrelang Zeit. Und du willst keinen Sex vor der Ehe. Wenn ich mit dir zusammen wäre, hieße das — «

»Ich weiß, was das hieße.«

»Kein Sex. *Jahre*lang.«

»Danke, dass du es mir erklärst.«

»*Jahre*. Ich bin ein Mann. Ich brauche Sex.«

»So ist das.«

»Ich fahr dich jetzt besser nach Hause.«

»Wir könnten noch bleiben und reden. Einfach nur reden. Okay?«

»Ich fahr dich nach Hause.«

Auf der Fahrt fiel kein Wort. Mit jeder zurückgelegten Meile wurde die Wahrscheinlichkeit, dass sie aus dieser Sache eine Freundschaft retten konnten, geringer, und bald war ihnen beiden klar, dass ihre Liebesgeschichte vorüber war, bevor sie überhaupt richtig begonnen hatte. Warum musste es nur so schrecklich schwer sein? Warum war es so gut wie unmöglich, einen Menschen zu finden, der ihr etwas bedeutete und dem sie etwas bedeutete?

Als sie sich Green Lanes näherten, wurde das Schweigen so bedrückend, dass Azime es gar nicht mehr erwarten konnte, aus diesem Auto zu kommen. Sie bat ihn sogar schon ein ganzes Stück vom Haus ihrer Eltern entfernt, sie abzusetzen.

Emin fuhr an den Straßenrand, dankte ihr für den Abend, die Hände dabei fest an das Lenkrad geklammert. Azime hätte schreien können vor Frust! Sie steckte in Höflichkeit fest wie in einem Sumpf. Wäre sie eine andere Art Mädchen gewesen, ein modernes britisches Mädchen, dann hätte sie jetzt nackt in seinen Armen gelegen, sich Seufzer um Seufzer in ihn verliebt – aber so konnte sie nur das Kompliment erwidern, dass es ein schöner Abend gewesen sei.

Sie stieg aus, und die kühle Abendluft brachte zumindest ein klein wenig von ihrer wahren Persönlichkeit zurück, so dass sie, als sie sich hinunterbeugte, um die Autotür zu schließen, nach Kräften lächelte, ihn noch ein letztes Mal ansah (denn sicher würde er sich jetzt nicht noch einmal mit ihr verabreden). Dabei überlegte sie, was sie noch zum Abschied sagen konnte, etwas, womit sie ihm besser im Gedächtnis bleiben würde als mit diesem kalten, ganz untypischen Schweigen.

»Ich … ich würde dich eigentlich jetzt gern fragen, ob du mich irgendwann mal wieder anrufst … wenn dir danach zumute ist. Aber du bist so nett und würdest das wahrscheinlich machen, nur weil ich dich darum gebeten habe, und es hätte ja schließlich keinen Sinn, wenn wir uns noch mal treffen, aus den vernünftigen Gründen, die du vorhin aufgeführt hast. Es hieße ja nur, dass ich wieder genauso hier auf dem Bürgersteig stünde, mir dumm vorkäme, verzweifelt überlegen würde, was ich noch Cooles sagen könnte, damit du mich wiedersehen willst. Da sage ich am besten gar nichts. Nacht.«

Sie schloss die Tür – keine Autotür kann je so behutsam geschlossen worden sein – und ließ den vielversprechendsten Mann, der jemals Interesse an ihr bekundet hatte, hinter sich. Sie wusste, dass Emin ihr vielleicht im Scheinwerferlicht noch nachsah, und in der Hoffnung, dass es ihm wenigstens ein kleines bisschen Schmerz oder schlechtes Gewissen bereiten würde, versuchte sie so zu gehen, wie eine moderne britische Frau voller Selbstvertrauen gehen würde, unterwegs zu einer strahlenden Zukunft voller glänzender Möglichkeiten. Aber je mehr sie versuchte, wie eine solche Frau zu gehen, desto mehr verkrampfte sie sich bei der Vorstellung, bis sie am Ende kaum noch wusste, wie Azime Gevaş ging; sie strauchelte am Bordstein, hätte, als sie auf den Rasenstreifen kam, fast einen Schuh verloren, während der Wagen aufheulte und dann ohne ein Hupen an ihr vorbeirauschte.

Azime hasste es, Azime zu sein. Sie fand, es sollte ihr für den ganzen Rest ihres Lebens verboten sein, noch einmal mit einem Mann auszugehen. Wenn es um Beziehungen ging, dann war sie wie einer von diesen Skiläufern, die nicht fahren können, die am laufenden Band Leute, die es können, umfahren, die den ganzen Tag damit verbringen, »Tut mir *so* leid!« zu rufen.

Vor der Haustür angekommen, steckte sie den Schlüssel ins Schloss, machte auf und ging hinein. Drinnen war alles dunkel, und sie streckte den Arm nach dem Schalter aus.

Wir kennen die Lichtgeschwindigkeit, aber welche Geschwindigkeit hat das Dunkel?

Gleich beim ersten Schlag ging sie zu Boden. Benommen von Schmerz und Verwirrung, nahm sie nur noch dumpf wahr, dass ihr männlicher Angreifer jetzt über ihr stand und von oben her sprach. Was sagte er? Schließlich verstand sie. Er fragte, wo sie gewesen sei.

Aber dann sagte er, er *wisse*, wo sie gewesen sei. Danach, dass er keine Lügen mehr hören wolle. Wenn ihr klar sei, was gut für sie sei, werde sie jetzt nicht versuchen aufzustehen. Dann verlangte er, dass sie zugab, was er doch, wie er sagte, längst wusste.

Banu versuchte zu sprechen, aber es war nicht leicht. Mit einem Wimmern, durch eine Mauer von Schmerz, antwortete sie, sie sei *nirgendwo* gewesen. Aber er weigerte sich, ihr zu glauben. Als sie ihre Antwort wiederholte, machte ihn das nur noch wütender. Er kehrte wieder zur Frage vom Anfang zurück, forderte die Wahrheit, und diesmal setzte Banus Ehemann seiner Frau den nackten Fuß auf die Schläfe, erhöhte den Druck. So, wie sie dalag, ihr Kopf auf den Teppich gepresst, hörte sie seine Worte undeutlicher denn je: *Ich frage dich nicht noch einmal.*

12

Banu lag auf der Couch in ihrem Wohnzimmer. Die Vorhänge waren zugezogen. Beim Anblick ihrer Freundin kamen Azime die Tränen. Doch Banu wollte nicht bemitleidet werden. »Beruhige dich! Sofort!«

Aber Azime ließ sich nicht beirren und bestand darauf, dass Banu ihr haarklein alles erzählte. Doch mit abgewandtem Kopf antwortete Banu nur, sie sei unglücklich gestolpert und mit dem Auge gegen ein Möbelstück gestoßen, das gleiche Möbelstück, vermutete Azime, das seit Urzeiten für die Verletzungen all derer herhalten musste, die den wahren Grund für ihre Nöte verbargen.

Zum Glück sei sie nicht zu hart aufgeprallt, und das geschwollene Auge werde bald wieder besser werden. Mit müder Stimme bat Banu ihre Freundin, ihr etwas Lustiges zu erzählen. »Bring mich zum Lachen. Ich brauche was zum Lachen, auch wenn es weh tut.«

»Sag erst, was passiert ist. Dann erzähle ich dir 'nen Witz.«

»Erzähl mir eine alberne Geschichte. So richtig albern.«

»Sprich mit mir!«

»Pssst.« Sie seufzte. »Nicht so laut. Erzähl mir einfach etwas richtig Albernes.«

»Sag mir, was wirklich passiert ist. Warum hat er das getan? Ich hasse ihn.«

»Ich hab's dir doch gesagt. Ich bin einfach nur unglücklich gestolpert.«

»Du musst dich von ihm trennen. Ich bin hier, um dir zu helfen.«

»Erzähl noch mal den Witz mit dem schwarzen Piloten. Wie war der doch gleich?«

»Banu! Ich bin's. *Hal-lo*.«

Aber um Banu herum hatte sich eine Mauer aufgebaut, eine Mauer, die gerade hoch genug war, dass niemand, nicht einmal ihre beste Freundin, sie überwinden konnte. Banu schloss die Augen und war nicht bereit, sie wieder zu öffnen. Sie sei so müde, sagte sie. So unendlich müde. »Ich glaube, ich sollte jetzt lieber ein bisschen schlafen. Danke, dass du gekommen bist. Tut mir leid, Azi, aber ich muss jetzt wirklich schlafen. Okay?«

»Ich kann dir helfen. Ich weiß doch, wie eifersüchtig er ist. Hast du ihm von deinem Frauenkränzchen erzählt? Ich weiß, dass er das verdächtig fand. Du hättest ihm einfach nur sagen sollen, dass du dich mit anderen Frauen triffst. Was hat er denn geglaubt? Dass du dich mit *Männern* triffst? Das ist es, stimmt's? Sag es mir, Banu. Ich kann dir helfen.«

»Mir helfen? Wie denn?«

Azime wusste keine Antwort. Es gab eben kein einfaches Mittel gegen einen gewalttätigen, eifersüchtigen Ehemann, solange seine Frau ihn noch liebte und nichts unternahm, um ihn zu zwingen, sich zu ändern. Und wenn Banu nicht bereit war, mit Azime zu reden, ihr zu erzählen, was wirklich passiert war, dann war alle Mühe vergebens. Also stand Azime auf und ging; sie ließ keine Lösungen zurück, nur ein paar Weintrauben und Blumen und schon verblasste gute Absichten.

Als sie wieder auf der Straße stand, war sie trotzdem zornig. Wie konnte Banu ihren Ehemann nur so in Schutz nehmen? Azime wusste, wohin sie jetzt gehen wollte.

Mit dem Bus fuhr sie vorbei an der Harringdon Ladder, durch Finsbury Park, Highbury, Islington, bis nach Finsbury selbst. Die Burka übergezogen, so dass niemand sie erkennen konnte, stieg sie aus dem Bus und folgte der Wegbeschreibung, die sie auf ihrem Handy gespeichert hatte, bis sie schließlich das große Backsteingebäude fand.

Die kopftuchtragende Mitarbeiterin der IKWRO, der Iranian and Kurdish Women's Rights Organisation, nickte. Diese Frau aus guter Familie sagte in klinisch-kühlem Ton, sie verstehe Azimes Anliegen und werde ihre Nachfrage an eine Kollegin weiterleiten. Azime blieb allein in dem limonengrünen Zimmer; es war leer bis auf einen Fernseher auf Rollen und ein Plakat an der Wand, das fragte:

Fühlen Sie sich
– verloren, einsam, isoliert in Ihrer derzeitigen
  Situation und brauchen eine Ansprechpartnerin?
– beunruhigt über Ihre Zukunft?
– gefangen in Ihrer Beziehung?

Wollen Sie
– über Ihre früheren Erfahrungen Klarheit gewinnen?
– herausfinden, wie Ihre früheren Erfahrungen
  Sie geprägt haben?

Eine andere Mitarbeiterin betrat den Raum.

Kamile war klein, elegant, zart gebaut und lächelte entspannt. Sie erklärte, sie habe seinerzeit mit dem toten Mädchen gesprochen, aber der Inhalt dieser Gespräche sei vertraulich, die Organisation habe strenge Grundsätze. Azime sei ein sehr schöner Name, sagte Kamile – sie kenne seine Bedeutung: ein Mensch, der für wichtige Dinge kämpfe.

Kamile war Türkin. Sie erklärte, sie und ihre Kolleginnen führten ihre Beratungen in drei Sprachen durch, aber die Botschaft sei immer die gleiche: keine Toleranz bei Gewalt gegen Frauen. Von der Website wusste Azime, dass die Organisation sich mit Verbrechen aus Gründen der Ehre, Genitalverstümmelung, Zwangsheirat und emotionaler, sexueller und körperlicher Gewalt befasste. Diese Gruppe von streitbaren Frauen, die selbst große Risiken eingingen, hatte es sich zum Ziel gesetzt, einen Umdenkprozess bei ihren eigenen Leuten einzuleiten. Sie hatten schon Hunderten von Frauen in Not geholfen. Aber auch wenn die Existenz dieser Organisation ein noch so hoffnungsvolles Zeichen war, fand Azime die schiere Tatsache, dass es im 21. Jahrhundert immer noch notwendig war, gegen Genitalverstümmelung und sexuelle Gewalt zu kämpfen, zutiefst bedrückend.

Als Erstes erzählte Azime von ihrer Freundschaft mit dem toten Mädchen: von der gemeinsamen Schulzeit, dem Schock, als sie von ihrem Tod erfuhr, dem Zwischenfall bei der Beerdigung, sogar von dem Riss in der Betonplatte sprach sie, davon, wie der Vater des toten Mädchens gelacht hatte, und schließlich von der Telefonnummer, verschlüsselt im Tagebuch, die Azime hierhergeführt hatte.

Kamile nickte mitfühlend: »Also – ich kann bestätigen, dass sie herkam, das kann ich. Sie wollte mit jemandem sprechen. Wir haben ihr für ein paar Wochen Unterkunft hier gewährt und auch Beratungsdienste angeboten. Ich bekam den Auftrag, mit ihr zu sprechen. Wir haben uns dreimal unterhalten. Aber als ich sie fragte, was vorgefallen sei, wollte sie es nicht sagen. Bei den ersten beiden Gesprächen hat sie überhaupt nichts preisgegeben, obwohl sie sichtlich litt. Aber bei ihrem letzten Besuch fragte sie, ob sie eine Erklärung aufzeichnen könne, eine, bei der sie ganz allein im Raum sei. Also stellten wir eine Kamera auf. Ich schaltete sie ein und ließ sie allein.«

Azime stockte das Herz. Eine Aufzeichnung? Eine Erklärung? »Haben Sie sich die Aufzeichnung je angesehen?«

Kamile nickte. »Die Polizei hat sie sich ebenfalls angesehen. Wir haben eine Kopie hier, aber die kann ich Ihnen nicht zeigen. Wir haben Vertraulichkeit zugesichert.«

Azime löste das Tuch, das ihr Gesicht verdeckte. Sie musste sich zeigen für das, was sie sagen wollte, zeigen, wie nahe ihr die ganze Sache ging. »Wo ist die Aufnahme jetzt?«

Kamile legte den Kopf schief; die Augen unter den dunklen Brauen blickten freundlich. »Warum sind Sie hier?«

»Das habe ich Ihnen doch eben gesagt.«

»Warum sind Sie *wirklich* hier?«

»Weil… ich finde… dass etwas getan werden muss. Es war kein Unfall. Es war ein Ehrenmord, ich weiß es!«

»Kein anderer Grund? Kein persönlicher Grund?«

Azime konnte nicht antworten.

»Kein persönlicher Anlass dafür, dass Sie sich solche Mühe machen?«

»Ich weiß nicht, worauf Sie hinauswollen.«

»Sind Sie vielleicht selbst in Schwierigkeiten?«

Azime zuckte mit den Schultern, nickte verhalten. »Aber deswegen bin ich nicht –«

»Möchten Sie darüber sprechen?«

»Eigentlich nicht.«

»Sind Sie jetzt im Augenblick in Sicherheit? Oder in Gefahr?«

Was war die Antwort? »Gefahr.«

»Wer bedroht Sie?«

Diese Frau machte ihre Sache sehr gut, dachte Azime. In ihrer Gegenwart hätte sie beinahe alles herausgelassen, was an Gefühlen in ihr unter Verschluss lag.

»Ich habe ein paar Leute in Rage gebracht. Mit dem, was ich getan habe. Das ist alles.«

»Möchten Sie darüber sprechen? Ich habe Zeit.«

»Könnte ich diese DVD sehen? Würden Sie sie mir zeigen?«

»Ich würde lieber über Sie sprechen.«

»Schon in Ordnung. Ich komme zurecht. Ich fühle mich einfach nur schuldig. Dieses Mädchen hat mich für ihre beste Freundin gehalten. Dabei haben wir nie richtig miteinander geredet, eigentlich nur ein Mal. Ich habe sie kaum beachtet. Und jetzt ist sie tot.«

»Ich verstehe.«

»Im Leben habe ich sie missachtet, und ich bin es ihr schuldig, dafür zu sorgen, dass sie nicht auch noch im Tode missachtet wird. Und das wird sie.«

»Das ist wichtig für Sie? Dass man nicht missachtet wird?«

Azime nickte.

»Jemand versucht, Sie am Reden zu hindern?« Azime nickte erneut.

»Und Sie widersetzen sich?«

Keine Antwort.

»Und dadurch sind Sie in Gefahr geraten?«

Erneut keine Antwort.

»Okay. Ich verstehe. Und Sie stellen sich vor, dadurch, dass Sie Ihrer Freundin helfen – indem Sie heute hierherkommen –, können Sie vielleicht verhindern, dass das, was ihr widerfahren ist, auch Ihnen widerfährt?«

Keine Antwort.

»Wir haben sieben Tage die Woche geöffnet, Azime, falls *Sie* Unterstützung brauchen.«

»Ich hätte nicht kommen sollen. Verzeihen Sie.«

»Sehen Sie denn nicht, wie wichtig es für Sie selbst war, dass Sie gekommen sind? Ich bin sehr froh, dass Sie es getan haben.«

»Ich muss gehen. Ich fühle mich so schlecht dabei. Sie wollen mir sagen, ich bin selbstsüchtig, ich tue das für mich –«

»Warten Sie.«

Aus einem braunen Umschlag holte Kamile eine DVD in einer Plastikhülle und legte sie mit einer vielsagenden Geste auf den Tisch. »Diese... diese DVD ist vertraulich. Ich habe nicht das... nicht das Recht, sie Ihnen zu zeigen. Da Sie weder zur Polizei noch zum Sozialamt noch zur Einwanderungsbehörde oder zur Rechtshilfe gehören, sind Sie nicht berechtigt, sich die Aufzeichnung anzusehen. Aber. Ich hätte jetzt gern eine Tasse Kaffee. Ich glaube, ich gehe jetzt einfach mal nach draußen und hole sie mir.«

Azime verstand nicht sofort. Ihr verdutztes Gesicht zwang Kamile, deutlicher zu werden.

»Da drüben steht ein Fernseher, und das darunter ist ein DVD-Player. Sie schalten den Fernseher ein, dann den DVD-Player, drücken auf Play. Sie wissen, wie man einen DVD-Player bedient?«

Azime nickte.

»Ich bin leider nicht in der Lage, Ihnen zu helfen, aber ich mache mir jetzt eine Tasse Kaffee. Das dauert eine Viertelstunde. Haben Sie verstanden? Haben Sie verstanden, dass ich Ihnen nicht helfen darf? Fünfzehn Minuten.«

Kamile ging nach draußen. Und unversehens fand sich Azime, wie das tote Mädchen einige Zeit vor ihr, allein in diesem limonengrünen Raum.

Der Bildschirm erwachte zum Leben. Und da war sie. Die dunkelbraunen Mandelaugen, das herzförmige Gesicht, das sie seit ihrem ersten Schultag kannte, als die Lehrerin ihren Namen mit energischen Kreidestrichen an die Tafel geschrieben und zweimal unterstrichen hatte, als ob sie sagen wollte: Merkt euch den. Doch statt dass ihre Mitschüler sich den Namen gemerkt hatten, war sie bald nur noch das neue Mädchen, das neue Muslimmädchen, die Neue mit dem Schleier, das stille Mädchen, die Maus, die, die keinen Mucks von sich gibt, die Streberin, die immer die Hausaufgaben gemacht hatte, und um die acht Buchstaben ihres Namens kümmerte sich keiner oder verwendete einen dieser Spitznamen. Sie war das Mädchen, das dadurch auffiel, dass sie nie auffiel. »Ach«, sagte dann plötzlich jemand und schnippte mit den Fingern, »jetzt weiß ich, wen du meinst.«

Mit klopfendem Herzen betrachtete Azime das körnige Bild dieses Mädchens, wie es auf einem Stuhl in dem leeren Raum saß, in dem sie jetzt saß. Ihr fiel auf, dass das Mädchen die Videokamera wie einen Inquisitor behandelte, dem in die Augen zu schauen sie sich nicht traute, aus Angst, sie würde für etwas angeschuldigt, was sie nicht getan hatte.

Stockend erzählte sie ihre stille Geschichte: Wie ihre Familie vor dem irakisch-kurdischen Krieg geflohen war, wie sie mit drei Jahren zuerst nach Deutschland gekommen war, und dann hatte die Geschichte ihr ein Jahr später einen neuen Platz in Großbritannien angewiesen. Schließlich war sie, nachdem man sie aus einer Schule nach der anderen gerissen hatte, Teil von Azimes Welt geworden. Azime erinnerte sich noch gut an den Tag, als das Mädchen der Klasse vorgestellt wurde. Sie trug ein blaues Kopftuch und ein unattraktives bodenlanges Gewand, das für Gekicher sorgte, denn außer den erbärmlich zarten Arm- und Fußgelenken war nichts von ihr zu sehen. In diesen ersten Wochen wechselten Azime und das Mädchen ein paar Worte auf dem Schulhof, zwei Mädchen mit zu dünner Haut. Das war für das verschüchterte Mädchen genug gewesen, um Azime als ihre einzige Freundin anzusehen ...

Als Azime sich die Aufnahme anschaute und die schmerzliche Anthologie von Ereignissen verfolgte, die das Mädchen für notwendig zum Verständnis ihrer Geschichte gehalten hatte, stellten sich ihre eigenen Erinnerungen an sie wieder ein, die schüchterne Stimme erwachte wieder zum Leben, eine unauslöschliche Erinnerung, die Stimme, derentwegen Azime sich überhaupt erst auf dem Schulhof nach ihr umgedreht hatte. Und dann hatte sie in zwei traurige Augen geblickt, die um Freundschaft baten – wie die zwei Kreidestriche auf der Wandtafel unter ihrem Namen hatten Stimme und Augen die Bitte unterstrichen, jemand zu sein, den man kannte, an den man sich erinnerte.

Nachdem sie diesen biographischen Rahmen abgesteckt hatte, begann das tote Mädchen mit dem Bericht, erzählte die Liebesgeschichte zwischen ihr und einem Jungen namens Ricardo, eine heimliche Liebe, die hauptsächlich aus dem Austausch von SMS bestand, oft in einer Geheimsprache, die selbst die Beteiligten nicht ganz verstanden, die aber doch das Muster für eine kurze, heftige Beziehung gewesen war …

Der Junge, Ricardo, kommt aus einer italienischen Familie. Er ist genauso schüchtern und verängstigt wie sie und weiß, dass er niemandem von ihrer Liebe erzählen darf und um ihret- wie auch um seinetwillen in jeder Hinsicht vorsichtig sein muss. Sie warnt ihn, dass mit ihrem Vater nicht zu spaßen ist. Doch dann – die Katastrophe. Ihr Bruder entdeckt ihr Geheimnis. Sieht sie im Café, wie sie vertraulich miteinander reden, Händchen halten. Erzählt es dem Vater, der sie in seiner Wut von der Schule nimmt. Doch noch immer will sie nicht von Ricardo lassen, selbst als ihr Handy konfisziert wird, alle ihre Bewegungen überwacht werden, als Monate vergehen, ohne dass die beiden in Kontakt sind. Ihre Gedanken blühen im Verborgenen, in Tagebüchern, Zeichnungen, SMS-Nachrichten, die sie in ihrer Phantasie versendet und empfängt. Fast ein Jahr vergeht, bis die Eltern meinen, es sei wieder sicher genug, sie in die Schule zu schicken, mit Schülern, die ein Jahr jünger sind als sie. Sie kauft sich ein billiges Telefon bei Tesco, stellt die Klingeltöne ab, versteckt es im aufgerissenen Futter ihrer Schultasche. Schreibt an Ricardo von der Schultoilette. Bekommt ihre erste Antwort seit einem ganzen Jahr. Er schreibt mit vielen Ausrufezeichen. Die Liebesgeschichte beginnt von neuem. Ricardo, der eine blühende Phantasie hat, schlägt vor, sie sollten gemeinsam fliehen, irgendwohin in die Berge, wo keiner sie jemals finden wird. Doch kaum stimmt sie zu, geht ihm auf, wie viel er sich da vorgenommen hat. Er zögert, von der Wirklichkeit eingeschüchtert, sieht sich gezwungen, seinen Plan zu ändern: Jetzt will er vor der Flucht erst noch etwas Geld verdienen. Sie müssen warten, drängt er, jetzt schon nicht mehr so begeistert. Doch sie ist anderer Meinung. Sie kann nicht warten. Ihr Vater würde schnell hinter die Beziehung kommen, und diesmal würde es wirklich schlimm für sie. Sie begreift, dass sie etwas tun muss, sie gerät in Panik, flieht von zu Hause in ein Frauenhaus und wartet derweil, dass Ricardo eine gute Arbeit findet. Gerade einmal vier Tage dauert es, bis ihre Eltern sie gefunden haben. Ihre Mutter überredet sie, nach Hause zu kommen, verspricht, eine Ehe mit Ricardo gutzuheißen, wenn das ihr Wunsch sei. Doch zu Hause angekommen, stellt sie fest, dass schon andere Vorkehrungen getroffen sind. Sie wird für eine Weile beim Bruder ihres Vaters wohnen. Dem Onkel ist ihre Umerziehung aufgetragen. Sie stellt fest, dass ihr Zimmer nur von außen zu verschließen ist. So beginnt ihr neues Leben. Der Onkel, ein Mann, dem die Eltern vertrauen können, hält sie in Gefangenschaft, will sie umprogrammieren. Sie isst in ihrem Zimmer. Geht unter Aufsicht zur Toilette. Sie hat keinen Zugang zum Telefon, darf nichts lesen; nach sieben Wochen kann sie fliehen und kommt zum IKWRO. Dort spricht sie in die Kamera, sie sei sicher, dass ihr Onkel aus eigenem Antrieb gehandelt habe, dass ihre Eltern dessen Erziehungsmethoden niemals gutgeheißen hätten. Sie ist überzeugt, wenn sie ihren Eltern davon erzählt, werden sie sie rächen und ihre Ehre wiederherstellen. Sie hat beschlossen – und zwar jetzt gleich, sobald diese

Aussage aufgezeichnet ist –, ihren Eltern alles zu sagen, dafür zu sorgen, dass ihr Onkel für seine Untaten bestraft wird, und ihnen klarzumachen, dass sie Ricardo so schnell wie möglich heiraten will…

Der Bildschirm wurde schwarz, die Aufnahme war zu Ende. Azime nahm die DVD heraus, steckte sie wieder in die Plastikhülle. Sie legte sie auf den Tisch und ging, bevor Kamile von ihrer Kaffeepause zurück war.

In ihrer wehenden Burka, das Gesicht nun wieder vom Tuch verhüllt, bewegte sie sich durch die Massen, erntete kritische Blicke, nur halb geduldet auf den Bürgersteigen dieser Stadt, halb verachtet. Es war ein langer Fußmarsch, aber sie brauchte Zeit, damit sie die letzten Puzzleteile an Ort und Stelle bringen konnte. Zunächst einmal musste sie nun annehmen, dass die Liebesaffäre mit einem Nicht-Muslim zusammen mit der Tatsache, dass sie ihre Gefangenschaft den Behörden bekanntgemacht hatte, das Schicksal des Mädchens besiegelt hatte. Nach diesem doppelten Verstoß hatte ihre Familie gehandelt, und zwar schnell. Da ihnen aber keine einfache Lösung offenstand, hatten sie ihre Tochter vom Balkon des achten Stocks gestoßen, womit das Problem zumindest teilweise gelöst war. Eltern, die ihr eigenes Kind umbrachten! Abscheulich! Entsetzlich!

Azime wollte verhindern, dass vor ihrem inneren Auge immer wieder die letzten Augenblicke des Mädchens abliefen: dieses tapfere, scheue, leidenschaftliche Mädchen mit der sanften Stimme, ein Mädchen, dessen Namen sich keiner gemerkt hatte, ein freundliches, sanftmütiges Herz, ein Mädchen, auf das, zusammen mit ihrem Liebsten, das verschneite

Refugium in den Bergen gewartet hatte; wie das Mädchen gestürzt war, tiefer, tiefer, wie sie geschrien hatte, als der Betonplatz auf sie zugeflogen kam und sie mit seinen alles auslöschenden Armen empfangen hatte.

Frage: Herr Doktor, wie viele Autopsien haben Sie schon an Toten vorgenommen?
Antwort: Alle meine Autopsien habe ich an Toten vorgenommen.

Ein Witz. Frage und Antwort waren tatsächlich in einem Gerichtsverfahren vorgekommen; das hatte Azime vor kurzem in der Zeitung gelesen. Und sie brauchte ein wenig echten Humor, damit sie nicht immer und immer wieder ein Mädchen fallen sah.

Frage: Kannten Sie den Verstorbenen?
Antwort: Ja, Sir.
Frage: Vor oder nach seinem Tod?

Aber diese witzigen Schnipsel wirkten jetzt nicht. Das Mädchen forderte ihre Aufmerksamkeit. Und bald fragte Azime sich, wieso die Polizei, diese Behüter der Unschuldigen, wenn man ihnen das Video gezeigt hatte, das das Mädchen für die IKWRO-Frauen aufgezeichnet hatte, keine Anklage erhoben hatte, nicht einmal gegen den Onkel.

Azime sah es genau vor sich, das Zimmer, in dem das Mädchen in der Wohnung ihres Onkels wie in einem Gefängnis gesessen hatte, die Tränen im Dunkel, der Onkel, wie er selbst ihre Gänge zur Toilette überwacht hatte. Und dann war sie schließlich entkommen, glaubte sich frei, endlich frei, endlich das Mädchen, das sie im Traum sein wollte, und war doch nur ihren Mördern in die Arme gelaufen.

Frage: Wissen Sie, warum die Anklage auf versuchten Mord lautete und nicht auf Mord?
Antwort: Das Opfer hat überlebt.

Sie ging weiter, die Sonne sank, der Himmel wandelte sich von Blutrot zu ein paar letzten malerischen Spritzern Burgunderrot, und mit Einbruch der Nacht gingen die Straßenlampen an. Wind kam auf und fegte durch die Straßen, wo nun die Rushhour fast vorbei war. Und ganz unerwartet huschte vor ihr ein Fuchs vorbei.

Erschrocken und gebannt sah sie ihm nach – die Beine wie im Fluge, wie ein beweglicher Dudelsack aus Haut und Knochen, das Fell fleckig vor Räude –, bis der Fuchs in einer Heckenlücke auf der anderen Straßenseite verschwand. Ihr Puls beruhigte sich langsam wieder, ihr Atem kehrte zurück. Stadtfüchse, die von Haushaltsabfällen lebten. Einst waren es nur einzelne gewesen, jetzt, wo ihre Zahl zunahm, wurden sie frecher. Wurde sie von jemandem verfolgt? Wer oder was lauerte da noch in den dunklen Ecken, welche Gestalten unter Kapuzen? Immer und immer wieder sagte sie sich, dass im Dunkel nur dann Killer lauerten, wenn ihre Phantasie sie dort hinstellte, aber sie zu leugnen vergrößerte nur ihre Zahl. Wenn man wusste, dass einen jeden Moment jemand umbringen könnte, war mit einem Schlag alles anders…

Klopf, klopf. Wer ist da? »Der Tod.« Was für ein – aargh!

Sie hatte das Gefühl, als sei der Tod ganz in der Nähe. Eigentlich war er überall. Und was für eine entsetzliche Vorstellung das war, dachte sie schließlich. Wer den wohl erfunden hatte? Den Kerl sollte man auf der Stelle erschießen.

Kurz bevor sie in ihre Straße einbog, zog sie an der Ecke die Burka aus. Sie betrat das Haus und hörte ihre Mutter in der Küche rumoren. Sie hätte es nicht ertragen, wenn sie jetzt irgendwelche Anschuldigungen zu hören bekommen hätte. Mit einem Gefühl, als wolle ihr Herz zerspringen, stieg sie die Treppe hinauf, kam aber dann doch wieder herunter. Zu aufgewühlt, um sich einfach in ihr Zimmer zu setzen, ging sie stattdessen ins Wohnzimmer, unschlüssig, was sie nun tun sollte, womit sie sich ablenken sollte, damit sie nicht andauernd irgendwelche Killer draußen vor dem Fenster sah oder das Mädchen, wie es in den Tod stürzte. Sie wollte einfach nur leben. Wollte nur, dass ihr keiner weh tat. Doch nun würde sie sich nie wieder sicher fühlen. Niemals. Vielleicht sollte sie wieder nach draußen gehen, einfach immer weitergehen, versuchen, schneller zu laufen als ihre Panik, ihre Wut, ihre Gedanken, die immer um dasselbe kreisten. Sie sollte versuchen, die Ängste zu besiegen, die sie selbst heraufbeschwor. Vielleicht fand sie ja etwas im Fernsehen, das ihre Stimmung aufhellte, eine alte Comedy-Serie. Der Fernseher lief bereits, und Zeki, der nirgends zu sehen war, hatte sein Wii-Spiel angelassen. Es war das Boxspiel, das er gern »sein Training« nannte.

Zwei virtuelle Boxer, praktisch noch Kinder, standen einander gegenüber, tänzelten auf der Stelle und warteten auf Anweisungen, einer in Blau, der andere in Rot. Im Hintergrund forderte ein grölendes Publikum den Beginn des

Kampfes, und Azime griff ganz in Gedanken zu den beiden Controllern. Habe ich das verdient, fragte sie sich, diesen ganzen Ärger? Und was hat Banu getan oder das Mädchen, das jetzt auf dem kalten Friedhof liegt? Wo sind die Gesetze, nach denen so etwas bestraft wird? Warum sind sie nicht angewendet worden? Warum? Wo sind die Gesetzeshüter? Und was kann ein Niemand wie ich tun, um die Dinge wieder ins Lot zu bringen? Was?

Halbherzig, in beiden Händen die Controller, die den vorderen Boxer steuerten, machte sie ein paar Bewegungen. Die durchscheinende, jungenhafte Figur in Blau erwachte zum Leben. Sie schlug mit den Fäusten in alle erdenklichen Richtungen, bis sie selbst einen Schlag ins Gesicht bekam – *zack!* –, so dass ihr Kopf in den Nacken flog. Die Menge applaudierte diesem Treffer. Also machte Azime es jetzt, wie sie es bei ihrem Bruder gesehen hatte, verteidigte sich, hielt die Fäuste höher, und beim nächsten Angriff fing sie die Schläge mit den Handschuhen ab. Diesmal unverletzt, holte sie selbst zu einem weiten Haken aus. Sie traf und punktete. Die unparteiische Masse johlte. Wie machte Zeki das? Sie hatte noch eine vage Vorstellung, wie er seinen eigenen Kopf hin und her bewegt hatte, um ihn den Angriffen zu entziehen. So viele Leute, die Stillschweigen gelobten. Damit sie überlebten. Damit niemand Anstoß an ihnen nahm. Damit der Frieden gewahrt blieb. Aber was für ein Frieden war das? Wieder schleuderte sie die Fäuste, die Schläge erschienen auf dem Schirm. Aber sie kam nicht immer durch. Ihre Ausweichmanöver waren zu langsam, sie kassierte zwei weitere schwere Treffer am Kopf. Aber sie wehrte sich, schlug schneller und schneller zu – *links, links, rechts, rechts, links –*, und jeder Schlag, der traf, produzierte ein kleines knallendes Geräusch. Bald spürte sie die Anspannung des Kampfes tatsächlich in ihren Armen, in Brust und Rippen.

Überrascht von ihrer Wut, schlug und schlug und schlug sie zu, reckte sich, drehte sich, tänzelte auf der Stelle, machte eine Pirouette, verbuchte Treffer um Treffer, bis dem Boxer in Rot die ersten Sterne um den Kopf kreisten. Plötzlich musste sie weinen, und die Tränen kullerten ihr über die Wangen, während sie zuschlug und sich duckte und von neuem zuschlug. Als sie den letzten Treffer landete, den, der ihren Gegner zu Boden warf, ließ sie die Controller fallen, trat zurück und sank auf das Sofa, verbarg ihr Gesicht in den Händen.

Die Menge applaudierte, Azime schluchzte, hielt sich die Hand vor den Mund, damit niemand sie hörte. Sie weinte um alles, um Banu, um ihre tote Freundin und auch um sich, zu Boden gegangen unter dem unmöglichen Druck, den andere auf sie ausgeübt hatten, aber auch unter ihrem eigenen Druck auf sich selbst. Es brach ihr das Herz, auch noch als auf dem Schirm der blaue Boxer zum Sieger durch K.O. erklärt wurde und die siegreiche kleine Figur die Handschuhe hob und einen Freudentanz aufführte.

Ihre Mutter war noch immer in der Küche beschäftigt, als sich Azime, ausgelaugt von Gefühlen und nach Gesellschaft dürstend, zu ihr setzte. Sabite machte *aşure,* als hätte sie geahnt, dass Azime es genau jetzt brauchte – Noahs Gericht, Azimes Lieblingsessen, kochte es in großen Mengen für das Fest des Fastenbrechens, das in zwei Tagen bevorstand und mit dem der Ramadan zu Ende ging. Sabite goss aus drei

Schüsseln das Wasser ab, wo Kichererbsen, Bulgur und Rosinen schon seit langem weichten – irgendetwas wurde in Sabites Küche immer gerade eingeweicht. Sie schüttete alles in einen großen Topf und ließ die Masse aufkochen. Azime sah zu, wie ihre Mutter energisch rührte und allen Schaum von der Oberfläche abschöpfte. In alle Richtungen ging der Löffel, im Rühren war ihre Mutter Expertin. Sabite war stolz auf ihr Geschick im Zubereiten solcher Mahlzeiten, und eines Tages, stellte sie sich vor, würde Azime diese Gerichte für ihre eigenen Kinder kochen. Sabites Augen hatten klar und nüchtern die Aufgabe im Blick. Ihre Hakennase ließ diesen Blick umso konzentrierter wirken.

Azime erzählte, dass sie gerade bei Banu gewesen sei. »Stell dir vor, wie schrecklich, sie wird vom eigenen Ehemann geschlagen.« Sie sprach nicht davon, was sie selbst verloren hatte – denn als Banu sich geweigert hatte, ihrer ältesten Freundin ihr Herz zu öffnen und ihren Mann anzuklagen, hatte Azime den Glauben an ihre wichtigste Verbündete verloren.

Sabite rührte kommentarlos weiter und weigerte sich, jemanden zu verurteilen. Sie stellte ein Schneidbrett vor Azime hin und schob Schüsseln mit Aprikosen, Orangenschale, Nelken und Walnüssen zu ihr herüber. Langsam, nachdenklich, begann Azime, die Zutaten zu zerkleinern und zu zerhacken. Häusliches Leben: Das war es, was auch auf Azime Gevaş wartete, wenn sie sich in ihr Schicksal fügte. Und hier war auch ein Schatz verborgen, das musste sie zugeben. In der dampfigen Küche unter den vertrauten Aromen, die für sie immer mit ihrem Zuhause verbunden sein würden, schnitt Azime Dörraprikosen, zerstieß Walnüsse und spürte dabei eine ganz besondere Art von Frieden. Wie nie zuvor ging ihr auf, dass man, wenn man solche Gerüche, solche einfachen alten Rituale hinter sich ließ, auch einen bedeutenden Teil von sich selbst aufgab.

Mutter und Tochter arbeiteten schweigend, viele duftende Minuten lang, bis in Azime eine Frage aufstieg, wie der Schaum im Kochwasser.

»Bist du glücklich, Dayik?«

Sabite hob den Blick. »Glücklich? Was ist das für eine Frage? Das ist …« Aber etwas ließ Sabite zögern. Wie immer, wenn sie verlegen war, gingen ihre Augen seitwärts, suchten nach einem Fluchtweg, und dann spannten sich die Lippen dieses Bergmädchens erneut von unaufgelösten Widersprüchen. »Mit solchen Fragen hältst du das Unglück nicht auf. Du musst dein Schicksal annehmen. Dich damit abfinden, wer du bist. Woher du kommst. Du bist du.« Sie klopfte mit dem Löffel an den Topfrand, drei Glockentöne, fast wie eine Zeremonie. »Und du musst aufhören, Fragen zu stellen, Azime. Wir wissen nichts. Was wissen wir denn? Was? Nichts! Wir können nichts wissen. Und was heißt das? Je mehr wir nachdenken, desto mehr machen wir falsch. So einfach ist das.«

Für Sabite *war* es einfach, genauso einfach wie buchstabengetreu dem Rezept für ein siebeneinhalbtausend Jahre altes Gericht zu folgen.

Eine Stunde später schaltete Azime oben in ihrem Zimmer kurz ihr Handy ein und schaute nach, ob sie neue Nachrichten hatte. Vier von Deniz, aber sie konnte jetzt nicht ihre Voicemail abhören. Auch auf ihre Facebook-Seite ging sie nicht – wenn sie noch weitere Hass-Mails fand, würde sie überhaupt nicht mehr schlafen können. Sie betrachtete ihr Handy, dann öffnete sie die App für Sprachmemos, mit der sie zwei Wochen zuvor Ideen für mögliche Anfänge für Auftritte aufgenommen hatte. Sie berührte das Play-Icon und lauschte ihrer eigenen Stimme: *Ich heiße Azime. Ich bin aus Green Lanes, London. Googeln Sie es, das gibt es wirklich. Meine Eltern stammen aus dem kurdischen Teil der Türkei. Jetzt sind sie keine Türken mehr. Sie leben in London, wie die meisten kurdischen Türken. In der Türkei... ist es gegen die Verfassung, wenn man sich so anzieht wie ich und bei einer Behörde arbeitet. Da ist es doch toll, in einem Land zu leben, wo eine Frau sich so altmodisch anziehen kann, wie sie will. Danke dafür. Das ist wahre Freiheit. Love and Peace.*

Sie beendete die App, legte sich angezogen aufs Bett, starrte an die Decke und mühte sich sehr, keine Fragen zu stellen. Keine einzige. Love and Peace.

»Du sagst, wir sollen andere nicht vor den Kopf stoßen... aber was ist, wenn allein die Tatsache, dass ich da bin, dass ich auf der Bühne stehe, Anstoß erregt? Was, wenn *ich selbst* das Anstoßerregende bin?«

Nachdem Kirsten ihren Comedy-Kurs verabschiedet hatte, war sie zum Eingang gekommen, wo sie Azime mit bekümmerter Miene hatte stehen sehen.

»Selbst jetzt stoße ich die Leute doch schon vor den Kopf, oder?«

Azime hatte die Arme vor der Brust verschränkt. Sie hatte einen verbissenen, starren, gehetzten Ausdruck. Kirsten ließ sich Zeit mit der Antwort auf diese Frage ihrer so unvermutet prominentesten Schülerin. Sie setzten sich zusammen in die erste Zuschauerreihe des leeren Saals.

»Redefreiheit gibt es nicht. Oder? Die existiert einfach nicht.«

»Nein. Hat es nie gegeben. Aber wir brauchen etwas, das wir uns als Ziel setzen.«

»Mein ganzes Leben lang hat meine Familie versucht zu verhindern, dass ich sage, was ich wirklich denke. Und jetzt hat sich anscheinend die ganze Welt mit ihr verbündet. Und wer bin ich denn, dass ich so viel Feindseligkeit verdiene? Ich bin niemand.«

»Was dich in diesem Augenblick interessant macht, macht dich auch zur Bedrohung.«

»Soll ich denn einfach in Zukunft meinen Mund halten?«

»Meinst du wirklich, das könntest du?«

Endlich erschien ein Lächeln auf Azimes Gesicht – die verkrampften Muskeln entspannten sich. »Nein.«

»Wenn du sagen kannst, was du denkst, ohne dass es dich in Gefahr bringt… ich finde, dann solltest du weitermachen. Weiterhin sagen, was du denkst. Du hast Talent, und du hast ja offensichtlich etwas zu sagen, das wir hören müssen – sonst bekämst du keine so heftigen Reaktionen. Aber nur du, Azime, du allein kannst beurteilen, ob es die Risiken, die du eingehst, wert ist. Es sind deine Worte, dein Körper, dein Leben – du musst die möglichen Folgen abwägen, wenn du in der Öffentlichkeit stehst und deine Meinung sagst.«

»Und wie entscheide ich, ob das, was ich sage, wert ist, dass ich dafür meine persönliche Sicherheit riskiere?«

»Sachen sind nur in Ordnung, wenn es in Ordnung ist, dass man darüber redet.«

»Das verstehe ich nicht.«

»Ob etwas in Ordnung ist, erkennt man daran, ob es erlaubt ist, darüber zu reden. Wenn es nicht mehr gefährlich ist, über etwas zu reden, dann ist das Werk getan. Dann ist die Zivilisation ein kleines Stückchen vorangekommen. Daran erkennt man es. Und da es für dich ja offenbar mit Risiken verbunden ist, über das zu reden, worüber du reden willst, ist es wohl notwendig, dass noch eine Menge Riskantes gesagt wird. Richtig?«

Azime nickte. »Und wird es mich glücklich machen, wenn ich das tue?«

Kirsten lächelte. »Also das bezweifle ich. Glücklich? Nein, glücklich ist etwas anderes. Du redest, weil du reden *musst*. Die meisten Leute halten dagegen den Mund, *weil sie das können.*«

»Wow.«

»Deshalb mache ich diesen Kurs hier. Ich mache das nicht, weil ich damit glücklich werden will. Ich *brauche* es, dass ich meine eigene Stimme höre und dass andere sie hören. Es ist eine Krankheit. Dieser Kurs ist eine unverfängliche Möglichkeit für mich, stabiler, normaler zu werden. Dass ich meine Meinung sage, dass ich mir Witze ausdenke, ist eine Art Medizin, die ich mir selbst verabreiche. Wenn ich damit aufhöre, ist mir elend, ich bin durcheinander, niedergeschlagen.«

»Du? Durcheinander? Niemals.«

»Ich will dir mal was sagen, Azime. Es gibt verdammt wenig Gründe dafür, dass man seine Meinung sagt, dass man das Leben klar sieht, mit Intelligenz, mit dreihundertsechzig Grad Rundumsicht. Wenn du glücklich sein willst, einfach nur zufrieden, dann ist es besser, wenn du engstirnig bist, mit Tunnelblick, ganz auf das konzentriert, von dem du sicher bist, dass es dich froh macht, auf alles, was beruhigend und vorhersagbar ist, und wenn du so wenig wie möglich sagst. Wenn du den Blick schweifen lässt, wenn du alles in Frage stellst, aufgeschlossen bleibst, beide Seiten eines Problems siehst, sagst, was du denkst, dann bist du oft wütend.«

Ja! Wütend! Genau so fühlte Azime sich. Wütend darüber, was mit ihrem Leben geschehen war, darüber, dass jemand, der so friedlich war wie sie, so ehrlich und anständig wie sie, gefährliche Feinde hatte, finstere Rächer mit Namen wie Medhi77 und Salim86729, Phantome, Briefschreiber, Tweeter, Blogger, Hashtag-Terroristen, die auf andere Menschen lähmend wirkten und sie in Angst und Schrecken versetzten, Nichtsnutze, die diejenigen, die zu etwas nutze sein wollten und konnten, aufzuhalten versuchten! Und sie war auch wütend auf Banu und auf ihre tote Freundin; wütend, weil sie unterlegen waren oder nicht einmal versuchten, sich zu wehren, weil sie sich damit abgefunden hatten zu unterliegen.

Azime sah jetzt, dass sie tatsächlich einen inneren Drang hatte zu sagen, was sie dachte. In ihrem jetzigen Zustand war sie verloren. So viel stand fest.

»Ich soll also weitermachen? Das rätst du mir?«

»Tue ich das?«

»Auch wenn Leute es schon als Kränkung empfinden, wenn ich nur auf der Bühne stehe?«

»Findest du nicht, du hast ein Recht, auf der Bühne zu stehen?«

»Ich sollte also nicht aufgeben?«

Kirsten nickte und zeigte ihr strahlendstes Lächeln. »Das wäre schön.«

13

Die Erwachsenen nannten es *Eid al-Fitr*, das Fest des Fastenbrechens, aber für die Kinder des Viertels, die von Tür zu Tür liefen, anklopften und um Süßigkeiten bettelten, war es *Şeker Bayramı*, das Zuckerfest. Wenn die Tür sich öffnete – und das Opfer Türke oder Kurde war –, dann riefen die Kinder *iyi bayramlar* oder *bayramınız kutlu* oder *mübarek olsun,* und der Nachbar antwortete mit der gleichen Wendung und drückte ihnen Schokolade, Süßigkeiten, türkischen Honig oder sogar ein paar Münzen in die erwartungsvoll geöffneten Hände. Dann liefen die Kinder wieder auf die Straße, versammelten sich, begutachteten ihre Beute.

Der große Tag hatte in Green Lanes schon früh am Morgen begonnen, mit der Radioübertragung des feierlichen Donners, mit dem die Kanone auf den hohen Festungsmauern der türkischen Stadt Alanya abgefeuert wurde – das Zeichen, dass der erste Neumond nach dem Ramadan aufgegangen war. Die Übertragung rauschte stark. Aber der Kanonendonner war unüberhörbar. *Wumm.* Für die Familie Gevaş war das der Startschuss. Mit dem Auto fuhren sie zum Friedhof. Sie neigten, wie stets an diesem Tag des Totengedächtnisses, ihr Haupt vor den Gräbern derer, die sie gekannt hatten, sprachen Gebete, und Aristot las die Sure Ya-Sin aus dem Koran.

Bei der ersten sich bietenden Gelegenheit machte Azime sich auf die Suche nach dem Grab ihrer toten Freundin. Sie hatte einen kleinen Rosenstrauß auf das Messingschild legen wollen, aber sie fand es bereits ganz mit frischen Rosen bedeckt. Wer brachte ihr Blumen? Hinter ihr sagte eine Stimme: »Danke.«

Der Vater des toten Mädchens. Der Mann, der gelacht hatte. Der Mörder, der verantwortlich dafür war, dass das Mädchen jetzt hier lag. Dieser Mann, der Inbegriff all dessen, was sie fürchtete, streckte ihr die Hand hin.

»Ich heiße Omo«, sagte er.

Entsetzt weigerte sie sich, die Hand zu schütteln. Sie betrachtete diese Menschenhand, die abscheulichste, die sie kannte.

»Und du bist Azime?«

»Ich will nicht mit Ihnen reden.«

»Das will keiner. Aber du warst ihre Freundin. Ich weiß es. Ich habe ein Foto gesehen. Du und noch ein Mädchen mit meiner Tochter. Sie hat gut von dir gesprochen. Ich danke dir dafür, dass du meiner Tochter eine Freundin warst.«

Was hatte er vor? Wollte er seinen Ruf retten? Na, *den* sollte mal einer vom Balkon schmeißen! Auch wenn der Mann sein Möglichstes tat, bekümmert, bescheiden, gebrochen zu wirken, durchschaute Azime seinen Auftritt sofort. Sie wusste, was er für einer war: einer, der sich reinwaschen wollte, die Tatsachen verdrehen, ein Verbrecher, der keine Reue kannte. Nein, für so einen Mann waren acht Stockwerke zu wenig. Der verdiente es, dass er von den Twin Towers gestürzt würde, damit er im Fallen genug Zeit zum Nachdenken hatte, dass er sich den Erdboden ansah, der ihm da entgegenraste, dass sein Leben vor seinen Augen vorüberflog, damit er vor sich, wenn schon vor keinem anderen, sein Verbrechen hätte eingestehen können, die Verderbtheit seines Wesens. Ein solcher Sturz hätte womöglich sogar ein Wunder bewirken können, nämlich dass er zum Schluss doch noch das ganze Ausmaß seiner Sünden begriffen hätte.

»Hast du ihr Tagebuch bekommen? Ich hatte meinen Sohn gebeten, dich zu suchen und es dir zu geben. Sie hat von dir darin geschrieben. Da fand ich, du solltest es bekommen. So liebe Dinge hat sie über dich gesagt.«

Noch weitere Tricks? Was wollte er tatsächlich von ihr? Was führte dieser widerliche Mann im Schilde?

»Auch damit du vielleicht verstehen kannst, was mit ihr passiert ist. Hast du es gelesen? Ihr Tagebuch? Dann musst du jetzt wissen, warum sie so unglücklich war. Es war… ein schreckliches Missverständnis. Ja, ein schreckliches, schreckliches Missverständnis. Aber es wird seine Zeit dauern, bis du das alles verstehst.«

Ihre Familie war ganz in der Nähe, falls sie Beistand brauchte. Sie sah Omo ins Gesicht – breit, durchaus gut aussehend, volle Lippen, die Augenbrauen bittend über der kleinen spitzen Nase erhoben – und sie sagte noch einmal das tödliche Wort, das er sich beim Begräbnis seiner Tochter nicht hatte sagen lassen.

»Mörder.«

Er reagierte sofort. Seine Augen huschten nach links und nach rechts, als fürchtete er, jemand könne das Wort gehört haben. Und dann griff er in seine Jacke, holte eine Brieftasche heraus und aus dieser eine Karte. »Hier. Bitte. Meine

Karte. Bitte, nimm sie, weil heute das Fest ist. Was kann es dir schaden, wenn du sie nimmst? Und wenn du jemals die ganze Wahrheit erfahren willst, die Wahrheit darüber, was mit ihr passiert ist – und ich schwöre dir, es ist die Wahrheit –, dann komm mich besuchen. Ich erzähle dir alles, ich verspreche es. Du kannst allein kommen oder in Begleitung. Ein glückliches Fest. Auch deiner Familie. Ich nehme an den Feierlichkeiten nicht teil. Alle hassen mich. Sie verstehen es nicht. Keiner versteht es. Aber dir möchte ich es erklären. Ihrer Freundin. Auf Wiedersehen, Azime. Salam.«

Und mit diesen Worten drehte er sich um, suchte sich einen Weg zwischen den Familien hindurch, die überall den Festtag damit begannen, dass sie denen, die nicht mehr unter ihnen waren, Ehre erwiesen; einen Weg, auf dem er niemandem begegnete, so dass er keinen grüßen musste und von keinem gegrüßt wurde.

Azime kickte, noch ganz benommen, mit dem Fuß seine Rosen beiseite, verstreute sie ringsum im Gras und legte ihre eigenen an deren Stelle. Sprach ein kurzes Gebet. Dann kehrte sie zu ihrer Familie zurück, fürchtete sich sogar noch vor der Karte des Mannes in ihrer Tasche, als wäre sie radioaktiv und könnte ihr Schaden zufügen. Die Wahrheit? Von einem Lügner? Das war ein Witz. Sie würde die Karte in die erstbeste Mülltonne werfen.

Aristot klatschte zweimal in die Hände. »Komm jetzt. Genug. Lass uns zu den Lebenden zurückkehren.«

Der Rest des Tages verlief nach dem üblichen Muster. Aristot und Zeki, im neugekauften Festtagsstaat, machten sich zusammen mit Omar und Raza auf den Weg zum Gebet in ihrer Moschee, wo es nun schon seit vier Wochen aus den Lautsprechern getönt hatte: »*Allahu akbar, Allahu akbar. La ilaha illallah. Allahu akbar, Allahu akbar. Wa lillahil hamd*«, wozu die Männer ihre Hände zu den Ohren erhoben hatten. Sabite und ihre Töchter gingen inzwischen mit den anderen Frauen des Viertels zum Gemeindesaal, um das Festmahl vorzubereiten. Schon bald bogen sich die Tische unter den Köstlichkeiten – *ketupat* (Reis, in einem Geflecht aus Kokosblättern gegart), *opor ayam* (Hühnerfleisch in Kokosmilch), *aşure* und Dutzenden weiterer Gerichte. Willkommensgeschenke für die Gäste wurden zurechtgelegt: Süßigkeiten, Schokolade, türkischer Honig und Parfüm. Und als die Männer von der Moschee kamen, konnte das Fest beginnen. Die Musiker griffen zu ihren Instrumenten, in der Mitte des Saales wurde generationenübergreifend getanzt, Mobiltelefone wanderten von Hand zu Hand, wenn die Verbindung zu weit entfernt lebenden Verwandten hergestellt war. Beim Klang von Stimmen, die man wochen-, monate-, jahre-, ja jahrzehntelang nicht gehört hatte, kullerten die Tränen. Im Saal drängten sich die Bewohner des Viertels in ihren schönsten Gewändern, die Kinder und jungen Leute bekamen ihr Taschengeld zum Ende der Fastenzeit – auch Azime war noch nicht zu alt, um ein paar Pfund einzustecken – und küssten zum Dank den Älteren die rechte Hand und führten diese dann mit den Worten *Bayramınız Mübarek Olsun* an die jugendliche Stirn. In solch einer Stimmung wurde altes Unrecht vergeben, Geldgeschenke gingen an die Armen und an die Jungen.

Auch Banu war da, sie saß an einem Tisch ganz in der Ecke. Die Schwellung am linken Auge war, so gut es ging, mit Make-up verdeckt. Zwar war sie mit ihren Eltern gekommen, doch bald stand auch ihr Ehemann vor ihr, der, reumütig in Anzug und Krawatte, seinen Stuhl direkt neben ihren zog. Flankiert von seiner eigenen Familie, alles feierlich dreinblickende Gesichter, hielt er ihr den Ehering hin, den sie offensichtlich zu einem früheren Zeitpunkt von ihrem Finger gestreift hatte. Der zurückgewiesene Ring lag nun auf seiner großen offenen Handfläche, und sie betrachtete ihn, und dann sah sie sich um, blickte in all die Gesichter, die sie beobachteten, darunter auch das von Azime. Azime hielt den Atem an, so gespannt war sie, was Banu als Nächstes tun würde. Die Antwort ließ nicht lange auf sich warten. Banus Augen kehrten zu dem Ring zurück, dann sah sie wieder auf zu den Angehörigen, den eigenen und denen ihres Mannes, und dann nahm sie mit einem überraschend seligen Lächeln – geradezu erleichtert – den verlorenen Ehering und steckte ihn sich wieder an den Finger. Sofort drängten sich weitere Frauen hinzu, Mütter, Tanten, Großmütter, eine Woge kollektiven Wohlwollens, die selbst die äußersten Enden des Saales erfasste, ein universelles Verständnis für die unvermeidlichen Komplikationen der Liebe. Banu bekam Küsse auf die Wange gedrückt, und Azime beobachtete, wie ihr beschämter Ehemann sich der Gesellschaft der Männer zuwandte, die ihm auf die linke Schulter klopften, ihn aber auch packten und schüttelten und ihm klarmachten, dass das, was er getan hatte, nie wieder tun durfte. Als sie ihm ein paar Tränen entlockt hatten, reichten sie ihm ein weißes Taschentuch, und damit wischte er sich die Augen, nickte, bekannte sich mit dieser Zeremonie dazu, dass er Unrecht getan hatte.

Azime war die Letzte, die vortrat, um Banu auf die Wange

zu küssen. Banu warf ihr einen stillen, doch liebevollen
»Ich weiß, du wirst mich niemals verstehen«-Blick zu.

»Ich hab dich lieb«, flüsterte Azime ihr ins Ohr.

»Ich dich auch.«

Azime konnte der Versuchung nicht widerstehen: »Hey!
Ein Mann liegt schon seit Monaten halb im Koma; mal ist er
bewusstlos, mal ist er wach, und trotzdem sitzt seine Frau
jeden Tag bei ihm am Bett...«

Banu hielt sich die Hand vor den Mund: »Mach schon.
Erzähl weiter. Schnell.«

»Als der Mann wieder zu sich kommt, gibt er ihr Zeichen,
sie solle näher kommen. Als sie neben ihm sitzt, sagt er:
›Weißt du was?‹«

Banu, die schon jetzt lächelte, fragte: »Was?«

»›In all diesen schlechten Zeiten warst du an meiner
Seite. Als ich meine Arbeit verlor, warst du bei mir. Als mein
Geschäft pleiteging, warst du da. Du gingst neben mir, als
auf mich geschossen wurde. Du warst bei mir, als sie uns das
Haus weggenommen haben. Als mein Herz versagte, warst
du immer noch da. Weißt du was?‹ – ›Was, mein Lieber?‹, fragt
seine Frau zärtlich. – ›Ich glaube, du bringst mir Unglück.‹«

Banu brüllte vor Lachen. Sie kriegte sich gar nicht mehr
ein. Der ganze Saal hatte sich zu ihr hingewandt und sah sie
an, allen voran ihr Ehemann, der eben noch seine Augen mit
dem weißen Taschentuch betupft hatte. Banu, noch immer
lachend, breitete die Arme aus, in die sich Azime bereitwillig
fallen ließ, und Arm in Arm wiegten sie sich zu der Musik,
die gerade eben von einem flotten *narînk* zu einem melan-
cholischen *heyran* wechselte. Die Musik wurde immer lauter, und die kleine Döndü wurde auf zwei Männerschultern

gehievt wie eine Kriegerprinzessin. Sie strahlte. Was war passiert? Die Nachricht verbreitete sich in Windeseile. Das Mädchen hatte sich soeben bereit erklärt, weiterhin den Hidschab zu tragen. Applaus von allen Seiten. Blumen wurden geworfen. Alle gratulierten Aristot, und Sabite, die den Takt der Musik mitklatschte, wurde von den anderen Müttern umringt. Als Letzte umarmte sie Rojda, eine Frau in Sabites Alter, die aus demselben Dorf stammte wie sie. Die beiden Frauen waren ungefähr gleich lang in England, hatten schon mehrere Länder und Schicksale hinter sich, bis sie hier gelandet waren. Jetzt sei endlich alles gut, versicherten sie sich in ihrer Muttersprache. Nach so vielen Schwierigkeiten waren nun alle an dem Platz angekommen, der ihnen zugedacht war. Rojda merkte philosophisch an, dass Eltern nicht überrascht sein sollten, wenn die Kinder ihnen manchmal widersprächen. »So sind Kinder nun mal. Und haben nicht auch wir uns unseren Eltern widersetzt, als wir jung waren?« Sabite dachte einen Moment nach, dann verneinte sie – sie habe sich ihren Eltern niemals widersetzt. »Nie.«

Aber Rojda lachte leise, fasste ihre Freundin am Arm und erinnerte sie, mit wem sie da gerade sprach. Bei ihr seien Sabites Geheimnisse sicher, flüsterte sie verschwörerisch.

»Was denn für Geheimnisse?«, fragte Sabite, empört über die Andeutung. »Es gibt keine Geheimnisse. Kein einziges!«

»Du willst mir doch nicht etwa weismachen, dass du den Verehrer vergessen hast, den du vor der Ehe mit Aristot hattest? Den aus einer schlechten Familie?«

»Was denn für einen Verehrer aus schlechter Familie?«, fragte Sabite unwillkürlich lauter, aller Selbstkontrolle zum Trotz. »Geh zurück zu deiner Familie, du blöde Kuh, du!«

»Na, den Sohn des Schmieds«, erinnerte Rojda sie. »Deine Jugendliebe, die du vor den Eltern geheim gehalten hast. Aber alle jungen Mädchen im Dorf haben Bescheid gewusst, und sie waren sogar ziemlich neidisch. Du warst so etwas wie ein Vorbild, weil du dich mit so einem Fakir eingelassen hast.«

Sabite fragte ihre alte Freundin, ob sie getrunken habe. »An einem so hohen Feiertag ist das eine unverzeihliche Sünde!« Damit rauschte sie davon.

Azime, die im Saal allein stand, sah zu, wie Döndü wieder abgesetzt wurde, nur um sogleich mit Tanzeinladungen älterer Partner überflutet zu werden. Sie verstand, warum ihre Schwester beschlossen hatte, von nun an das Kopftuch zu tragen. Wenn das Sich-Fügen mit solcher Liebe belohnt wurde, welcher Dummkopf würde dann den Widerstand wählen? Welcher Dummkopf?

Nach dem Festmahl des Fastenbrechens, als die letzten Töne der Kapelle verklungen waren und die ruhebedürftigen Älteren die Wagen hatten vorfahren lassen, versammelten sich auch die Mitglieder der Familie Gevaş, suchten ihre Geschenke zusammen und machten sich auf den Heimweg.

Ein paar Stunden später, als sie alle zusammen im Wohnzimmer Tee tranken und übriggebliebene *aşure* naschten, erklärte Azime der versammelten Familie, sie habe etwas zu sagen.

Sie wolle auf die Bühne zurück. Sie werde noch einmal versuchen, sich ihren Lebensunterhalt als Komikerin zu verdienen, mit Witzeerzählen. Sie entschuldige sich dafür, besonders bei Mutter und Vater, aber sie sei sicher, das sei der Weg, der ihr vorbestimmt sei.

»Ich habe es versucht. Aber ich kann nicht so sein, wie ihr mich gerne hättet. Ich bin nicht Banu. Ich bin nicht einmal Döndü. Und ich hoffe, eines Tages kommt ihr alle mit und seht euch einen Auftritt von mir an und akzeptiert mich dann, wie ich bin.«

Sabite rief den Namen ihres Mannes, erwartete von ihm, dass er dieses Aufbegehren auf der Stelle unterdrücken würde. Stattdessen antwortete Aristot mit einem etwas kleinmütigen leichten Schulterzucken.

»Sag es ihr!«, drängte Sabite.

Doch Aristot hob nur die Hände. »Was soll ich ihr sagen? Dass sie es nicht machen kann? Aber warum sollte sie es nicht machen? Sie hat nichts Unrechtes getan. Was soll daran unrecht sein?«

Azime starrte ihren Vater an.

»Wir haben einen so weiten Weg zurückgelegt«, fuhr er fort. »Und was hatten wir davon? Einen so weiten Weg, und dann sollen wir uns vorschreiben lassen, was wir tun? Keiner schreibt uns vor, was wir zu tun haben. Wir sind friedlich. Wir sind ehrliche Leute. Wir achten unsere Gemeinschaft. Und nun will dieses Mädchen hier die Menschen zum Lachen bringen? Was soll daran falsch sein?«

»Kein Mann wird sie heiraten! *Das* ist falsch daran.«

»Warten wir's ab«, warf Azime ein.

»Erzähl ihnen den Witz«, sagte Aristot.

»Welchen Witz?«

»Den über mich. Auf dem Computer. Im Büro. *Couchgarnituren*. Erzähl ihn.«

»O nein. Du hast das ge*lesen*?«

»Komm. Erzähl ihn.«

Azime schüttelte verdattert den Kopf. Was für ein unglaublicher Mann ihr Vater doch war. Ein Mann von fanatischer Zärtlichkeit, von liebevoller Grobheit. Er wusste vom Ordner »Couchgarnituren«? Er hatte ihre Witze über ihn gelesen und nichts gesagt? Seit wann kannte er das alles? Er war doch immer für eine Überraschung gut.

Stockend begann sie, während ihr Blick zwischen ihrer Mutter, ihrem Bruder und ihrer Schwester hin und her huschte: »Mein Dad hat mehr als nur eine Frau. Ich glaube, in Fachkreisen nennt man das ›Polygamie‹, aber hier bei uns zu Hause reden wir nur von ›Multitasking‹.«

Gespannt blickte Aristot reihum in die Gesichter seiner Familie auf der Suche nach einer Reaktion. Er selbst gluckste schon, doch Sabite und Zeki und Döndü saßen auf der Couch und starrten ihn verständnislos an. Einzig Sabite reagierte schließlich, doch schneuzte sie sich nur und nahm dazu eine Festtagsserviette, am Rand bedruckt in arabischer Schrift. Was konnte eine Mutter da noch machen?, lautete die Botschaft. Nichts. Sie hatte alles versucht. All die schlaflosen Stunden, die vielen hundert Pfund für den Ehevermittler – vergebens.

Zeki war verwirrt: »Dad hat mehr als eine Frau?«

»Das ist ein Witz«, klärte Azime ihn auf.

»Wovon redest du?«

»Es ist ein Witz.«

»Der ist nicht lustig.«

Döndü hatte ebenfalls eine Frage: »Was ist Multitasking?«

Aristot wurde nervös. »Erzähl ihnen einen anderen. Mach schon. Über mich.«

Und so erzählte Azime ihrer versammelten Familie, schuld daran, dass ihr Vater so viele Frauen habe, sei einzig und allein ihre Mutter. Eines Tages habe sie ihrem Mann nämlich gesagt, er solle »liebevoller« sein. Sie sei schuld. Er habe bloß getan, was man von ihm verlangt habe.

Sabite reagierte sofort: »Ich bin schuld?«

»Was ist denn nur los mit euch?«, rief Aristot. »Das ist ein guter Witz. ›Sei liebevoller!‹« Und zu Azime: »Mach weiter. Weiter. Erzähl ihnen den nächsten Teil. Weiter.«

Und so erzählte Azime, wie Aristot seine vierte Frau geheiratet und ihr am Hochzeitstag einen Ring geschenkt hatte mit der Gravur »Für die Trägerin dieses Ringes«.

Die Worte »Für die Trägerin dieses Ringes« verhallten im Raum. War das eine lustige Idee? Oder nicht? Sabite zeigte den Anflug eines Lächelns. Zeki nickte verächtlich. Nur Döndü verstand überhaupt nichts.

Doch schon beim ersten Anzeichen eines Risses im arktischen Eis der familiären Ernsthaftigkeit klatschte Aristot triumphierend in die Hände. »Habt ihr ihn verstanden? ›Für die Trägerin dieses Ringes‹! Auf einem Ehering! Gut, was? Das ist gut, was? Das ist *sehr* gut. Siehst du, Sabite? Sie ist lustig. Genau wie du. Das hat sie von dir.«

Doch Sabite schüttelte nur empört den Kopf und schneuzte sich erneut lautstark in die Papierserviette.

Azime, jetzt zum Weitermachen ermuntert, lächelte selbst auch, zum ersten Mal. Sie erklärte, ihr Vater habe das Englische noch nicht ganz gemeistert und spreche mit der chirurgischen Präzision einer Landmine. Sie habe ihn ja gern und so, aber, na ja, er sei nicht besonders schlau. Wenn man neben ihm stehe, könne man das Meer rauschen hören.

»Das Meer! Ha! ha! Wie bei einer Muschel! Versteht ihr? Sie sagt, ich bin so hohl wie eine Muschel!«

Da lachte nun endlich die ganze Familie. Selbst Sabite musste – hinter vorgehaltener Hand – lachen, während sie pro forma missbilligend den Kopf schüttelte. *Das Meer.* Ein Mann mit einem Kopf wie eine Muschel. Ja, das war nicht nur lustig, es steckte auch ein Körnchen Wahrheit darin. Zeki und Döndü allerdings lachten hauptsächlich, weil es so lustig war, dass Aristot dermaßen über einen Witz lachte, bei dem er selbst der Dumme war.

Azime hatte jetzt Mut gefasst und machte als Nächstes ihrem Vater ein Kompliment, nämlich, dass er ein wahrer Komiker sei, weil er Sachen sage wie »Der einzige Ort, wo Erfolg vor Mühe kommt, ist im Wörterbuch«.

Da kicherten alle, denn es war eine Lieblingswendung von Aristot, genau wie die, dass ein erfolgreicher Mann der sei, der mehr Geld verdiene, als seine Frau ausgeben könne.

Dafür erntete sie den größten Lacher. Sabite nahm dafür sogar die Hand vom Mund, der Mund ein glückliches O. Ja, der Witz war wirklich gut, das musste sie zugeben. Albern und dumm, aber gut. Ha! ha! ha!

»Und gerade erst gestern beim Abendessen hat er von seinem Teller aufgesehen – alle lagen sich wegen irgendwas in den Haaren. Er hat sich zu mir umgedreht und gesagt: ›Es stimmt, dass verheiratete Männer länger leben als unverheiratete, aber verheiratete Männer sterben auch lieber.‹«

Jetzt prustete die ganze Familie. Döndü hob sogar die Füße und rollte sich auf der Couch hin und her. Sie drückte ihre Mutter, die nun auch nicht mehr an sich halten konnte. Und so kamen sie stillschweigend, doch gemeinschaftlich überein, dass Azime auf die Bühne zurückkehren würde.

Eine Frage blieb allerdings noch. Zeki stellte sie: Was war mit dem Drohbrief? Mit den Morddrohungen. Man konnte nicht einfach so tun, als habe es sie nicht gegeben. Sabite stimmte zu: »Ja. Wenn du auf die Bühne gehst, könnte dieser Mensch im Publikum sitzen.«

Doch Aristot schüttelte den Kopf: »Nein. Wir bekommen ihn zu fassen. Und Azime verspricht, dass sie nichts tut, was uns neue Schande bringt.«

Jetzt meldete sich Zeki zu Wort. Er erzählte, dass er seine Kumpel schon losgeschickt habe, um sich in der Gemeinde umzuhören, wer als Absender für den Brief und die E-Mails in Frage kam. Wenn es Azime-Hasser in Green Lanes gab, würde er bald wissen, wo sie wohnten. »Und Raza und Omar helfen schließlich auch. Sie haben die Fahrgestellnummer des Rollers. Dann finden sie auch den, dem er gehört.«

»Wann ist dein nächster Auftritt?«, wollte Aristot von Azime wissen.

Azime zuckte mit den Schultern: »Ich hab noch keinen. Vielleicht will mich jetzt überhaupt niemand mehr.«

»Ich bringe Leute mit«, schlug Zeki vor. »Dann bist du sicher. Ich und meine Kumpels sorgen dafür.«

Azime war gerührt. Ihr Bruder der Vollstrecker. Jetzt auf ihrer Seite. An seiner Zimmertür hing dieser Tage ein Schild, geschrieben von Aristot: »Zu räumen mit 18. Kein späterer Check-out!« Aber bei aller männlichen Kraftmeierei war er noch nicht so weit, dass er allein in der Welt bestehen konnte.

»Danke, Zeki. Und ich habe einen Freund, der Erfahrungen als Bodyguard hat, der hat auch versprochen, dass er aufpasst.«

Sabite schloss die Augen – ein Bodyguard! Das musste sie erst mal verdauen, eine Gevaş-Tochter, die einen Bodyguard brauchte! Schließlich öffnete sie die Augen wieder, ließ sie von Azime zu Zeki zu Döndü wandern und endlich zu ihrem Ehemann, der zustimmend nickte.

»Ich halte mich da raus«, sagte sie abschließend und mit erhobenen Händen, womit sie zwar ihrer Tochter ermöglichte zu tun, was in einem freien Land getan werden kann, sich aber gleichzeitig das Recht vorbehielt, ihre Familie mit den Worten »Ich hab's euch ja gesagt« zurechtzuweisen.

Aristot warf nachdenklich ein: »Was sind das für Leute, die glauben, sie können uns sagen, was wir zu tun haben? Das ist ein freies Land. Was glauben die eigentlich? Dass wir im Mittelalter leben?«

Jetzt, wo zu Hause Waffenstillstand herrschte, stand ein weiterer Termin an, ein dringender Besuch im Stadtzentrum. Manny Dorfman, der berühmte New Yorker Promoter, hatte sich bereit erklärt, sie zu sehen. Wenn sie Komikerin werden wollte, musste sie zu ihrer eigenen Sicherheit in großen Clubs auftreten, die so viel zahlendes Publikum anlockten, dass ihre Sicherheit damit ganz von selbst gewährt war. Jemand wie Azime konnte nicht auf das Podium eines düsteren Schuppens steigen. Dort war sie weder in Sicherheit, noch würde jemand sie hören wollen. Sie brauchte echte Comedy-Auftritte, echtes Comedy-Publikum.

Die U-Bahn schlängelte sich südwärts durch krumme

Tunnel. In der Tottenham Court Road kam Azime wieder an die frische Luft. Manny hatte ein Büro im Untergeschoss eines alten Westend-Theaters. Man betrat das Theater durch den Haupteingang und folgte dann den Pfeilen nach unten in Richtung »Toiletten«.

Das Büro war ein Kellerraum, groß, aber vollgestopft mit Papieren, Büchern, Plakaten, Erinnerungsstücken, Verträgen, Stößen von Aktenmappen, Familienfotos auf dem Schreibtisch, Fotos von Stars an den Wänden (mit Autogrammen und Küsschen in Filzstift). Dazu mehrere Telefone in verschiedenen Farben – heiße Drähte zu wem? Azime war pünktlich erschienen. Er hingegen ließ sie eine Viertelstunde warten, telefonierte und fand offenbar gar nichts dabei, dass eine Fremde zuhörte. Es ging um einen Auftritt, den er für einen seiner Comedians organisiert hatte und der nun abgesagt worden war. Das machte ihn nicht glücklich. Es machte ihn sogar stinkwütend. Trotzdem riss er seine grimmigen Witze, drängelte, drohte, unterdrückte einen Fluch, schmeichelte und ließ nie zu, dass seine schlechte Laune die Oberhand gewann. Sicher, der Anrufer bekam allerhand zu hören, Manny erklärte ihm, er lasse nicht mit sich Schlitten fahren, erklärte dem Mann, er habe »die letzte Ausfahrt für Profis verpasst« und sei nun »auf der Einbahnstraße nach Shit City, du Schmock«. Aber sein großes Talent war es, die Leute mit Humor zu entwaffnen, bis sie ihm am Ende zu dem verhelfen wollten, was er wollte. Ein alter Jude, ein lustiger Vogel; oben auf dem Kopf schon kahl, graue Haarbüschel mit Pomade hinter die großen Ohren gekämmt, wo sie hinten in Entenschwänzen ausliefen. Die Brille mit einer doppelten Brücke über der Nase hatte lichtempfindliche Gläser, aber

Azime konnte ihn sich ohne seine Telefone kaum vorstellen und erst recht nicht draußen an der frischen Luft.

Manny bekam seinen Willen. Knallte den altmodischen Telefonhörer auf die Gabel und drehte sich mit einem triumphierenden Lächeln auf seinem Schreibtischstuhl zu ihr um.

»Also. Worum geht es? Sorry, dass Sie das mit anhören mussten. Danke, dass Sie gekommen sind. Also dann. Azime, nicht wahr? Azime – Ihr echter Name?«

»Ja.«

»Die Sache mit der Burka ist also nur für die Bühne?«

»Derzeit ja.«

»Derzeit ja! Ha! Das gefällt mir. Sekunde.«

Plötzlich stand er auf. Er ging, so unglaublich das war, zu einer Sauerstoffflasche, drehte ein Ventil auf, setzte sich auf einen Blechstuhl und atmete ein paar Sekunden lang Sauerstoff durch eine Maske wie die eines Kampfpiloten. Die Augen hielt er vor Konzentration geschlossen, atmete tief ein, bis die Brust sich hob, dann atmete er aus. Er wiederholte das Ganze sechsmal, dann drehte er das Ventil zu und kehrte an seinen Schreibtisch zurück. »Emphysem. Ich sterbe. Was soll man machen?«

Doch Azime war schon der Aschenbecher voll mit den ausgedrückten Zigarettenstummeln aufgefallen. Ob er wirklich todkrank war? Aber wie sollte man das schon wissen bei einem wie Manny, der ebenso gut ein Multimillionär wie ein Bankrotteur sein konnte?

»Na, jedenfalls. Azime. Der Name gefällt mir. Ich möchte, dass du mein Abschiedsgeschenk für diese elende Welt wirst. Möchtest du mein Abschiedsgeschenk für diese elende Welt sein?«

Sie nickte.

»Gut. Die Welt braucht Komiker. War schon immer so, wird immer so bleiben. Scherze sind wie Gedichte. Habe ich recht? Kleine Gedichte für die menschliche Seele. Aber sie sind besser als Gedichte, der Schluss ist besser. Sie haben einen Knalleffekt zum Schluss.« Er grinste. Perfekte Zähne – Keramik oder echt?

Azime nickte wieder. »Stimmt.«

»Azime… ich habe das Gefühl, du bist so eine Dichterin. Eine kleine Dichterin, die die Leute nervt.« Wieder das breite Porzellangrinsen. »Also. In drei Wochen steigt in der O2-Arena eine große Wohltätigkeits-Comedy-Gala, Hilfe für irgendwas beschissen Schlimmes… na, egal… Lenny Jones hat aus Gesundheitsgründen absagen müssen – chronische Unlustigkeit, nehme ich an. Da haben wir also eine Vakanz, wie man sagt. Bei der bescheuerten Show tritt alles auf, was Rang und Namen hat. Superstars. Eddie Izzard ist dabei, wenn der Blödmann seinen neuesten Fernsehdreh rechtzeitig fertig kriegt. Ich finde, du passt da wunderbar ins Programm. Immer gut, wenn man eine Überraschungsnummer hat, etwas, was die Leute nicht kennen, nicht erwarten.« Er wühlte in den Stapeln auf seinem Schreibtisch und hielt den *Guardian*-Artikel mit dem Bild von ihr in der Burka in die Höhe. »Und dich erwarten sie nicht.«

Manny griff zum erstbesten Telefon und schaute gleichzeitig auf sein Handy. »Übrigens, das gefällt mir, wofür du stehst. Wir sorgen dafür, dass du die Gelegenheit für mehr bekommst. Göttlich, diese Burka. Weiter so. Großartig. Absoluuu– *(ins Telefon)* Marcie? Manny. Doch, ich lebe noch. Vorübergehend, also machen wir's kurz. Ich habe Azime hier bei mir. Azime. Einfach nur Azime. Ich weiß verdammt noch mal nicht… A-Z-I-M-E. Das ist Türkisch.«

»Kurdisch«, präzisierte Azime.

»Kurdisch… die hassen die Türken. Jedenfalls ist sie phantastisch. Weltweit einzige muslimische Bühnenkomikerin seit der Erschaffung der Welt – wie klingt das? Sie ist phantastisch. Scheiß drauf. Du nimmst diese Frau in dein Programm im O2. Ja, auch wenn ich tot bin. *Gerade* wenn ich tot bin. Wenn ich tot bin und dahinterkomme, dass du sie nicht für diesen zweitklassigen Wohltätigkeitsrummel mit lauter abgetakelten Knallchargen gebucht hast, dann bleibt dir keine Zeit mehr zu überlegen, wo wohl das ganze Pech, das du dann haben wirst, herkommt. Ich habe vor, vom Jenseits aus sehr aktiv zu sein.« Er bedeckte die Sprechmuschel mit der Hand und flüsterte Azime zu: »Keine Sorge, das geht in Ordnung.« Wieder ins Telefon: »Was soll das heißen, gefährlich? Warte, ich frag mal nach.« Zu Azime: »Bist du gefährlich? Marcie meint, du bist gefährlich.«

»Ich habe mir gerade einen Gürtel mit Witzen umgeschnallt.«

»Sie sagt, sie hat sich gerade einen Gürtel mit Witzen umgeschnallt. Marcie, du solltest dir *wünschen*, dass sie gefährlich ist. – Was? Das kann ich dir sagen, wie ein Jude dazu kommt, eine Muslimin zu promoten – ich will noch Frieden im Nahen Osten sehen, bevor ich sterbe. Was geht dich das an? Okay? Erst machen wir den Auftritt hier, dann arbeiten wir die Zweistaatenlösung aus. Wir beide kriegen das hin, mehr brauchst du nicht zu wissen. Ich werde der erste Comedy-Promoter, der den Friedensnobelpreis bekommt, und du fickst dich ins Knie. Ich dich auch, du Schmock.«

Manny legte auf und grinste Azime an: »Du bist dabei. Denke ich. Keine Sorge, Marcie ist in Ordnung. Neunzig Pfund Ehrgeiz und in der Mitte eine Vagina, aber sie ist toll. Warst du schon mal im O2? Zu einem Rockkonzert vielleicht? Wenn das voll ist, bei einer Comedy-Show zum Beispiel, dann ist es wie ein Fußballstadion voll mit *intelligenten* Leuten. Du kriegst eine Scheißangst. Mach dich bereit, Schatz, das ist die erste Liga. Bist du bereit?«

Es wurde Zeit, dass sie diesem alten Profi von den Todesdrohungen erzählte, dachte Azime. Vielleicht konnte er ihr einen Rat geben.

Manny hörte zu, äußerlich unbeeindruckt. »Das gehört heutzutage dazu, wenn man berühmt ist. Auf jeden Star kommen zehn Klugscheißer. Hast du eine Ahnung, wie viele Leute jetzt in diesem Augenblick Eddie Izzard umbringen wollen? Nur weil er in Frauenkleidern auftritt? Es ist lächerlich. Nimm es als Kompliment. Ich habe nie einen Komiker verloren, da fange ich jetzt nicht noch damit an.«

Azime fuhr mit der U-Bahn zurück nach Green Lanes. Tauchte aus dem muffigen Untergrund wieder auf und ging im trüb orangefarbenen Kohlenmonoxid-Sonnenuntergang durch die Straßen, die nicht einmal die Anwohner lieben konnten, zu Deniz' Wohnung, wo sie im Gegenstück zu seinem Imperatorsessel saß und ihren Freund um Hilfe bat.

Er servierte Tee in filigranverzierten Gläsern (schmutzig). Während brauner Kandis in dem dampfenden Wasser schmolz, erzählte sie ihm von den Ereignissen der vergangenen Tage, in umgekehrter Reihenfolge. Sie begann mit Manny Dorfman und arbeitete sich von dort zurück. Sie ließ nichts aus – dass ihre Familie nun endlich hinter ihr stehe, sogar Schutz angeboten habe, die DVD des toten Mädchens und all das Grässliche, was damit ans Tageslicht gekommen war. Dann alles über Banu, die Versöhnung mit ihrem Mann, dem sie seine Gewalttätigkeit verziehen hatte. Zum Schluss erzählte sie ihm sogar alles über ihr hoffnungsloses Liebesleben: die kurze Begegnung mit Emin, die nun schon wieder Historie war. Als sie fertig war, sah sie Deniz mit solcher Intensität in die Augen, dass der fragte: »Was?«

»Ich will, dass du mein Manager wirst.«

»Schwester, ich *bin* dein Manager – wieso fragst du?«

»Weil diesmal ich es dir sage und nicht du mir.«

»Dann bin ich dabei. Manager. Hast du mit Dorfman über Geld geredet?«

Sie hatte ganz vergessen, ihm von dem geplanten Auftritt im O2 zu erzählen. Deniz war völlig aus dem Häuschen. Hielt sich die Hände an den Kopf. Sprang in der Wohnung umher. Am Ende stand er oben auf seinem Thron.

»Unglaublich, Mann. Schwester, O2, das ist das Größte. Ein Auftritt da, und du hast's geschafft. Weißt du schon, was du bringen wirst? Heilige Scheiße. Also wenn du mich fragst, nichts zu Gewagtes, nicht zu sehr provozieren beim ersten Mal. Wie du aussiehst, das provoziert ja schon genug, oder? Sorg dafür, dass die Leute dich mögen. Mehr brauchst du nicht, glaub mir. Da ist weniger viel mehr.«

Deniz, derselbe Deniz, dem die Polizei Schutz verweigert hatte, den keiner ernst genommen, den sie als armen Irren nach Hause geschickt hatten, strahlte glücklich. Wenn er schon selbst kein Star wurde, war er doch zumindest der Beinahe-Bruder und unzweifelhaft Manager von jemandem, der bald ein Star sein würde.

Zeki schlug zu. Dann schlug Azime zu. Zeki war mit Abstand der agilere Kämpfer, doch es war Azime, die mit ihren kurzen, zielgenauen Schlägen mehr Treffer landete. Schließlich ging Zeki zu Boden.

Sie standen vor dem Fernseher, auf dessen Schirm ihre Avatare hüpften, und Zeki forderte Revanche. Seine Schwester war einverstanden.

Wieder, hüpfte, tänzelte, taktierte Zeki, duckte sich. Er beherrschte den Ali-Shuffle. Arbeitete mit komplexen Kombinationen. Azime hingegen baute einen dichten Verteidigungswall auf, und gerade indem sie sich kaum von der Stelle bewegte, wehrte sie fast all seine Schläge ab. Geduckt, mit leicht gebeugten Knien, hielt sie die beiden Controller umklammert und schickte jedem ihrer Schläge einen scharfen Atemstoß voraus, schlug gezielt zu, entlockte der synthetischen Zuschauerschar Begeisterungsrufe bei jedem Treffer. Noch eine kleine Salve von ihr, und Zekis Mann lag zum zweiten Mal auf der Matte – Sterne, Zeichen des k.o.s, drehten sich im Uhrzeigersinn über dem bewusstlosen Boxer.

»Das gibt's doch nicht!«, rief Zeki. »Wahrscheinlich ist mit meinem Steuergerät was nicht in Ordnung.«

»Hey, gestern habe ich was gegoogelt. Weißt du, was im Koran über Ehefrauen steht?«

»Komm, noch ein Spiel. Wir probieren's noch mal.«

»Viertes Kapitel, vierunddreißigste Sure. ›Doch jene Frauen, von welchen du Unbotmäßigkeit fürchtest ... ermahne sie zuerst ... und wenn sie nicht nachgeben, missachte sie im Bett ... und als Letztes schlage sie.‹«

Doch Zeki, der mit seiner Fernbedienung ein neues Spiel in Gang brachte, korrigierte sie. »Nein. Es heißt: ›Versetze ihnen einen Klaps.‹ Da steht nichts von Schlagen. Das wird immer falsch zitiert. In der Koranschule lernen wir das genau. In der Moschee, beim Imam. Der Prophet wollte nie, dass Frauen geschlagen werden. Er sagte: ›Schlage nie die Dienerinnen Allahs.‹ So, diesmal nehm ich aber keine Rücksicht drauf, dass du ein Mädchen bist, klar?«

Ihr Bruder, der Theologe. Machte sich mit den alten Texten vertraut, versuchte, eine Weltanschauung für sich zu finden, eine neue Sicht der Dinge, die anderen nützlich sein konnte, und Zeki Gevaş auch. »Komm, noch eine Runde. Drück auf Start. Diesmal bist du dran.«

Azime wiederholte: »›Schlage nie die Dienerinnen Allahs!‹«

»Drück auf Start. Der linke Knopf.«

Sie drückte. Wieder standen sich zwei Kontrahenten gegenüber, ließen die Fäuste kreisen, warteten auf die Glocke, die das Spiel einläutete. »Danke. Dass du mir hilfst.«

»Wir sind doch Familie.«

Die Glocke erklang: Zekis Boxer sprang vor. Man konnte die Fäuste gar nicht mehr sehen, mit solchem Tempo attackierte er sie, bis sie, außerstande, sich zu verteidigen, nur noch lachen konnte, und ihr eigenes Kreischen ging unter in der Hysterie der begeisterten Masse.

Wenn Azime das Geheimnis um den Tod ihrer Freundin aus dem Kopf bekommen wollte, dann konnte sie es nicht mehr länger hinausschieben. Die Wahrheit. Sie musste die Wahrheit herausfinden. Oder sich wenigstens die Version des Vaters des toten Mädchens anhören.

Deniz fuhr. Er war noch weniger begeistert von diesem Ausflug als sie und sprach, was sonst überhaupt nicht seine

Art war, auf der ganzen Fahrt kein einziges Wort. Sie parkten den Wagen und nahmen den Aufzug. Achter Stock. Der Aufzug ächzte und stöhnte; auch er wollte nicht gern hinauf, doch schließlich gingen die Türen mit einem Japsen auf.

Endlich brach Deniz sein Schweigen. »Warum lasse ich mich von dir immer wieder in solche Sachen reinreiten?«

»Weil du verrückt bist. Genau wie ich.«

Während Deniz sich ans Ende des Flurs drückte, wo neben den Aufzugstüren die gewundene Treppe in bodenlose Tiefen führte, ging Azime allein weiter. An der Wohnung 811 blieb sie stehen. Eine armselige Tür, von der die Farbe abblätterte. Keine Klingel, kein Klopfer, nur die Nummer und ein Spion. Sie richtete sich auf, atmete tief durch, dann klopfte sie mit pochendem Herzen zweimal an die hohle Tür.

Sie wartete. Hörte, wie sich drinnen etwas regte. Schritte näherten sich der Tür. Doch niemand machte ihr auf. Sie wartete. Dann klopfte sie noch einmal, packte die Handtasche fester, in der das Tagebuch ihrer Freundin steckte. Als sie zum Flurende blickte, sah sie, wie Deniz fragend den Kopf hervorsteckte. Sie gab ihm Zeichen, er solle zurückbleiben, sich nicht sehen lassen. Er gehorchte, verschwand wieder. Doch noch immer öffnete niemand die Tür. Deniz kam wieder hervor. Sie zuckte mit den Schultern.

Sie ging wieder den Gang hinunter. Sollte sie einen Zettel dalassen? Waren die Schritte drinnen Omos Schritte gewesen? Hatte er durch den Spion geschaut und beschlossen, dass er ihr doch nicht die Wahrheit sagen wollte? Sie kehrte zurück zu Deniz.

»Nichts. Drei Uhr war abgemacht. Es ist zehn nach.«

»Er ist nicht da? Ein Glück. Heilfroh. Jetzt lass uns abhauen. Komm. Lass uns sehen, dass wir hier rauskommen.«

Doch Azime war am großen Flurfenster stehen geblieben und sah acht Stockwerke in die Tiefe. »Aber ich hab da drin was gehört – Achtung! Da kommt er.« Ganz unten ging ein Mann diagonal über den Vorplatz: gebückt, geschäftig, im Mantel. Die beginnende Glatze, der kurze, stämmige Körper – sie war überzeugt, das war der Vater des toten Mädchens, der eben nach Hause kam. »Da ist er. Er kommt hoch. Wir sollten hier warten.«

Deniz war ganz zappelig vor Aufregung und wollte nichts davon hören. »Komm, wir nehmen die Treppe nach unten. Das war eine Schnapsidee. Azi, der Kerl ist ein Killer. Komm schon. Die Treppe. Wir lassen das bleiben!« Deniz trat durch die offene Tür ins Treppenhaus und winkte sie mit einer hastigen Bewegung herüber. Doch gerade, als sie ihm folgen wollte – auch ihr schwand der Mut –, hörten sie, wie tief unten eine Tür geöffnet wurde, und der Klang schneller Schritte hallte herauf. Jemand nahm eilig die Treppe nach oben. Deniz und Azime sahen sich an, und in jedem Gesicht spiegelte sich der Schrecken des anderen. Der Alte hatte die Treppe genommen.

»Der Aufzug, Azi!«

Diesmal widersprach Azime nicht. Also gingen sie wieder hinaus auf den Flur, und mit ungeduldigem Zeigefinger drückte Deniz viermal den Knopf des entsetzlich langsamen Lifts. Sie standen und horchten, während die Schritte im Treppenhaus immer lauter wurden und die Aufzugsmaschine ächzte. Beide starrten auf den leuchtenden, nach unten gerichteten Pfeil, dessen Erlöschen die Ankunft des rettenden Aufzugs verkünden würde, und die Schritte im Treppenhaus wurden noch lauter, Stockwerk um Stockwerk, Mann und Aufzug in einem Wettlauf, bei dem der Sieger eigentlich hätte feststehen sollen.

»Was ist denn nur mit diesem Scheißlift?«

»Hält wahrscheinlich in jedem Stockwerk.«

»Wozu nimmt der Mann dann die Treppe?«

»Sieht aus, als wär's schneller.«

Da streckte Deniz die Hand aus und drückte Azimes Arm, weniger um ihr, als um sich selbst Mut zu machen. »In meiner Familie sterben alle an Herzinfarkt. Komm, wir verstecken uns.«

»Wo?«

Deniz sah sich um. Der Flur endete vor einer Wand.

»Warte, da ist er.«

Jetzt endlich gingen die Aufzugstüren auf.

Und da stand der Vater des toten Mädchens.

Er starrte sie an, und im Treppenhaus waren die Schritte des geheimnisvollen Treppensteigers ganz nah und verhallten dann auf einem anderen Flur.

»Schön, dass du gekommen bist«, sagte Omo. »Und du hast sogar einen Freund mitgebracht. Gut. Wie heißt du?«

Omo streckte Deniz die Hand entgegen, und der schüttelte sie. »Deniz.«

»Kommt mit in meine Wohnung. Je mehr Leute die Geschichte hören, desto besser. Meine Frau hat Tee gekocht. Kommt mit.«

Er schloss die Wohnungstür auf, und Azime und Deniz traten ein.

Die Wohnung sah nicht gerade nach einer gramgebeugten Familie aus. Es herrschte keinerlei Unordnung. Kein Chaos. Im Gegenteil, das Maß an Ordnung war gnadenlos. Wie eine Detektivin registrierte Azime das kurze, unbequeme Sofa (ein billiges Modell) mit den Kissen in Reih und Glied, die Bücher im Schrank nach Größe und Farbe sortiert, den Couchtisch mit den Zeitschriften zum Stufenturm geordnet, mit dem kleinsten Notizbuch ganz oben, kein Staubkörnchen, kein Krümel, alles blank poliert, dazu ein Dutzend frischer Chrysanthemen und ein Samowar, dessen Silberbeschläge die gebündelten Sonnenstrahlen auf Wände und Decke lenkten.

Bevor Omo zu Wort kam, wollte Azime etwas sagen. Eigentlich hatte sie nur zuhören wollen, aber jetzt war sie zu wütend dazu. Dieser Raum hatte sie wütend gemacht, denn er schien ihr an sich schon ein Schuldeingeständnis. Der Raum verkündete es deutlicher, als es der Vater selbst hätte sagen können: »Ich war es. Ich habe es getan. Ja, ich habe sie umgebracht.« Der Raum war von einer gefühllosen Aufgeräumtheit, denn wer hatte den Wunsch und brachte den Willen auf zu putzen, wenn seine Tochter zu Tode gekommen war? Azime spürte den Kampfgeist in sich aufsteigen, sie konnte ihn nicht mehr eindämmen, besonders als ihr Blick zum Balkon wanderte, dem Tatort, zu dem sie so oft emporgesehen hatte.

Ein blaues Tuch um Kopf und Nacken geschlungen, trat Omos Frau mit einem Teller voller hauchdünner weißer Plätzchen ins Zimmer. Im Hinausgehen warf sie einen einzigen, flüchtigen Blick auf Azime. »Danke«, sagte Deniz und nahm sich ein Plätzchen.

Omo saß auf der Kante eines Lehnsessels und beugte sich vor, um ihnen Tee einzugießen. »Ihr wollt also hören, was passiert ist? Die *ganze* Geschichte?«

Azime sah wachsam von der Couch zu ihm hinüber. »Ich kenne die Geschichte. Ich weiß alles. Als Erstes möchte ich Sie etwas fragen.«

»Bitte.«

»Sie wussten das mit Ricardo, nicht wahr? Sie wussten, dass sie mit ihm ihre Jungfräulichkeit verloren hatte. Es steht im Tagebuch.«

»Ja, ich wusste es. Natürlich wusste ich es. Ich bin nicht dumm. Sie hat ihre kostbare Jungfräulichkeit diesem Trottel geschenkt. Sich für einen Nichtsnutz fortgeworfen. Sich ruiniert.«

»Und das konnten Sie nicht ertragen.«

»Nein, das konnte ich nicht ertragen.«

»Und deswegen…«

Sie wartete, dass er die Worte sprach, die ihn verurteilten.

»Ich erzähle euch jetzt, wie es war. Damit ihr es wisst. Du, ihre Freundin. Und du…«, er sah Deniz an, der den Kopf schüttelte und sagte, er habe Omos Tochter nicht gekannt. »Spielt kein Rolle. Damit es wenigstens *zwei* Menschen gibt, die verstehen, wie sehr ich meine Tochter geliebt habe. Und wenn ihr mir glaubt, dann erzählt es weiter. Das hier ist mein Gerichtsverfahren. Ihr seid meine Richter.«

»Sie haben sie ge*liebt*?«, fragte Azime.

»Nein. *Vergöttert*. Meine einzige Tochter. Das Licht meines Lebens. Und dann hat sie mich enttäuscht. Mich verletzt. Beschämt. Zerstört. Mit diesem Jungen, diesem Italiener, der sich nichts aus ihr macht. Der überhaupt nicht an die Zukunft denkt. Nur an sein Vergnügen. Nur an sich. Ja – für ihn würde ich das Tor zur Hölle aufstoßen. Selbst jetzt noch brennt meine Haut, wenn ich an ihn denke. Meine Leber steht in Flammen. Ja, ich könnte töten. Aber er war es, der sie zerstört hat. Er. Dieser Ricardo.«

Omo hielt kurz zum Atemholen inne und wischte sich die großen feuchten Augen mit einem Taschentuch, das er aus der hinteren Hosentasche holte. »Aber wo erfahren wir Gerechtigkeit? Wir Kurden hier in England, die nur im Gastgewerbe, als Putzkräfte arbeiten, Leute, von denen erwartet wird, dass sie Kebab verkaufen oder in einem Weinladen arbeiten oder, wenn sie Glück haben, jemandem die Haare schneiden? Gerechtigkeit? Seit wann gibt es für einen Friseurgehilfen oder Kebabverkäufer Gerechtigkeit? An wen würdet ihr euch wenden? Ja, ihr. An wen könnt ihr euch wenden, wenn ihr Gerechtigkeit wollt? Wir können sie nur untereinander erfahren, in unserer Gemeinschaft, unseren Bräuchen, unserer Tradition – was haben wir denn sonst hier? Deshalb bist du heute hergekommen, Azime – um mit mir zu reden, respektvoll, als Freundin meiner Tochter. Um Gerechtigkeit zu finden. Nur du – du weißt, dass nur wir beide sie finden können.«

Das stimmte, sagte sie sich. Man konnte sie nur für sich finden, in der Familie, in der Gemeinschaft. Die, die einen am besten kannten und am meisten liebten, mussten dafür sorgen, dass es gerecht zuging, dass alle gut leben konnten, mussten Urteile fällen und Urteile respektieren. Aber sie sah auch die Schwierigkeiten, sah, dass diese Menschen – ihre Eltern, die Freunde ihrer Eltern, Leute, die allesamt vor unterdrückerischen Regimes geflohen waren – oft Großfamilien und Gemeinschaften bildeten, wo nur die Männer an der Spitze die Kommandos gaben, großmächtige Vaterfiguren, die – nicht immer weise oder fair – ihre weitreichenden Urteile fällten. Entscheidungen darüber, was richtig und was falsch war, passend oder unpassend, gut oder schlecht, bis am Ende die Familie das Abbild im Kleinen genau der Tyrannei oder Despotie geworden war, der sie hatten entfliehen wollen.

Das alles wusste Azime. Sie wusste auch, dass Frauen keineswegs unschuldig daran waren. Auf anatolischen Websites war alles Nötige zu erfahren: dass ein Drittel der türkischen Frauen fanden, dass ihre Männer sie zu Recht aus mindestens einem der folgenden Gründe schlugen: Sie hatten das Essen anbrennen lassen, der Meinung ihrer Ehemänner widersprochen, unnötig Geld ausgegeben, die Kinder vernachlässigt oder den Geschlechtsverkehr verweigert. In ländlichen Gegenden fand mehr als die Hälfte, dass ihre Männer in solchen Fällen das Recht hatten, sie zu schlagen, das *Recht*! Wie tief alte Prägungen doch saßen.

»Du urteilst über mich«, nahm Omo den Faden wieder auf. »Aber du weißt nichts. Wie oft sie mir nicht gehorcht hat. Ich habe ihr befohlen, die Beziehung zu beenden. Sie hat sich widersetzt. Hat sich weiter mit dem Jungen getroffen. Hat mich angelogen. Hat behauptet, sie habe mit ihm Schluss gemacht. Sie hat ihn sogar mit hierhergebracht, in diese Wohnung! Wenn ich nicht zu Hause war. Vielleicht hat sie hier ihre Jungfräulichkeit fortgeworfen. Hier in dieser Wohnung!«

»Sie hat ihn geliebt.«

»Nur wie ein junges Mädchen den ersten Mann liebt, dem

sie sich hingibt. Falsche Liebe. Reflexhafte Liebe. Sklavische Liebe. Ich weiß, sie *glaubte*, dass sie ihn liebt. Ich habe ihr Handy. Die letzte SMS, die sie verschickt hat, ging an diesen Jungen. Nicht an mich. An den Jungen. Selbst zum Schluss noch. Hier.«

Er ging zu einem Sekretär, öffnete ein kleines Fach und holte das billige Handy heraus, von dem in dem Tagebuch die Rede gewesen war. Er schaltete es ein und wartete, dass es in Gang kam – es war immer noch Strom in der Batterie. Oder lud der alte Mann es etwa regelmäßig auf? Er setzte sich wieder in den Sessel mit den hölzernen Lehnen, ließ die Schultern hängen, saß mit einwärts gerichteten Schuhspitzen, während er darauf wartete, dass das Telefon die alten gesendeten SMS preisgab.

»Moment. Vorher will ich noch etwas sagen. Ich habe sie nie geschlagen. Kein einziges Mal. Ich halte mich an die Lehren des Propheten, Friede sei mit ihm. Nicht ein einziges Mal habe ich die Hand erhoben. Und trotzdem läuft sie fort. Lange Zeit kein Wort von ihr, dann hat ihr Bruder sie gefunden. Meine Frau überredet sie, wieder herzukommen. Sie kann bei meinem Bruder wohnen. Und wieder läuft sie fort. Und schließlich steht sie hier vor der Tür, wie jemand, der auf der Straße lebt, kein Geld, ungewaschen, als hätte sie keinen Menschen auf der Welt. Und ich nehme sie auf. Ohne zu fragen, nehme ich sie wieder auf.« Er ballte beide Hände zu Fäusten. »Sie ist das Licht meines Lebens. Und ich bitte sie nur um eins. Nur um eine einzige Sache.«

Er stand auf und trat mit dem Handy ans Fenster. Seine Stoffhose wurde durch einen Gürtel auf Taillenhöhe gehalten. Das marineblaue Hemd war akkurat gebügelt. In dem pomadisierten Haar sah Azime am Hinterkopf noch die symmetrischen Kammstriche.

»An dem Tag, an dem sie zurückkam… an dem sie zum letzten Mal zurückkam… da habe ich mit ihr gesprochen, hier in diesem Zimmer. Sie saß da, wo du jetzt sitzt, Azime. Ich habe ihr gesagt, dass sie Schande über sich und ihre Familie gebracht hat, jawohl, Schande, weil sie vor der Hochzeit ihre Jungfräulichkeit verloren hatte. Und selbst wenn dieser Italiener ihr Gewalt angetan hätte, sei es immer noch eine Sünde gewesen, eine Sünde, für die sie die Verantwortung tragen müsse. Und jetzt endlich, als sie keine Hoffnung mehr hatte, glaubte sie mir. Sie stimmte mir zu, dass sie die Verantwortung tragen müsse. Sie weinte, wie sie noch nie geweint hatte, und wusste, dass es an ihr war zu handeln. Das war meine Tochter von früher, sie war zu mir zurückgekommen. Sie hatte begriffen. Begriffen, dass sie nicht ihre Familie und zugleich diesen wertlosen Jungen behalten konnte. Etwas musste sie aufgeben. Ein braves Mädchen begreift das immer.«

Er drehte sich wieder zu Azime und Deniz um, breitete die Hände aus. »Meine Tochter, meine einzige Tochter. Also habe ich sie gebeten. Nur um eine einzige Sache. Mehr nicht.«

»Sie sollte etwas aufgeben.«

»Ja. Ein Opfer bringen. Ein großes Opfer. Um alles wiedergutzumachen. Um es für alle wiedergutzumachen. »Du weißt, was du tun musst«, sagte ich zu ihr. Sie wollte von mir wissen, was. Aber ich habe ihr gesagt, sie muss nicht mir, sondern ihren eigenen Regeln folgen. ›Du bist alt genug‹, habe ich ihr gesagt. ›Gehe in dich, erforsche deine Seele. Du bist jetzt wieder ein braves Mädchen. Hör einfach nur auf dein

Herz. Was du tun musst, weißt du längst. Du weißt es. Du musst etwas aufgeben, und du weißt längst, was es ist.‹«

Seine Augen waren weit aufgerissen, er durchlebte es noch einmal, wie er seiner Tochter das gesagt hatte, als sie vor noch gar nicht so langer Zeit lebendig dort auf dieser Couch gesessen hatte. »Ich meinte den Jungen. Den Jungen! Natürlich meinte ich den Jungen! Aber sie hat das Falsche aufgegeben. Ihr eigenes Leben! Versteht ihr?«

Hier endlich brach das Herz des alten Mannes auf. Und Azime begriff das Ausmaß der Tragödie, die über dieses Haus gekommen war. Sie sah, wie das tote Mädchen das getan hatte, was alle braven Mädchen tun, wenn sie nicht mehr weiterwissen: Sie hatte gehorcht. Aber dieses Mädchen hatte es auf ihre eigene Art gemacht. Nach ihren eigenen Regeln.

Deniz sagte: »Wenn sie nicht mit dem Jungen, den sie liebte, zusammen sein konnte, dann wollte sie nicht mehr leben.«

»Das stimmt nicht. Sie war ein *braves Mädchen*. Und zum Beweis opferte sie ihr eigenes Leben. Sie brachte dieses Opfer, damit alles wieder in Ordnung kam, als Abbitte. Sie wusste, dass ihre Mutter und ich nicht stark genug sind, um den Rest unseres Lebens in Schande zu leben. Ich wollte doch nur, dass sie ihren Freund aufgibt, nur das, nichts anderes, ihren schmutzigen gottlosen selbstsüchtigen nichtsnutzigen Freund. Doch stattdessen opferte sie den größten Schatz, den wertvollsten Schatz von allen. Für alle Zeiten bewies sie, was für ein braves Mädchen sie war. Am Ende, versteht ihr, war sie das beste, vollkommenste Mädchen, das man sich vorstellen kann.«

Bei diesen Worten weinte er. Aber es stand auch Stolz in

seinen Augen, als ob er durch den Tod seiner Tochter ein wertvollerer Mensch geworden sei. Offenbar glaubte er, dass er durch ihr Opfer eine Art Würde erlangt hatte.

Deniz schüttelte langsam den Kopf, er fühlte sich sichtlich unbehaglich. »Das ist schrecklich.«

»Das ist also unsere tragische Geschichte. Alles war ein Missverständnis. Schrecklich. Ich habe sie mehr geliebt als mein eigenes Leben. Aber es ist gut so. Sie ist nicht vergebens gestorben. Wir leben jetzt im Frieden mit uns in diesem Haus. Und diesen Frieden verdanken wir ihr, verdanken wir ihrem Opfer. Wir sind bessere Menschen geworden. Das hat sie uns geschenkt. Sie hat uns gezeigt, was Liebe ist. Liebe ist Opfer. Ohne Opfer kann es keine Liebe geben.«

Das Handy in Omos Hand piepte. Er reichte es Azime, damit sie die Abschiedsbotschaft des jungen Mädchens an ihren Liebsten lesen konnte.

Wenn der tag kommt und was Passiert dann sterbe ich aber mein Traum ist war geworden . . . wir 2 hatten eine fantastische love story . . . und ich werde das alles aufschreiben . . . mit den bildern von mir und von dir . . . aber das Buch behalte ich für immer und oben drauf schreibe ich echte love story . . . und vieleicht treffen wir uns mal wieder wenn wir Alle alt sind und dann kannst du es ansehen . . . ich liebe dich, pass gut auf dich auf . . . Z.

»Wie tapfer sie war«, sagte ihr Vater. »Wie rein. Das sollt ihr den anderen sagen. Jedem, der zweifelt. Sie gab ihr Leben dafür, dass ihre Familie im Licht leben konnte, frei und gut und wieder unschuldig.«

Omos tränenschimmerndes Gesicht war das Letzte, was

Azime von ihm im Gedächtnis behielt, ehe sie Deniz am Arm packte und aus dem Zimmer ging, die Wohnungstür hinter sich ins Schloss zog, den Flur hinunterlief und auf den Aufzugsknopf drückte.

»Das war völlig crazy«, keuchte Deniz, als er zu ihr aufgeholt hatte.

»Ich nehm die Treppe«, sagte Azime. Sie wollte nichts wie weg, weg, weg. Wie entsetzlich, wie abscheulich, dachte sie, als sie im Laufschritt die Treppe hinunterstürmten, wie unerträglich, dass dieser Mann seiner eigenen Seele weismachen konnte, er sei durch die Zerstörung seiner Tochter, für die er selbst verantwortlich war, ein besserer Mensch geworden. Tiefer und tiefer ging es treppab, schneller und schneller, bis sie schließlich ganz schwindlig auf den windigen Vorplatz torkelte – Übelkeit stieg in ihr hoch, von ganz unten, von so tief unten, dass sie nur aus ihrem Innersten kommen konnte. Azime stand in dieser Festung, auf vier Seiten umgeben von Backstein und Glas, auf dem Hof, wo die gefangene Luft sich in Wirbeln drehte, rang nach Atem und konnte sich nur eine einzige Frage stellen, immer und immer wieder neu: Sollte sie diesem wahnwitzigen Mann dort oben im achten Stock glauben – diesem gequälten Geschöpf, das sich an seine Version dieser entsetzlichen Geschichte klammerte? Hatte sich das Mädchen tatsächlich selbst umgebracht? Spielte es eine Rolle, dass er selbst glaubte, was er erzählt hatte? Oder war seine Geschichte schlimmer als die Lügen eines Mörders und am Ende nicht mehr als ein kranker Witz auf ihre Kosten?

14

Sabite war ins Gespräch mit einer anderen kurdischen Mutter vertieft, und sie tauschten Fotografien – Porträts von Azime gegen die eines jungen Mannes –, und beide schienen zufrieden mit den Bildern des schon so gut wie vermählten Paars. Azimes zukünftige Schwiegermutter beschrieb ihren Sohn als klugen, arbeitsamen, frommen Jungen, Sabite versicherte wie immer, dass ihre Tochter ein braves Mädchen sei, in die Moschee gehe, nicht trinke, viele Bücher gelesen habe, und sie sei noch Jungfrau. Doch als sie gefragt wurde, was Azime arbeite, sagte sie zu ihrer eigenen Überraschung nicht, dass sie im Möbelgeschäft ihres Vaters angestellt sei.

»Sie ist… Comedian. Sie wissen schon, eine von diesen… die aufstehen, Stand-up, nennt man das. Erzählt Witze. Sie ist sehr witzig. Und macht ganz groß Karriere. Tritt am Freitag im O2 auf. Sie kennen das O2 nicht? Da kommen Tausende hin. Tausende. Sie sollten auch kommen. Wir gehen alle. Die ganze Familie.«

Als die andere Mutter Entsetzen darüber zeigte, dass ihr einziger Sohn einen *Witzbold* heiraten solle, stand Sabite zum allerersten Mal Azime zur Seite.

»Dann können Sie sich die Hochzeit aus dem Kopf schlagen. Azime ist zu gut für Ihre Familie, und Ihr Sohn sieht nicht einmal gut aus. Er hat ja ein Gesicht, bei dem die Milch sauer wird.«

Worauf die andere Mutter antwortete: »Und beim Anblick Ihrer Azime würden selbst Zwiebeln weinen.«

Daraufhin trieb Sabite die andere Mutter mit schnickenden Handbewegungen aus ihrem Haus, als scheuche sie Hühner fort.

Azime saß in ihrem Zimmer und arbeitete.

Schon vorher war es eine Qual für sie gewesen, sich Material für ihre Auftritte auszudenken, doch jetzt musste sie sich an den irren Gedanken gewöhnen, dass ihre Witze Tausende zum Lachen bringen sollten. Als sie nicht weiterkam, sagte sie ihrer Mutter, sie gehe spazieren, und setzte sich in ein Café, ein wenig abseits, versuchte erneut zu arbeiten, ließ sich von den Leuten, die kamen und gingen, inspirieren. Die bunte Vielfalt ihres Viertels brachte neue Ideen in ihr hervor und weckte Erinnerungen, an Deniz, Banu, Döndü, auch an das tote Mädchen und ihren Vater Omo. Sie musste an etwas denken, was Kirsten ihr beigebracht hatte: »Das Publikum, für das du schreibst, besteht nur aus einer einzigen Person, dir selbst. Mach es persönlicher und damit unverwechselbar. Red über Dinge, über die du – und nur du – reden kannst, Sachen, über die sonst keiner etwas weiß, über die keiner außer dir glaubwürdig reden kann.«

Sie flüsterte in ihr Diktiergerät, begann zu improvisieren, ehe sie ihre neuen Ideen (so knapp und mit so wenig Wörtern wie möglich) auf einer Papierserviette notierte, durchstrich, neu schrieb… wobei sie die meisten verwarf und nur die Überlebenden dieses Verfahrens ihrem Diktiergerät überantwortete. An einem bestimmten Punkt hatte sie eine grobe Vorstellung, was sie sagen wollte. Und auch wenn sie noch nicht wusste, ob ihre Witze tatsächlich funktionieren würden, hatte sie doch die eine oder andere Botschaft zu Dingen, mit denen sie sich auskannte und die sie an den Mann beziehungsweise ihr Publikum bringen wollte.

Als Nächstes musste sie sehen, wie diese neuen Ideen wirkten. Sie am Publikum ausprobieren. Reaktionen abschätzen. Ein kleines Publikum, bevor sie sich vor Tausenden von Menschen hinstellte, das war es, was sie jetzt brauchte. Deniz musste ihr einen Auftritt organisieren, und zwar schnell.

Arthur. Der hatte ein kleines Engagement gefunden, freitagabends in einem Kellerlokal in der City, wo seine Witze sich gegen Geplauder und Bierseligkeit von vielleicht hundert Leuten anstemmen mussten, von denen keiner dafür bezahlt hatte, dass Arthur von einem kleinen Podium gleich neben dem Dart-Brett etwas ins Mikrophon erzählte. Statt Darts flogen nun abfällige Bemerkungen. Johlen, Pfiffe. In einem T-Shirt, das seine tätowierten Hände und Arme zur Geltung brachte, blaue Ranken, die aus dem Halsausschnitt wuchsen, als wollten sie nach seinem Gesicht greifen (einem Gesicht, mit Piercings übersät, Ringe und Knöpfe in Nase, Ohren, Wange, Kinngrübchen, Unterlippe, der linken Augenbraue), stand er auf einer kleinen Bühne vor einem roten Samtvorhang und versuchte verzweifelt, sein Publikum zu unterhalten.

ARTHUR: Im Gefängnis ist nicht viel los. Darum gehen alle tagsüber in die Muckibude, Bankdrücken und so. Da herrscht Riesenkonkurrenz. Mein Zellennachbar hat immer geprahlt: »Ich drücke dreihundertzwanzig, und was schaffst du?« Ich hab geantwortet: »Na ja, Lesen und Schreiben.« *(Vereinzelte Lacher.)*

Ich hab versucht, Gewicht zuzulegen, auch wenn's im Gefängnis darauf nicht ankommt. Doch je mehr ich trainierte, desto dünner wurde ich. Alle in meiner Familie sind dünn. Eine Frage der Gene. Da kann man nix machen. Wenn wir uns umarmen, klingt's wie Messer und Gabel in einer Besteckschublade. Richtig gefährlich, Mann. In meiner Familie läufst du bei jeder Umarmung ins offene Messer.

Machen viele von euch Gewichtheben? Ja? Nicht so viele? Wisst ihr, was ich absolut nicht abkann? Im Studio hab ich einen Trainer, und wenn ich meine Übungen mache, fängt er mit dem Countdown immer bei vier an. *(Er tut so, als würde er Gewicht heben.)* ...4 ...3 ...2 ...2 ...2 ...2. – *(Er tut ganz erschöpft und stöhnt.)* ...2 ... Gütiger Gott! Zwei? Was hat er bloß mit dieser verdammten Zwei? Zweizweizwei? Diese Scheißgewichte sind scheißschwer!, sag ich euch. Also dafür könnt' ich ihn echt umbringen! Zwei, zwei, ungefähr sechzehn Mal. Warum fängt er denn dann nicht bei zweiunddreißig an zu zählen? Im Rechnen ist er Legastheniker, aber er ist durchtrainiert, und nur das zählt.

Azime, die hinten im Flur bei den Toiletten auf ihren eigenen Auftritt wartete, hörte zu; sie fand, das hätte doch für einen Lacher gut sein müssen, aber nur ein Bruchteil derer, die überhaupt zugehört hatten, reagierte darauf. Ein schweres Publikum. ›Genau was ich jetzt brauche‹, sagte sie sich.

Arthur kam durch die Pendeltür in den Flur und stieß mit Azime zusammen, die dort im Halbdunkel in ihrer schwarzen Burka bereitstand, um als Nächste auf die Bühne zu gehen. Er warnte sie, es sei ein zähes Publikum, sagte noch, er werde jetzt nach vorn gehen, sie ankündigen und dann mit Deniz zusammen aufpassen, dass ihr niemand Ärger machte. Jetzt, wo er kein Komiker mehr war, sondern wieder Bodyguard, lächelte er sein breites, silberblitzendes Lächeln.

Wieder allein, lauschte sie der Menge, die schnatterte wie ein Vogelschwarm, Leute, die selbst versuchten, lustig zu sein, einfach redeten, wie es Menschen nun mal tun, und brav über jeden Witz lachten, den ihre Freunde erzählten, egal ob er witzig war oder nicht. Letzlich ging es um etwas ganz anderes, denn alle hungerten nach Nähe, nach einer Nähe, die daraus erwuchs, dass man über dieselben Witze lachte.

Im Geist ging sie ihr Material noch einmal durch und versuchte sich an die Dinge zu erinnern, die Kirsten ihr beigebracht hatte. Doch das Publikum war zu laut, sie konnte sich nicht konzentrieren. Worüber unterhielten die sich alle nur so aufgeregt? Woraus bestand *deren* Material? Redeten sie über ihren Job, ihre Frau, ihren Mann, Wagen, Kind, Chef, Sexleben, Gesundheit, Zukunftspläne, Siege und Niederlagen? Sie hörte diesen Fremden zu, die sich alle vor dem Hintergrund des gewaltigen Lärms verständlich zu machen versuchten, alle ein Publikum brauchten, und sei es auch in noch so kleinem Rahmen. Auch Azime, doppelt verborgen hinter der Pendeltür und dem Stoff ihres Gewandes, wollte ein Publikum. ›Ein guter Witz verwandelt uns aus dem Stand in eine Familie‹, ermahnte sie sich. Und: ›Ihr bringt den Menschen Hoffnung, ihr umarmt Fremde, ihr vertreibt die Einsamkeit. Ihr seid *Ärzte.*‹ Sie hörte, wie Arthur sie ankündigte. Er erzählte, dass die nächste Bühnennummer »ein klein wenig anders« sei und noch »ganz groß rauskommen« werde. Und zum Klang eines spärlichen Applauses, der bald erwartungsvollem Schweigen wich, stieß Azime die Schwingtür auf und schlängelte sich nach vorn zur Bühne, zwischen den Tischchen der Gäste hindurch, von denen keiner erfreut war, sie zu sehen, sondern in ihr nur eine unliebsame Unterbrechung ihrer eigenen, viel wichtigeren Gespräche sah.

Doch als sie sich zu ihrem lärmenden Publikum umdrehte, wurde es auf einen Schlag mucksmäuschenstill.

15

AZIME: Hallo. Ich heiße Azime. Einfach nur Azime.
    (Schweigen.)

Hinter der Bühne des O2, in der Garderobe Nummer 2, saß
Azime an einem Schminktisch, während ihr kleines Diktiergerät ihr die eigene Stimme vorspielte: *Hallo. Ich heiße*
Azime. Einfach nur Azime…
    Sie hatte sich körperlich, solange sie nicht tatsächlich krank
war, nie schlimmer gefühlt. Ihr Puls raste. Ihr war speiübel.
Schwindlig. Und sie blähte ständig die Backen auf, um ihren Atem zu beruhigen. Noch nie hatte sie sich einem solchen Druck ausgesetzt, und wenn das nun das »ganz große«
Ereignis war, von dem Deniz gesprochen hatte, dann sagte
ihr Körper ihr – in arenagroßen Buchstaben –, dass das
nicht das Richtige für sie war.
    Und gerade als sie sich zu fragen begann, wo Deniz so
lange steckte, klopfte es an der Tür.
    Manny. Er wirkte ernst heute Abend, angespannt, und ging
ganz in seiner Rolle als Mittler auf, als Bindeglied zwischen
Künstler und Publikum. Er hatte sich in einen dunkelbraunen Tweedanzug geworfen und dazu eine rote Wollkrawatte
umgebunden und sah selbst wie ein Komiker damit aus. »Alles okay? Du machst das gut. Wo ist die Burka?«

»Ich hab sie dabei.«

»Gut. Du haust die um. Ich freu mich für dich. Eine brandneue Komikerin, die sie lieben werden, vertrau mir. Sie werden dich lieben. Bleib einfach du selbst. Übrigens, wir sind ausverkauft. Knapp fünfzehntausend Leute. Okay?« Er zwinkerte ihr zu. »Ich seh dich, wenn du's hinter dir hast.«

Fünfzehntausend! Wie konnte sie als Quasiamateurin einer solchen Menge gegenübertreten und sie selbst und weiterhin entspannt bleiben? Sie wünschte sich ein Feuer, ein Erdbeben, eine Naturkatastrophe, alles, nur damit die Veranstaltung abgesagt, das Publikum aus dem Saal evakuiert werden musste, ein Fall von höherer Gewalt, an der niemand ihr die Schuld geben konnte. Sie verdiente keine 15 000 Zuschauer, war weder körperlich noch in puncto Material darauf vorbereitet. Waren ihre Witze überhaupt lustig?

Es klopfte noch einmal. Deniz? Ein Inspizient, ein schwerer Mann mit müden Augen, der beinahe genauso gestresst wirkte wie sie.

»Sorry, Schätzchen, in unserer Stargarderobe gibt es einen Stromausfall. Du wirst deine Garderobe teilen müssen.«

»Star?« Scheiße. »Äh, okay. Klar, nichts dagegen. Wer ist es denn?«

Und als sei das sein Stichwort, kam in diesem Moment Eddie Izzard herein. Der weltberühmte Comedian trug einen dreiviertellangen Herrenmantel, darunter jedoch ein Bustier. Ganz Transvestit, kamen unter dem Mantel Rock, Strümpfe und hohe Lederstiefel zum Vorschein. Das Haar war in blonden Strähnchen gefärbt und mit Gel wie leckende Flammen modelliert. Die Lippen leuchteten rotgeschminkt, und diese Lippen lächelten ihr kurz zu. Die Augen mit schwarzem Eyeliner umrahmt. Diese Augen schauten sie an, bevor ihr Besitzer *klack-klack-klack* auf hohen Absätzen zum Spiegel neben dem von Azime stakste. Er ließ sich auf seinen Hocker fallen und sagte, das sei doch lächerlich, einfach lächerlich. »Der Laden hier ist so gut wie neu! Neu! Ich brauche nur einen Spiegel und ein paar Lampen, und nicht mal das kriegen sie hin. So was passiert einem nur in England. Scheißengland. In Las Vegas passiert einem so was nie. Hier, da kriegt man nicht mal eine Schale Obst.«

Dieser Mann, extrovertiert, ein Entertainer der Spitzenklasse, war in seiner Art ein Genie und zählte schon rund zehn Jahre zu Azimes Comedy-Helden, seit sie die Nummer kannte, in der er gesagt hatte, der Todesstern in *Krieg der Sterne* habe sicher auch eine Kantine, wo die Krieger des Bösen zu Mittag aßen und gewiss auch Darth Vader selbst sich dann und wann stärkte. Die Nummer, die daraus entstanden war, eine YouTube-Legende, hatte sie sich erst wenige Wochen zuvor zum hundertsten Mal angeschaut, als sie aus Furcht vor Attentätern, die womöglich im Dunkel vor ihrem Fenster lauerten, nicht schlafen konnte. Da hatte sie den Videoclip angeklickt und sich um drei Uhr nachts wieder einmal königlich über Lord Vader (verkörpert von Izzard) und seinen Versuch amüsiert, in seiner eigenen Kantine einen Teller Penne arrabiata serviert zu bekommen.

»Ich habe Obst«, sagte Azime.

Eddie, der in den Spiegel blickte, sah Azime an.

»Was?«

»Ich habe Obst.«

»Sie haben Obst?«

»Das war sicher für Sie. Aus Versehen hier gelandet.«

Er sah sich um, sah die Obstschale an, dann wieder sie.

»Eddie.«

»Azime.«

»Sie treten auch auf?«

»Leider.«

»Aufgeregt?«

»Wie gelähmt.«

»Konzentrieren Sie sich aufs Make-up. Bei mir hilft das immer.«

Mit diesen Worten öffnete er sein Schminktäschchen und beugte sich zum Spiegel vor, musterte seinen weiblichen Doppelgänger, machte sich an die Arbeit, diesen Zwilling noch weiter zu perfektionieren.

Zum dritten Mal wurde an der Tür geklopft. Wieder der Inspizient, diesmal mit einem Strauß Tulpen und einem Briefchen. Eddie hatte schon angesetzt zu sagen, dass er sie irgendwohin stellen solle, doch der Mann erklärte, sie seien für Ms. Gevaş. Sie öffnete den Brief. Drinnen eine Karte. Von Emin. Ihr Herz machte unwillkürlich einen Satz.

Liebe Azime – ich bin so stolz auf dich! Heute Abend bin ich hier draußen und sehe dir zu bei deinem großen Triumph.

Dein treu ergebener Freund Emin

Sie hätte gern gelächelt. Konnte es nicht. Nicht jetzt. Zu nervös, um sich irgendwelche Gefühle erlauben zu können, drehte sie sich zu Eddie um und sah ihm zu, wie er sanft, stetig und mühelos mit jeder weiteren Bewegung der Wimpernbürste die Regeln der Normalität noch etwas mehr verwischte.

»Unglaublich, dass ich Sie hier treffe.«

»Zum ersten Mal im O2?«

»Und zum letzten.«

»Cool. Ist es schlimm, wenn ich mich jetzt noch ein bisschen vorbereite? 'tschuldigung.«

Er wandte sich dem Bild seiner Metamorphose zu, seine Lippen bewegten sich, während er in Gedanken die Sätze seines Auftritts abspulte.

Omar, Raza und Zeki betraten das Haus, ohne dass die Person, die sie suchten, Verdacht schöpfte, einfach indem sie bei einer anderen Wohnung klingelten und sagten, sie kämen den Stromzähler ablesen. Und schon, Abrakadabra, surrte das Schloss und sprang auf. Ismail, Kemal, Kris und Eco warteten draußen, die Jackenkragen hochgeschlagen, und hauchten in ihre Fäuste, zum Angriff bereit. Sollte der anonyme Briefschreiber auf die Idee kommen zu fliehen, würde ihn draußen noch viel Schlimmeres erwarten als im Haus.

Drinnen stiegen Zeki und seine Cousins die Treppe zum vierten Stock hinauf und blieben vor einer Tür stehen.

»Klopfen wir? Oder treten wir die Tür ein?«, fragte Zeki.

»Hast du schon mal versucht, eine Tür einzutreten?«, erwiderte Omar trocken.

»So schwer kann das doch nicht sein«, gab Zeki zurück, dem es um eine Demonstration ihrer gemeinsamen Stärke ging.

»Versuch's.«

Zeki überschlug seine Erfolgschancen und kam zu dem Schluss: »Also klopfen?«

Raza rollte die Augen: »So ist's brav.«

»Was, wenn keiner zu Hause ist?«

»Dann kommt wahrscheinlich keiner an die Tür.«

Omar holte aus zum Klopfen.

»Und wenn jemand aufmacht?«, wollte Zeki wissen.

»Du lässt auch keine Möglichkeit aus, was?«, seufzte Omar.

»Ich will doch nur wissen, wie's funktioniert.«

»Das funktioniert. Wenn jemand aufmacht, lässt du mich reden.«

»Über was?«

Omar sah entnervt Raza an. Raza zuckte die Achseln. »Das werden wir dann schon sehen«, antwortete Omar.

Zeki hatte seine eigene Antwort. »Dann öffnen wir die Pforten der Hölle.« Damit hob er das kurze Montiereisen, das er in der rechten Hand hatte, doch Raza befahl ihm, es wegzustecken.

Omar klopfte. Plötzliche Geräusche in der Wohnung. Dann öffnete sich die Tür. Ein junger Mann Mitte zwanzig. Ein junger *weißer* Mann Mitte zwanzig. Ein weißer Mann Mitte zwanzig, überrascht, statt eines Nachbarn gleich drei Männer vor der Tür zu sehen.

»Ja?«

Omar trat vor. »Tut uns leid, wenn wir stören. Sie vermissen ein Fahrzeug?«

»Ein Fahrzeug?«

Omar nickte. »Einen Yamaha-Roller. 50 Kubik. Schon älter.«

Statt Angst, Schuld, Beschämung, Furcht, Schande und einem starken Fluchtbedürfnis zeigte der Mann freudige Überraschung und Erleichterung.

»Oh. Sie haben ihn gefunden? Toll.«

»Er gehört Ihnen?«

»Yep. Wo haben Sie ihn gefunden?«

Omar kniff die Augen zusammen: »Sie hatten ihn verloren?«

»Nein, er … er wurde mir … gestohlen. Sind Sie von der Polizei?«

Raza warf einen Seitenblick zu Omar: »Nein. Wir haben nur seine Spur bis hierher verfolgt. Zu Ihnen. Wir arbeiten in dem Geschäft. Es wurde also gestohlen?«

»Ja. Steht er draußen?«

Omar hob die Hand in einer Nicht-so-schnell-Geste. »Gestohlen? Mit dem Schlüssel drin?«

»Ja. Steht er draußen?«

Raza lächelte. »Nicht *hier* draußen. Bei uns draußen.«

»Bei uns«, wiederholte Zeki.

Allmählich wurde der junge Mann doch nervös, seine Augen flitzten zwischen Raza, Omar und Zeki hin und her. »Wie sind Sie zur Haustür reingekommen?«

Raza überhörte die Frage. »Wir haben den Roller gefunden, und der Schlüssel steckte noch.«

»Wer seid ihr drei überhaupt?«

Diesmal war Omar mit Antworten an der Reihe: »Wir sind die, die Ihren Motorroller gefunden haben.«

»Genau, wir sind die, die Ihren Roller gefunden haben«, ließ sich Zeki vernehmen.

»Okay, also, ähem …«

Raza machte einen Schritt nach vorn und fragte: »Können wir reinkommen?«

»Ähmmm … ich habe gerade zu tun. Also … warum gebt

ihr mir nicht eure Namen, und ich rufe an und … und dann ähm … kann ich später vorbeikommen und meinen Roller holen. Wie klingt das?«

»Klingt großartig. Großartig.« Und mit diesen Worten drückte Omar sich an dem jungen Mann vorbei und betrat die schäbige Wohnung, groß und fast unmöbliert. Raza und Zeki folgten. Ängstlich lief der junge Mann in die Mitte des Zimmers, als wollte er seine wenigen Besitztümer verteidigen. »Was soll das?«

Raza ging auf den Mann zu: »Also, wie kommt es, dass Sie Ihren Motorroller in der Gegend rumstehen lassen mit dem Schlüssel drin, so dass Leute ihn stehlen können?«

»Das war nicht ich. Das … das war mein Mitbewohner. Der war damit unterwegs. Aus Versehen hat er den Schlüssel stecken lassen. Da ist es gestohlen worden. Und jetzt muss ich euch drei bitten zu gehen, ich habe nämlich ziemlich viel zu –«

Omar fiel ihm ins Wort: »Ihr Mitbewohner?«

»Ja. Er war …« Mit einer leichten Kopfbewegung in Richtung des Flurs, der zu den weiteren Zimmern der Wohnung führte, gab ihr Gastgeber versehentlich den Aufenthaltsort desjenigen preis, der am fraglichen Abend mit dem Motorroller unterwegs gewesen war. »Hört mal, Jungs, haben wir ein Problem hier, oder was?« Er zitterte jetzt, mit einer Hand fummelte er in der Hosentasche nach seinem Handy, um das Omar ihn, als er es gefunden hatte, sofort erleichterte.

Omar nickte. »Ja, haben wir.«

»Yeah«, bestätigte Zeki.

Raza ging zur Wohnungstür, schloss sie, wies Zeki an, bei

dem jungen Mann zu bleiben und Omar sein Montiereisen zu geben.

Omar schritt über den Teppichboden den Flur hinunter, bis er vor einer Tür stehen blieb. Es war eine Schlafzimmertür. Nicht abgeschlossen, ein Kinderspiel. Er drehte sich um, sah seinen Cousin an. Der nickte.

Also öffnete Omar die Tür. Und da saß er, mit dem Rücken zum Eingang an einem Tischchen, das genau in das große Erkerfenster passte, mit einem großen Desktopcomputer darauf.

Als die Tür aufging, drehte sich der Mann mit seinem Bürostuhl um und stand dann ganz langsam auf. Er machte einen sehr überraschten und sichtlich erschrockenen Eindruck.

»Was wollt ihr beiden?«, fragte Johnny TKO.

Eddie Izzards Lipgloss-Pinsel hielt mitten in der Bewegung inne, und seine blau überschatteten Augen weiteten sich, als er im Garderobenspiegel hinter einem Wandschirm eine Frau in schwarzer Burka hervortreten sah. Seine eigenen Verwandlungsversuche wirkten auf einen Schlag lächerlich konservativ.

»Scheiße«, sagte er. »Wir müssen die Reihenfolge ändern. Ich trete doch *vor* Ihnen auf. Wir rufen den Produzenten und ändern das.« Er drehte sich auf seinem Stuhl um. »Es sieht *phantastisch* aus. Ehrlich. So was muss ich mir auch besorgen. Wie ist das mit diesen Dingern? Darf die jeder tragen? Meinen Sie, ich käme damit durch? Oder würde es …«, er wedelte mit der rechten Hand. »Anstoß erregen? *Muss* man Muslim dafür sein? Ich will niemanden vor den Kopf stoßen.«

Ein Mann in einem strassbesetzten Morgenrock, der niemanden vor den Kopf stoßen wollte. Azime musste an sich halten, um nicht zu lachen.

Von jenseits ihres Schleiers, der so dünn war, dass sie mühelos zu verstehen war, erklärte sie ihm, dass jede Frau eine Burka tragen könne, wenn sie das wolle. »Aber ich habe noch nie von einem Transvestiten mit Burka gehört, jedenfalls nicht in den letzten tausend Jahren.«

»Tatsächlich? Okay. Gut. War ja nur so ein Gedanke. Aber Sie sehen *phantastisch* aus.«

Es waren Leute wie Izzard, die einen ermutigten zu erforschen, welche anderen Identitäten in einem verborgen lagen, Identitäten, die zum Vorschein kamen, wenn man erst mal den Mut aufbrachte, den Schlüssel im Schloss zu drehen.

»Und für Sie ist das also gewagt, wenn Sie in der Burka auf die Bühne gehen?«, fragte er.

»Nicht gewagt. Wahrscheinlich das Gegenteil.«

»Normalerweise tragen Sie das nicht?«

»Nein.«

»Das ist also nur ein... ja, was ist es?«

»Nur so eine Idee, auf die ich gekommen bin.«

»Okay. Schön. Gut. So, jetzt muss ich aber weitermachen.«

Vor seinem Spiegel schürzte Eddie den Mund zu einem runden O und strich sich eine klare Flüssigkeit über die Lippen, bis sie glänzten wie Erdbeeren unter Tortenguss.

»Darf ich Sie etwas fragen?«, sagte Azime.

»Mhmmm.«

»Wie viele Auftritte haben Sie gemacht?«

»Alles zusammen, meinen Sie?«

»Ja, seit Sie angefangen haben.«

»Keine Ahnung.« Er begutachtete seine feuchtglänzenden Lippen. »Fünftausend vielleicht? Und Sie?«

»Vier.«

Eddie trug noch mehr Rouge auf. »Na… immerhin sind Sie dann noch frisch. Wie kommt man ins O2, nach nur vier Auftritten?«

Die Antwort, die abstruse Wahrheit? »Weil ich was Neues bin.«

Azime trat hinaus auf den Gang. Auch hier draußen wurden letzte Vorbereitungen getroffen. Männer und Frauen in schwarzen Polohemden und schwarzen Chinos, Headsets auf dem Kopf, eilten hastig durch die Schwingtüren wie die Waggons einer Geisterbahn. Fast sofort wurde Azime in Richtung Bühne geschoben.

Azime ging auf die Bühne. Sie versuchte zu erfassen, wie groß Arena und Publikum waren.

AZIME: Wow! Das ist die größte Moschee, in der ich je gewesen bin. Äh, na dann mal viel Glück bei der Suche nach euren Flipflops am Ausgang. *(15 000 Menschen lachten. Eine unglaubliche Geräuschkulisse empfing sie. Einfach umwerfend. Dann wurde es still. Sie stand allein vor dieser riesigen Menschenmenge, und ihr Herz raste.)* Hallo. Ich heiße Azime. Mein voller Name lautet Azime Gevaş. *(Jetzt schwiegen 15 000 Menschen. Was für ein gewaltiger Vorrat an Schweigen, dachte Azime, allein auf der Bühne, eine Arena voller gespannter Gesichter, alle auf das ihre gerichtet.)* Hi. Ja. Falls ihr es nicht gemerkt habt, ich bin Muslimin. Und ich bin eine Frau. Ich habe eine Frage an euch… Bringt das hier meine Bombe gut zur Geltung?

(Wieder allgemeines, lautes Gelächter.)

Na, jetzt seid ihr wohl aufgewacht. Hallo. Ich heiße Azime. Ich bin Muslimin. Da, wo ich herkomme, da ist man Muslim, wenn die Eltern Muslim sind. Ich bin eine von den Frauen, die ihr… die ihr ›Weißen‹ auf der Straße seht, und dann denkt ihr ›dusselige Kuh, die weiß überhaupt nicht, wie unfrei sie ist‹ oder ›bestimmt ist die da drunter fett und potthässlich, sonst würde sie sowas ja nicht anziehen‹. Aber ich versichere Ihnen, unter dieser Burka, da sehe ich gar nicht so schlecht aus. Sie müssen mich nur erst heiraten, bevor Sie das rausfinden können.

(Das Publikum lachte erneut, aber sie merkte, dass es noch nicht wusste, was es von ihr halten sollte.)

Ich weiß, dass ich gar nicht so schlecht aussehe, weil ich kürzlich dieses Ding hier anhatte, und ein paar Jungs auf der Straße haben gerufen: Guckt euch diese Augenbrauen an!«

(Nur ein einziger Lacher. Offenbar nicht ihr bester Witz, stellte sie fest.)

Ich habe angefangen, die Burka zu tragen, als mein Vater meinte, es wäre doch schön, wenn ich auf der Straße nicht als Schlampe daherkäme. Er hat auch gesagt, ich sei ein wertvoller Edelstein, und wer stellt einen wertvollen Edelstein schon einfach so zur Schau? Was nur meine Überzeugung bestätigt hat, dass die Queen eine dreckige Nutte ist.

(Sie hielt die Luft an – dieser Witz war gewagt. Ein Witz über die Queen. Wie würde das Publikum reagie-

ren? Als alle lachten, schallend lachten, atmete sie erleichtert auf.)

Ein Nachteil für uns Muslime ist, dass wir manchmal heiraten müssen, wenn wir noch ein klitzekleines bisschen zu jung dafür sind. Versteht ihr, was ich meine? Zum Beispiel war ich kürzlich bei der Hochzeit einer Freundin, und Braut und Bräutigam waren beide noch ziemlich jung. Der Imam hat gesagt, sie hätten noch so viel vor sich, auf das sie sich freuen könnten … die Pubertät! Sie waren so jung, dass ein Erwachsener dabei sein musste, um beim Anschneiden des Hochzeitskuchens aufzupassen.

Ganz im Ernst, es war das erste Mal, dass ich einen Bräutigam auf dem Skateboard zum Altar kommen sah.

(Im Publikum schien das Bild viel Anklang zu finden.)

Aber es gibt auch Vorteile: Wir Muslime machen nicht die gleichen Fehler wie ihr. Zum Beispiel war da dieses Mädchen in meiner Schulklasse, das hatte sein erstes sexuelles Erlebnis, als es noch nicht mal elf war. Und das zweite um halb zwölf.

(Dieser Gag war sogar noch erfolgreicher. Und Azime dachte: ›Die sind ja richtig nett zu mir!‹)

Am Elternabend waren dann auf meiner Schule auch die meisten Kids dabei.

(Dieser Teil ihrer Nummer war gutgegangen, hatte durchgängig für Gelächter gesorgt. Doch plötzlich war ihr Gedächtnis wie leer gefegt. Azime starrte ins Publikum und versuchte sich zu erinnern, was sie als Nächstes hatte sagen wollen.)

»Also, Burkas, äh …«

(Zum Glück kam die Erinnerung zurück.)

Oh, damit ihr's wisst. Ich habe mir gründlich über-legt, was da wohl für eine Logik dahintersteckt, wenn man die Frauen so unter Verschluss hält. Nonnen einge-schlossen. Kultur, Tradition, gut und schön – die sind im-mer schützenswert –, religiöse Überzeugungen, auch gut, und ich finde auch, dass jede Frau das Recht hat, selbst zu entscheiden, wie sie auftreten will – aber kann es wirklich sein, dass der Wert einer Frau nur von Ehemann und Familie begriffen und geschützt werden kann?

(In diesem Moment hätte man eine Stecknadel fallen hören können, und Azime entfernte den dünnen Seiden-schleier, der den größten Teil ihres Gesicht bedeckte. Jetzt konnte jeder ihre großen runden Augen, das ovale Ge-sicht, die makellose dunkle Haut sehen. Sie lächelte.)

Hi.

(Das Publikum jubelte, und aus dem Flirt zwischen Publikum und Azime wurde eine regelrechte Liebesge-schichte. Fasziniert von ihrer Burka, angerührt von ihrer zarten Stimme, ihrem nervösen Auftreten, ihren über-raschenden Pointen, ihrem offensichtlichen Mut, ihrer Neuartigkeit, beschloss das Publikum an diesem Punkt einhellig, Azime an diesem Abend zu einem durchschla-genden Erfolg zu verhelfen.)

Und hier meine Meinung zum Thema Burkaverbot. »Verbietet die Burka! Verbietet die Burka!« Also, ich würde ein Verbot ja akzeptieren … – wirklich –, und ich sehe auch, dass es gute Argumente dafür gibt. Als sie in Frankreich die Burka verboten haben, nahmen die Laden-diebstähle um achtundneunzig Prozent ab.

(Eine Woge von Gelächter brandete zu ihr auf die Bühne.)

Eure Ladenregale wären wirklich sicherer.

(Sie wusste, was sie als Nächstes sagen wollte, war von ihrem Material überzeugt, hatte keinen Zweifel an ihrer Fähigkeit, es zu präsentieren, und deshalb spürte sie zum ersten Mal, dass sie sich auf der Bühne entspannte, zum allerersten Mal.)

Aber ich würde ein Burkaverbot nur unterstützen, wenn... wenn ihr gleichzeitig auch Bikinis und Che-Guevara-T-Shirts und halbwüchsige Jungs verbietet, die ihre Hosen auf Halbmast tragen und bei denen man die ganze Unterwäsche und obendrein noch den halben Arsch sieht. Wenn ihr schon allen Scheiß verbieten wollt, dann aber bitte gründlich, versteht ihr? Also, wenn ihr eine Burka anstößig findet, dann denkt bitte daran, dass ich fette Weiße in Lycra anstößig finde. Okay? Also weg mit den dicken älteren Männern, die in der Öffentlichkeit hauteng Radlerhosen tragen – das ist nicht gerade das, was ich unter Freiheit und Fortschritt verstehe, sorry. Wenn ihr mir sagen könnt, wie ich mich anziehen soll, dann kann ich euch das auch sagen.

(Das Publikum applaudierte.)

Ihr stimmt mir zu? Seht ihr, wie schnell man sich einigen kann? Seht ihr, wie leicht man Weltfrieden erreichen kann? Es geht einfach nur um Geben und Nehmen. Ich glaube, das mit dem Geben und Nehmen beginnt zu Hause in der Familie. Vielleicht kann ich euch jetzt ein wenig über mein Familienleben erzählen.

Also. Ich lebe mit meinen Eltern in London, und die

finden es gar nicht so gut, dass ich Komikerin bin, weil man das als Mädchen mit meinem Hintergrund einfach nicht macht. Meine Story ist wie die von Billy Elliot, nur mit Burka.

(Auch das gefiel dem Publikum.)

Meine Eltern sind beide in einem abgelegenen Teil der Türkei aufgewachsen, der ganz anders als London ist. Überall Trümmer, alles heruntergekommen, massenhaft Straßenkriminalität. Und Wasser gibt es auch nicht... In der Türkei dagegen...

(Leises Stöhnen auf den Rängen.)

Ich liebe und respektiere meinen Vater, und er hat mich und meinen Bruder und meine kleine Schwester sehr gern. Er ist lieb und mag Körperkontakt, aber es gibt einen klitzekleinen Unterschied zwischen jemand umarmen und jemand festhalten, damit er nicht fortkann. Er liebt auch meine Mutter, aber die geht ihm auch auf die Nerven. Zum Muttertag hat er ihr ein Fläschchen Chloroform gekauft und gerufen: »Sabite, komm mal her... findest du nicht auch, dass das merkwürdig riecht?«

(Donnernder Applaus.)

In Garderobe Nummer 2 machte Eddie Izzard seine Stimmübungen vor dem Auftritt – »mammi-mammi-mammi-mammi-mammi-mammi«, dann »gudda-gudda-budda-budda-gudda-gudda-budda«, und schließlich noch die Übung für die Gesichtsmuskeln, »Brautkleid bleibt Brautkleid, und Blaukraut bleibt Blaukraut«. Da bemerkte er, dass ein Umschlag unter der Tür durchgeschoben wurde. Er stutzte, hob den Umschlag auf, und da kein Name darauf stand, öffnete er ihn. Er zuckte zurück, als er las, was dort stand. In großen, kindlichen Markerbuchstaben und illustriert mit Bildern von Blutflecken, Messern und Körperteilen war dort zu lesen: *Du bist eine Schande! Heute Nacht stirbst du, stell dich drauf ein. Ich bin hier.*

»Scheiße, nicht schon wieder«, rief Eddie, stakste zur Tür, riss sie auf, trat nach draußen und stieß fast mit einem vorüberhastenden Bühnenarbeiter zusammen. Izzard packte den Mann, packte ihn heftig, presste ihn an die Wand, sah ihm mit flammenden, wenn auch dick getuschten Augen ins Gesicht.

»Sie! Waren Sie das? Haben Sie das geschrieben? Wo kommt das her?« Izzard hielt die Karte in die Höhe.

»Geschrieben? Nein. Nein, Mr Izzard. Ich arbeite nur hier.«

»Sie haben das nicht zufällig gerade unter der Tür durchgeschoben?«

»Nein. Nein, Sir.«

»Wer war es dann?«

»Keine Ahnung, Sir. Möchten Sie, dass ich es rausfinde?«

»Klar. Scheiße. Los, beeil dich.«

»Dann … könnten Sie mich dann bitte jetzt loslassen, Sir?«

»Los! Finden Sie raus, wer eben bei Garderobe Nummer zwei eine Karte unter der Tür durchgeschoben hat. Jetzt sofort!«

»Ja, Sir.«

Während der Bühnenarbeiter losflitzte, brüllte Eddie Izzard ihm hinterher: »ICH HATTE GEGLAUBT, DAS HÄTTE ICH HINTER MIR!«

AZIME: Also, ich habe eine Art Mission. Ich will euch bigotten … euch bigotten Typen helfen …

(Würde ihr Publikum das schlucken? Mist, jetzt konnte sie eh nicht mehr zurück.)

… alles zu vergessen, was ihr über weibliche kurdisch-türkische Comedians zu wissen glaubt. Das ist mein Kreuzzug. Ich will euch zeigen, dass sogar Fatwa und Terrorismus und religiöser Extremismus ihre lustigen Seiten haben.

(Höflicher Applaus. Nein, so richtig gefallen hatte ihnen das nicht.)

Na ja … eigentlich wollte ich euch etwas ganz anderes erzählen.

(Sie merkte, dass sie ihr Publikum verlor. Sie musste etwas sagen, und zwar schnell, etwas Witziges. Und da kam ihr Eddie Izzards Rat wieder in den Sinn.)

Jetzt weiß ich's wieder … Soll ich euch ein bisschen Türkisch beibringen? Na, wie wär's? Seid ihr dabei? Einige von euch sind bestimmt schon in der Türkei gewesen, aber da habt ihr sicher kein Türkisch gelernt, und wenn doch, dann allerhöchstens Sachen wie »Gibt es dazu Fritten?«, oder »Sorry, mein Freund ist ein bisschen betrunken und hat anscheinend gerade auf Ihr Kind gekotzt«, oder »Meine Freundin hat Verbrennungen dritten Grades von der Sonne hier, haben Sie zufällig ein weißes Top, das ihre Sonnenbräune richtig gut zur Geltung bringt, wenn sie in London aus dem Flugzeug steigt?« Sorry, ich komm vom Hundertsten ins Tausendste. Soll ich euch wirklich Türkisch beibringen?

(Schweigen. O Gott – was nun?)

Sprecht mir alle nach: MERHABA.

(15 000 Menschen sprachen ihr im Chor höflich und laut nach.)

Das ist unglaublich. Einfach unglaublich. Fünfzehntausend Menschen haben mir aufs Wort gehorcht. Was für eine Macht!

(Danke, Eddie!)

Wie wär's, wenn ich ... äh ... Könntet ihr bitte alle aufstehen?

(Der Großteil des Publikums erhob sich von den Sitzen.)

Oh, mein Gott. Ihr seid alle aufgestanden. Wahnsinn. Setzt euch wieder. Sorry. Setzt euch. Ihr seid zu nett zu mir!

(Tausende setzten sich wieder.)

Das ist einfach unglaublich – so muss sich ein faschistischer Diktator fühlen. Ihr habt mir grade den Tag, die Woche, das Leben gerettet. Ehrlich! Äh, wo war ich gerade? Äh ... Ach ja, richtig! MERHABA! Das ist Türkisch für Hallo. MERHABA.

(Wieder sprach die Menge Azime nach.)

Türkisch ist eine wunderschöne alte Sprache, viel älter als Englisch. Wollen wir's mal mit einer türkischen Redensart versuchen? Vielleicht können wir heute Abend einen Beitrag zur Völkerverständigung leisten. Also, hier wird's schon ein bisschen kniffliger ... ANANIN AMINDA ÇIN ORDUSU MANERVA YAPSIN.

(Das riesige Publikum sprach nach Kräften nach.)

Ihr seid richtig klasse! Das ist eine äußerst nützliche türkische Redensart. Sie heißt so viel wie: »Ich wünschte, die chinesische Armee hielte ihr Manöver in der Muschi deiner Mutter ab.«

(Brüllendes Gelächter.)

Tut mir leid, wenn ich irgendwen schockiert habe. Ich war auch schockiert, als mein Mathelehrer das zu mir gesagt hat. Sollen wir noch eine Redewendung zusammen lernen, im Namen der Völkerverständigung und der Liebe?

(Aus dem Publikum kam unisono ein »Ja«, gefolgt von einem triumphierenden stummen »Ja!« auf Azimes Seite, weil sie merkte, dass ihr das Publikum jetzt buchstäblich wieder aus der Hand fraß.)

Denn ich glaube nämlich, wir sind uns alle viel ähnlicher, als wir immer denken. Die nächste Redewendung ist noch etwas komplexer, etwas, das … – Intellektuelle in Istanbul lieben sie, in Istanbul, dieser uralten Stadt, die ganz wortwörtlich Orient und Okzident verbindet. Wir sollten das vielleicht in vier Schritten üben, denn die Redewendung ist ewcht lang. SENI BOGAZ KÖPRÜSÜNÜN.

(Das Publikum wiederholte es …)

… ORTASINDA SIKMEK ISTIYORUM … O ZAMAN AVRUPA … VE ASYA SESINI DUYABILIR.

(Das Publikum folgte fröhlich ihren Anweisungen.)

Ihr seid ja so klasse! »SENI BOGAZ KÖPRÜSÜNÜN ORTASINDA SIKMEK ISTIYORUM O ZAMAN AVRUPA VE ASYA SESINI DUYABILIR.« Bravo. Wollt ihr jetzt noch erfahren, was ihr grade gesagt habt?

(Das Publikum johlte: »Ja!«)

»Ich will dich mitten auf der Bosporusbrücke bumsen, damit Europa und Asien hören, wie du schreist.«

(Brüllendes Gelächter.)

Seht ihr jetzt, dass wir alle mehr oder weniger gleich denken? Wir kommunizieren nämlich ziemlich ähnlich, wenn ihr wisst, was ich meine? Ich mag diese letzte Redensart besonders. Und poetisch ist sie auch noch. »Ich will dich mitten auf der Bosporusbrücke PIEP, damit Europa und Asien hören, wie du schreist.« Rudyard Kipling wäre stolz darauf gewesen. Ein großer Mann. Großer Dichter.

Raza presste Johnny mit dem Unterarm an die Wand, drückte ihm den Hals zu, so dass Johnnys Stimme klang wie eine Kinderstimme.

»Ich wollte ihr nur Angst einjagen«, keuchte Johnny. »Ich war wütend. Der Vater von meinem Kumpel ist bei den Bombenanschlägen verletzt worden. Versteht ihr, ich fand, sie nutzt die Situation aus.«

Raza blickte zu Omar, wartete auf Anweisungen, und Omar wiegte das Eisen in seiner rechten Hand.

»Du bist zum Haus eines Familienmitglieds von uns gegangen? Hast diesen verdammten Umschlag in den Briefschlitz gesteckt?«, sagte Omar.

Johnny nickte.

»Du hast damit gedroht, sie *umzubringen*?«

Den Blick auf das Montiereisen geheftet, nickte Johnny wiederum.

Raza und Omar zögerten ein wenig, denn diese neue Situation mussten sie erst verarbeiten. Sie hatten damit gerechnet, einen verhärmten Muslim zu finden – und waren darauf eingestellt gewesen, so jemandem eine Lektion zu erteilen –, einen Eiferer, der Azime bestrafen wollte, einen, der die Grenzen der persönlichen Freiheit nach den Maßstäben des 17. Jahrhunderts ziehen wollte, einen radikalisierten Sohn von Einwanderern, der sich von Azime dermaßen bedroht fühlte, dass sie beseitigt oder zumindest mit Terror zum Schweigen gebracht werden musste. Doch hier fanden sie keinen Lehnstuhl-Ayatolla, sondern nur einen gewöhnlichen englischen Rüpel, einen schlaffen Studententyp in billigem T-Shirt und ausgebeulten Hosen, bei dem man sich als größte Untat vorstellen konnte, dass er jemandem auf Facebook die Freundschaft kündigte. Keine Plakate, die zu Gewalt aufforderten, an den Wänden. Nur Poster von Led Zeppelin und *South Park The Movie*.

»Was ist los?«, fragte Zekis Stimme aus dem Wohnzimmer.

»Alles okay?«, rief Raza zurück.

»Ja. Und bei euch – alles in Ordnung?«

»Ja, alles okay bei uns.«

Da Omar ihm die Luft abdrückte, hatte Johnny Mühe, seine weiteren Rechtfertigungen vorzubringen: »Das war doch… nicht ernst gemeint…Es war eine Art… Witz. Ich bin Pazifist… Sehe ich etwa gefährlich aus?«

»Eine Art Witz?«, fragte Raza.

»Ja. Ich hab doch sogar einen Smiley untendrunter geklebt. Damit klar ist, dass es ein Witz ist.«

»Ein Witz«, wiederholte Raza. »Omar?«

»Ja, was ist?«

»Kennen wir irgendwelche Witze? Erzähl *ihm* mal einen Witz.«

»Einen Witz?«

»Ja. Einen von unseren Witzen. Von der Sorte, die wir mögen.«

»Oh, verstehe … lass mich mal nachdenken … ähmmmm … ja, da fällt mir ein ziemlich guter ein.«

»Toll. Erzähl ihn uns, Omar.«

Daraufhin hob Omar das Montiereisen und schlug es mit aller Wucht auf den Desktop-Computer. Der Schirm implodierte mit einem lauten *Wusch*.

Raza nickte beifällig. »Hat dir der gefallen, Johnny? Wir fanden ihn zum Schreien. Du etwa nicht, Omar? Doch, der hat ihm gefallen. Erzähl ihm noch einen.«

»Bitte, Leute«, sagte Johnny. »Es tut mir leid. Bitte. Sagt mir, was ich tun kann. Ich tue alles.«

»Nicht doch. Wir haben noch einen für dich. Omar? Erzähl ihm noch einen Witz.«

Diesmal ging Omar zu der Matratze am Boden, knöpfte die Hose auf, stellte sich breitbeinig hin, ließ den Urin mit purer Willenskraft fließen und pinkelte eine Acht aufs Bett, eine Figur, die er imposante drei Mal nachzeichnen konnte, bevor der Strom in einer Ellipse aus Punkten versiegte.

»Siehst du? … der ist so lustig, er kann es vor Spaß gar nicht mehr halten.« Raza erhöhte den Druck auf Johnnys Hals, ließ ihn noch roter werden, und Omar knöpfte seine Hose wieder zu und kam zu Raza und dem an die Wand gepinnten Johnny hinüber.

»Und sonst?«, fragte Omar. »Außer der Todesdrohung, was hast du noch geschickt?«

»Nichts.«

»SMS? Facebook?«

»Nichts. Der eine Brief. Das war alles.«

»Die Sachen im Internet waren nicht von dir?«

Johnny schüttelte den Kopf.

»Was ist mit deinem Mitbewohner?«

»Aaah …«

Raza verringerte den Druck auf Johnnys Kehle. »Was ist mit deinem Mitbewohner?«, wollte Omar wissen.

»Weiß. Nichts.« Johnny hustete. »Nichts. Ich … ich habe seinen Motorroller genommen, ohne ihn zu fragen. Hinterher habe ich ihm gesagt, dass er gestohlen wurde. Hört mal, Jungs, was wollt ihr denn jetzt mit mir machen?«

Omar seufzte. Gute Frage. Was sollte man mit so jemandem machen? Die Cousins konnten mit diesem Blödmann so gut wie alles machen und ungestraft davonkommen. Der konnte jetzt nicht mehr zur Polizei gehen, nicht nach dem, was er getan hatte. Es war eine sagenhaft gute Gelegenheit, ihn fertigzumachen. »Du wirst dich bei ihr entschuldigen. Von Angesicht.«

»Schön«, stimmte Johnny zu. »Absolut einverstanden.«

»Und bei ihrer Familie. Persönlich.«

»Schön. Aber glaubt mir, es war nur ein Witz. Ich wollte ihr keine Angst einjagen.«

Jetzt war Raza mit Seufzen an der Reihe. »Immer erzählt er Witze, Omar. Für den ist alles ein Witz. Haben wir denn noch einen für ihn?«

»Noch einen? Mir fällt keiner mehr ein.«

»Irgendeinen musst du doch noch kennen. Komm schon, Omar.«

»Oh, tatsächlich, da fällt mir noch einer ein. Ein richtig guter. Der Beste von allen.«

Johnny bettelte jetzt: »Jungs! Bitte! Seid vernünftig.«

»Lass mich überlegen«, sagte Omar. »Wie ging der gleich?«
Er zückte ein Messer, und die Klinge zauberte Lichtreflexe
auf Johnnys Gesicht. »Ah ja! Jetzt weiß ich's wieder. Ein
Mann ... ein Mann kommt in einen Tattooladen –«

Johnny riss vor Entsetzen die Augen auf, als er das große
blitzende Jagdmesser sah.

»Nein!«

Omar hob in gespielter Enttäuschung die Augenbrauen.
»Oh! – den kennst du schon?«

AZIME: So, und jetzt bin ich mal einen Augenblick lang
ernst.

(Stille.)

Ich muss über die Londoner Bombenanschläge sprechen.

(Totenstille. Azime holte tief Luft.)

Ich mache keine Witze über diese Terroranschläge. Nein.
Dabei sind Menschen umgekommen.

*(Gespannte, besorgte Stille, genau die Reaktion, die man
von einem Publikum erwartete, das davon ausging, dass
man über so ein Thema keine Witze macht.)*

Die Anschläge waren schrecklich für euch – und sie
waren auch schrecklich für mich.

(Pause.)

Leute, leiht eurem Cousin nie euren Rucksack.

*(Bumm! – eine Explosion von schockierten Lachern –
sie ebbten kurz ab, weil das Publikum seine instinktive
Reaktion überprüfte, und schwollen dann wieder an –
noch lauter, so dass Azime durch die Sohlen ihrer billigen
Turnschuhe den Boden in der Arena vibrieren fühlte, als*

alle gemeinsam zu der Erkenntnis gelangten, dass dieser Witz nicht nur erlaubt, sondern vielleicht sogar notwendig war, um die unerträgliche Spannung in der Stadt zu lösen.)

Ich hoffe, das war ein unbehagliches Lachen. Sollte es zumindest sein.

(Während das Publikum weiterlachte und zum Teil applaudierte, konnte Azime kurz innehalten und durchatmen. Sie schwitzte heftig, verging unter der Burka fast vor Hitze.)

Übrigens, diese Terroranschläge waren gegen alle Londoner gerichtet, unabhängig von ihrer Religion. Hoffen wir, dass wir ein Teil des Leids mit unseren Witzen weglachen und heilen können.

(Applaus.)

Und – herzlichen Dank dafür, dass Sie alle heute Abend so nett zu mir waren, ich habe alle meine Witze aufgebraucht. Und muss noch ungefähr fünf Minuten bestreiten.

(Schweigen.)

Das ist kein Witz. Sind alle aufgebraucht.

(Gelächter.)

Nein, wirklich. Ich bin fix und fertig. Das sollte ich euch lieber nicht sagen. Denn jetzt denkt ihr wahrscheinlich, ich komm mit der Mitleidsnummer oder so. Aber in Wahrheit bin ich einfach eine totale Anfängerin, wirklich, und diese Auskunft bin ich euch doch schuldig, oder?

(Verhaltenes Gelächter.)

Ich stehe heute erst zum vierten Mal auf der Bühne und versuche Leute zum Lachen zu bringen. Ich fürchte, die haben mich nur genommen, weil ich eine Nische bediene – die Nicht-wirklich-witzig-aber-wir-wussten-nicht-wie-wir-die-Taliban-sonst-auf-die-Bühne-kriegen-sollen-Nische. Frau *und* ethnische Minderheit – besser geht's nicht! Die *Guardian*-Leser werden jubeln, und außerdem bleibt so mehr Zeit für die echten, sprich die männlichen, Comedians. Phantastisch. Zwei Fliegen mit einer Klappe, oder wie es auf Chinesisch heißt, zwei Vögel mit einem Stein – in einigen Ländern eine schnelle Lösung für Ehebrecher.

(Allgemeines Gelächter.)

Aber wisst ihr was? Selbst wenn ich die Alibi-Muslimin bin, hab ich doch etwas gelernt – ich bin mit Leib und Seele Komikerin. Ehrlich. Ich genieße mein Recht auf Redefreiheit.

(Schweigen.)

Meine… äh… meine Comedy-Lehrerin hat mir das mal gesagt. Sie hat gesagt, wir hätten das Recht, Dinge zur Sprache zu bringen, die die Leute ärgern, aber nicht die Pflicht. Wisst ihr, was die wahre Bedrohung der Redefreiheit ist?

(Jemand in der Menge rief: »Sag's uns, Azime!«, eine andere Stimme johlte »Huhu!«)

Die größte Bedrohung sind wir selbst.

(Mit der weinerlichen Stimme einer einfältigen Person:)

Aber wie kannst du denn so was sagen, Azime? Wir lieben die Redefreiheit. Bei uns wird liberal groß geschrieben, wir kaufen Biobrot, wir recyceln Sachen, die schon vorher recycelt waren, wir würden für die Verteidigung der Redefreiheit unser Leben geben.

(Azime holte tief Luft.)

Jetzt hört mir mal zu, ihr eingebildeten selbstgefälligen gutbetuchten freilaufenden beifangfreien fair gehandelten ballaststoffreichen kompostierbaren kohlehydratfreien linksliberalen Arschbleicher…

(Applaus.)

…Tatsache ist wohl eher, uns allen macht die Redefreiheit eine Heidenangst. Eine Heidenangst. Warum? Na, *wegen der Folgen!* Wegen der Folgen. Ha! Wir wollen nicht verletzt, beschimpft, isoliert, mit irgendetwas Kontroversem in Verbindung gebracht werden. So einfach ist das. Es zeigt sich nämlich, dass Redefreiheit kostspielig ist. Sehr kostspielig. Redefreiheit ist so etwas wie… wie das Tiffany's unter den Menschenrechten, der Cartier-Diamant unter den Freiheiten – man kann ihn bestaunen, aber er bleibt unerschwinglich. Deshalb ist es uns bei den meisten wirklich wichtigen Fragen lieber, wenn das mit der freien Rede jemand anderes übernimmt. Ist das nicht toll?« *(Mit Kinderstimme:)* »Mach du das. Los. Du kannst das sooooo gut. Ach ja, Azime: Wir stehen zu zweihunder Prozent hinter dir in dieser Sache, zu zweihundert Prozent, aber wenn es schiefgeht, auch zweihundert Meilen entfernt.«

(Noch mehr Applaus aus dem Publikum.)

Ich glaube, wir lernen das schon auf dem Spielplatz. Die anderen sagen: »Los! Mach's. Das wird super!« Freunde, die einen anfeuern – ist euch sicher auch schon passiert, oder? Die einen zu einer völligen Dummheit, etwas richtig Gefährlichem anstiften? Ich nenne es: Von hinten führen. Von hinten führen geht so: »Klar, wirf nur,

Azime, die leere Flasche kannst du ruhig von der Fuß-
gängerbrücke werfen, tolle Idee. Mach's ruhig. Zwar werden andere Menschen dabei zu Tode kommen. Aber das ist
sooooo lustig. Wirf die leere Limonadenflasche auf die
Autobahn, Azime, komm, wir wollen hören, wie das klirrt,
das ist soooooooo cool und kann zu einem Autounfall
führen. Azime, los, komm, mach, schmeiß, schmeiß,
schmeiß! ...

(Pause.)

»Scheiße, die hat echt geschmissen.«

*(Azime pfiff, während sie die Flugbahn der Flasche
verfolgte, bis ganz unten.)*

Wusch!

*(Dann hob sie wieder den Blick und machte das Ge-
räusch einer Polizeisirene.)*

Dahdü-dahdü.

»Mann, du bist aber auch böd, Azime, was hast du dir
bloß dabei gedacht? Eine Flasche schmeißen? Glasscher-
ben auf der Autobahn? Hast du eigentlich eine Ahnung,
wie gefährlich das ist? Damit hättest du andere Leute
verletzen können. Sorry, also eine, die so was macht, die
will ich nicht als Freundin haben.«

Wenn man seine Meinung sagt, steht man in der Regel allein auf weiter Flur. So ist das. Na – Freunde – was
tun wir jetzt dagegen? Irgendwelche Vorschläge?

*(Das Publikum war jetzt ganz still. ›Ich langweile sie
zu Tode‹, sagte sich Azime. ›Ich sterbe auf der Bühne,
vor 15 000 Menschen.‹ Doch jetzt konnte sie nicht mehr
zurück, deshalb zitierte sie aus ›Couchgarnituren‹, etwas, was sie vor Urzeiten auf dem Computer ihres Vaters*

getippt hatte und das nicht einmal richtig witzig war.
Aber, was soll's? Man stirbt nur einmal.)

»Alles, was notwendig ist, damit das Böse triumphiert, ist, dass die Guten untätig bleiben.« Edmund Burke hat das gesagt. Und zum Thema Redefreiheit sage ich nur: »Sagt, was ihr auf der Seele habt, und sagt es mit eurer eigenen Stimme ... aber bevor ihr jemanden kritisiert oder verantwortlich macht oder verurteilt, schlüpft mal eine Weile in seine Haut. Schlüpft mal eine Weile in seine Haut.« Hey – was ist das Schlimmste, was dabei passieren kann? Sie sitzt zu eng oder schlägt Falten, mehr nicht.

Mit diesen Worten begann Azime sich auszuziehen, legte auf der Bühne ihre Burka ab. Das Publikum merkte sofort, dass das spontan war. Es war mäuschenstill, während sich Azime nun in Jeans, Turnschuhen und einer dezenten, langärmeligen Bluse mit Blumenmuster präsentierte.

AZIME: Findet ihr nicht auch, es ist heiß hier drin? So ist's besser ...

(Nun endlich brach in der Arena stürmischer Beifall los, anerkennende Pfiffe von den hinteren Rängen. Als der Applaus nachließ, kam eine einzelne Frauenstimme aus dem Saal, ein begeisterter Beifallsjuchzer. Das fanden die Leute wiederum lustig und lachten noch einmal.)

Gut zu sehen, dass ich nicht die Einzige war, der's zu heiß wurde.

(Ein Zwischenrufer, eine weitere einzelne Stimme: »Du siehst klasse aus.« Azime lächelte und verneigte sich sogar leicht.)

Jemand hier, der heiraten will?

(Applaus.)

Ladys und Gentlemen ... ich habe das Recht zu schweigen ... nur nicht den Willen oder das Talent dazu.

(Daraufhin lang anhaltender Applaus. Er begann in den hinteren Reihen und schwappte wie in Wellen nach vorn. Azime strahlte, überrascht von diesem Maß an Beifall, und verneigte sich tief.)

Jetzt ist es zu spät. Ich hab's getan. Erschießt mich. Moment, ich formuliere das noch um – Peng!

(Zum Klang eines Pistolenschusses, den sie überzeugend am Mikrofon nachahmte, krümmte und wand sie sich und ging dann zu Boden, mit den Füßen Richtung Publikum. Reglos auf der Seite liegend, blieb sie einen Moment lang still, dann sagte sie mit leiser, gedämpfter Stimme:)

Gestern Abend wurde die vielversprechende Nachwuchskomikerin Azime Gevaş tragisch und für alle Zeiten zum Schweigen gebracht, niedergestreckt durch die Kugel eines Attentäters vor den Augen der gesamten Zuhörerschaft in der O2-Arena, die zudem nun sah, dass sie unter ihrer körperbedeckenden Burka recht unattraktive flache Schuhe trug, die sie erst vor kurzem im Ausverkauf bei New Look für £ 5.99 erworben hatte. Ein klarer Beweis dafür, dass auch Märtyrer Schnäppchen lieben. Wie alle anderen auch.

(Verhaltenes Gelächter.)

Was können wir von Märtyrern lernen? Tja, ich würde sagen – wenigstens leben sie jeden Tag, als wäre es ihr letzter.

*(Großes Gelächter. Azime stand wieder auf. Alle hör-
ten ihr jetzt wirklich aufmerksam und gespannt zu. Azime
konnte diese Aufmerksamkeit richtig spüren. Mit ent-
sprechendem Selbstvertrauen und in bester Stimmung
fuhr sie fort:)*

Wir sind alle gleich, außer ihr da drüben. Wir alle sind
zur freien Rede verpflichtet. Deshalb hier zum Schluss
noch ein bisschen freie Rede: Islamische Frauen verdienen, dass sie anständiger behandelt werden. So, jetzt ist
es draußen. Anständiger von der hiesigen weißen Bevöl-
kerung, die davon ausgeht, dass jede Frau mit Burka ein
Opfer ist und außerdem einen Pilotenschein hat.

(Gelächter.)

Und auch anständiger von bestimmten Minderheiten
in unserer eigenen Gemeinschaft. Zum Beispiel hätten
Muslimfrauen überhaupt nichts dagegen, wenn sie nicht
von ihren eigenen Familien umgebracht würden. Nur so
eine Idee. Ehrenmorde? – Hey, wer ist überhaupt auf so
was unfassbar Bescheuertes gekommen? Nicht gerade
ein Sonnenschein von Mensch, ganz bestimmt nicht.
Auch niemand, der eine Abneigung gegen Oxymora hat.
Ehre. Mord. Wirklich? Das gehört ganz oben auf die
Liste der großen Oxymora unserer Zeit:

Jumbo Shrimp.

(Gelächter.)

Ganz schön hässlich.

(Gelächter.)

Börsenaufsicht.

(Gelächter.)

Offenes Geheimnis.

(Gelächter.)

Negatives Wachstum.

(Gelächter.)

Zugfahrplan.

(Gelächter.)

Vereinte Nationen.

(Gelächter.)

Ehrenmord. Was für eine Idee!

Da ich ja wohl nie wieder die Gelegenheit bekomme, vor fünfzehntausend Menschen auf einmal zu sprechen, möchte ich meinen Auftritt heute Abend jemandem widmen – einer alten Schulfreundin von mir, die vor kurzem ums Leben gekommen ist. Ich habe sie nicht so gut gekannt, wie ich gesollt hätte. Sie war ein ruhiges Mädchen. Hat nie viel gesagt. Praktisch niemand wusste, was sie gedacht oder gefühlt oder durchgemacht hat. Soweit ich weiß, hat sie sich das Leben genommen. Warum? Ihre Familie wollte sie zwingen, den Jungen aufzugeben, den sie liebte. Sie haben ihr eingeredet, nur so könne sie ihre Seele und die Familienehre retten. Aber sie wollte nicht leben, wenn sie es nicht so tun konnte, wie sie es verdient hatte, und deshalb sprang sie lieber vom Balkon im achten Stock, um es allen leichter zu machen. Aus. Erledigt.

(Stille.)

Tja, die Familie hat sie nicht mit eigenen Händen umgebracht, es war kein Ehrenmord, aber was ist der Unterschied zwischen »Ich bring dich um« und »Schatz, könntest du uns allen einen Gefallen tun?«.

(Unbehagliches Kichern.)

Ich will ja jetzt nicht zu düster werden, ich weiß, auf

dem Plakat für diese Veranstaltung steht irgendwo »Comedy«, aber diese Freundin von mir hatte einen Namen. Ich möchte, dass ihr fünfzehntausend alle diesen Namen kennt und im Gedächtnis behaltet. Sie hieß Z----- A---. Und die Botschaft, die ich allen anderen Z-----s da draußen schicken möchte, oder überhaupt allen, die in Schwierigkeiten sind, allen, die im Stillen leiden und keine Freunde haben, ist die: »Wenn ihr durch die Hölle geht, bleibt nicht stehen.«

(Ein guter Teil der Zuhörerschaft erhob sich an dieser Stelle von den Sitzen und applaudierte laut.)

Bleibt nicht stehen, geht weiter, geht, bis ihr auf der anderen Seite wieder herauskommt. Ihr werdet es schaffen. Also freie Rede... tolle Idee. Ich bin dafür. Wer im Glashaus sitzt... der ist blöd. Und bevor ihr jetzt anfangt, irgendwelche Sachen nach mir zu werfen, möchte ich noch etwas Letztes sagen. Wenn ich euch durch irgendetwas, das ich gesagt habe, vor den Kopf gestoßen oder verletzt habe... – mein echter Name lautet Azime Gevaş. Meine echte Telefonnummer ist 07885576ς und meine echte E-Mail-Adresse ist justazime@hotmail.com. Meldet euch mal. Love and Peace.

Auf dem Weg die Haupttreppe hinunter liefen sie und Deniz Manny Dorfman in die Arme, der langsam die Stufen herauf- und ihnen entgegenkam, rot im Gesicht, in Tweedanzug mit Wollkrawatte. Er wolle ihr sagen, dass sie sensationell gewesen sei, provokant, risikofreudig, »das perfekte Salz in einer ansonsten faden Suppe«. Sie dankte ihm für die Chance, im O2 aufzutreten. Er antwortete, sie solle ihn morgen anrufen. Deniz fiel ihm ins Wort, versicherte, er könne ganz beruhigt sein, er würde sich darum kümmern. Manny nickte zwar, redete aber weiterhin nicht mit ihm, sondern nur mit Azime. Er habe Pläne mit ihr, Vorschläge, wie sie ihr Material besser für einen Massenmarkt aufbereiten könne, für Leute, die eine Predigt nicht zu schätzen wüssten. »Wir besprechen das beim Cocktail.«

»Molotow?«, fragte Azime.

Manny gluckste, nickte mit seinem großen Kopf mit der schimmernden Glatze, klopfte Azime auf die Schulter und setzte nach einem »Ruf mich an« keuchend seinen Aufstieg fort.

»Unbedingt!«, rief ihm Deniz hinterher. »Wir melden uns!«

Im Foyer, inmitten eines allgemeinen Exodus von Zuschauern, die den Ausgängen zustrebten, warteten ihre Eltern mit Zeki und Döndü auf sie. Das Kopftuch fest um den Kopf geschlungen und mit dem winzigsten Anflug eines Lächelns, blickte Sabite ihrer Tochter in die Augen und hob die Schultern in einer kleinen »hätte wohl auch schlimmer kommen können«-Geste. »Jedenfalls warst du lustiger als dieser merkwürdige Mann in Frauenkleidern.«

»War sie nicht großartig?«, wollte Deniz von Azimes Eltern wissen.

Sabites Blick wanderte zu Deniz und dann zurück zu Azime. »Wer ist das?«

»Deniz. Mein Manager.«

»Manager?«

»Ganz genau«, bestätigte Deniz. »Ich habe große Pläne mit ihr.«

»Aber«, platzte Aristot heraus und hängte sich bei Azime ein, ohne Deniz eines Blickes zu würdigen. »Einige deiner besten Vaterwitze haben gefehlt. Ein Jammer. Ich werde sie mit dir einstudieren, ich habe da so meine Ideen.« Und einen Ratschlag hatte er auch noch für sie: »Das mit dem Ehrenmord, das bringst du nicht noch mal. Das ist nicht witzig. Das bringt uns alle in Verruf.«

»Baba! Nicht!«, verteidigte Döndü ihre Schwester. »Sei kein Spaßverderber. Sie war einfach perfekt. Alles, was sie gemacht hat, war perfekt.« Sie schlug ihrem Vater auf den Arm.

Sabite wollte keinesfalls in einen Disput mit einem der Stars des Abends verwickelt werden. »Döndü! Hör sofort auf. Schlag nie einen alten Mann mit Brille...«, rief sie. Und, nach einer kunstvoll bemessenen Pause: »Nimm lieber einen Baseballschläger.«

Aristot, Zeki, Döndü und Azime starrten Sabite ungläubig an. Hatte sie etwa gerade einen Witz gemacht?

Aristot staunte: »Woher hast du denn den?«

Sabite zuckte die Achseln. »Aus dem Fernsehen.«

»Du guckst fern?«

Sabite fuchtelte mit den Händen vor ihrem Gesicht herum. »Genug. Los. Alle zum Auto. Raus hier.«

Doch Azime wollte nicht im Wagen der Familie mitfahren. Sie küsste ihre Eltern auf die Wangen und sagte, Deniz werde sie nach Hause fahren. Da erst nahmen ihre Eltern Deniz genauer wahr, versuchten seine Vertrauenswürdigkeit, vielleicht sogar finanzielle Solidität zu ergründen, dann zuckten sie mit den Schultern – was sollte man mit einem Mädchen wie Azime nur anfangen? Sie gingen hinaus auf den Vorplatz, und Döndü hüpfte mit ihrem Kopftuch vor ihnen her wie ein Maskottchen all der wahren Hoffnungen ihrer Familie.

»Hi. Du warst unglaublich.«

Emin. Es war Emin. Schick, im Anzug, lächelnd.

»Oh. Hi«, sagte Azime und drehte sich zu Deniz um. »Wartest du eine Sekunde?«

Deniz nickte und zog ab, er zückte sein Handy – allem Anschein nach ein vielbeschäftigter Mann.

»Wer ist das?«, fragte Emin.

»Mein Manager.«

»Aha. Cool. Prima. Hör mal. Können wir uns treffen?« Seine Augen waren groß, hoffnungsvoll, sein Tonfall entschuldigend. »Ich hab nämlich das Gefühl, ich hab da neulich was falsch gemacht. Als du gefragt hast, ob wir Freunde sein können, da hab ich reagiert wie ein Idiot. Du bist witzig. Ich mag dich. Und außerdem … wer weiß.« Schulterzuckend sah er weg und dann wieder zu ihr hin. »Na ja, ich glaube, ich werde erwachsen, Inschallah. Wird ja auch langsam Zeit.«

Er erhob eine Hand, wie zum Schwur.

Azime sah ihn an. Zerknirschter Gesichtsausdruck, aber trotzdem zuversichtlich, dass er am Ende seinen Willen bekam, dass alles sich zu seinen Gunsten wenden würde.

»Nein, du hast dich richtig entschieden«, gab sie zurück.

»Schön, dich zu sehen. Mach's gut.«

Emin war schockiert. »Ehrlich?«

»Mit dem ›Inschallah‹ hättest du mich beinahe drangekriegt.«

»Aber?« Da war es wieder, das kleine Wort von neulich.

Sie lächelte sanft.

»Aber ... als du von der Bühne deine Handynummer und deine E-Mail-Adresse gesagt hast und ›Meldet euch mal‹ ...«

Jetzt war sie überrascht. »Was?«

»War das nicht für mich bestimmt?«

»Für dich?«

»Ich dachte, das war vielleicht eine Botschaft an mich.«

»Ich habe zu fünfzehntausend Menschen gesprochen!«

»Ja, sicher.«

»Dein Ego ist wirklich in olympischer Form.«

»Okay. Okay.« Er errötete. »Und was ist mit Freundesein? Können wir wenigstens Freunde sein? Bitte.«

Erneut sah Azime ihn an. Er sah nicht danach aus, als könnte er sich lange mit einer gewöhnlichen Freundschaft zu einem Mädchen, egal welchem, begnügen. Doch er sah gut aus, war witzig, intelligent, und die Tatsache, dass sie sich nicht auf ihn verlassen konnte, machte ihr in diesem Moment weniger aus, als es sollte. Was wollte einer wie er erreichen? Suchte er etwa nur nach einem Vergnügen, das noch größer war als damals, als er als kleiner Junge knuspriges *ekmet* stibitzt hatte?

»Mal sehen. Ruf mich an. Meine Nummer hast du ja.«

Emin grinste, winkte mit seinem Handy – er sah wirklich verdammt gut aus. »Schon eingegeben. Genau wie wahrscheinlich fünftausend andere Typen. Da muss ich wohl Schlange stehen, stimmt's?«

Charmant, dachte Azime kopfschüttelnd und versuchte vergeblich, das in ihr hochsteigende Glücksgefühl zu unterdrücken, doch sie konnte einfach nicht aufhören zu lächeln.

Zugabe

AZIME: Es ist unglaublich, hier zu stehen, vor so vielen Menschen. Wisst ihr, was für meine Begriffe das Geheimnis eines glücklichen Lebens ist? Der Schlüssel dazu? Nicht Wissen – anscheinend lernen wir nie aus unseren Fehlern. Das Lachen! Was sind wir ohne das Lachen? Was ist die Menschheit? Nur ein Virus mit Schuhen, sagte der leider verstorbene Bill Hicks – mehr nicht, Ladys und Gentlemen. Früher habe ich manchmal gedacht, Witze sind albern und unbedeutend, nicht ernst zu nehmen. Inzwischen halte ich Lachen für das Allerwichtigste. Lachen ist die Autobahn zum Himmel. Und Witze sind unser Omnibus darauf. Wir sollten in dem Omnibus sitzen bleiben und gemeinsam, in Frieden, den Raum erforschen, den innern wie den äußeren.

Neulich kam ich in ein Restaurant namens ›Wie einst in Indien‹. Der Kellner schlug mich mit einem Stock, und dann musste ich Bahnlinien bauen – danke, Harry Hill. Ich bewundere den Papst. Ich habe Hochachtung für jemand, der eine Tournee ohne neues Album machen kann – danke, Rita Rudner. Früher habe ich Möbel verkauft, um meinen Lebensunterhalt zu bestreiten; nur dumm, dass es Sachen aus meinem Haushalt waren – ich verneige mich vor Les Dawson. Mein Vater ist Ire und meine Mutter Iranerin, deswegen verbringen wir den größten Teil unserer Urlaubsreisen beim Zoll – danke, Patrick Monahan. Als der Arzt mir gesagt hat, ich sei manisch-depressiv, da wusste ich nicht, ob ich lachen oder weinen sollte – danke, Jimmy Carr. Wenn ich sterbe, dann möchte ich sterben wie mein Vater, friedlich im Schlaf, nicht schreiend wie seine Fahrgäste – danke, Bob Monkhouse. Wenn dir etwas nicht auf Anhieb gelingt, dann verwische alle Spuren, dass du's je versucht hast – ich heiße Azime Gevaş. Möge euer Gott mit euch sein. Gute Nacht.

Bitte beachten Sie
auch die folgenden Seiten

Anthony McCarten
im Diogenes Verlag

Superhero

Roman
Aus dem Englischen von
Manfred Allié und Gabriele Kempf-Allié

Donald Delpe ist 14, voller unerfüllter Sehnsucht, Co-
miczeichner. Er möchte nur eines wissen: Wie geht
Liebe? Doch er hat wenig Zeit – er ist schwerkrank.
Was ihm bleibt, ist ein Leben im schnellen Vorlauf.
Das schafft aber nur ein Superheld. Donald hat sogar
einen erfunden – MiracleMan. Aber kann MiracleMan
ihm helfen, oder braucht Donald ganz andere Helden?

»Anthony McCarten hat die unglaubliche Gabe, diese
Geschichte so aufzuschreiben, dass es einem das Herz
zerreißt, während man über die Einfälle von Donald,
seine Sprüche und seinen unbesiegbaren Humor ki-
chert.«
Annemarie Stoltenberg / Hamburger Abendblatt

»Anthony McCartens Roman *Superhero* ist ein radika-
les Buch über den Hunger nach Liebe und das Sterben
im Pop-Zeitalter.«
Evelyn Finger / Die Zeit, Hamburg

»Ein Geniestreich. Ein wunderbar originelles Buch,
tiefgründig, temporeich, voller makabrem und sarkas-
tischem Witz.«
Ulrike Sárkány / NDR Kultur, Hamburg

Englischer Harem

Roman. Deutsch von Manfred Allié
und Gabriele Kempf-Allié

Eine junge Frau zu ihren Eltern, untere Mittelschicht
im Londoner Vorort: »Ich habe eine gute und eine

schlechte Nachricht. Die gute: Ich heirate, die schlechte: Er ist Perser. Und übrigens: Er hat bereits zwei Frauen.« So beginnt ein provozierender Roman über Heimat, Kochen und die Faszination des Fremden … und eine Liebesgeschichte wie keine andere – für diese Zeit.

»Eine Familiengeschichte voller verworrener Lebenswege, wunderschön warmherzig erzählt. Eine Liebesgeschichte über Moral, Gesetze und Glück von Anthony McCarten.«
Andrea Ritter / Stern, Hamburg

»*Englischer Harem* heißt Anthony McCartens charmante und scharfsinnige Liebesgeschichte, mit Dialogen, geschliffen wie feines Kristall.«
Angela Wittmann / Brigitte, Hamburg

»Eine derart turbulente, intelligent konstruierte und flott geschriebene Romankomödie gibt's nur selten.«
Hajo Steinert / Die Welt, Berlin

Hand aufs Herz
Roman
Deutsch von Manfred Allié

Brauchen Sie ein neues Auto? Oder vielleicht gar ein neues Leben? Hier ist Ihre Chance: ein Ausdauerwettbewerb, bei dem ein glänzendes neues Auto zu gewinnen ist. Doch für zwei der vierzig Wettbewerbsteilnehmer geht es nicht ums Gewinnen, sondern ums nackte Überleben. Was anfängt wie ein Kampf jeder gegen jeden, wird zu der Geschichte eines ungewöhnlichen Miteinanders.

»Kaum einer schaut den Menschen so tief ins Herz und ist dabei so komisch wie Anthony McCarten. Sein Händchen für skurrile Situationen und originelle Charaktere beweist er mit seinem dritten Roman *Hand aufs Herz*.«   *Peter Twiehaus / ZDF, Mainz*

»Ein dramatischer, tragikomischer Roman über Engagement, Miteinander und neue Möglichkeiten.«
Publishers Weekly, New York

Auch als Diogenes Hörbuch erschienen,
gelesen von Rufus Beck

Liebe am Ende der Welt

Roman
Deutsch von Manfred Allié

Drei unschuldige Mädchen, die plötzlich schwanger
sind. Von Außerirdischen, versichern sie. Ein span-
nender Roman über Wunder, Täuschungen und die
Geschichten, die wir erfinden, um uns vor der Wahrheit zu schützen. Und eine phantastische Liebesgeschichte.

»*Liebe am Ende der Welt* ist eine Geschichte über ver-
lorene und wiedergefundene Unschuld. Von einem
Autor, der gleichzeitig Jongleur, Seiltänzer und Mora-
list ist.« *David Finkle / The New York Times*

»Der Roman *Liebe am Ende der Welt* ist fabelhaft. Bizarr, tragikomisch und glänzend erzählt.«
Dagmar Kaindl / News, Wien

Ganz normale Helden

Roman. Deutsch von
Manfred Allié und Gabriele Kempf-Allié

Ein Jahr lang hat Jeff Delpe, 18, versucht, seinen Eltern über den Tod seines jüngeren Bruders Donald
hinwegzuhelfen. Jetzt hat er die Schnauze voll. Denn
sein Vater Jim sieht die Rettung nur in einem Umzug
aufs Land, und Mutter Renata chattet – mit einem Unbekannten namens Gott. Da taucht Jeff unter. Spurlos.
Seine neue Adresse lautet www.lifeoflore.com, wo er
der Star eines Onlinespiels ist und damit viel Geld verdient.

Um nicht auch noch seinen zweiten Sohn zu verlieren, sucht der verzweifelte Vater ihn schließlich an dem Ort, der ihm fremder ist als jeder andere. Er schleicht sich in Jeffs neue Welt ein... und stiftet Chaos, am allermeisten in sich selbst. Denn während er sich online Level für Level in die Sphären seines Sohnes hochkämpft, fällt er offline immer tiefer, droht seinen Job und seine Frau zu verlieren.

Ist dies das Ende von Familie Delpe? Ganz im Gegenteil.

»Mit *Ganz normale Helden* legt Anthony McCarten erneut einen fulminanten Roman vor. Virtuos entlarvt er durch Perspektivenwechsel scheinbare Gewissheiten und bespiegelt die aus seinem Roman *Superhero* bekannte Familie Delpe.«
Stefan Hauck/Börsenblatt, Frankfurt am Main

»McCarten erzählt eingängig, witzig und klug, in blitzenden Dialogen und rascher Spielgeschwindigkeit.«
Anja Hirsch / Der Falter, Wien

Auch als Diogenes Hörbuch erschienen,
gelesen von Rufus Beck

Joey Goebel
im Diogenes Verlag

Joey Goebel ist 1980 in Henderson, Kentucky, geboren, wo er auch heute lebt und Schreiben lehrt. Als Leadsänger tourte er mit seiner Punkrockband ›The Mullets‹ durch den Mittleren Westen.

»Joey Goebel wird als literarische Entdeckung vom Schlag eines John Irving oder T.C. Boyle gehandelt.«
Stefan Maelck / NDR, Hamburg

»Solange sich junge Erzähler finden wie Joey Goebel, ist uns um die Zukunft nicht bange.«
Elmar Krekeler / Die Welt, Berlin

Vincent
Roman
Aus dem Amerikanischen von
Hans M. Herzog und Matthias Jendis

Freaks
Roman
Deutsch von Hans M. Herzog
Auch als Diogenes Hörbuch erschienen,
gelesen von Cosma Shiva Hagen, Jan Josef Liefers,
Charlotte Roche, Cordula Trantow
und Feridun Zaimoglu

Heartland
Roman
Deutsch von Hans M. Herzog

Ich gegen Osborne
Roman
Deutsch von Hans M. Herzog